Knud H. Thomsen
Die Räuber vom Loch Carron

Knud H. Thomsen
Die Räuber vom Loch Carron

Roman
Aus dem Dänischen
von Wolf Martin

Wolfgang Butt Verlag

Die Originalausgabe erschien 1982 unter dem
Titel *Røverne i Skotland* im Verlag
Gyldendal, Kopenhagen

1. Auflage 1989

Umschlag: Linda Commer
Satz: Absatz Typographisches Büro, Hoya/Weser
Herstellung: WDA Brodersdorf

ISBN 3-926099-12-7 (Brosch.)
ISBN 3-926099-15-1 (Geb.)

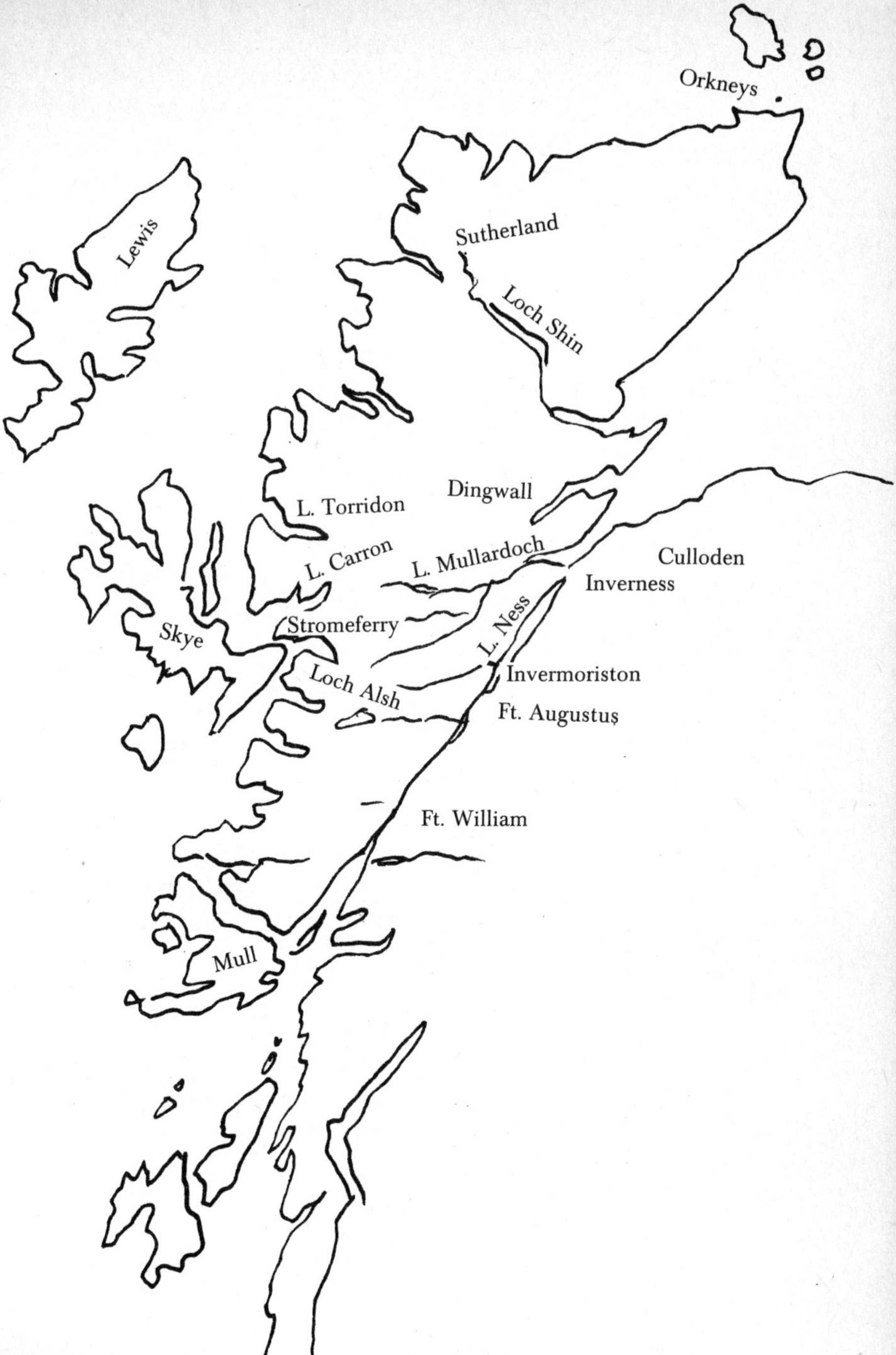

Orkneys
Lewis
Sutherland
Loch Shin
Dingwall
L. Torridon
L. Carron
L. Mullardoch
Culloden
Inverness
Skye
Stromeferry
L. Ness
Invermoriston
Loch Alsh
Ft. Augustus
Ft. William
Mull

Vor ein paar Jahren rief mich eines schönen Tages der Gemeindepfarrer von St. Winifred, ein Mister Merrywater, an und bat mich um eine Unterredung, wenn es mir einmal paßte. Nun habe ich mit Pfarrern nie viel zu schaffen gehabt, weil die zahllosen Verbote der presbyterianischen Kirche gegen alles, was in diesem Jammertal angenehm und vergnüglich ist, mit meiner Auffassung vom Sinn des Lebens nicht ganz übereinstimmen. Aber weil ich sowieso mit ein paar Setterwelpen ins Dorf mußte, schaute ich auch gleich beim Gottesmann vorbei und meldete mich zur Stelle.

Er entsprach im großen und ganzen dem Bild, das ich mir von einem Diener des Herrn machte, und bot mir Tee und Gebäck an, was gewissen Kreisen zufolge eine belebende Wirkung haben soll. Wie dem auch sei, nach einigen einleitenden Schnörkeln rückte Hochwürden damit heraus, daß er auf seinem Dachboden hinter einem Haufen alten Krempels eine lederbezogene Kiste gefunden habe. Sie war seit undenklichen Zeiten nicht angerührt worden und enthielt Massen von Briefbündeln und Akten, die sich bei genauerer Betrachtung als die Buchführung der Kirche erwiesen und Aufstellungen über den Kirchenzehnten und Spenden, Pachtzinsen und dergleichen bis zurück ins Jahr 1691 beinhalteten. Daneben fanden sich in der Kiste auch private Aufzeichnungen. Mr. Merrywater erzählte, daß es früher, als die Zeiten zuweilen recht unruhig sein konnten, nicht ungewöhnlich gewesen sei, Wertsachen und Briefschaften in den Kirchen zu deponieren, weil die Leute annahmen, daß sie dort keiner anrühren werde, ohne den Qualen der Hölle und anderen teuflischen Prozeduren zu verfallen. Und nun hatte der gute Mann also einen Packen Papiere ausgegraben, die Thomas Alexander MacDolphin zu Dolphin Castle gehörten, und meinte, ich als Ältester und Oberhaupt des Clans hätte einen Anspruch darauf, die Papiere ausgehändigt zu bekommen.

Eigentlich ganz nett von Merrywater, und ich dankte ihm nach Kräften. Der Form halber lud ich ihn zur Schneehuhnjagd im Glen Muiragh in der folgenden Woche ein, und Gott steh mir bei sagt doch der Kerl ja danke und kreuzt mit einer doppelläufigen Holland & Holland auf, die jedem ehrlichen Jäger das Wasser im Mund zusammenlaufen ließ. Außerdem schaffte er zwei Doubletten, wer hätte das von einem Pfarrer geglaubt.

Aber ich schweife ab. Ich machte mich mit den Papieren auf den Heimweg, und es zeigte sich, daß es eine Art Tagebuch war, das 1741 anfing, als Thomas Alexander 25 Jahre alt war. Er ist mein Urahn im sechsten Glied und erblickte das Licht der Welt im Jahre 1716, acht Monate nachdem sein Vater in der Schlacht bei Sherrifmuir gefallen war, wo die Hannoveraner uns gut und gründlich durchwalkten. 1741 war er noch immer unverheiratet, und aus der Lektüre des Tagebuchs geht mit aller Deutlichkeit hervor, daß seine lockeren Verbindungen viel zu viel von seiner Zeit beanspruchten, als daß er sich mit einer Ehe in Zucht und Ehrsamkeit hätte beschäftigen können.*

Es war eine verflixte Arbeit, Ordnung in die Papiere zu bringen, weil sie nicht numeriert und mit allem bekritzelt waren, was gerade zur Hand gewesen war. Außerdem waren sie in einer seltsamen Mischung von Englisch und Gälisch sowie einer Masse selbsterfundener Wörter abgefaßt. Ein As in Rechtschreibung war Thomas Alexander auch nicht gerade. Aber ein alter Knacker von 83 hat Zeit im Überfluß, mit Dingen herumzupusseln, die andere nach fünf Minuten in die Ecke feuern. Und ich schaffte es.

Warum das Tagebuch gerade im Jahre 1741 beginnt, weiß ich nicht, denn mein Urahn beschäftigt sich in den ersten fünf Jahren mit nichts anderem als wechselnden Damenbekanntschaften, Jagden und Streitereien mit Nachbarn, was freilich nicht zu verachten ist. Den Leser kann es indessen kaum nennenswert interessieren. Früher verbrachten die MacDolphins nach gutem altem Brauch einen großen Teil ihrer Zeit in dieser Weise. Möglicherweise hat Thomas Alexander mehr geschrieben, hat es aber nicht gesammelt oder es fortgeworfen, wie es mit dem letzten Teil des Tagebuchs auch der Fall ist, dem ich, wenn nicht Mr. Merrywaters Gott mich vorher abtreten läßt, später noch ein paar Worte mit auf den Weg geben werde.

Ich konzentriere mich also auf die Jahre 1746–48, weil dies die Periode ist, in der die Aufzeichnungen einigermaßen zusammenhängend sind, und in der am meisten geschieht. Es sind wahrlich keine

* Schottischer Aufstand gegen den englischen König George I.

Kleinigkeiten, wenn man meinem Urahn Glauben schenken will, und selbst wenn wir MacDolphins nicht gerade in allem als Fackeln der Wahrheit gelten können, so trifft doch das, was ich habe nachprüfen können, tatsächlich zu.

Ich habe Dialoge und anderen Stoff in den Text eingefügt, um ein wenig mehr Fluß in die Sache zu bringen, wenn Sie verstehen, was ich meine. Und hier und da trete ich selbst mit einer Bemerkung auf die Bühne, wenn es mir notwendig erscheint.

In den Annalen der MacDolphins werden die folgenden Seiten einen hervorragenden Platz einnehmen. Im Lauf der Zeit ist viel über uns erzählt worden, aber hier ist endlich einmal etwas, wovor man den Hut ziehen kann. Ich habe die Papiere dem Pastor gezeigt, und wenn er auch häufig errötete wie ein Schulmädchen in früheren Tagen, so meint er doch entschieden, daß ich der Menschheit die Freude machen sollte, sie herauszugeben. Erst neulich habe ich ihm beigebracht, Whisky zu trinken. Das sollte dereinst, wenn die Posaunen zum jüngsten Gericht rufen, meinen guten Werken zugerechnet werden.

Es dürfte an dieser Stelle angebracht sein, ein paar Worte über das Geschlecht MacDolphin zu verlieren, weil es im folgenden eine wesentliche Rolle spielt. Man kann es mit Sicherheit bis ins Jahr 1625 zurückverfolgen, als ein in Inverness ausgestellter Pfandbrief den Namen Thomas Oliver MacDolphin trägt, doch kann es gut noch älter sein. Man schrieb ja nicht soviel damals. Eine unbekräftigte Geschichte erzählt, daß ein königlicher Schatzmeister unter König Jacob I. einst mit seinem Schiff von den Shetland-Inseln zurückkehrte, wo er den armen Menschen dort draußen Geld abgepreßt hatte. Das Schiff geriet in einen Sturm und wäre wohl auf dem Meeresgrund geendet, wenn nicht ein Skipper von Mairn ausgelaufen wäre und den Schatzmeister vor diesem Schicksal, das er in hohem Maße verdiente, bewahrt hätte. Das Schiff des Skippers hieß Dolphin, und als Dank für seine Heldentat verlieh der König ihm das Recht, den Namen MacDolphin zu führen, und schenkte ihm außerdem ein Stück Land östlich von Mairn, wo er Schafe halten konnte. Aber 1625 stehen wir auf sicherem Boden, und das Geschlecht hatte zu diesem Zeitpunkt Mairn verlassen und sich am Ufer des Loch Mullardoch in Inverness-shire niedergelassen und residierte auf Dolphin Castle.

Über diesen Thomas Oliver weiß man nicht viel mehr, als daß er in der Schlacht bei Dunbar 1650 fiel, und daß Cromwells Rundköpfe anschließend Dolphin Castle plünderten. Die Quellen sprudeln in den ersten Jahren nur spärlich, doch wenn wir uns nicht mit unseren Nachbarn in den Haaren lagen, also den Clans Chisholm, MacLelland, Fraser und Grant, waren es die Aufstände unter Charles II. und George I. Thomas Alexanders Vater war wie gesagt in der Schlacht bei Sherrifmuir gefallen, wie übrigens auch sein Großvater, also Thomas Alexanders. Der erstere war nur neunzehn Jahre alt, hatte aber zu diesem Zeitpunkt den Grundstein zu seinem ersten und einzigen Kind gelegt. Die Mutter war eine MacDuff und hieß Elisabeth. Der Vater hatte sie bei einer Jagd im Glen Mallabragh kennengelernt, und es hat den Anschein, als habe er sich die ganze Zeit überhaupt nicht an der Jagd beteiligt. Die Schwäche für übereilte Handlungen erbte sein Sohn.*

Doch um eine lange Geschichte etwas abzukürzen, so sind wir MacDolphins zu allen Zeiten mit von der Partie gewesen, wo sich etwas von Interesse ereignete. Mein Vorfahre Thomas Marvin war einer der ersten, die sich meldeten, als 1778 die Seaforth Highlanders aufgestellt wurden, und er gehörte dem Regiment an, als es dem Tipoo Shabib in Mysore die Leviten lesen sollte. Sein älterer Vetter nahm als Freiwilliger auf englischer Seite am amerikanischen Freiheitskrieg teil und verlor bei Saratoga einen Arm. Er lehnte sich in dem Moment an eine Kanone, als sie gerade abgefeuert wurde. Mein Großvater war als Leutnant bei den Cameron Highlanders 1854 auf der Krim, und bei Inkerman rannte ihn ein Pferd von hinten um, so daß er zu Boden stürzte und das Bewußtsein verlor. Zum Glück wachte er auf, als sie ihn begraben wollten. Während des Seepoy-Aufruhrs in Indien drei Jahre später diente er in demselben Regiment. Auf dem Weg zum Entsatz von von Lucknow bekam er die Ruhr und saß auf dem Örtchen, bis das Ganze vorüber war.

Unser Mangel an Fortüne im Krieg ist bemerkenswert. Thomas Alexander war keine Ausnahme, aber davon später mehr. Am Tag vor der Invasion in der Normandie wurde ich in Plymouth von einer Motorrad-Ordonnanz angefahren und mußte mein Bataillon dem Zweiten Kommandierenden überlassen. Er fiel übrigens weniger als 24 Stunden

* Sieg Cromwells über die Anhänger des späteren Charles II.

später. Mein Ururgroßvater Thomas Henry war mit den Seaforth Highlanders unter Wellington 1808 in Portugal und bekam eine Weinflasche an den Kopf, und zwar von einem Frauenzimmer und exakt in dem Moment, als Alarm gegeben wurde, weshalb er den folgenden Angriff nicht mitmachte. Der Bruder meines Urgroßvaters Ernest Henry soll 1815 in der Schlacht bei Waterloo als Hauptmann im Argyll & Sutherlands Regiment einen Befehl mißverstanden haben, weshalb er nicht in Waterloo, sondern mehrere Meilen entfernt in entgegengesetzter Richtung landete, wo er zu allem Unglück noch eine Treppe hinunterfiel und sich die Schneidezähne ausschlug. Selbst hat er die Geschichte später nicht vertieft, zog sich jedoch kurz danach vom aktiven Dienst zurück und verlegte sich auf die Schafzucht. Er hat die Sannagh-Rasse entwickelt, die noch immer hoch im Kurs steht. Ernest Albert war der erste in unserem Geschlecht, der ein Gebiß bekam.

Wir MacDolphins sind dabei gewesen, wo die Geschichte Schottlands und Englands geschrieben wurde, im Guten wie im Schlechten. Regelmäßig hat das eine oder andere Mitglied des Clans in einem Hochlandregiment gedient, besonders in den Seaforth Highlanders, zu Hause wie auch in den Kolonien. In der Gedenkhalle in Edinburgh Castle kann man den Namen MacDolphin unter diesem Regiment, aber auch unter anderen finden. Nur einer in unserem Clan hat jemals eine geistliche Laufbahn eingeschlagen, irgendwann am Anfang des 19. Jahrhunderts. Er endete als Missionar in Neu Kaledonien, wo er vermutlich verspeist wurde. Aber er war eine Ausnahme. Wir haben viel, worauf wir stolz sein können, und manches, das wir mit Bedacht nicht über unsere Türschwelle nach außen dringen lassen. Thomas Alexanders Papiere plazieren ihn meiner Meinung nach in die erste Abteilung. Er war ein echter MacDolphin mit den Tugenden und Lastern, die wir seit eh und je mit uns herumschleppen.

1746

1

Thomas Alexander stand auf dem niedrigen Hügel, zur Linken hatte er seinen Onkel Thomas Morton, zur Rechten seine Vettern Duncan und Edward. Und mit ihnen standen dort die Männer vom Clan Cummin, vom Clan MacBean und Clan MacLean von Mull. Nicht viel mehr als einen Büchsenschuß von ihnen entfernt marschierte das Yorkshire-Regiment auf; die blauen Uniformröcke sprenkelten die Heide wie Glockenblumen. Der Pulverdampf trieb mit dem Frühlingswind über Culloden Moor, denn die englische Artillerie hatte seit Stunden geschossen und große Löcher in die schottische Mauer gerissen. Ein Stück hinter ihnen stand unter einem Baldachin der junge Charles Edward Filip Kasimir Stuart*, der fünfundzwanzigjährige Thronprätendent, und verfolgte diesen endgültigen und entscheidenden Kampf zwischen englischem und schottischem Blut, zwischen dem Haus Hannover und dem Haus Stuart. Der Herzog von Cumberland, möge ihn der Teufel holen an diesem Tag, hatte seine besten Regimenter versammelt, nicht nur das Yorkshire-Regiment, sondern auch die aus Sussex, Cornwall, Canterbury, Winchester und die Dragoner aus Salisbury.

Die aus Yorkshire bildeten eine Linie und luden ihre Musketen. Offiziere auf unruhigen Pferden sprengten zwischen den Truppenteilen hin und her und brüllten sich heiser. Nun pflanzten die Soldaten die Bajonette auf, die Trommler bewegten die Stöcke, und die Standarten wurden aufgerichtet. Thomas Alexander spannte den Hahn seines Gewehrs. Mehr als einen Schuß konnte er nicht abfeuern, bevor die Soldaten ihm auf den Leib rückten, doch danach hatte er sein Schwert und seinen Dolch. Wenn die Soldaten durchbrächen, dann nur über seine Leiche, das war so sicher wie das Amen in der Kirche; die englischen Scheißer sollten sich nicht einbilden, etwas Besonderes zu sein.

* Sohn des landflüchtigen Prinzen und Thronprätendenten Charles Edward.

Ein Offizier auf einem weißen Pferd hob den Arm, die Trommelwirbel steigerten sich zu einem donnernden Dröhnen, und die erste blaue Kette senkte die Bajonette und setzte sich durch das nasse Heidekraut in Bewegung. Onkel Thomas Morton griff zu seinem Schwert und riß es mit einem zischenden Laut aus der Scheide; sein Arm beschrieb eine mächtige Ausholbewegung nach rechts. Der Schwertknauf traf Thomas Alexander mitten zwischen seine blauen Augen, eine Sekunde lang stand er wie versteinert, dann fiel er wie ein Sack hintenüber und vom Hügel hinunter.

Es war dunkel, als er wieder zu sich kam. Eine Zeitlang lag er wie benommen und lauschte dem Aprilwind, der klagend über seinen Kopf strich. Warum war er nicht tot? Vorsichtig rührte er die Glieder und den Kopf und stellte fest, daß sie an ihrem Platz waren. Zwischen seinen Augen hämmerte eine Beule; wie war er wohl daran gekommen? Langsam kam er auf die Beine und blickte sich um, so gut er vermochte. Auf allen Seiten lagen Tote in grotesken Stellungen, und er fand seinen Onkel Thomas Morton und die Vettern Duncan und Edward, er fand die vom Clan Cummin, vom Clan MacBean und Clan MacLean von Mull, und ihre Tartans waren getränkt von Blut.

Thomas taumelte davon zwischen Bekannten und Unbekannten, alles gute Schotten. Hier lagen sie, das Rückgrat der Highlands, gebrochen, zersplittert und in alle Winde zerstreut. Im Wind hörte er Klagen und Jammern, das langsam erstarb. Soldaten mit Laternen streiften über das Moor, folgten den Lauten und machten den Leiden der Rufenden ein Ende. Niemand würde zurückkehren in die Burgen und Höfe, in die Täler und an die Seen, die Felder und Wälder und erzählen, was geschehen war.

Thomas Alexander nahm einem Mann, dessen Gesicht unkenntlich war, zwei Pistolen ab und kroch auf allen Vieren durch das niedergetrampelte Heidekraut. Jedesmal, wenn eine Patrouille sich näherte, stellte er sich tot. Er brauchte nicht viel darüber nachzudenken, wie die Schlacht verlaufen war. Er und seine Genossen hatten eine saftige Abreibung bekommen, die sie lange nicht vergessen würden, und der kleine Bonnie Prince Charlie konnte einpacken und nach Frankreich zurückfahren und seinem Vater erzählen, wie man eine Schlacht verlor. Vielleicht lag er irgendwo hier im Dunkeln, obgleich es Standespersonen nicht gerade ähnlich sah, sich in einem Krieg totschlagen zu lassen. Thomas Alexander empfand in dieser nächtlichen Stunde nicht eben viel für ihn, er hatte vollauf damit zu tun, an sich selbst zu denken.

Er mußte nach Haus zum Loch Mullardoch und nach Dolphin Castle und erzählen, was geschehen war. Sie würden es schwer nehmen, nicht zuletzt seine Großmutter, denn sie stammte aus dem Geschlecht der Hamiltons von Arran, das auf den Hamilton zurückging, den die Katholiken verbrannten, weil er behauptete, daß Luther nicht so dumm wäre, wie der Papst ihn gern hinstellen wollte. Die Hamiltons hatten sich aus diesem Grund immer für etwas Besseres gehalten als Schotten im allgemeinen. Seine Mutter würde sich die Augen aus dem Kopf heulen. Sie hatte fast schamlos geheult, als er fortgezogen war, und Onkel Thomas Morton hatte ein Machtwort sprechen müssen, damit sie sich nicht ganz in Tränen auflöste. Sie würde ihn wieder einmal auffordern, sich zu verheiraten und das Geschlecht weiterzuführen, dem maß sie großes Gewicht bei nach der Erfahrung mit ihrem Mann, der es nur mit Mühe und Not soweit gebracht hatte.

Doch Thomas Alexander hatte keine Lust, sich zu verheiraten, denn er hatte ja Cathryn in Cannich und Bell in Kinlochlewe und Mary in Toll Creagash und Charlotte in Fasnakyle und Dolly Sweet in Inverness und dann noch alle die, die ihm eben so über den Weg liefen. Die Ehe war nichts für starke und freie Männer, dessen war er sicher, und selbst in dieser unglückseligen Nacht fand er, daß er einigermaßen stark und frei sei.

Als er auf dem Kamm des Höhenzugs anlangte, traf der Wind Thomas Alexander wie eine nasse Hand, er kam von Norden durch den Moray Firth herunter, heulte über die Stadt Inverness hinweg und sauste im Galopp weiter zwischen die Berge, die das Loch Ness umkränzen. Unter sich in der Stadt sah er unzählige Wachfeuer und englische Standarten und hörte Lärm und Gebrüll, denn offensichtlich hatte man Grund zu feiern. Er fluchte lange und laut auf Gälisch, trat nach einem Stein und fluchte noch lauter und griff sich an den Fuß.

– Falls Sie auf dem Weg nach Inverness sind, mein Herr, sollten Sie lieber Ihren feinen Tartan ablegen, sagte eine Stimme hinter ihm, – die Hannoveraner sind auf dieses Kleidungsstück zur Zeit nicht gut zu sprechen.

Thomas Alexander fuhr mit einem unterdrückten Aufschrei herum und erblickte einen kleinen mageren Mann, der sich auf eine Büchse stützte, die nicht viel kleiner war als er selbst. Sein schwarzes Haar wehte im Wind, und er lächelte freundlich. – Wer zum Teufel bist du? fragte unser Held.

– Ein Überlebender, Sir, das Schicksal wollte es so. Es hat anscheinend auch auf Sie ein Auge geworfen, wie ich sehe, antwortete der Mann. – Und weil wir auf der gleichen Seite gekämpft haben, kann ich Ihnen ja verraten, daß ich Ire und aus Limerick bin, Diener des hochwohlgeborenen, nunmehr seligen Sir Robert Boswell zu Yartforth Abbey, ich heiße Samuel Highwater, unter Freunden Tinker, reicht das?

– Du solltest tot sein, Thomas Alexander gestikulierte mit den Händen. – Ich sollte tot sein, es ist naturwidrig, daß wir hier stehen. Was tust du? – Eigentlich sollte ich als Mitglied von Boswells Schar die Hannoverander besiegen helfen. Aber da sowohl mein Herr als auch sein Sohn sich inzwischen in einer anderen Welt befinden, war ich der Meinung, als sie fielen, daß unser Kontrakt aufgehoben sei. Und deshalb bin ich weggerannt und blieb nicht stehen, bevor ich ein paar Meilen von Culloden fort war. Bedenken Sie, Sir, der Kleine hielt einen Finger in den Wind, – daß ich als Ire ein etwas anderes Verhältnis wenn nicht zu den Engländern, die in der Hölle schmoren mögen, so doch zu den Schotten habe. Für Irland zu sterben, kann ich mir vorstellen, aber nie für Schottland.

– Und trotzdem läufst du hier herum, wo du jeden Augenblick eine Kugel in die Stirn bekommen kannst. Fledderst du etwa Leichen, dann sollst du verdammich ... Thomas Alexander hob die eine Pistole.

– Nein, bei der heiligen Jungfrau, Tinker sprang aus der Schußlinie – ich hab zwar hier und da schon mal was mitgehen lassen, aber von Leichen nie. Nein, sehen Sie Sir, uns ist nämlich das Brot ausgegangen, Larky und mir, und Larky sagt, daß der Proviantwagen der Kompanie sich unten beim Schmied in Inverness befindet. Und zu dem bin ich mit der Hilfe Gottes und aller Heiligen unterwegs.

Thomas Alexander starrte düster zur Stadt hinunter und dachte daran, daß er seit dem vorigen Abend weder feste noch flüssige Nahrung zu sich genommen hatte. – Larky, wer ist denn Larky? Von neuem richtete er die Pistole auf den anderen.

– Larky ist, wenn man ihm glauben soll, Archibald Llewztfyn, Musketier in der 3. Kompanie des Yorkshire-Regiments, das heißt, er ist es nicht mehr. Jetzt ist er desertiert und würde gehängt, wenn die Engländer ihn zu fassen kriegten. Halten Sie eine Hand über das Pistolenschloß, Sir, sonst brennt das Pulver wie ein nasser Lappen.

– Zum Verlierer desertieren, das kann auch nur einem Engländer einfallen, Thomas Alexander entspannte die Pistole. – Ein durch und durch unausstehliches Volk.

– Larky ist kein Engländer, sagte Tinker, – er ist Waliser, und das macht, jedenfalls nach dem, was er behauptet, einen wesentlichen Unterschied. Die Waliser machen sich offenbar nicht viel aus den Engländern.

Thomas Alexander schüttelte sich, er fror, er war hungrig, und der Gedanke daran, sich noch diese Nacht auf den langen Weg nach Dolphin Castle zu machen, bereitete ihm wenig Freude. – Laß uns diesen Proviantwagen suchen, sagte er.

In dieser Nacht der Trauer, während der Wind seine Elegie über die Berge und Täler Schottlands sang, wanderten die zwei Männer hinunter zur Stadt Inverness und legten den Grund für eine Gemeinschaft, die viel länger andauern sollte, als sie es sich in ihrer wildesten Phantasie hätten vorstellen können. Unterwegs trennte sich Thomas Alexander bei einem Mann, der seine Kleidung nicht mehr benötigte, von seinem Tartan und folgte dem kleinen Iren, der mit untrüglicher Sicherheit unten an der Straße nur einen Steinwurf vom Haus des Schmieds entfernt herauskam. Der Proviantwagen stand tatsächlich in der Toreinfahrt und enthielt viel Gutes, von dem sie einen Sack füllten. Einen Rumkrug fanden sie ebenfalls, aber da es nun einmal ein Hochland-Schotte und ein Ire waren, die die Proviantierung unter sich hatten, verschmähten sie ihn und warfen sich stattdessen über ein kleines Faß Whisky, den sie sogleich probierten. Tinker meinte, er ziehe den aus seiner irischen Heimat vor, worauf Thomas Alexander erwiderte, daß es in der ganzen Welt keinen besseren Whisky gäbe als den, der im Glen

Livet gebrannt würde. – Es waren wir Iren, die den Whisky erfunden haben, sagte Tinker. – Aber wir Schotten, die ihn berühmt gemacht haben, erwiderte Thomas Alexander. Ohne daß irgendjemand ihnen Hindernisse in den Weg legte, verschwanden sie mit Sack und Fäßchen und zogen unter Tinkers Anleitung zu einer Scheune in den Wäldern bei Glen Daleigh.

Sie wurden von einem Gewehrlauf und zwei weitaufgerissenen Augen in Empfang genommen, und die Augen wurden erst kleiner, nachdem Tinker sich zu erkennen gegeben und erklärt hatte, wer sein Begleiter war. Der walisische Musketier war ein langes Gestell, dem an allen Gliedern die Kleider zu kurz waren, und er klammerte sich an sein Gewehr, als sei es seine Verlobte. Der Anblick des Sackinhalts übte indessen eine gute Wirkung auf sein Verhalten aus, und er setzte sich schwer ins Heu.

– Desertiert, warum zum Teufel hast du das gemacht? fragte Thomas Alexander. – Du hättest es bei den Engländern viel besser, denn wir sind mit dem Kopf voran in der Scheiße gelandet. Bei uns ist nichts zu holen.

Larky antwortete, daß er gute Gründe gehabt hätte, die siegreiche Partei zu verlassen, gerade als die Siegespalmen gepflückt werden sollten. Die Sache war nämlich die, daß der Korporal ihn einen walisischen Mistköter genannt hatte, und da hatte er, Larky, erwidert, daß der Korporal ein kleiner Scheißer wäre, der einmal einen Arschvoll brauchte, und das hatte der miese Kerl dem Leutnant gemeldet, und der hatte bestimmt, daß wenn der Gemeine Llewztfyn nicht die Kugel bekäme, die er verdient hätte, er nach der Schlacht vors Kriegsgericht gestellt und entweder zum Strang oder zu 500 Peitschenschlägen verurteilt werden sollte, und egal, wozu es käme, er würde nachher nicht mehr unter den Lebenden sein. – Und als wir vorwärtsstürmten, schielte ich nach allen Löchern in euren Reihen, sagte Larky, – und als ich mit heilen Knochen hindurchgekommen war, rannte ich einfach weiter, bis ich Tinker traf, und dann rannten wir gemeinsam, und du kannst mir glauben, daß wir es verdammt eilig hatten.

– Ja, nun wird es schon einleuchtender, meinte Thomas Alexander. – Aber von mir kannst du keine Hilfe erwarten. Als Oberhaupt des Clans MacDolphin habe ich mehr als genug damit zu tun, meine eigene Haut zu retten. Ich bin Edelwild.

– Das sind wir doch alle, lachte Tinker. – Zu Hause in Irland hab ich einen Gendarm erschossen, der mit dem einzigen Pferd meines Bruders losziehen wollte. Deshalb bin ich hier. Aber mein Name steht auf einem Steckbrief zusammen mit einer Personenbeschreibung. 50 Pfund für den, der mich anzeigt. Könnt ihr 50 Pfund brauchen?

– Vergiß es, sagte Thomas Alexander und wandte sich dem Sack zu. Die drei Gesuchten taten sich an seinem Inhalt gütlich und ließen das Fäßchen kreisen, und nach und nach kehrten die Wärme und ein wenig Lebensmut zurück.

– Jetzt sind wir auch Diebsgesindel, erklärte Larky, – Diebstahl aus Militärdepots wird mit dem Tode bestraft. Wir haben viel am Hals, wenn sie uns zu fassen kriegen.

– Kriegen sie nicht, Thomas Alexander mußte aufstoßen, – morgen früh bei Tagesanbruch ziehe ich nach Haus an mein geliebtes Loch Mullardoch als Oberhaupt des Geschl ... reich mir mal eben das Fäßchen, ich muß aufstoßen, des Geschlechts also. Und wenn die verdammten Sassenachs ...

– Was bedeutet das? fragte Larky.

– Ein Schimpfwort für Engländer, vielleicht steht auch darauf die Todesstrafe, es zu gebrauchen. Sassenachs, merk dir das Wort, Waliser. Thomas Alexander hob belehrend den Finger. – Ja, und mit dem Schwert in der Hand werde ich mich auf meinem schnaubenden Roß zur Burg meiner Väter durchkämpfen, mein Weg wird von erschlagenen Engländern gesäumt sein.

– Sassenachs.

– Ja genau, erschlagenen Sassenachs.– Wir helfen dir. Drei Männer können mehr Sassenachs erschlagen als einer, sagte Tinker, – und wir haben sowieso keinen Platz, wo wir unsere Häupter betten könnten, oder was, Larky?

Das fand der Waliser auch. In sein teures Llanfyllin konnte er nicht zurückkehren, denn wenn die Engländer sein ...

– die Sassenachs, berichtigte Tinker.

– ... seinen entseelten Körper nicht fanden, würden sie sicher auf die Idee kommen, daß er sich aus dem Staub gemacht hätte.

Und der erste Ort, wo sie suchen würden, wäre Llanfyllin, wo er als Stallbursche beim Pfarrer gedient hatte. Daß er sich vor fünf Jahren hatte anwerben lassen, lag daran, daß er Geld für ein Paar Pferde und einen Wagen zusammensparen wollte, um sich als Kutscher selbständig zu machen. Aber jetzt würde das Regiment nach ihm suchen, schon aus Prinzip, und wenn hundert Jahre vergehen sollten, aber dadurch wurde es ja nicht besser. Nein, nach Hause zurückzukehren, davor würde er sich hüten.

– Wir MacDolphins haben eigentlich vor nichts Angst, erklärte Thomas Alexander, – jedenfalls nicht vor viel. Ich könnte mich wohl durchschlagen und damit den Traditionen unseres Geschlechts treu bleiben. Wir haben Angriffen von den Chisholms und den MacLellands und den Frasers und den Fieslingen von Grants widerstanden, und einmal unter Cromwell ...

– Wir Iren benutzen seinen Namen als Fluch, sagte Tinker.

Larky sagte düster, daß kein Highländer irgendwo hinkäme, weil der Herzog von Cumberland Order gegeben hatte, alle Clans wie die Ratten zu jagen und ihre Burgen und Höfe niederzubrennen und ihre Führer, soweit sie nicht auf dem Schlachtfeld von Culloden verrotteten, aufzuhängen oder in die amerikanischen Kolonien zu deportieren. – Falls du ungeschoren nach Hause gelangen solltest, steht da ein Offizier am Tor und heißt dich willkommen.

– Meinst du wirklich? Thomas Alexander griff nach dem Fäßchen. – Ich hätte nicht geglaubt, daß ich so wichtig wäre. Wenn es meine Großmutter wäre ... und jetzt wollt ihr mit mir zusammen nach Dolphin Castle ziehen, ein Deserteur und ein Mörder ... jaja, versteht mich nicht falsch jetzt, nach englischer Auffassung meine ich, und von der wollen wir absehen, ja, von der sehen wir ab. Der Herr des Clans MacDolphin fühlte sich ein klein wenig erheitert, obwohl das Gegenteil der Fall sein sollte. Seine neuen Gefährten schienen ungefähr das gleiche zu empfinden, ganz deutlich konnte er sie nicht sehen. – Gott weiß, wie die Einstellung meiner Großmutter zu Iren und Walisern ist, überlegte er. – Nach unseren Taten sollte sie uns ehren und achten, meinte Larky und nahm das Fäßchen vom Mund, – alle guten Schotten müßten uns lieben.

– Die aus den Lowlands zählen nicht mit, antwortete Thomas Alexander, – und auch nicht die MacDonalds von Sleat und die

MacLeods von Dunvegan, sie haben sich geweigert, mit Bonnie Prinz Charlie zu kämpfen. Aber wir anderen ... er warf sich in die Brust, während er an einem Stück Speck kaute.

Sie tranken noch mehr Whisky, und Larky fing plötzlich an zu singen mit einer Stimme, die ihm den Beinamen Lerche eingebracht hatte. Er sang wie ein Engel, und die anderen lauschten mit feuchten Augen einer langen und traurigen Ballade von Frühling und Liebe am Lake Wyrnwy. Dann gruben sie sich ins Heu, und der Wind ging durch Glen Daleigh und über das Moor von Culloden, wo es nur Tote gab, und die hörten ihn nicht.

2

Bei Tagesanbruch tauschte Larky seine Uniform gegen ein paar weniger auffällige Kleidungsstücke ein, die sie in der Scheune fanden, und danach machten sich die drei Männer auf den Weg zum fernen Loch Mullardoch jenseits der Berge. Sie zogen am östlichen Ufer des Loch Ness entlang und hielten sich in den Wäldern an den Berghängen, denn unten auf der Straße wimmelte es von Soldaten und Wagen. Die Luft roch verbrannt, und die Vögel schwirrten unruhig über dem Spiegel des Sees, als habe der Herzog von Cumberland auch sie aus ihren Nestern vertrieben. Thomas Alexander erklärte, daß sie unbedingt auf die andere Seite des Sees müßten, und seine Logik war nicht zu bestreiten. Doch Tinker wandte ein, man habe keine Garantie, daß nicht plötzlich das Ungeheuer auftauchte und sie mitsamt ihrem Boot verschlänge. Es war noch nicht einmal eine Woche her, daß ein Postkutscher es gesehen hatte. Larky hatte noch nie etwas von einem Ungeheuer gehört, aber als er es nun hatte, fand er auch nicht, daß es eine gute Idee sei, den See zu überqueren. Und es sei auch keine bessere, fuhr er fort, die Brücke unten bei Fort Augustus, das die Schotten in ihrer Halsstarrigkeit noch immer Kilcumein nannten, zu überqueren, denn dort läge ein Bataillon ausgerechnet vom Yorkshire-Regiment, um die Flüchtlinge abzufangen, die von dort ins Westland hinüberkommen wollten. Wenn er sich da zeigte, würde garantiert ein Vorgesetzter auftauchen und ihn fragen, was zum Teufel er dort verloren hätte.

Sie hatten rasch entdeckt, daß Gälisch so mancherlei sein kann, und daß ein Ire, ein Waliser und ein Hochlandschotte, obgleich sie alle behaupten, Gälisch zu sprechen, Schwierigkeiten haben, sich untereinander zu verstehen. Sie hatten deshalb bereits angefangen, eine eigenartige Mischsprache auf der Grundlage des Englischen zu sprechen. Mit der Zeit war bei denen, die Thomas Alexander und seine Freunde kannten, geradezu von einem MacDolphin-Dialekt die Rede, von dem Fremde kein Wort verstanden.

Anmerkung: Der letzte in meinem Geschlecht, der ausschließlich Gälisch sprechen wollte, war John Peter, ein Bruder meines Großvaters. Er hatte es von einem alten Waldhüter gelernt, und keiner verstand, was er sagte. Als er sich einmal in London aufhielt, schleppte der Hotelverwalter einen kanadischen Eskimo als Dolmetscher an, was John Peter ihm nie verzieh. Selbst verstehe ich kein Wort außer einer Anzahl von Flüchen, die ich in meiner Zeit bei der Armee oft benutzte. Als Leutnant benutzte ich sie während einer Parade, bis ein Adjutant angestiefelt kam und mich aufforderte, die Klappe zu halten. Lady Coleport-Wynn, die Frau des Obersten, hatte gerade mit tomatenrotem Kopf die Tribüne verlassen, und es zeigte sich, daß sie gewisse Kenntnisse des Gälischen hatte. Ich habe den Verdacht, daß sie etwas mit meiner kurz darauf erfolgten Versetzung zu tun hat. Das einzige, was ich über das Gälische weiß, ist, daß es vollkommen anders ausgesprochen als geschrieben wird, und daß es aus einer Unmenge von Buchstaben besteht, die vollständig unnötig dafür sind, daß man es nicht versteht.

Als die Flüchtlinge auf gleicher Höhe mit der Ortschaft Drumnadrochit auf dem westlichen Ufer des Sees waren, sahen sie mehrere Häuser brennen und Menschen verwirrt zwischen Soldaten umherlaufen, die einen unfreundlichen Eindruck machten. Larky zufolge gehörten die letzteren dem Cornwall-Regiment an, harte Teufel, denen man am besten aus dem Weg ging. In ohnmächtiger Wut betrachteten sie eine Zeitlang die Szenerie, als Tinker, der die Augen eines Adlers hatte, auf einen Punkt draußen auf dem See zeigte. Er sagte, der Punkte wäre ein Mensch, der auf das Ufer zuschwömme, an dem sie sich befanden. – Er hat sicher noch nie von dem Ungeheuer gehört, sonst würde er sich nicht so leichtsinnig verhalten, sagte Thomas Alexander.

– Vielleicht zieht er denen aus Cornwall das Ungeheuer vor, und das kann man ihm nicht verdenken, meinte Larky. – Wo die auftauchen, gibt es immer Krawall, sie haben nicht viele Vergnügungen in Cornwall, soweit ich weiß.

Der Schwimmende platschte mehr als gut war, was darauf schließen ließ, daß er diesen Sport nicht jeden Tag betrieb, und die Freunde sahen ihn schließlich, denn es war ein Mann, gleich

Poscidon aus dem Wasser steigen und ans Ufer waten. Hier ließ er sich auf die Knie nieder und studierte sorgfältig den Weg nach beiden Seiten, bevor er die Beine in die Hand nahm und im Wald verschwand.

Larky meinte, der Mann müsse etwas Schwerwiegendes verbrochen haben, wenn er sein Leben und seine Gesundheit in dieser Weise aufs Spiel setzte. Selbst würde er so etwas nicht für weniger als die Tötung eines Feldwebel tun. – Vielleicht ist er der Häuptling oder Tan* eines der kleinen Clans draußen auf den Inseln, sagte Thomas Alexander, – es gibt soviele davon, daß man kaum weiß, wohin man treten soll. Laßt uns den Kerl mal ansehen.

Sie fanden ihn schnell, denn er saß an einem Stamm und atmete keuchend wie ein Blasebalg. Eine zierliche Person in ein schwarzes Gewand von der Art gekleidet, wie studierte Personen es häufig benutzten, auf seinem Kopf saß eine verschmutzte Perücke, seine weißen Strümpfe hingen herunter, und sein einer Schuh fehlte. Als sein Blick auf die drei bewaffneten Männer fiel, machte er einen vergeblichen Versuch, auf die Beine zu kommen, aber gab es mit einem Stöhnen auf. – Ihr seht nicht gerade aus wie englische Soldaten, piepste er.

– Man kann uns manches nachsagen, aber das nicht, erwiderte Thomas Alexander. – Schwimmen Sie immer so zu Ihrem Vergnügen herum? Wir hatten gewettet, wann das Ungeheuer anfangen würde, Sie anzuknabbern.

– Das Ungeheuer, so ein Quatsch! Der Mann schnaubte. – Es gibt überhaupt kein Ungeheuer, woher sollte so ein Biest kommen? Aber auch wenn sich ein Ungeheuer im See befunden hätte, wäre ich wohl trotzdem hinübergeschwommen. Er wrang seine Perücke aus und entblößte eine Halbglatze, die er kratzte, während er die Freunde mit einem Blick musterte, als hätte er sie auf einem dunklen Weg getroffen.

– Ist es aufdringlich zu fragen, mit wem wir die Ehre haben? fragte der größte der drei Männer. - Die Umstände bringen es mit sich, daß man gern weiß, mit wem man unter einem Dach ist; nicht alle Fremden sind gleich sympathisch.

* Das Vizeoberhaupt eines Clans.

Der Mann erwiderte, das hinge davon ab, von welcher Seite man die Sache sehe. Wenn er sagte, er sei der Schreiber des Herzogs von Cumberland, würden viele ihn als einen anständigen Mann ansehen und ihm die Hand drücken. Tinker erwiderte darauf, in einem solchen Fall würden sie überlegen, ob sie die Hand abschlügen und den Rest wieder in den See zurückwürfen. – Ich ahnte es, lächelte der Mann. – David Josua Palmer, Kaplan beim alten Pastor Kelsoe im Dorf dort drüben, außerdem Hauslehrer bei MacGregor auf Leckby Castle, Gott sei seiner Seele gnädig.

– Hat ein Seelenhirte es nötig, sich in dieser Form aus dem Staub zu machen? fragte Larky. – Die, die ich kenne, sind die Friedfertigkeit in Person, aber hier oben sind sie vielleicht anders.

– Wenn ein betrunkener Offizier Hand an eine unberührte Frau legen will, und man in der Güte seines Herzens ihm einen Melkeimer über den Schädel hämmert, so daß er erlischt wie eine Kerze, dann muß sogar ein schottischer Kaplan sich in dieser Weise aus dem Staub machen. Auch wenn ich in Jedburgh geboren bin und in Glasgow studiert habe, wage ich es, mich Schotte zu nennen.

Sie schüttelten ihm alle die Hand, und Thomas Alexander berichtete, was ihm und den anderen seit dem voraufgegangenen Tag geschehen war. Palmer hörte bleich um die Nase zu; von der Niederlage hatte er natürlich gehört, doch Einzelheiten waren ihm unbekannt. – Die Soldaten ziehen mit Listen von Personen herum, die festgenommen und nach Inverness gebracht werden sollen, erklärte er. – Sie haben den alten MacGregor abgeholt, nicht genug damit, daß sein Sohn bei Culloden gefallen ist. Dolphin Castle, er runzelte die Stirn, – eine Kompanie ist bei Tagesanbruch zum Glen Cannich gezogen.

Thomas Alexander fluchte voller Inbrunst und meinte, daß es dann an der Zeit sei, weiterzuziehen. Seine Mutter und seine Großmutter bedürften männlichen Schutzes, also mindestens seine Mutter, und er sei nicht der Mann, der vor seinen Pflichten davonliefe. Palmer sagte nun, sie sollten auf der Höhe der Ruine von Castle Urquhart hinunterziehen, denn dort seien keine Soldaten, und von dort zum Loch Mullardoch sei es wohl nicht mehr als an die zwanzig Meilen. – Ich bin in der Gegend mit dem seligen

MacGregor auf die Jagd gegangen, erklärte er, – das waren Zeiten!
– Darüber weiß ich alles, sagte Thomas Alexander. – Kein böses Wort über einen Toten, aber MacGregor war ein Büffel und ein ungehobelter Seeräuber, der auf dem Grund und Boden anderer gejagt hat. Leider lebte er nicht lange genug, um einen Arschvoll zu bekommen, Ehre seinem Angedenken.

Als sie die Ruine der Burg Edwards I. gerade voraus hatten, fand Tinker nach kurzem Suchen ein Boot, und da eine Zeitlang kein Militär zu sehen war, stießen sie vom Ufer ab und ruderten nach Westen. Sie waren ungefähr in die Mitte des Sees gekommen, als es Thomas Alexander aufging, daß Pastor Palmer im Boot war. Der junge MacDolphin war ein ausgezeichneter Mensch, aber Gedankenschnelle war keine seiner Stärken. Nachdem er ein wenig nachgedacht hatte, fragte er schließlich den Pastor, warum er sich nun auf dem Weg zurück zu dem Ufer befände, das er gerade erst unter so großen Anstrengungen verlassen habe.

– Ich bin der Meinung, daß man sich in dieser Zeit der Trauer an Personen halten soll, denen man vertrauen kann, antwortete dieser. – Die Iren sind bekannt für ihre Phantasie, die Waliser für ihre Beständigkeit, und die Hochländer für ... er zögerte. – Ehrlich gesagt habe ich nicht geahnt, wohin ich mich wenden sollte, doch Dolphin Castle in Gesellschaft guter Männer sagt mir außerordentlich zu. Es ist sehr schön am Loch Mullardoch.

Thomas Alexander starrte grübelnd vor sich hin über den See. Wie viele würde er noch aufsammeln, bevor er an sein Ziel gelangte?

Unbemerkt landeten sie südlich der Ruine und schlichen sich in das enge Tal des Flusses Cannich. Larky war der einzige von ihnen, der sich auf fremdem Boden befand, und die wilde Landschaft konnte seinen Gemütszustand nicht aufhellen. – Leben hier wirklich Christenmenschen? fragte er ungläubig.

– Man gewöhnt sich daran, erwiderte Tinker, – wie zum Beispiel daran, Haggis zu essen. Hast du das einmal probiert? Beim ersten Mal glaubt man, man müsste sterben, beim zweiten Mal, daß man zumindest ernste gesundheitliche Schäden davonträgt, beim dritten Mal schwitzt man Blut, und dann ist das Schlimmste überstanden.

Aber was die Highländer an dem Gericht finden, habe ich nie begriffen.

– Eine Mannesprobe, sagte Palmer, – wer einen Teller davon leert, ohne vom Stuhl zu fallen, den wirft nichts um. Beim ersten Mal krabbelte ich auf allen Vieren nach draußen, und blaue Flammen schlugen mir aus dem Mund. Die Hochländer sind in mancherlei Hinsicht ein eigentümlicher Volksschlag, nur eine Mutter kann sie lieben.

Sie bahnten sich langsam einen Weg durch Wald und Unterholz, noch waren die Bäume nicht ausgeschlagen, angeschwollene Bäche ergossen sich von den Berghängen, und die Vögel erfüllten die Luft mit Gesang. Nachdem sie etwa eine Stunde gewandert waren, nahmen sie einen deutlichen Brandgeruch im Wind wahr und hörten kurze Zeit später die bebenden Töne eines einsamen Dudelsacks. Sie blieben stehen und blickten einander an. – Merkwürdig, sagte Thomas Alexander schließlich, – wer zum Teufel kommt auf die Idee, hier draußen Dudelsack zu spielen? – Einer, der noch übt, schlug Tinker vor, – seine Frau hat ihn vor die Tür gesetzt. – Jedenfalls kein Engländer, man kann ihnen zwar vieles nachsagen, aber für den Dudelsack können sie nichts, sagte Larky.

Sie folgten den Tönen und gelangten in ein kleines Seitental, an dessen Grund ein Fluß dahinrauschte. Zwischen rauchgeschwärzten Ruinen saß ein Riese von einem Mann auf einem Faß und blies einen erhabenen Pibroch*, so daß sein roter Bart feierlich auf und ab ging. – Mein Gott, das ist ja Ebenezer Melville, seine Destillerie ist abgebrannt, stieß Palmer erschüttert hervor. – Ebenezer brennt den besten Malzwhisky zwischen Inverness und Glasgow.

– Das spricht nur für ihn, erklärte Thomas Alexander und platschte durch den Fluß. Als der Riese Schritte hörte, hob er langsam den Kopf und nahm den Mund von der Pfeife, so daß der Sack mit einem klagendem Laut wie ein ermatteter Ochse in sich zusammenfiel. Palmer lief zu ihm hin und ergriff seine Hände. – Mein guter Ebenezer, was ist nur geschehen?

– Was geschehen ist! Ebenezer Melville erhob sich, seine Augen blitzten. – Das ist geschehen, daß als ich heute morgen herkam,

* Feierlicher Marsch.

um den Brennkolben zu leeren, eine Bande Sassenachs dabei war, sich mit meinem Whisky davonzumachen, stellt euch vor, mit meinem sieben Jahre alten Whisky. Und als ich mich einmischen wollte, fingen sie an, auf mich einzuprügeln, und da habe ich zwei von ihnen die Köpfe zusammengeschlagen, so daß die anderen ihre Pistolen zogen und ich in Deckung gehen mußte, während sie mein Lager leerten und das Haus anzündeten. Das ist geschehen, und den ersten Sassenach, den ich treffe, hänge ich an seinen Eiern auf ... Ebenezer schüttelte drohend seine geballten Fäuste zum Himmel und stieß ein Brüllen aus wie ein brünstiger Hirsch.

So trafen sie den Schankwirt, Whiskybrenner und Dudelsackpfeifer Ebenezer Melville, er war der älteste von ihnen allen. Mit einer von schweren Wolken verdüsterten Stirn hörte er den Berichten der anderen zu, danach ließ er sie wissen, daß er im selben Boot sitze wie sie. In seinem Wirtshaus zwischen Drumnadrochit und Invermoriston hatten die Engländer ein Kompaniehauptquartier eingerichtet, und bevor es dazu kam, hatte er einen Soldaten in den See geworfen, was man ihm so ohne weiteres wohl nicht vergessen würde.

Als er hörte, daß sie auf dem Weg nach Dolphin Castle seien, sagte er, er wolle sich ihnen anschließen, weil er nicht nach Hause zurückkehren könne, ohne alle erdenklichen schlimmen Folgen zu riskieren. – Deine Großmutter Frau Charlotte kenne ich gut, vertraute er Thomas Alexander an, – sie kehrt jedesmal in „Die Jungfrau und der Soldat“ ein, wenn sie in die Gegend kommt. Sie trinkt Whisky, als wäre es Wasser.

Thomas Alexander antwortete, das wundere ihn gar nicht, er möchte nicht der Sassenach sein, der ihr auf die Zehen trete. Wenn sie in Culloden dabeigewesen wäre, hätte es vielleicht ein anderes Ende gegeben.

– Ich wäre gern dabeigewesen, sagte Ebenezer, – aber die Soldaten kamen in der Nacht davor und schlossen mich zusammen mit Albertina, das ist meine Frau, ein. Wir hockten da, während gute Männer kämpften, und das gefiel keinem von uns.

– Und du läßt sie allein zurück, rief Larky empört aus, – weißt du, was besonders die vom Cornwall-Regiment mit Frauen machen, wenn sie nichts anderes zu tun haben? Davon hatte

Ebenezer allerdings gehört, aber Albertina war Kellnerin in der „Sommersprossigen Alten“ in Liverpool gewesen und wußte genau, wie man zudringliche Kerle behandelte, ohne sie direktemang totzuschlagen. – Sie benutzt unsaubere Methoden, das hab ich selbst gesehen, gab er zu, – aber sie sind effektiv. Und als ich heute morgen abhaute, gab sie mir den Rat, eine Zeitlang fortzubleiben, sie hätte das Ganze unter Kontrolle.

Die fünf Männer begaben sich nun auf das letzte Stück des Wegs, und sie wußten nicht, daß sie sehr lange zusammenbleiben und Dinge erleben sollten, an die zu glauben sie sich in diesem Augenblick geweigert haben würden. Die Engländer wußten es auch nicht, sonst wären jetzt mehrere Regimenter auf der Jagd nach ihnen gewesen, um sie am höchsten Galgen aufzuknüpfen, den sie finden konnten. Es hätte ihnen eine Menge Schwierigkeiten in der Folgezeit erspart.

Sie machten einen Bogen um das Dorf Cannich, wo sich eine Abteilung Soldaten auf der Jagd nach den Resten des Clans Chisholm befand, und setzten über den Fluß Strath Glass und durchquerten das Glen Affric. Als sie in die Berge auf der anderen Seite hinaufkamen, sah Thomas Alexander die wohlvertrauten Gipfel des Braigh a'Choire Bheg, Toll Creagash und des Sgurr na Lapaich; noch lag der Schnee in den tiefen Scharten, und die Wälder an ihren Hängen wogten und sangen im Wind. Ein beglückender Anblick, wäre nicht ein neuerlicher Brandgeruch vom Loch Mullardoch herübergeweht worden und hätte sich in ihre Nasen verbissen.

Dolphin Castle lag am Ostende des Sees auf einer kleinen Landspitze, die es einmal gegen Angriffe von zumindest drei Seiten beschützt hatte. Keine Feinde, seien es die vom Clan Chisholm, die Frasers, Grants oder MacLellands, hatten jemals einen Fuß ins Burginnere gesetzt. Das hatten Teile des Cornwall-Regiments ganz offensichtlich jetzt getan. Sie befanden sich dort unten am Ansatz der Landspitze in ihren roten Waffenröcken und schwarzen Hüten mit weißen Rändern. Und von den eingestürzten Dächern von Dolphin Castle quoll der Rauch auf, er quoll aus geborstenen Scheiben und Türen und hüllte die narbigen Mauern ein, hinter denen der Clan MacDolphin nach bestem Vermögen soviele Jahre gelebt und gewirkt hatte. Das Oberhaupt des Clans stand mit zusammengepreßten Lippen und feuchten Augen da und betrachtete das grausige Bild. – Das werden sie mir bezahlen, verkündete er schließlich mit erhobener Stimme, – jeden einzelnen Penny, jeden Shilling und jedes Pfund, und ich werde es den Teufeln selbst abjagen und Dolphin Castle in neuem und strahlendem Glanz wieder aufbauen.

Es war ein Entschluß, den er nicht durchdacht hatte, sondern der in diesem Augenblick geboren wurde, aber er entsprach voll und ganz seiner Gemütsverfassung. Und da er nun verkündet war, fühlte er sich an ihn gebunden kraft jenes Pflichtgefühls, das sowohl früher als auch späterhin dem Geschlecht soviele Unannehmlichkeiten und unerwartete Erlebnisse beschert hat. – Ihr seid Zeugen meines Versprechens, gute Freunde, fuhr er fort, – ich werde dem Herzog von Cumberland das Leben schwer machen, so wahr mir Gott helfe.

– Amen, klang es von Palmer. – Wie hast du dir das vorgestellt?

Thomas Alexander starrte eine Zeitlang vor sich hin ins Leere, ein Ausdruck, der seiner Umgebung nicht fremd war. – Ich werde darüber nachdenken, verkündete er schließlich, und das war, fanden sie, eine ausgezeichnete Idee. Sie wagten ihn nicht zu fragen, was seiner Familie geschehen sein könnte, doch er half ihnen darüber hinweg, indem er erzählte, daß die Frauen ins Jagdhaus am Mor na Agich gezogen seien. Zwar habe seine Großmutter eine Menge Ärger gemacht und vorgezogen, den Kampf gegen den Feind aufzunehmen, doch hätte die Erkenntnis, daß sie die einzige Verteidigerin sein würde, sie in eine nüchternere Stimmung versetzt.

Und weil Thomas Alexander doch nichts mehr ausrichten konnte, stieß er einen tiefen Seufzer aus und verschwand in die tiefen Wälder, die Loch Mullardoch umgeben. Die Freunde folgten ihm wie treue Hunde, weil sie niemand anderen hatten, dem sie folgen konnten. Wie die meisten Männer der Niederlage wußten sie in diesen Tagen des Zorns weder ein noch aus, außer daß sie um jeden Preis den Mächten entgehen wollten, die danach trachteten, alles auszurotten, was schottisch roch. Sie waren noch heimatloser als die wilden Tiere, und sich daran zu gewöhnen, fällt immer schwer.

Unter den treibenden Wolken wechselte das Wasser des Sees von blau zu grau, die Wälder und die braunen Heideflächen, die nackten Zinnen der Berge, ein Rudel Rehe, das langsam gegen den Wind einen Bergrücken hinaufzog, und ein Adler, der auf unbewegten Schwingen über ihnen schwebte, dies alles ergab ein so herrliches Bild, daß es jeden Betrachter hätte rühren müssen. Die fünf Männer bemerkten es nicht.

Es war bereits spät am Tag, als sie erschöpft die Jagdhütte am Mor na Agich erreichten; der Weg dorthin war für Männer in ihrer besten Verfassung gedacht. Die Begegnung verlief ungefähr so wie vorhergesehen. Thomas Alexanders Mutter war wieder in Tränen aufgelöst, als sie ihren einzigen Sohn an ihren noch vollen Busen preßte, danach weinte sie über Onkel Thomas Morton und die Vettern Duncan und Edward. Frau Charlotte, die wie immer ihr schwarzes Witwenkleid mit weißem Stehkragen trug und einem Ausrufezeichen ohne Punkt ähnelte, musterte ihr Enkelkind sachlich und gab ihrer Verwunderung darüber Ausdruck, daß er ohne den geringsten Kratzer auftauchte, statt inmitten der Blüte von Schottlands bestem Blut auf dem Schlachtfeld zu verfaulen. Die Beule, mit der der Enkel noch immer herumlief, machte keinerlei Eindruck. Doch am Schluß tätschelte sie ihm die Wange, was als gewaltiger Ausbruch von Freude anzusehen war. Mit dem Gefolge, das in angemessenem Abstand der Begrüßung beiwohnte, verhielt es sich hingegen völlig anders. Sie kannte lediglich Ebenezer und war sichtlich erschüttert, als sie vom Schicksal seiner Whiskybrennerei erfuhr. Über die übrigen schweifte ein mißtrauischer Blick, aber sie warf sie nicht hinaus. – Was kann man von diesen Bastarden anderes erwarten, bellte Frau Charlotte, als später am Abend die Rede auf die Engländer und ihr wüstes Treiben kam; sie füllte ihren Krug zum dritten Mal, – es war das gleiche bei Sherrifmuir, als mein seliger Mann und dein seliger Vater, Thomas Alexander, ihr Leben für das Vaterland gaben. Die Scheißkerle führten sich auf wie die Landsknechte, mordeten und plünderten und vergewaltigten alle Frauen, die sie kriegen konnten. In jenen Tagen trug ich stets das Rasiermesser meines Mannes bei mir, und weiß Gott, ich hätte wohl gewußt, davon Gebrauch zu machen.

– Ich verstehe gut Ihre Trauer und Ihren Schmerz, Palmer räusperte sich, aber sich selbst zu entleiben ist und bleibt eine schwere Sünde, für die es im Jenseits keine Vergebung gibt.

– Aber Pastor, ich bitte Sie! fuhr die Alte auf. – Eine echte Hamilton läßt sich doch nicht zu solchen Torheiten hinreißen. Aber hätte ein Sassenach es versucht, hätte ich es ihm abgeschnitten, wenn Sie verstehen, Pastor?

Dieser dachte einen Moment lang nach, dann brach er in ein gakkerndes Gelächter aus und schlug sich auf die Schenkel. Thomas Alexander blickte an sich hinunter und schloß sich lauthals dem Gelächter an. – Pfui Teufel, murmelte er darauf und schüttelte sich.

Es war die allgemeine Meinung, daß er als das Oberhaupt des Clans MacDolphin und Teilnehmer an der unglückseligen Schlacht nicht in der Jagdhütte bleiben könne. Teilweise unter dem Einfluß der Getränke, teilweise durch die kriegerische Stimmung ermutigt, legte er nun erneut das Versprechen ab, das er bereits zuvor reichlich übereilt abgegeben hatte. Auch dieses Mal war es übereilt. Seine Großmutter stimmte umgehend zu, sie hätte allem zugestimmt, was zum Nachteil der Engländer sein würde, wogegen seine Mutter wild und heftig protestierte. Es sei ihres Sohns Pflicht als Oberhaupt des Geschlechts, sich zu verheiraten und Kinder zu zeugen, mindestens einen Sohn, der auf dem Weg weiterziehen sollte, den der Skipper von Mairn abgesteckt hatte.

– Dies ist ein Prinzip, erklärte der Sohn barsch, – was die Engländer zerstört haben, sollen sie ersetzen. Sie müssen lernen, daß man einem Highländer nicht ungestraft auf die Füße tritt, und mit diesen trefflichen Männern ..., hier machte er eine ausladende Armbewegung, und die trefflichen Männer zuckten wie auf Kommando einen Schritt zurück, – will ich ..., er hielt inne und sah seine Mutter an. – Mich verheiraten, mit wem denn, wenn ich fragen darf? – Es gibt viele süße und ausgezeichnete Mädchen, die zu dir passen, erwiderte sie, wie Mütter es auf derartige Fragen von Söhnen stets tun. – Ich finde ein Mädchen wie Alice Sutherland ...

– Händlerbrut, zischte Großmutter, – haben ihr Geld mit Klippfisch gemacht. Schafe und Kühe und Pferde laß ich ja noch durchgehen, aber Klippfisch. Nein, sieh du dir lieber die kleine Iris MacGillivroy von Loch Shin an, das ist ein treffliches Mädchen, die bändigt einen Gaul wie ein Mann, und ihr Vater war von dem Tag an an der Seite von Prince Charlie, als er die Fahne in Glinfinnan aufrichtete. Liegt er wohl auch in Culloden?

– Das tut er, gnädige Frau, ließ sich Tinker vernehmen, – die MacGillivroys standen zusammen mit meinem Herrn, Herrn Boswell zu Yartforth Abbey, und er fluchte wie ein Türke, MacGillivroy also, als die Engländer anrückten. Nichtsdestoweniger bekam er eine Kugel in den Hals und starb auf der Stelle. Ehre seinem Angedenken, wie man so sagt.

Großmutter Charlotte erhob ihr Glas und leerte es, ohne eine Miene zu verziehen. – Wir können nicht auf alle trinken, stellte sie fest, – aber MacGillivroy vom Loch Shin war ein Ehrenmann. Niemand konnte so wie er „Gallaway Hill“ auf dem Dudelsack spielen.

Bei diesen Worten erhob sich Ebenezer und griff zu seinem Instrument, das er aus unerfindlichen Gründen mitgeschleppt hatte. Mit einem mächtigen Blasen füllte er es mit Luft, und dann blies er den alten Marsch „Gallaway Hill“, wobei er um den Tisch wanderte, so daß alle Himmel sich öffneten und die heimgegangenen Geschlechter dort oben sich über der kahlen Zinne des Mor na Agich versammelten und verzückt lauschten. Anschließend sang man stehend „Castle o'Mey“, bis auf Larky, der das Lied nicht kannte. Aber er bewegte die Lippen, als kenne er es, der walisische Musketier fühlte sich allmählich wie unter Freunden.

Thomas Alexander bat nun Ebenezer, einen Highland fling zu spielen, und als die ersten Takte von „De'il in the kitchen“ jammernd dem Dudelsack entwichen, stellte Thomas Alexander sich in Positur. Schon beim ersten Kreuzsprung verlor er die Balance und taumelte in die Wassertonne, die den größten Teil ihres Inhalts über die Feuerstelle ergoß. Er selbst landete mit dem Gesicht fest gegen die rußgeschwärzte Wand gedrückt. – Eines MacDolphins würdig, konstatierte Frau Charlotte, – es konnte gar nicht anders kommen. Seit dem Augenblick, als du über die Schwelle tratst, habe ich keine ruhige Sekunde gehabt.

3

Anmerkung: Das Geschlecht MacDolphin ist in seinen Unternehmungen oft vom Pech verfolgt gewesen. Nicht nur im Krieg. Wie jene Geschichte von unserem Stammvater, der den englischen Steuereintreiber rettete; der Fluch, den er weitergab, erwies sich als zählebig. Nur wenige Mitglieder, seien es Männer oder Frauen, entgingen dem Schicksal, sich in Ereignisse zu verwickeln, die gewöhnlichen Sterblichen niemals zustoßen würden. Zum Beispiel ein Bruder von Thomas Alistair, Henry George hieß er, der im Jahre 1703 nach Mullforth Castle zu einem Weihnachtsbesuch bei Oberst Munroe zog. Er hatte einen über den Durst getrunken, und in der Nacht verwechselte er die Türen und kletterte schlaftrunken ins Bett zur Schwester des Obersten, einer Jungfer von 38 Jahren. Henry George weigerte sich, die Geschichte zu bekräftigen, aber es wird glaubhaft versichert, daß er nicht vor dem nächsten Morgen wieder herauskam, und da mußten zwei Männer anfassen und ihn aufs Pferd setzen und ihn nach Hause begleiten.

Ein Vetter meines Urgroßvaters Thomas Peter wollte einmal ein paar Franzosen den Schwerttanz vorführen, verhedderte sich mit den Schwertern zwischen den Beinen und schlug mit dem Kopf gegen eine Rüstung, daß er fast daran gestorben wäre. Nur ein MacDolphin konnte so etwas zuwegebringen. Oder Tante Jeanette, die beim Begräbnis von Königin Victoria aus einem Fenster am Trafalgar Square fiel und einen Gardeoffizier traf, daß man ihm die Bärenfellmütze vom Kopf schneiden mußte. Sie schickte ihm jedes Jahr zur Wiederkehr des Tages eine Kiste Zigarren, weil er da gestanden hatte. Und meinem eigenen Sohn ist es gelungen, von einer Kuh gebissen zu werden, was jeden in Erstaunen versetzt, der unser Geschlecht nicht kennt.

Die Bemerkung der alten Großmutter Charlotte war also nicht völlig aus der Luft gegriffen; sie wußte, wovon sie redete.

Als das erste schwache Licht den Schnee auf dem Bein Urraigh erreichte und die Schafe im Glen Cannich zu frischer Tat erwachten, kam ein Hirte zur Jagdhütte und erzählte, daß ein Trupp Soldaten mit Troddeln der einen oder anderen Art auf dem Weg herauf zum Mor na Agich sei. Larky sagte, das Grenadier-Regiment benütze Troddeln, und er wolle vorschlagen, daß man sich zurückzöge, solange noch Zeit dazu sei.

In der Jagdhütte gab es Büchsen, Kugeln und Pulver genug für alle. Thomas Alexanders Mutter rang die Hände, während sie gleichzeitig ein ansehnliches Proviantpaket herrichtete, was beinah genau so kompliziert war, wie es klingt. Zwischen den Schluchzern fragte sie, wohin sie ziehen wollten.

– Lassen Sie das ein Geheimnis bleiben, Werteste, antwortete Palmer und setzte sich die zerdrückte Perücke aufs Haupt. – Wir werden sein wie die Vögel am Himmel und die wilden Tiere auf dem Felde und vom Fett des Landes leben.

– Mit dem Fett wird es nicht sehr weit her sein, meinte Ebenezer und klopfte sich auf seinen noch mächtigen Magen. Tinker versprach ihm, er würde bald wie ein leichtfüßiger Hirsch sein, Albertina würde ihn nicht wiedererkennen, wenn er zu ihr ins eheliche Bett kröche. Hier erklärte Ebenezer nicht ohne eine gewisse Bitterkeit, daß seine Frau sich mit derartigen Jugendtorheiten schon seit Jahren nicht mehr abgebe.

– Dann mußt du sie über ihre ehelichen Pflichten belehren, sagte Palmer, – sonst werde ich als Pastor es tun. Seltsamerweise hat man mich aus diesem Grund noch nie zu Rate gezogen.

Großmutter Charlotte folgte ihnen ein Stück den Pfad entlang. Wo er sich gabelte, reichte sie ihnen allen die Hand und wünschte ihnen Glück und Erfolg. – Wenn ihr in dem Steinhaufen dort drüben ein Büschel Heidekraut aufgesteckt findet, müßt Ihr euch fernhalten, sagte sie, – sonst seid ihr jederzeit willkommen. Und jede Nachricht über einen toten Sassenach wird mein Herz erfreuen.

Hinter ihnen an der Treppe winkte Thomas Alexanders Mutter mit der einen Hand und trocknete sich die Tränen mit der anderen. – Daß die MacDuffs so nah am Wasser gebaut haben, sagte die Alte irritiert, – ich kriege noch meine Probleme mit ihr. Heute werde ich ihr beibringen, wie man eine Büchse lädt. Und jetzt verschwindet, ich höre die Banditen unten im Wald.

Mit dem Herrn von Dolphin Castle an der Spitze verschwanden sie in die Wälder und folgten dem Pfad, der sie zum Fuß des Sgurr na Lapaich führte; im Osten hatten sie den Glen Cannich. – Wohin gehen wir eigentlich? fragte Palmer, nachdem sie eine Stunde gewandert waren. Thomas Alexander blieb stehen und betrachtete ihn zuerst ungeduldig, dann nachdenklich. Schließlich antwortete er, daß er das nicht wisse. Aber sie brauchten ein festes Quartier, es nütze ihnen nicht, umherzurennen, je nachdem wie der Wind wehte. Ein Dach über dem Kopf, eine Art heimischen Herd, wo die Gedanken sich entfalten konnten.

– Setzen wir uns, schlug Ebenezer vor, – im Stehen zu planen, führt nie zu etwas Gutem. Und an diesem kalten Frühlingsmorgen waren sie nicht die einzigen Heimatlosen, die Highlands wimmelten davon. Männer, Frauen und Kinder waren plötzlich zu Rebellen und Verbrechern geworden, auf deren Köpfe ein Preis in guten englischen Pfund ausgesetzt war. Ausweisung, Gefängnis oder der Galgen warteten auf die, die einen Namen und Einfluß hatten, und die Highlands waren für die, die sie kannten, wie geschaffen, um sich in ihnen zu verstecken. Der Hirte und der Jäger konnten sich in Sicherheit bringen, aber diese Neuankömmlinge würden sich die Füße blutig laufen und früher oder später vor Erschöpfung zu Boden sinken. Die nächtliche Kälte, der Hunger und die Angst würden den Rest besorgen.

Der Herzog von Cumberland, der fünfundzwanzigjährige William August, der bald den Beinamen „der Schlächter“ bekommen sollte, setzte seinen Ehrgeiz daran, die Erwartungen seines Vaters zu erfüllen. George II. haßte die Jakobiter mit der ganzen Inbrunst seines königlichen Herzens; eine derartige Halsstarrigkeit war bei seinen eigenen Untertanen eine Tugend, bei den Aufrührern dagegen ein Laster. Deshalb sandte der Herzog seine Regimenter über ganz Schottland aus, nicht allein um Bonnie Prince Charlie zu greifen, sondern auch all jene, die sich ihm angeschlossen hatten und noch nicht als Futter für Füchse und Raben auf Culloden Moor lagen. Feuersbrünste und Zerstörung säumten den Weg der Regimente,

Männer aus jahrhundertealten Clans wurden in Ketten in die Städte transportiert, wo sie zur Rechenschaft gezogen wurden, wenn sie nicht schon vorher durch eine Kugel gefallen waren oder unter den Trümmern ihrer Burgen lagen. Die Galgen in Inverness, in Fort William und Fort Augustus, in Aviemore und Carrbridge und Dingwall und all den anderen Städten bekamen schwere Lasten zu tragen. Den ganzen Tag dröhnten die Trommeln, auf den Listen der Richter wurde ein Name nach dem anderen ausgestrichen.

Thomas Alexander hatte keine anderen Pläne außer dem, sich nicht greifen zu lassen. Das Versprechen, Schadenersatz für den durch die Engländer erlittenen Verlust einzutreiben, kam ihm an diesem Morgen ziemlich uneinlösbar vor. Wie ging man dabei vor? Er betrachtete seine Genossen, die er sich nicht ausgesucht hatte, und die ihrerseits ihn nur mangels anderer Wahlmöglichkeiten gewählt hatten. Und sie blickten ihn an und sie sahen einander an, und sie dachten nach, daß man es knacken hörte.

– Kloster Colburn, sagte Palmer schließlich.

– Nein, um Gottes willen, die Brüder dort spuken, protestierte Ebenezer. – Am Tage mag es ja gehen, aber nachts, pfui Teufel. Meine Mutter drohte mir manchmal mit den Mönchen vom Kloster Colburn, bei denen ist alles möglich.

– Ich glaube nicht, daß sie Personen belästigen werden, die für eine gute Sache kämpfen, erwiderte Palmer. – Sie sind zwar, oder besser, waren Papisten, und bei denen weiß man nie; aber man kann sich sicher mit ihnen verständigen, wenn ich auch mit Gespenstern nicht viel Erfahrung habe.

– Wenn da Gespenster sind, können wir sicher sein, daß selbst die Sassenachs den Ort meiden werden wie die Pest, sagte Larky. – Mein Regiment, ich meine mein altes Regiment, macht immer einen großen Bogen um Long Meg and her Daughters*, weil es da von Hexen nur so wimmelt.

– Warum können die Mönche nicht still in ihren Gräbern liegen wie andere? fragte Tinker. – Zu Hause in Irland haben wir massenhaft Gespenster, aber soweit mir bekannt ist, weder Mönche noch Nonnen.

* Steinzeitlicher Kultplatz in Yorkshire.

– Ein gottloser Lebenswandel, Wein, Weib und Gesang, sagte Palmer, – sie haben im Refektorium der Mönche mit losen Frauenzimmern Feste gefeiert, und das darf man nicht.

– Ich habe nie begriffen, warum Wein, Weib und Gesang gleichbedeutend sein sollen mit einem gottlosen Lebenswandel. Hat Gott nicht den Wein und die Weiber und den Gesang geschaffen, fragte Ebenezer, – hat er uns nicht den Tanz gegeben? All diese verfluchten Feuerschlucker, die von nichts anderem reden können als von Erlösung und Verdammnis und Sünde und Gnade und was weiß ich. Wenn *die* zur Strafe für ihre Taten umgehen würden, dann wäre was los mit dem himmlischen Richter. Als Gastwirt sehe ich nie etwas anderes als fröhliche Menschen um mich herum, aber in der Kirche vergehen sie vor Traurigkeit und Gram. Erzähl mir mal, was besser ist, Pastor!

– Nein, ich will nicht, Palmer schüttelte den Kopf, – denn ich kann nicht. Ich bin nämlich auch nicht, wie ich sein sollte.

Sie blickten ihn fragend an, und er errötete. – Ich wasche sonntags meine Unterwäsche und stopfe meine Strümpfe, bekannte er, – und manchmal nach dem Gottesdienst geh ich zum Fluß und fische, und jeden Abend krieche ich mit einer Tabakpfeife und einem Krug Bier ins Bett.

Sie fanden alle, daß dies gute und gesunde Beschäftigungen seien, die man niemandem, auch keinem Pastor, zum Vorwurf machen dürfe. Danach ging es des längeren und breiteren um das Kloster Colburn, und Palmer, dem das Mundwerk am besten gewachsen war, und der Argumente vorbrachte, die die anderen nicht so schnell beurteilen konnten, was sie natürlich nicht zugeben wollten, trug den Sieg davon, indem er ihnen zuguterletzt die Wahl ließ zwischen einem Wiedergänger und einem Stück englischen Hanfseils. Sie entschieden sich für den Wiedergänger. Bis zum Loch Carron, an dessen Ufer das Kloster lag, waren es an die 25 Meilen, ein guter Tagesmarsch quer über die Berge und durch die Täler und um die Seen herum, mit denen die Gegend reichlich gesegnet war, aber sie machten sich getrost auf den Weg und wandten die Nasen nach Nordwesten.

Tinker, der Ohren wie eine Eule und Augen wie ein Adler hatte, führte sie sicher und vermied es mit Bedacht, daß sie Fremden über den Weg liefen. Es schmerzte Palmer, die elenden Flüchtlinge zu sehen, die in der Einöde umherstreiften, doch Tinker riet davon ab, sich zu erkennen zu geben, nun wo es so etwas wie eine Lebensnotwendigkeit geworden war, daß man unbemerkt blieb. – Es ist ansonsten Christenpflicht, seinem nächsten Hilfe und Unterstützung zu leisten. belehrte Palmer. – Ist es nicht auch eine Christenpflicht, keine Dummheiten zu begehen? fragte Tinker. – Nein, erwiderte der Pastor, – wir Menschen begehen soviele, daß Gott unmöglich den Überblick behalten kann.

Gegen Mittag durchquerten sie in einer Talsohle einen reißenden Bach, Tailor's Burn, und als sie gerade in der Mitte waren, dröhnte ein Schuß, und eine Kugel pfiff über ihre Köpfe. Als guter Soldat ließ Larky sich sogleich fallen und brüllte, sie sollten in Dekkung gehen, doch bevor sie sich gefaßt hatten, trat schon ein Mann hinter einem Felsvorsprung hervor und richtete eine Muskete auf sie. Er war uralt, hatte weiße Haare und einen weißen Bart, und der Wind blähte seinen prächtigen Tartan und rüttelte an dem Sporran*, der seinen Gürtel schmückte. Im Kniestrumpf funkelte ein silberverzierter sgean dhub*.

– Ach du meine Güte, murmelte Thomas Alexander, – das ist ja der alte MacIntyre von Strath Castle, der hat schon immer eine Schraube locker gehabt. Sie blieben mit Ausnahme von Larky, der lag, mitten im Bach stehen, denn die Muskete zeigte ohne das geringste Zittern auf sie, und der Hahn war gespannt.

– Wer seid ihr, schrie der Alte, – Scheiß Hannoveraner, was, und der Teufel soll mich holen, wenn ich nicht dem ersten, der auch nur den großen Zeh bewegt, das Gehirn auspuste. Los, raus damit, ihr elenden Kanaillen, wer seid ihr, was habt ihr hier zu suchen?

Thomas Alexander räusperte sich und erzählte mit lauter Stimme, wer er und seine Begleiter waren, und daß sie mit den Hannoveranern nicht das Geringste zu tun hätten, im Gegenteil, daß sie sich nach besten Kräften bemühten, nichts mit ihnen zu tun zu haben.

– MacDolphin, der Musketenmann legte den Kopf schief, – ich war 1715 mit einem MacDolphin zusammen bei Sherrifmuir, ein

* Sporran = Gürteltasche; sgean dhub = Dolch.

junger Bursche. Der marschierte direkt in eine Kanonenkugel, sowas Dusseliges hab ich noch nie gesehen. War das einer von deinen Leuten?

– Mein Vater, gestand der Sohn, – aber das mit der Kanonenkugel hab ich noch nie gehört.

– Nein, das ist ja klar, aber er wäre wohl sowieso getötet worden, MacIntyre senkte seine Waffe ein paar Zoll. – Denn das war einfach eine Scheißschlacht, und dafür konnten wir uns bei Bobbing John* bedanken. Der Idiot hatte genau soviel Ahnung von Kriegführung wie ich vom Kinderkriegen; das reinste Elend, man mußte sich direkt schämen. Einen Augenblick lang schwieg der Alte, dann sang er mit bebender Stimme:

There is some say that we wan,
and some say that they wan,
and some say that nan man wan at a'man.
But one thing I'm sure
that at Sherrifmuir
a battle there was that I saw, man.

Das Echo hallte zwischen den Hügeln, und der Sänger hustete und räusperte sich ein wenig. Dann sagte er, das sei ein gutes Lied, das man häufig im „Roten Stiefel" in Achnasheen hörte.

– Aber was haben Sie hier vor, Sir? erdreistete sich Palmer zu fragen. – In dieser Ausstattung kommen Sie nicht weit.

– Was ich vorhabe? Mein Gut verteidigen. Dort drüben am Stein, MacIntyre zeigte, – beginnt mein Grund und Boden, und kein einziger von diesen hannoveraner Teufeln kommt mir daran vorbei. Ein Sohn und zwei Schwiegersöhne liegen in Culloden, aber solange ich mich auf den Beinen halten kann, werde ich jeden gottverdammten Banditen, der sich zeigt, zu Boden strecken. Er fuchtelte mit der Muskete und grinste mit gelben Zähnen.

– Das geht nicht, Sir, sagte Ebenezer betrübt, – wenn Sie auch 100 Büchsen hätten, es geht nicht. Gehen Sie doch lieber nach Hause nach ...

* Earl of Mar, selbsternannter Führer der schottischen Aufständischen.

– Nach Hause gehn! heulte der Alte, – sollte ich zu Hause am Feuer sitzen und mir in die Hosen machen? Nein, ich will kämpfen, kämpfen will ich, ob ich im Himmel oder in der Hölle ende, darüber werde ich zu gegebener Zeit mit dem reden, der zuständig ist, aber ich rühr mich nicht von der Stelle. Aber nun seht zu, daß ihr aus der Schußlinie kommt, denn ich kann meinen Pferdeburschen oben im Wald flöten hören, also sind sie im Anmarsch. Er machte eine drohende Bewegung mit der Mordwaffe, und Thomas Alexander fand nicht, daß noch mehr getan werden könnte. Die MacIntyres waren schon immer dafür bekannt gewesen, daß sie die Dinge auf die Spitze trieben.

– Lassen Sie mich für Sie beten, Sir, bat Palmer.

– Zisch ab, bevor ich wütend werde, MacIntyre richtete den Büchsenlauf auf den Pastor, der sich hastig umwandte und den anderen in den Wald folgte.

Sie waren noch nicht lange gegangen, als sie hinter sich Schüsse hörten, zuerst einen, danach mehrere in schneller Reihenfolge. Sie blieben stehen, bis keine mehr zu hören waren. – Gott sei seiner Seele gnädig, flüsterte Palmer.

– Ein echter Highländer, sagte Thomas Alexander mit einem Kloß im Hals, – er starb wie ein Held.

Je weiter sie nach Westen kamen, umso seltener stießen sie auf Menschen, aber sie schreckten große Rudel Hirsche und zahlreiche Hasen und Füchse auf, die es gewohnt waren, das unwegsame Land für sich zu haben. Der Wind schüttelte die kahlen Baumkronen und kräuselte die Wasserflächen der Seen, die verstreut unter düsteren Bergmassiven lagen. Wenn sie gezwungen waren, in die Heidekrautregion und weiter auf die nackten Felsen auszuweichen, blickten sie nach allen Seiten über Wälder und dunkle Berge hin, deren kantige Rücken zu den Wolken aufragten. In den Tälern konnten sie Häuser und Höfe sehen, aber keine Spuren von Leben.

Gegen Nachmittag wies Tinker nach Nordwesten, wo sich ein schwarzer Puckel erhob, und sagte, das müsse Sgurr a'Chaorachain sein, und dann könnte es nicht mehr weiter als fünf Meilen bis zum Loch Carron und Kloster Colburn sein.

– Ich bin auch verflucht müde, sagte Ebenezer und ließ sich ins Heidekraut fallen, – wie wär's denn mit 'ner kleinen Stärkung so unter Freunden? Thomas Alexanders Mutter hatte an flüssige Nahrung keinen Gedanken verschwendet, aber der Wirt, der von anderem Schlage war, hatte ein Fäßchen Whisky gerettet und tapfer mitgeschleppt.

– Gott segne dich, stieß Palmer gerührt hervor, – wenn wir Schotten auch nicht durch unsere Geschichte berühmt werden, können wir es doch auf jeden Fall durch unseren Whisky werden. Usquabae, flüsterte er, – Ferintosh*, was für Namen.

– Habt ihr gewußt, daß es der irische Heilige St. Patrick war, der den Whisky erfunden hat? fragte Tinker. – Ganz bestimmt hat er ihn nur für kranke Esel benutzt, aber wir fanden heraus, daß man weder krank noch ein Esel sein muß, um ihn zu trinken. Ihr könnt euch bei uns Iren dafür bedanken, daß ihr berühmt seid.

Das Fäßchen ging herum, und sie kabbelten sich über die Vorzüge schottischen oder irischen Whiskys und wurden nach und nach ziemlich laut. – Die Iren sind total behämmert, sagte Larky. – Bei uns zu Hause in Llanfyllin wohnt einer, und jeden Samstagabend stellt er sich unten an den Fluß und rezitiert Ossians Gesänge, daß man es über das ganze Dorf hört. Danach trinkt er einen Krug Whisky und singt dieses „Siul a Run", und dann geht er nach Hause und kriegt von seiner Frau die Hucke voll. Sowas bringt nur ein Ire fertig.

– Die Verrücktheit ist unsere stärkste Waffe, erklärte Tinker, – ein Ire, der keine Stimmen hört und keine Gesichte sieht, mit dem ist nichts los. Der bei dir zu Hause ist nach unserem Maßstab ziemlich normal. Hast du gesagt, er sang „Siul a Run", dann mußt du auch ..., und er legte aus vollen Lungen los und sang die alte Ballade, doch beim zweiten Vers warfen die anderen sich geschlossen über ihn.

– Typisch irisch, wütete Thomas Alexander, – willst du alle englischen Regimenter zusammentrommeln, selbst der Herzog kann dich ja hören.

– Vielleicht kann ihn das aus dem Land vertreiben, meinte Ebenezer, – ein Gesang wie der ist mir nicht zu Ohren gekommen, seit

* Alte Bezeichnung für Whisky.

mein Großvater tot ist. Wenn der anfing, entvölkerte sich ganz Argyllshire in weniger als einer Stunde.

Aber Tinker war gehört worden, und den Hang herunter kam ein Hirte mit seinen Schafen, blickte sich verwirrt um und schwang seinen Stock. – Ich glaubte, jemand wäre von Räubern überfallen worden, rief er über seine Schafe hinweg, – seid ihr alle gesund und unverletzt? Als dies bejaht wurde, näherte er sich. – Euch hab ich noch nie gesehen. Er war ein Mann mittleren Alters und sah etwas zurückgeblieben aus.

– Mach weiter so, riet Ebenezer ihm, – wir sind in letzter Zeit etwas menschenscheu geworden.

– Hast du hier in der Gegend Sassenachs gesehen? fragte Thomas Alexander, und der Hirte nickte lebhaft. Vor ein paar Jahren hatte General Wade in Stromferry Quartier gehabt, als er die Straße von dort nach Morvich unten am Loch Agich gebaut hat, oder eher umgekehrt, denn er hatte in Morvich angefangen und war dann …

– Vergiß es, Thomas Alexander winkte ab, – in jüngster Zeit, meine ich. Der Schafhirte dachte lange nach, was allem Anschein nach ein schmerzhafter Prozeß war. Doch, da war eine englische Familie auf Weihnachtsbesuch bei Mr. Finch auf Marshbrae Castle gewesen, und er war ja im übrigen selbst Engländer und Weihnachten hatte Mr. Finch den größten Hasen seit 15 Jahren im Glen Carron geschossen, und er …

– Ich meine in den letzten Tagen! schrie unser Held. – Heute, was ist mit heute?

– Hierher kommen keine Sassenachs außer im September, um Schneehühner zu schießen und Lachs zu fischen, der Hirte schüttelte den Kopf.

– Keine Soldaten, fragte Palmer, – du weißt doch, wie Soldaten aussehen, mein lieber Freund?

– Warum sollten die hierher kommen? Der Schafhirte saugte an seinen Zähnen.

– Nein, das ist einleuchtend, räumte der Pastor ein, – und dir hat niemand von einer Schlacht auf Culloden Moor erzählt?

Wieder schüttelte der Mann den Kopf und sagte, das niemand ihm etwas erzählt habe, nicht einmal Mrs. Kellog in Stromeferry, die ansonsten nichts für sich behalten konnte. Aber das kam wohl daher, daß sie letzten Herbst gesagt hatte, daß Mallings Mädchen ein Kind bekäme, und das hatte er Malling erzählt, also daß Mrs. Kellog es erzählt hätte, und dann hatte es ein riesiges Spektakel gegeben, und dieser Malling …

Thomas Alexander riß das Gewehr an sich und richtete es bebend auf den Hirten. – Hau ab! brüllte er. – Beim barmherzigen Gott, ich blas dir den Kopf ab, wenn du nicht verschwindest. Der Schafhirte dachte über diese Bemerkung nach und saugte an weiteren Zähnen, dann sagte er Lebwohl und trieb die Schafe vor sich her und war bald außer Sicht.

– Den rühren die Engländer nicht an, und wenn sie Geld dafür kriegten, sagte Larky. – Du könntest ihm den Kopf abgepustet haben, ohne daß das etwas verändert hätte.

So nahmen sie ihre Wanderung wieder auf und bestiegen viele Berge und stürzten in voller Fahrt quer durch zahlreiche Täler und platschten durch viele Bäche, die so kalt waren wie der Kuß der Schneekönigin. Und als die Sonne halb im Meer versunken war, erreichten sie das Ufer des Loch Carron und sahen die Wellen, die sich am Strand brachen, und die Möwen, die im Tal einen Platz für die Nacht suchten.

Der Fjord hier drinnen, wo er endete, war recht schmal. Im Dunkeln konnten sie Boote sehen, die auf den Strand gezogen waren. Die Fjordöffnung unten im Südwesten sahen sie nicht, aber sie wußten, daß im Sund davor die Insel Crowlin lag und dahinter Skye, wo es angeblich mehr regnete als an irgendeiner anderen Stelle in Schottland, und das wollte nicht wenig heißen. Als sie endlich den innersten Punkt des Fjords erreichten und den Beginn des Glen Carron erahnten, sagte Palmer, daß die Ruinen des Klosters Colburn auf der rechten Talseite nicht weiter als eine knappe Meile vom Fjord entfernt liegen müßten. Um die Flußmündung herum entdeckten sie ein Dorf, auf einem der Häuser quietschte ein Schild jammervoll im Wind.

– Hier gibt es doch tatsächlich ein Wirtshaus, stellte Ebenezer freudig fest, – das ist immerhin ein versöhnlicher Zug.

Sie machten einen Bogen um das Dorf und waren noch nicht länger als zwanzig Minuten gelaufen, als sich aus dem Heidekraut ein paar Ruinen erhoben. Im Halbdunkel erschienen sie ihnen bedrohlich und geheimnisvoll, die Kirche war nur eine leere Hülle, über der sich einzelne Bogen wie knochige Finger von Mauer zu Mauer wölbten. Leere Spitzbogenfenster und Säulenreste grinsten ihnen wie eine Reihe abgebrochener Zähne entgegen. Von den übrigen Gebäuden nahmen sie nur vereinzelte Mauerreste im Heidekraut wahr. Palmer flüsterte, es müßte eine Krypta unter dem Chor sein, und die anderen flüsterten zurück, dann sei es ja gut, und bekreuzigten sich, und schließlich fiel Thomas Alexander in ein Loch und gab ein kurzes Brüllen von sich. – Ein Grab, davon gibt es hier viele, sagte Palmer, – liegt jemand darin?

– Gott sei Dank nicht, sagte Thomas Alexander und wälzte sich über die Kante herauf, – was ist das auch für eine Art, Gräber anzulegen, wo andere gehen wollen. – Du hast dein Gewehr unten vergessen, sagte Ebenezer.

Als das Gewehr heraufgeholt war, hatte Palmer den Eingang zur Krypta gefunden. – Licht wäre nicht unwillkommen, bemerkte er, – der Eingang sieht erstaunlich ordentlich aus. – Vielleicht halten sich die Toten dort unten auf, flüsterte Larky, selbst leichenblass.

– Gespenster brauchen nichts zur Seite räumen, belehrte Palmer ihn, – die gehen einfach durch alles hindurch. Sie spüren keine Wärme und keine Kälte, sie essen nichts und trinken nichts, sie sind kurz gesagt von allen irdischen Fesseln befreit.

– Dann hat es ja immerhin seine Vorteile, ein Gespenst zu sein, meinte Ebenezer, – ich friere nämlich und habe einen Mordshunger. Tinker verschwand einen Moment in der Dunkelheit, kurz danach kehrte er mit einem Fichtenzweig zurück, den er anzündete und freundlichst Palmer überreichte. Der bekreuzigte sich hastig und bewegte sich die Stufen hinunter.

Sie standen dicht beieinander und sahen das flackernde Licht in die Tiefe verschwinden. Ein gräßlicher Ort. Vielleicht hätten sie ihn doch nicht wählen sollen, Gespenster ließen sich nicht gern stören, mit denen war nicht zu spaßen. Voller Furcht blickten die Freunde um sich, sie wußten ja alles über Gespenster in Menschen-und Tiergestalt, über Zwerge, Trolle und Dämonen, Geisterpferde, Werwölfe und Hexen, sie lauerten überall.

Aus dem Innern der zerfallenden Mauerreste zerriß plötzlich ein lautes Jammern die Stille, ein schneidender Klagelaut wie von einer Seele in tiefster Not. Und eine andere antwortete bebend und tränenerstickt hinter dem zusammengesunkenen Altar. Die Freunde klammerten sich aneinander und leierten Stoßgebete herunter, klapperten mit den Zähnen und standen sich gegenseitg auf den Füßen, schlossen die Augen und erwarteten den Untergang, Schwefel, Feuer und Verdammnis. Und während sie so da standen, wurden die entsetzlichen Laute zu einem wilden Zischen und Spucken, und zwei schwarze Gestalten mit steil aufgerichteten Schwänzen und gelben Augen schossen an ihnen vorüber.

– So, jetzt könnt ihr kommen, erklang eine hohle Stimme unter ihnen, und sie ließen einander los und trockneten sich den kalten Schweiß aus der Stirn, bevor sie die Stufen hinabgingen. Am Ende eines kurzen Korridors stand Palmer mit der Fackel so ruhig wie Edinburgh Castle, sie begrüßten ihn mit freudigen Rufen.

Die Krypta war recht geräumig, an die hintere Wand war ein Altar angebaut, und in den fliesenbelegten Boden waren Grabsteine mit verwitterten Inschriften eingelassen. Die Decke wurde von massiven Pfeilern getragen, ein kalter Wind fegte durch ein Loch in der Mauer über sie hin. Mitten vor dem Altar stand auf einem niedrigen Sockel ein aus schwarzem Stein gehauener Sarkophag, auf dessen Deckel zu lesen stand: „Aselmus. Omnia in Omnibus". – 1. Korinther, 12, Vers 6, sagte Palmer. – „Alles ist in Allen". Aselmus ist wahrscheinlich ein ehemaliger Abt. Laßt uns ihn nicht stören.

Die Freunde hatten eine Bleibe gefunden, von wo sie gern die Früchte einsammeln wollten, die auf dem englischen Baum wuchsen. Sie ließen sich als Verdammte unter Verdammten nieder, in einem Haus, das Gott verlassen und wilden Tieren und den Schatten einer Schuld überlassen hatte, die er nicht vergeben wollte. In dieser ersten Nacht tranken die Lebenden einander zu, sie wagten nicht, mit ihrer Furcht allein zu sein, die wie Ameisen über ihre Nervenstränge kribbelte. Sie lagerten sich um den Sarkophag des Aselmus und ließen das Fäßchen kreisen, bis es leer war.

William O'Casey, der Wirt des „Einarmigen Mönchs", setzte Dorsch-Robert und Barney Breitarsch gegen Mitternacht an die frische Luft, drehte den Schlüssel um und ging zu Bett. Dorsch-

Robert und Barney Breitarsch schüttelten sich im Wind und torkelten heimwärts das Tal hinauf. Als sie auf der Höhe von Kloster Colburn waren, bekreuzigten sie sich wie immer, blieben aber einen Augenblick später wie vom Blitz getroffen stehen. Aus den Ruinen stiegen die klagenden Töne eines Dudelsacks auf und wurden mit dem Wind am schäumenden Fluß entlang ins Tal hinaufgetragen. Die beiden Männer schrien gottserbärmlich, dann galoppierten sie wie durchgegangene Pferde zurück zum „Einarmigen Mönch".

4

Zwei Männer wanderten nach Invercarron hinab, so hieß das Dorf. Der eine war beleibt und lächelte, der andere war spindeldürr und trug eine schäbige Perücke, die ihm das Aussehen eines unterbezahlten Schreibers verlieh. Sie kehrten im „Einarmigen Mönch“ ein und bestellten zwei Krüge Bier.

– Seltenheit, hier in dieser Gegend Fremde zu sehen, sagte der Wirt O'Casey und stellte die Krüge vor sie hin.

– Manchmal ergibt sich's eben so, sagte der Dicke und trank. – Kein schlechtes Bier hast du, Wirt.

O'Casey war ein kräftiger Mann im besten Alter und kannte jeden Menschen im Umkreis von Meilen plus die Schmuggler, die an der Küste ihre Waren an Land brachten. Aber zuweilen tauchten also Leute auf, die er nicht kannte. Wie diese zwei zum Beispiel. Nancy, ein stattliches Weibsbild, tauchte aus der Küche auf und verschaffte sich einen Überblick. Der Beleibte zwinkerte anerkennend, der Dürre tat nichts. Stattdessen stellte er fest, daß es hier himmlisch friedlich sei.

– Hierher kommt keiner, wenn er nicht muß, räumte der Wirt ein. – Wir liegen weit ab vom Schuß, und die Wege sind schlecht. Wie das Bier übrigens, auch wenn der Herr die Freundlichkeit besaß, das Gegenteil zu behaupten, und das Fleisch ist zäher als der Strick, an dem die Sassenachs die Leute aufknüpfen. Aber für unseren Haggis sind wir berühmt, soviel darf man wohl sagen.

– Haggis! Das Gesicht des Dicken strahlte, – frischer Schafmagen in Salzwasser geschwenkt, feingehackte Eingeweide, frischer Nierentalg, ein bis zwei Zwiebeln, Hafermehl, Kräuter ... was nimmst du, Thymian, Liebstöckel, Pastinak? Und dazu Kohlrabimus mit Salz und Pfeffer. Darf ich fragen, wie lange du das Ganze kochen läßt?

– Sie scheinen sich gut auszukennen, O'Casey lächelte. – Doch mit Verlaub, was bringt die Herren gerade jetzt in unsere Gegend?

– Wir studieren Zoologie und Botanik, antwortete die Perücke, – wir haben oben im Tal eine Hütte gemietet, aber auch studierte Leute brauchen ja mal dies und jenes.

– Tabak, verstehst du, sagte der Beleibte, – und Fisch, Mehl, Salz und dergleichen, vielleicht auch ein kleines Fäßchen Bier, auch wenn es eine Ahnung besser sein könnte, wie du selbst sagtest.

– Selbst hier im äußersten Thule läßt sich wohl Pulver und Blei beschaffen, die Perücke nippte am Bier. – Wir wollen natürlich oben im Tal auf die Jagd gehen, und für den Fall daß Strolche auftauchen sollten, oder Soldaten ..., über den Rand seines Kruges suchte sein Blick den des Wirts. - Aber hier kommen vielleicht nie Soldaten her.

– Wer weiß, erwiderte O'Casey leichthin, – es ist eine Kompanie nach Stromeferry gekommen, und das muß ja wohl irgendwas bedeuten, denn da ist früher nie eine gewesen. Und oben im Glen Carron sitzt Patrick MacLeod auf Ushaig Castle, seine beiden Schwiegersöhne sind in Culloden gefallen, aber er kann nirgendwo hin, denn er ist gelähmt. Vielleicht kommen die Soldaten ins Tal hinauf, um nach dem Alten zu sehen, und dann kommen sie auch an Ihrer Hütte vorüber. Er nahm die leeren Krüge und stellte sie unter den Schanktisch. – Aber Gesuchte gibt es hier keine, soweit ich weiß.

– Das würde sich wohl auch schnell herumsprechen, meinte die Perücke.

– Ja, unter den Ortsansässigen schon, aber es ist ja nicht sicher, daß die Soldaten etwas erfahren. Hier draußen sprechen nicht viele Englisch. O'Casey wischte die Tischplatte ab.

– Nur weil man gesucht wird, muß man ja nicht gleich in den Augen der gewöhnlichen Menschen ein Verbrecher sein, sagte der Dicke.

– Nein, nicht immer, pflichtete O'Casey ihm bei, – das hängt ja von so vielem ab.

– Man kann alles von zwei Seiten sehen, sagte der Dicke, – manchmal von noch viel mehr.

– Ja, das ist auch hier draußen die allgemeine Meinung, sagte O'Casey, – aber manchmal zieht man es vor, eine Sache nur von einer Seite zu betrachten.

– Und das ist sicher nicht die schlechteste, meinte die Perücke.

– Jedenfalls finden wir das selbst nicht, aber Fremde können natürlich eine ganz andere Meinung haben, sagte O'Casey.

– Ja, Leute aus London und da unten, sagte der Dicke, – davon hat man ja schon gehört.

– Da ist was Wahres dran, die sehen vieles ganz anders, aber das bedeutet ja noch nicht, daß sie immer Recht haben, sagte O'Casey.

– Die Welt ist sonderbar, sagte der Dicke.

Die Perücke bezahlte für das Bier und legte noch eine Kleinigkeit dazu. Als er und sein Begleiter die Tür erreicht hatten, fragte der Wirt, ob einer von ihnen Dudelsack spiele. Der Dicke wollte gerade antworten, als die Perücke in scharfem Ton erklärte, daß das eine verrückte Idee sei. Weder Zoologen noch Botaniker gäben sich mit solchem Zeitvertreib ab, das überlasse man dem gemeinen Volk.

In der folgenden Zeit hielten sich Thomas Alexander und seine Freunde in der Nähe des Klosters Colburn auf. Sie streiften an den Talhängen und am Fluß umher und schleppten eine Masse Blumen an, die sie auf Aselmus' Sarkophag ausbreiteten. Er fand sich stillschweigend damit ab und stieg nicht einmal in das Jammertal auf, das unsicher zu machen sein himmlischer Richter ihn und seine Brüder verdonnert hatte. Aber wenn die Dunkelheit sich herabsenkte, rückten die Freunde um das Feuer zusammen und lauschten mit mit gesträubten Haaren den Geräuschen draußen, und keine Macht der Welt konnte sie dazu bringen, sich von der Stelle zu rühren.

Anmerkung: Wir MacDolphins haben seit eh und je großen Respekt vor Gespenstern gehabt. Noch heute geht kein Mitglied unserer Familie über eine bestimmte Stelle im alten Burghof, wo mein Vorfahr im achten Glied, also Thomas Alexanders Großvater behauptete, einer schwarzgekleideten Frau mit glühenden Augen begegnet zu sein, die ihn und andere davor warnte, auf ihr Grab zu treten, in das ein MacDolphin sie lange vor der Zeit gebracht hatte. Nun hatte Thomas Alexanders Großvater allem Anschein nach öfter einen sitzen, aber trotzdem meidet man die Stelle, ich selbst nicht ausgenommen.

Da ist auch die Geschichte von meinem Urgroßvater Thomas Peter, der 1828 von einem Waldhüter verfolgt wurde, der sechs Jahre zuvor gehängt worden war, weil er einen Landvermesser totgeschlagen hatte, der seiner Frau zu nahe gekommen war. Am Morgen fand man Thomas Peter im weißen Nachthemd und mit der Familienbibel fest an sich gepreßt auf dem Dach des Spritzenhauses. Warum der Waldhüter wütend auf ihn war, erfuhr man nie, vielleicht hatte er ihn mit dem Liebhaber verwechselt; mit Thomas Peter war nämlich in der Hinsicht nicht viel los.

Und nicht zu vergessen Miss Florence Banks, die Gouvernante auf Dolphin Castle zur Zeit von Thomas Marvin, Thomas Alexanders ältestem Sohn. In jeder Vollmondnacht läuft sie auf den Gängen umher und endet stets vor dem Gemälde von Thomas Marvin, worauf sie in den Boden versinkt. Ich habe sie selbst gesehen, aber mir tut sie nie etwas. Gott weiß, ob irgendetwas zwischen ihr und Thomas Marvin gewesen ist, er soll bis zuletzt ziemlich vital gewesen sein. Und in Thomas Alexanders Zeit gab es noch mehr unerklärliche Ereignisse, also ist es kein Wunder, daß ihm und seinen Freunden in ihrer Lage etwas beklommen zumute war. So ging es damals allen.

Eines Tages erklärte Thomas Alexander, sie müßten nun zusehen, daß sie in Gang kämen, sonst würden sie nie reich. Dabei winkte er mit einer Faust voller Blumen.

– Du meinst, daß wir Überfälle machen sollen? Ebenezer hob die Brauen. – Ob ich mich dazu eigne?

– Das lernst du, sagte Tinker. – Und fünf maskierte Männer, bis zu den Zähnen bewaffnet, machen immer Eindruck.

– In den Militärwagen sind viele gute Sachen, sagte Larky, – zum Beispiel Sold für die Soldaten und fette Pfundnoten für die Offiziere. Palmer erklärte mit Nachdruck, er sei gegen Blutvergießen mit Todesfolge, aber nicht gegen Räuberei, selbst wenn das mosaische Gebot dagegen spreche. Tinker meinte, dann würde es ja eine riskante Angelegenheit, weil die Gegenseite mit Begeisterung ihre Pistolen und Büchsen gegen jeden Widersacher abfeuern würde, ohne den mosaischen Geboten einen Gedanken zu schenken. – Das Wichtigste ist die Überraschung, fuhr er fort, – wir kommen wie ein Blitz aus heiterem Himmel und sind wieder verschwunden wie ein Rülpser im Sturm. Beim Militär lernt man nämlich nicht, auf diese Art und Weise zu kämpfen, die Soldaten werden völlig durcheinander sein.

Unter solchen Überlegungen bewegten sie sich am Rand eines Steilhangs entlang, an dessen Fuß die Straße verlief. Und da unten auf der Straße tauchte nun ein Wagen auf; auf dem Kutschbock saß ein Soldat, zwei andere gingen mit Musketen unter dem Arm vor dem Pferd her. Alles atmete Frieden. – Achtzehntes Infanterieregiment, flüsterte Larky, – großmäulige Hungerleider.

Thomas Alexander trat an die Kante, um die Situation zu überblicken, und als er sich nach vorn lehnte, gab der Boden unter ihm nach. Um nicht zu fallen, lief er, und wenn man einen steilen Abhang mit nicht weniger als 45 % Gefälle hinunterläuft, hat man selber nur noch sehr geringen Einfluß auf das Tempo. Thomas Alexanders Beine gingen wie die Speichen in einem durchdrehenden Rad, seine roten Haare flatterten und seine Arme wirbelten, während er unverständliche Laute ausstieß. Die Freunde sahen ihn so schnell zur Straße hinunter verschwinden, daß ihre Blicke ihm kaum folgen konnten. – Auf dieser Seite von Loch Ness kommt er nicht mehr zum Stehen, sagte Tinker. – Er wird den Wagen in zwei Hälften teilen, sagte Larky. – Wenn er das Pferd trifft, muß das arme Tier dran glauben, sagte Ebenezer. Betet, aber schnell, sagte Palmer. Sie beeilten sich zu beten.

Die Soldaten hörten Geräusche oben am Abhang und blieben verwirrt stehen, der Kutscher tastete nach seinem Gewehr, das Pferd war teilnahmslos. Und dann brach etwas Großes und Flatterndes durchs Gebüsch und traf die Soldaten mit fürchterlicher Wucht, so daß sie jeder nach einer Seite geschleudert wurden. Der Gegenstand selbst verschwand laut schreiend quer über die Straße.

– Gott im Himmel, steh mir bei, hauchte der Kutscher und bekreuzigte sich, und als er aufblickte, sah er in zwei Gewehrmündungen und bemerkte, daß seine zwei Kameraden auf der Erde ebenfalls in je eine starrten. Er streckte die Arme in die Luft.

So fing es an, mit einem Unglück, das eines MacDolphins würdig war, das Überraschungsmoment hatte seine Bewährungsprobe bestanden. Ihrer Waffen und Uniformen beraubt, sahen die Soldaten die Räuber davonziehen, mitsamt der Kiste, die die Intendanturkasse für die nächsten 14 Tage enthielt, sowie einen Korb Rheinwein für die Offiziersmesse in Achnasheen. Ein fünfter Räuber war noch hinzugestoßen; gestützt auf einen spindeldürren Mann, der einen Bowlerhut über der Perücke trug, humpelte er davon.

– Mindestens zehn Räuber, daß wir uns einig sind, sagte der eine Soldat, – sonst glaubt uns die Geschichte zu Hause kein Mensch.

Trotz Einöde und Menschenleere bleibt in den schottischen Highlands nur wenig unbemerkt. Als hätten die Bäume, das Heidekraut, die Steine und das Gras Augen und Ohren und schickten Nachrichten mit dem niemals schlafenden Wind. Das wurde den Freunden klar, als sie sich am nächsten Tag nach Invercarron begaben, um einzukaufen. Die Boote waren mit dem Fang der Nacht hereingekommen, und am Strand wurden Schafe und die ersten Lämmer des Jahres verkauft.

Die Leute begegneten den gelehrten Männern mit einer Freundlichkeit, an der es bis dahin ein wenig gehapert hatte. Dieser und jener schüttelte ihnen die Hand, Frauen warfen ihnen manches Lächeln zu, nicht zuletzt Thomas Alexander, obgleich sein Gesicht schief war und in reicher Farbenpracht prangte.
– Sonderbar, murmelte Palmer, – was ist nur geschehen?

– Meine Herren, fünf Krüge Bier aus eigener Tonne auf Kosten des Hauses, rief O'Casey im „Einarmigen Mönch", als die Freunde auftauchten.

– Sieh mal einer an, lachte Ebenezer, zu Hause in der „Jungfrau und dem Soldaten" habe ich auch ..., er verstummte plötzlich und griff sich an den Fuß, Palmer gab dem Wirt ein steifes Lächeln.

– Na, und die Zoologie und die Botanik machen Fortschritte? O'Casey brachte das Bier, und die Schankstube füllte sich langsam mit Menschen, die alle das gewöhnliche Bier bekamen. – Hat der Herr die Hochlandbullen studiert? Tja, die können jetzt im Frühjahr leicht ein wenig ungesellig sein, aber was tut man nicht alles für die Wissenschaft. Er klopfte Thomas Alexander freundschaftlich auf den Rücken, und unser Held wimmerte still in sich hinein.

Die Versammlung lächelte mitwissend, und ein alter Kauz erhob seinen Krug und brachte einen Trinkspruch auf das Haus Stuart im allgemeinen und Bonnie Prince Charlie im besonderen aus. Die Freunde schlossen sich zögernd an, und Thomas Alexander sagte mit lispelnder Stimme, in diesen für das Vaterland so ernsten Zeiten müsse man seine Zunge im Zaum halten und keinen Anlaß zur Unruhe geben. Und als Botanicus ... hier wurde er indessen von einem neuen Gelächter übertönt, und der Kauz stimmte „Bluebells of Scotland" an, um innerhalb der Botanik zu bleiben. Alle fielen ein.

– Sonderbar, rief Palmer, wie immer mißtrauisch, – unsere Identität wird in Zweifel gezogen. Wer hat nicht dichtgehalten? Die anderen beteuerten ihre absolute Unschuld. Von allen Seiten wurden ihnen milde und freundliche Blicke und aufmunternde Worte zuteil.

– Morgen abend feiern wir ein kleines Fest, sagte O'Casey, – Nancys Geburtstag, sie wird 35, aber greifen Sie bloß nicht höher, wenn Sie gratulieren, und sie möchte die Herren gern als Gäste des Hauses sehen. Scotch broth*, Weizenbrot mit warmem geräuchertem Lachs, Haggis mit Kohlrabimus, Bier mit Porst und zum Abschluß eine Schale Punsch mit echtem westindischem, frisch geschmuggeltem Rum, golden wie ein Gerstenfeld im August.

Nancy stand hinter der Theke; welch eine Haltung, was für ein Format rundum. Sie hoben ihre Krüge zum Gruß, und sie dankte mit weißen Zähnen.

Als über dem Sgurr a'Chaorachain die Sterne aufgingen und ihren Genossen über dem Beinn Eighe oben am Loch Maree und denen über Mam Soul und den Fällen von Glomach zuwinkten, machten die Freunde sich auf den Weg zum „Einarmigen Mönch", in festlicher Stimmung, aber doch ihrer Verantwortung bewußt. Ihnen würde man nichts aus der Nase ziehen.

Es wurde eine stürmische Nacht, weil die Highländer nämlich entweder gar nichts auf die Beine stellen, oder es gleich übertreiben. Es wurde gegessen und getrunken, und all die Lieder, die die

* Schottische Graupensuppe.

Kommissare des Herzogs von Cumberland verboten hatten, wurden gesungen, daß die Wände wackelten und die Schwalben unter den Traufen in alle Richtungen flüchteten.

Thomas Alexander erblickte zum ersten Mal Carolyn die Irin, und entbrannte, wie man so sagt, in Liebe zu ihr. Das tat er freilich oft und meistens ziemlich bedingungslos bei einem Großteil der Mädchen, die ihm über den Weg liefen. Carolyn die Irin säuberte Fisch am Hafen, ihre Hände waren rot und rau, aber ihr ganzer Rest war weich wie eine Pferdeschnauze. Ihre Augen funkelten goldgrau, und die Sommersprossen auf ihren runden Wangen waren wie das Herbstlaub im Glen Carron. Thomas Alexanders Herz begann schneller zu schlagen.

Die Freunde saßen auf den besten Plätzen, zu ihnen kamen die Schüsseln zuerst. – Einen so guten Haggis hab ich selten gekostet, erklärte Ebenezer und blickte Nancy tief in den Busen, als sie ihm nachfüllte, – man bekommt beinah religiöse Gefühle.

– Jeder Sünder, der umkehrt, weckt Freude in den himmlischen Hallen, predigte Palmer. Er hatte Farbe bekommen, seine Augen funkelten wie Kristalle. Er schloß sie ehrbar, als Nancy sich mit dem Topf zu ihm niederbeugte. – Führe uns nicht in Versuchung, sagte Tinker neben ihm, – so ein Anblick wird dir in den himmlischen Gefilden nicht geboten. Ja danke, gern noch eine Kelle, Frau Wirtin, bei Aselmus bekommt man so etwas nicht.

– Und wer ist das? Nancy strich dem kleinen Iren über seine rabenschwarze Mähne. – Ich kenne ansonsten die meisten Männer hier in der Gegend. Ist er stark und schön?

Palmer trat Tinker ans Schienbein, Tinker trat zurück, Palmer fluchte roh wie ein Landsknecht.

– Du bist schön wie der Morgen am Loch Mullardoch, wenn es nicht regnet, sagte Thomas Alexander und starrte mit verliebtem Welpenblick auf die Sommersprossen der Irin Carolyn.

– Ja, ist ja gut, das gleiche kann man aber von dir nicht sagen, erwiderte sie und entfernte seine Hand. – Man könnte glauben, daß dir ein Berg auf den Kopf gefallen wäre. Bist du normalerweise etwas hübscher?

– Wir MacDo … wir in unserer Familie legen mehr Wert auf andere Dinge, erklärte unser Held. Larky ihm gegenüber meinte, das klänge vernünftig. Seine Mutter zu Hause in Llanfyllin... Thomas Alexander trat ihm ans Schienbein. Larky trat zurück, und Thomas Alexanders Kinn knallte auf die Tischplatte; zwischen dieser und dem Kinn stand allerdings sein Teller mit Haggis.

Dann stimmte der Waliser einen cornkister* an, den er bei seinem Regiment gelernt hatte, und seine herrliche Stimme brachte eine große Stille über die Versammlung, so daß der Staub sanft zu Boden sank. – Wie macht er das nur, flüsterte Nancy und errötete. – Warte nur bis nach der vierten Strophe, flüsterte Palmer und lehnte sich mit verschränkten Armen zurück.

Als die Schale mit Punsch auf den Tisch kam, saß Ebenezer plötzlich mit einem Dudelsack im Schoß da und streichelte ihn wie ein Erstgeborenes. All die Tänze, die laut königlicher Bekanntmachung nicht getanzt werden durften, weil sie eine Provokation der Gefühle des Siegers darstellten, gingen nun über die Dielenbretter, der Highland fling, Sean Triubhais, Eightsome reel, Reel o'Tulloch und natürlich der Schwerttanz, der am strengsten verbotene von allen. Ganz Invercarron bebte.

– Für einen Botaniker spielt er aber ausgezeichnet, sagte O'Casey, – gehört das mit zur Ausbildung?

– Er hat Vergangenheit, verriet Palmer ihm und trocknete sich die Stirn mit der Perücke – jeder hat eine Vergangenheit, jetzt mehr denn je. Ich ermahne meine Gemeinde auch immer... Tinker trat ihn ans Schienbein.

– Komm mit, Alexander, rief Carolyn die Irin und zog den Helden nach draußen. Ihr Busen wogte, und ihr bernsteingelbes Haar wehte im Wind, als sie auf leichten Füßen vor ihm her zur Scheune lief. Thomas Alexander lächelte listig, man wußte ja so einiges über Scheunen. Und dort im raschelnden Heu wuchs Carolyn die Irin vor seinen Augen aus ihren Kleidern hervor, die wie Schneeflocken um sie zu Boden sanken. Thomas Alexander hielt die Luft an, sein Adamsapfel hüpfte auf und ab wie ein frühlingstolles Lamm. Er fing an zu schwitzen. Die Irin Carolyn war ohne Falsch und ohne Umschweife, mit einem hellen Lachen warf sie sich rückwärts ins Heu und sang: – So komm, mein edler Herr!

* Ländliche, oft derbe Balladen.

Und das tat er auch, nachdem er endlich seine Kleider losgeworden war und sich über dieses Füllhorn von einer Frau niederzusenken begann. – Du bist ein Held, flüsterte das Füllhorn und schlang die Arme um ihn. Thomas Alexander hielt in seiner Abwärtsbewegung inne und runzelte die Stirn. – Held, warum bin ich ein Held? fragte er. – Wegen dem, was du gegen die blöden Sassenachs fertiggebracht hast, einfach toll, so ein Mut, das Dorf hat den ganzen Tag von nichts anderem geredet, ein Held, und mit den blanken Fäusten … Thomas Alexander mußte lange nachdenken, wie gesagt, war er keiner von den Schnellsten. – Hast du es gesehen? fragte er schließlich. – Nein, aber ein Schafhirte hat's gesehen, und du bist überhaupt kein Professor oder sowas, nicht? Er schüttelte den Kopf. – Na, was ist? Sie breitete sich unter ihm aus. Die Arme begannen ihm wehzutun. – Hm? Er fuhr zusammen. – Na, nun komm schon, rief sie und zog ihn über sich.

– Und wie heißt du mit Vornamen, Palmer? rief ein rotgesichtiger Fischer und stieß seinen Krug gegen den von Hochwürden.

– Woher weißt du meinen Namen? fragte dieser fassungslos.

– Ebenezer hat es erzählt, naja, ist ihm eben so rausgerutscht, und der, der die beiden Kerle zu Boden gestreckt hat, heißt Thomas Alexander, das hatte die irische Carolyn ihm beim zweiten Krug schon aus der Nase gezogen, was für eine Visage, Mann, und Tinker … tja, die Iren gehören ja wohl auch dazu, irgendeine Vorstellung muß sich der Herr bei ihnen ja gemacht haben, er heißt Samuel … nun sitz nicht da und tu wie Jesus am Kreuz, wir tun dir wirklich nichts; der Fischer rammte Palmer den Ellenbogen in die Seite.

– Meine Eltern ließen mich auf den Namen David Josuah taufen, verkündete der Pastor, – nach zwei der Vornehmsten des Volkes der Juden. Frag mich nicht warum, aber für einen Pas … – Ist schon in Ordnung, Herr Prälat, der Fischer tätschelte Palmers Perücke, – du bist unverkennbar von der Sorte. Aber weißt du, was? Thomas, David, Josuah, Ebenezer, wenn nun der lange walisische Fockmast noch Hesekiel oder sowas heißt, dann seid ihr verdammich eine wandelnde biblische Geschichte. Du verstehst, was ich meine, nicht? Möchten Hochwürden noch eine Kanne Bier auf die neue Freundschaft leeren?

Palmer sah ein, daß irgendetwas an diesem Abend falsch gelaufen war, aber er befand sich jenseits der Grenze, innerhalb derer ein klarer Überblick noch etwas vermocht hätte. Er war ein Diener des Herrn, der seine Gemeinde dazu ermahnte, die andere Wange hinzuhalten und dem Kaiser zu geben, was des Kaisers ist. Und hier saß er nun, ein Freibeuter ohne feste Bleibe, ein elender Strolch in den Augen ebenjenes Kaisers, nach der Geschichte mit dem jungen MacDolphin reif für Strick und Galgen. Wo war übrigens selbiger junge Herr? Palmer blickte sich unsicher um und wäre beinah mit Nancy O'Caseys Kopf zusammengestoßen. Oh, was für Augen, was für ...

– Warum so ernst, Herr Botanicus, fragte sie, – machen die kleinen Blumen Probleme? Trinken Sie ein Glas mit mir.

– Treiben Sie keinen Spott mit ernsten Dingen, der Duft von westindischem Rum kitzelte in Palmers Nasenlöchern, – es gibt soviele Arten von Blumen, und manche gehen sogar auf zwei Beinen und trinken zuviel.

– Ach ja, und andere schlagen Soldaten nieder und machen sich mit ihren Uniformen aus dem Staub, wohin soll das noch führen? Sie stieß ihr Glas an seines, und er verspürte einen heftigen Drang, seinen Kopf an ihrem Busen zu verstecken und laut und lange zu singen. – Ein Mißverständnis, sagte er langsam, um nicht über die Worte zu stolpern, – was kann daraus im Volksmund nicht alles werden?

– Ihr habt nichts zu befürchten, Nancy wurde ernst, – alle Männer von hier haben im vorigen Jahr unter MacDonald bei Spean Bridge* gekämpft, als wir das letzte Mal gewannen. William war auch dabei. Für was halten Sie ... nein, ich darf ja wohl du und David sagen, oder ... für was hältst du uns?

– In meiner Situation ist es immer am klügsten, das Schlimmste zu glauben, erwiderte Palmer, – aber ich muß ... ich muß zugeben, daß das manchmal ziemlich schwer fällt. Im übrigen war ich selbst in Spean Bridge dabei, in meiner Eigenschaft als Pas ... oh Gott, er griff sich an den Kopf, – da bin ich doch verflucht noch mal wieder

* Am 16.8.1745 gewannen die Schotten unter MacDonald of Keppoch hier gegen die Engländer.

reingetappt. Ich erleichterte den Sterbenden nach bestem Vermögen das Verlassen dieser Welt und legte als Feldscher mit Hand an, das liegt mir ein bißchen.

– Und jetzt tanzt du mit mir, David, sagte Nancy und legte den Arm um seinen Nacken, – hör mal, sie spielen einen Walzer, und nun sollst du mich so umfassen, daß ich es merken kann, einverstanden?

– Eigentlich ist es gegen meine Prinzipien, erklärte er kraftlos.

– Ich hasse Prinzipien, David; ihre Augen suchten die seinen, und viele Zentimeter waren es nicht zwischen ihren Gesichtern. Er faßte sie um den Leib und schwang sich auf die Tanzfläche hinaus, und seine Füße traten auf lauter kleine weiße Wolken.

– Und wenn du jemals an der „Jungfrau und dem Soldaten" vorbeikommst, sagte Ebenezer zu O'Casey, – dann werde ich dir eine Fischpastete servieren, wie du sie nördlich von Stirling Castle noch nie gegessen hast. Meine Frau Albertina ...

– Stell dir vor, daß du Gastwirt bist genau wie ich, O'Casey schüttelte den Kopf. – Du heißt nicht vielleicht auch Melville mit Nachnamen? Ich habe einen Bruder in Invermoriston, und der spielt jeden Samstagabend in einem Wirtshaus an der Straße nach Drumnadrochit Würfel.

– Dochdoch, das bin ich, Ebenezer lachte schallend, – und Liam O'Casey aus Invermoriston kenn ich gut, aber daß er dein Bruder ist... aber was red ich eigentlich da, er schwieg verwirrt still. – Das muß dieser Rumpunsch sein, ich kenn mich nicht wieder, seit ich das erste Glas getrunken habe.

– Ihr seid prima Kerle, aber das Pulver habt ihr auch nicht erfunden, lachte O'Casey. Glaubt ihr wirklich, daß fünf fremde Personen sich hier in diesem Krähennest niederlassen können, ohne daß wir anfangen, uns ein bißchen umzuhören? Und so weit ist es weder nach Dolphin Castle, noch zur Kirche in Drumnadrochit oder Yartforth Abbey oder zur „Jungfrau und dem Soldaten". Der eine weiß dies und der andere das, niemand ist neugieriger als wir Highländer, das ist doch fast das einzige Vergnügen, das wir hier haben.

Ebenezer leerte sein Glas und wandte sich zu Larky um. – Hast du gehört, was unser Wirt sagt? Alle wissen, wer wir sind, obwohl keiner von uns ein Sterbenswörtchen gesagt hat.

– Mich kennen sie auch, lächelte Larky benebelt, – sie können sogar Llewztfyn sagen, und es gibt verdammich nicht viele außerhalb von Wales, die das können. Alle Fremden glauben, wir halten sie zum Narren, und wie sollen sie rausfinden, daß man Llansatffraid oder Fístinog so ausspricht, wie man es ausspricht, wenn du es nur geschrieben siehst? Waliser zu sein ist eine Art Privileg, daß du es weißt. Nun gut, wir sitzen in der Patsche, Ebenezer, aber doch auf ganz angenehme Weise, wenn ich ehrlich sein soll.

– Sind alle Iren so gut? ächzte Lilly, die Tochter des Schäfers am Ben Bahn; das Heu raschelte gewaltig, und erschreckte Mäuse flohen nach allen Seiten. – Darin sind alle Iren gut, antwortete Tinker, – in uns allen wohnt ein Künstler. Fingal* war aus Irland, und was hat der nicht alles gekonnt. Sie wälzten sich im Heu, das soviel gesehen und gehört hatte. – Hat Fingal das hier auch gekonnt? jubelte des Schäfers Tochter. – Es sollte mich nicht wundern, jubelte Tinker zurück.

Sie wanderten in einer etwas schwankenden Formation heimwärts; der Sternenhimmel war hinter einer leichten Dunstschicht verschwunden, der Fluß rauschte zwischen den Steinen dahin, und draußen über dem Fjord schrie ein Seevogel. – Sie glauben, ich hätte es mit Absicht getan, sagte Thomas Alexander, der voranging. – Sie halten mich für einen Helden.

– Laß sie nur in dem Glauben, sagte Ebenezer. – Man hat nie soviele Vorteile wie als Held.

– Aber in Zukunft können wir nicht alles dem Zufall überlassen, meinte Tinker. – Ich dachte, alle Iren könnten das, lachte Larky, – der bei uns zu Hause in Llanfyllin ...

– Laß ihn ruhen, mischte Palmer sich ein; – vor unserem Herrgott sind wir alle Iren.

– Oder Schotten, sagte Ebenezer.

– Aber keine Engländer, sagte Thomas Alexander.

Der Nebel legte sich naßkalt um ihre Beine, das Heidekraut schlug mit wütenden Fingern nach ihnen, vor ihnen erhob sich das Kloster Colburn mit seinen geborstenen Mauern wie ein Monument

* Irische Sagengestalt.

über die Entsetzlichkeit aller Dinge. Die Freunde schauderten, sie gewöhnten sich nie daran. Plötzlich stoppte Thomas Alexander.

Die anderen liefen auf ihn auf und schimpften, aber die Worte blieben ihnen im Hals stecken. An der Kirchenmauer entlang kam eine Reihe von schwarzen Gestalten gewandert, die einen Sarg auf den Schultern trugen. Im Nebel sah es aus, als schwebten sie und hätten überhaupt keine Füße. Thomas Alexander stieß einen Schrei höchsten Entsetzens aus, dann schrien die Freunde, und im Nu stürzten sie denselben Weg zurück, den sie eben gekommen waren, Thomas Alexander noch immer an der Spitze.

Sie sahen deshalb nicht, daß die Gestalten mit dem Sarg das gleiche taten, nur in entgegengesetzter Richtung. Herzzerreißende Töne erfüllten eine Zeitlang das Tal.

Bei Tagesanbruch wagte Thomas Alexander sich aus der Scheune heraus und hinüber in den „Einarmigen Mönch". Seine Haare und seine Kleidung waren voller Stroh und Spreu.

– Teufel noch mal, wie siehst du denn aus? fragte O'Casey.

– Gib mir einen Whisky, bat unser Held, – aber nicht zu wenig. Wir ziehen ab.

– Warum denn das? Der Wirt reichte ihm das Glas, – hier bei uns seid ihr fast so sicher wie im Mutterschoß. Hast du in der Scheune geschlafen?

Thomas Alexander goß den Inhalt des Glases hinunter und schüttelte ein paarmal den Kopf, so daß die Strohhalme um ihn her wirbelten. – Wir sind ihnen begegnet, flüsterte er.

– Ihnen?

– Den Klosterbrüdern. Den Verdammten, sie kamen mit einem Sarg. Und da gingen wir, naja, wir gingen nicht gerade, wir waren also die Nacht in der Scheune. Und jetzt ziehen wir ab, hol mich der Leibhaftige.

– Wohin denn?

– Irgendwo hin, wo die Toten bleiben, wo sie hingehören. Gib mir noch einen. Woher kommen all die Strohhalme?

– Klein Martin, hörst du, was der Mann hier erzählt? rief O'Casey. Im hintersten Winkel saß ein bärtiger Riese und brütete über einem großen Glas Rum, er fuhr zusammen, als der Wirt ihn ansprach. – Was hat der Mann denn gesagt? Fragte er mit dünner Stimme.

Der Wirt wiederholte es, und der Riese erhob sich und trat an den Schanktisch, er war bleich. – Hat er das gesagt? Er richtete den Blick auf Thomas Alexander. – Wir haben sie auch gesehen, beim Herrn Jesus, fünf Gestalten, die auf uns zu schwebten. – Wir sahen sechs, sagte der Mann mit dem Stroh, – sie kamen von Westen mit einem Sarg auf den Schultern, aber geschwebt sind sie auch, pfui Teufel!

– Von Süden, sagte Klein Martin, – fünf Stück und kein Sarg, im Gänsemarsch. Plötzlich heulten sie los, das vergeß ich nie. Er bekreuzigte sich.

– Glaubt ihr, daß ihr über dasselbe redet? fragte O'Casey.

Sie sahen sich an. – Natürlich, das waren doch wir, die von Süden kamen, und im Gänsemarsch, sagte Thomas Alexander, – von der Geburtstagsfeier.

– Ihr kamt von Süden, im Gänsemarsch? Klein Martin fing an wieder Farbe zu bekommen.

– Genau, woher hätten wir sonst kommen sollen?

– Wir kamen von Westen an der Kirchenmauer entlang.

– Wir, was meinst du mit wir? Die wir gesehen haben, schwebten, sie hatten keine Füße. Schwebt ihr viel?

– Ihr seid auch geschwebt ...

– Wir hatten einen sitzen, aber geschwebt, daß ich nicht lache. Ich erinnere mich, wie saukalt es war, im Heidekraut zu gehen.

– Ja, scheißkalt, wenn wir nur geschwebt wären.

– Ihr kommt euch näher, bemerkte O'Casey und stellte zwei Krüge vor sie hin.

– Wenn ihr das wirklich wart, was hattet ihr denn da zu suchen? fragte Thomas Alexander.

– Gute Frage eigentlich, was hattet ihr denn da verloren?

– Laßt uns die Sache ein für alle mal hinter uns bringen, sagte O'Casey. – Mr. MacDolphin und seine Freunde wohnen unten in der Krypta vom Kloster Colburn, und Klein Martin benutzt ebendiese Krypta zuweilen als Lagerraum, er lebt nämlich von ehrbarem Schmuggel. Ihr seid euch begegnet, und der eine glaubte, daß der andere und so weiter. Ist der Groschen gefallen?

Die zwei Männer musterten einander, dann erhob Klein Martin seinen Krug, das gleiche tat der Herr von Dolphin Castle, sie stießen die Krüge aneinander. Diese Begegnung sollte späterhin Folgen haben.

5

Während englische Soldaten auf der Jagd nach Bonnie Prince Charlie und seinen Anhängern die schottischen Highlands durchkämmten und englische Beamte sich an die Schreibtische ihrer vertriebenen Kollegen vor deren Papiere und Tintenfässer setzten und englische Zöllner in den Bergen umherzogen, um Whiskybrennereien zu finden, die sie mit Steuern belegen konnten, begann Thomas Alexanders Rachefeldzug langsam Form anzunehmen. Die Freunde waren mit wachsender Begeisterung bei der Sache, und während unser Held der natürliche Mittelpunkt des Kreises war, ließ es sich nicht verheimlichen, daß Palmer, dieser Stubengelehrte, der Latein und Griechisch lesen und die Heilige Schrift von hinten wie von vorn auslegen konnte, ein kleines strategisches Genie war und die Operationen mit zu keinem Zeitpunkt nachlassender Tüchtigkeit plante. Und daß Tinker als vorgeschobener Beobachter weit hinter den feindlichen Linien mit den Sinnen eines Spürhunds operierte, der sich nicht fangen ließ. Larky war der Waffenmeister, der Kugeln goß, Pulver für Gewehre und Pistolen abmaß und sie mit Öl und Feuerstein in bestem Zustand hielt. Ebenezer nahm sich der Jagd an, stellte Fallen und legte Schlingen aus, häutete und rupfte die Beute und bereitete sie mit liebevoller Hand zu. Worin Thomas Alexanders Aufgabe bestand? Der zu sein, der er war, ohne Furcht und Tadel, stark und zäh und ziemlich respekteinflößend, wenn es sich um direkte Aktionen und nicht um spitzfindige Anschläge drehte.

Rundum in den Tälern fing man an, Lieder über diese fünf maskierten Räuber zu dichten, und ein Spielmann in Balmacara komponierte einen Marsch, den jeder Dudelsackspieler in Invernessshire, der etwas auf sich hielt, bei jeder sich bietenden Gelegenheit spielte, wenn keine Engländer in Hörweite waren. – Wir werden für würdig befunden, daß man Lieder über uns macht, sagte Thomas Alexander und richtete sich auf. Die Freunde nickten stolz.

Die Engländer wurden immer gereizter, und ganz schlimm wurde es, als es den außerplanmäßigen Tageswagen zwischen Fort William und Inverness erwischte. Es geschah an einem späten Nachmittag im Juni zwischen den Ortschaften Invermoriston und Fort Augustus, das die Schotten in ihrem Starrsinn noch immer Kilcumein nannten.

– Er ist vor einer halben Stunde losgefahren, sagte Tinker, – es sitzen sechs Frauenzimmer drin, und massenhaft Kisten und Taschen. Die Kutscher sind Ortsansässige, ehrenwerte und gottesfürchtige Männer.

– Und die Eskorte?

– Zwei Dragoner, um die empfindsamen Gemüter zu beruhigen, die Tageswagen sind ja bisher nie überfallen worden. Es sollen ein paar flotte Stücke dabei sein.- Stücke von was? fragte Thomas Alexander.

– Frauenzimmer. Der Frager lächelte verstehend.

Palmer sandte Tinker einen mißbilligenden Blick; der kleine Ire war dabei, sich die Uniform des Yorkshire-Regiments anzuziehen, wovon sie am meisten hatten. Larky musterte jeden Mann, auch Leutnant MacDolphin. – Ich hab abgenommen, stellte Ebenzer fest, – seht nur, ich werde von Tag zu Tag schmucker, womit soll das noch enden?

Ein paar Meilen nördlich von Kilcumein führt die Straße vom Loch Ness fort und macht einen Bogen um einen Felsbuckel mit Namen Ben Short, und der Reisende ist während ungefähr zehn Minuten außer Sicht, und zwar von allen vier Himmelsrichtungen. Hinter dem Ben Short sollte nach Palmers Plan die Begegnung mit den englischen Offiziersfrauen stattfinden. Wer ihm von ihnen erzählt hatte? Der Posthalter in Fort William seinem Freund, dem Fischhändler, der in seinem buntbemalten Wagen herumfuhr und in Glen Shiel einem Hirten davon erzählte, dieser gab es weiter an die Straßenarbeiter in Morvich, ein Malzhändler brachte die Neuigkeit mit nach Stromeferry, von wo der Schmuggler Klein Martin einen Jungen nach Invercarron schickte. Alles innerhalb eines Tages.

– Keine Aufdringlichkeiten, ermahnte Palmer, – Frauen gegenüber verhalten wir uns anständig.

– Erstaunlich wenig Frauen machen sich etwas aus Anständigkeit, das weiß ich aus Erfahrung, sagte Thomas Alexander. – Ehrlich gesagt, sie langweilt sie auf die Dauer. Nein, ein grober und kräftiger Mann, der nach Pferden und Tabak riecht, ist viel interessanter, und was Offiziersfrauen anbelangt, habe ich einmal ... sie rückten alle näher, doch da kam ein Junge vom Ben Short heruntergestürzt und meldete, daß der Tageswagen in Sicht sei.

– Nun denn, im Namen des Guten, sagte Palmer, der es unpassend fand, den Namen Gottes mit dieser Angelegenheit in Berührung zu bringen. Als Unteroffizier sah er nicht richtig aus, er glich einem Geistlichen in Uniform, und das quälte ihn zuweilen. Aus der Straßenbiegung sah er die schwarze Kutsche mit zwei Pferden herankommen, auf jeder Seite ritt ein Dragoner. Sein Herz begann heftig zu schlagen.

Der Kutscher Robert Harris und sein Sohn Donald unterhielten sich über die beste Methode, Frühjahrslachs zu räuchern, als sie in die Kurve fuhren. Einen Augenblick später sahen sie einen Leutnant und vier Soldaten mitten auf der Straße stehen und ihnen Zeichen geben, anzuhalten. Der Leutnant machte einen finsteren Eindruck, er wäre fast über seinen Säbel gefallen, als er auf die Dragoner zuging.

– Befehl aus Inverness, bellte er, – absitzen und dort ins Haus! Er machte eine Kopfbewegung in Richtung eines Hauses aus Feldsteinen, und die Dragoner gehorchten pflichtschuldigst, auch wenn es ein Fußkriecheroffizier war, und marschierten auf steifen Beinen ins Haus. Die Tür wurde hinter ihnen zugeschlagen und der Schlüssel umgedreht. – Alle Fenster verrammelt? brüllte der Leutnant. – Jawohl, Sir, rief ein kleiner Unteroffizier und knallte die Hacken zusammen.

Der Leutnant wandte sich zum Wagen um und winkte mit einer Pistole. – Bleibt ruhig sitzen und freut euch eures Lebens, sagte er zu den beiden auf dem Bock, – eure Lieben wollen euch sicher gern wohlbehalten zurück haben.

– Wie wahr gesprochen, Herr Leutnant, gab Harris zurück, – wir sitzen so fest, als wäre uns der Hintern am Bock festgeleimt. Mein Vater sagte immer, daß man sich nie in anderer Leute Angelegenheiten einmischen soll, wenn Ärger im Anzug ist. Und ich habe meine Ahnungen, Sir, ja die hab ich. Der Sohn nickte zustimmend und nahm eine bequemere Sitzhaltung ein.

Der Leutnant öffnete den Wagenschlag, sechs fragende Gesichter kamen ihm entgegen. Tinker hatte recht, zwei von ihnen waren über Durchschnitt. – Die Damen werden gebeten, sich ruhig zu verhalten, befahl er aufgeblasen. – Meine Leute untersuchen den Wagen nach Kontrabande, die Gegend hier wimmelt von schottischen Rebellen. Sollte jemand schreien oder einen Fluchtversuch wagen, wird er noch vor Sonnenuntergang vor ein Kriegsgericht gestellt. Diese Rede hatte der Leutnant den ganzen Vormittag geübt.

– Was hat das zu bedeuten, und wer sind Sie, junger Mann? zischte eine hakennasige Dame, die unter dem Durchschnitt lag. – Dies ist empörend und unverschämt, und ich werde meinen Mann, Major Smith-Amis, von Ihrem ungebührlichen Auftreten in Kenntnis setzen. Und wenn Sie nicht unmittel ...

– Regen Sie sich ab, meine Dame, unterbrach eine der anderen, die so rund war wie ein Apfel, – der Kerl da ist genauso wenig Leutnant, wie ich Abrahams Ehefrau, das kann man doch mit einem halben Auge sehen. Und der Bleichfurz dort drüben, der gleicht einem Leichenbestatter in Lambeth.

– Ich muß doch sehr bitten, sagte der Unteroffizier erregt. – Sie beleidigen eine Befehlsperson, wenn auch niedrigsten Grades, in der Armee seiner Majestät, und ...

– Und der da, fuhr die Dame unbeeindruckt fort, – Soldaten solchen Umfangs gibt es überhaupt nicht in der britischen Armee, er könnte ja eine ganze Kompanie aufwiegen.

– Würden Sie wohl die Klappe halten, schrie der, von dem die Rede war. – Es sind Muskeln, jedenfalls ein Teil, und ich kann doch nichts dafür, daß alles an mir hängen bleibt. Sie hätten mich vor ein paar Monaten sehen sollen.

– Straßenräuber, konstatierte die Rundliche nüchtern. – Sehen Sie mal, wie sie sich angesprochen fühlen. Mir ist es ja egal, ich hab nichts weiter außer Unterwäsche und Schmuck aus Glas und so, aber andere sind wohl etwas besser sortiert. Soldaten kenne ich gut aus meiner Zeit als Marketenderin.

– Oh Gottogott, Räuber! Eine der beiden über dem Durchschnitt kreischte kokett. – Was werden sie wohl nachher mit uns machen?

– Marketenderin! Die Majorin maß die Rundliche mit ausgesprochenem Widerwillen. – Hätte die Madame nicht ein anderes Beförderungsmittel finden können, statt sich unter Leute von Format zu mischen? Mein Mann Major Smith-Amis hätte nie im Leben zugelassen, daß ein Weibsstück ...

– Zur Hölle mit Ihrem Major, ich bin gesetzlich verheiratet mit einem Stabsfeldwebel, und wenn ich auch keinen vergoldeten Hintern habe oder zusammen mit den feinen Leuten in Mayfair pisse, so hab ich verdammich an einem Tag mehr nützliche Arbeit geleistet als eine Vettel wie Sie in Ihrem ganzen Leben, sagte die ehemalige Marketenderin.

– Gut gebrüllt, Löwe. Ich mag Leute, die ihre Selbstachtung behalten, auch wenn sie in bescheidenen Verhältnissen leben, kam es von einem langen und mageren Soldaten. – Und diesen Major Smith-Amis kenn ich gut, er dient beim Sussex-Regiment, und dort nennen sie ihn den Läusebläser, weil er jedesmal, wenn er eine Prise nimmt, in alle Richtungen Rotz und Spucke verpustet. Ein schrecklicher Langweiler, da könnt ihr Gift drauf nehmen.

– Dann ist es genau wie mit dem alten Pastor Baxton von St. Martin bei uns zu Haue, sagte Harris oben vom Bock herunter. Wenn der erst auf der Kanzel steht, versprüht er Spucke wie ein Regenschauer, und deshalb sitzt nie jemand in den vordersten Reihen. Es liegt irgendwie an den Zähnen. Aber seine Predigten sind wie Feuer und Schwefel, und weil er auch Tabak kaut, ist bei seinen Gottesdiensten immer was los. Man kann es noch ein paar Stunden nachher riechen, wenn er in der Kirche gewesen ist. Aber guten Whisky brennt er, das muß man ihm lassen.

Die Majorin und die Frau aus dem Volke beschimpften sich, daß ihnen die Ohren sangen. Der dicke Soldat und Harris diskutierten die Lagerung von Whisky. Eine der jungen Offizierstöchter (-frauen?) warf dem rothaarigen Leutnant unzüchtige Blicke zu, die er lebhaft erwiderte. Eine Hauptmannsgattin in mittleren Jahren las laut und schnell aus einer Taschenbibel, um für kommende Schrecken gerüstet zu sein. Die zwei letzten im Wagen schienen sich zu langweilen. Drüben am Haus wurde gegen die Tür gehämmert.

– Fertig, meldete ein kleiner Soldat und salutierte vor dem Leutnant. – Ich habe fertig gesagt! rief er noch einmal, und der Leutnant fuhr zusammen und guckte ihn fragend an. – Knöpfen Sie Ihre Weste zu, Soldat Tinker, bellte er ihn an, – Sie befinden sich in der Gegenwart von Damen.

– Unmenschen! Räuberpack! Die Majorin ließ von der ehemaligen Marketenderin ab und schüttelte ihre behandschuhten Fäuste. – Was haben Sie mir geraubt?

– Kleinigkeiten, Gnädigste, Kleinigkeiten, lächelte der Unteroffizier. – Ihr Schmuck hält einer näheren Begutachtung kaum stand, glaube ich, aber er sieht hübsch aus, und Geld haben Sie nicht viel bei sich. Sprechen Sie bei Gelegenheit einmal mit dem Major wegen einer Erhöhung. Dagegen führen Sie eine verblüffende Menge von Unaussprechlichen mit, und schönere habe ich selten gesehen.

– Major Smith-Amis' Gemahlin kreischte. – Warum fallen Sie nicht in Ohnmacht? fragte die Marketenderin. – Alle feinen Täubchen fallen doch immer gleich um und strecken die Nase in die Luft, wenn das Pulver verschossen ist.

– Wenn Sie einmal Witwe werden und nichts zu beißen haben, dann können Sie zu mir kommen, sagte der dicke Soldat und trat näher. – Ich kann Sie im besten Wirtshaus zwischen Fort William und Inverness unterbringen, die Gäste werden Sie lieben.

– Danke für das Angebot, Soldat, die Marketenderin tätschelte ihm die Wange, – aber ich halt mich lieber an meine eigene kleine Kneipe daheim in Cheapside. Schau mal herein, wenn du am „Hirschkopf" vorüberkommst.

– Ihr wartet zehn Minuten, sagte der Leutnant zu den Männern auf dem Bock, – und danach laßt Ihr die Dragoner frei und fahrt ohne Aufenthalt nach Inverness, verstanden?

Vater und Sohn beteuerten, das sei klar wie Glas. Harris fügte hinzu, falls man ihn nicht mißverstehe, würde er dem Leutnant raten, in östlicher Richtung zu verschwinden, weil ein Bataillon Grenadiere gerade ausgerückt sei, um die westliche Region durchzukämmen. – Und zieht in Gottes Namen, sagte er salbungsvoll. – Ich werde euch sicherheitshalber in mein Abendgebet aufnehmen.

Während der Nacht wachte die Wirtin in der „Jungfrau und dem Soldaten“ davon auf, daß kleine Steine an ihren Fensterladen geworfen wurden. Sie schlug ihn wütend auf und schimpfte, sie sei zu alt für diesen Quatsch, und wenn das Schwein nicht auf der Stelle abhaute, würde sie die Büchse holen und ihm eins damit verpassen.

– Meine Frau, flüsterte Ebenezer beruhigt, – unverkennbar. Er schlich sich unter das Fenster und gab sich zu erkennen, und Albertina sagte: – Jesses Maria und Joseph, und schlug den Laden zu.

Sie ließen sich in der Küche nieder, und Albertina tischte das Beste auf, was das Haus zu bieten hatte, und zwischendurch schlang sie die Arme um ihren Mann, daß es knackte, und beteuerte, er sei ganz wie in seinen jungen Jahren. Während die Freunde es sich schmecken ließen, erzählte sie von großen und kleinen Ereignissen, und das meiste war traurig. Jeden Tag kamen Soldaten mit Arrestanten angeschleppt, rundum in den Tälern standen Höfe und Burgen leer, und ihre Besitzer lagen in den Kerkern der Engländer oder waren nach Osten oder Westen über das Meer geflohen. Und überall wimmelte es von Spionen, bald wagte man nicht einmal mehr in den eigenen vier Wänden den Mund aufzumachen.

Es gereichte Albertina zur Ehre, daß sie nicht nach mehr fragte, als sie erzählt bekam. Sie war in jeder Hinsicht eine Frau, die mit beiden Beinen fest auf dem Boden stand, die weder leicht zum Weinen noch zum Lachen zu bringen war und jeden Tag nahm für das, was er war. Der Respekt, den ihr Mann für sie hegte, übertrug sich auf die übrigen.

Ebenezer machte eine Runde durch seine Schenke, die Speisekammer und den Vorratskeller und stellte fest, daß alles zum besten stand. Er legte den Arm um sein Ehegespons, alte, nun aber wiedererweckte Kräfte erfüllten ihn.

– Bleibt ihr heute nacht hier? fragte sie.

– Ja, in der Scheune, sagte er. – Dorthin kommen die Soldaten wohl nicht.

– Sie kommen auch nicht in die Schlafkammer, sagte sie.

Ebenezer lachte laut.

6

Sie zogen nach Osten bis zum Loch-an-Eilean, in dessen Wassern sich die Ruine der alten Burg der MacIntoshs spiegelte. Einige Tage lang machten sie den Glen More unsicher und überfielen nichtsahnende Transporte, die bis dahin friedlich und ungestört vor sich gegangen waren. Soldaten wurden ausgesandt, und ihre farbenprächtigen Uniformen waren meilenweit zu erkennen; die Freunde verschwanden in die Moore und Wälder, bis sie vorübergezogen waren. In einem verlassenen Hof am Oberlauf des Findhorn-Flusses fanden sie Kleider, die sie gegen ihre alten eintauschten, und nun sahen sie wieder wie anständige Menschen aus.

Gemächlich wanderten sie am Fluß Spey entlang, der zwischen grünen Wiesen und duftenden Fichtenwäldern dahinfloß. Larky sang „Seven deadly sins", als sei es eine Opernarie. – Du solltest in Händels „Messias" singen, sagte Palmer nachher, – dann würde Gott dir deine vielen Sünden vergeben. Larky fragte, wer dieser Händel wäre, und erfuhr, daß es ein deutscher Komponist war, der in London lebte und fast blind war. Er hatte auch etwas geschrieben, das „Wassermusik" hieß und der reine Balsam für ein bedrücktes Gemüt war. Palmer begann zu summen, gab aber schnell auf.

– Sing mal ein Lied von Liebe und schönen Frauen, bat Thomas Alexander. – Bei allem Respekt für die Irin Carolyn, ihr mangelt es trotz allem ein wenig am geistigen Ballast.

– Hör sich das einer an, sagte Ebenezer erschüttert, – bist du auf das Geistige verfallen. Das ist auch meinem Onkel in Arrochar passiert. Er trank und hatte es mit den Weibern nach Herzenslust, bis er fast sechzig war, und außerdem war er stark wie ein Ochse. Aber dann hatte er eine Erscheinung auf dem Heimweg von einem Kegelabend, er sah Sankt Columban auf einem seiner Pferde sitzen und Harfe spielen. Und seitdem rührte er weder Alkohol noch Frauen an, sondern trank Limonade und ging jeden Sonntag mit seiner Frau in die Kirche. Und was passierte? Ein halbes Jahr danach starb er bleich und ausgezehrt, obwohl zwei Pastoren sich abwechselten, ihm aus den Predigten von John Knox* vorzulesen. Wenn er jetzt statt ...

– Wer sagt denn, daß er an Frommheit und Enthaltsamkeit gestorben ist, schnitt ihm Palmer das Wort ab. – Sowohl Sankt Columban als auch Sankt Adamnan wurden alte Männer, ohne zu trinken und Unzucht zu treiben. Wozu Larky bemerkte, daß sie sicher wenig Freude am Leben gehabt hätten. Wenn der Pastor zu Hause in Llanfyllin mal so richtig über die Stränge schlug, aß er Malzbonbons und trank Portwein, den er mit Ingwerbier verdünnt hatte. Nachher bekannte er von der Kanzel weinend seine Sünden und versprach, es nie mehr wieder zu tun. – Ich hab nie begriffen, was Gott mit so einem Menschen im Sinn gehabt hat, schloß Larky.

Tinker erzählte nun, daß es mit Pater Catto in Shannon genau umgekehrt wäre. Wenn er nüchtern wäre, hätte er die ganze Zeit Visionen und hörte Stimmen und würde von Versuchungen heimgesucht, die der heilige Augustin nie erlebt hätte. Aber der ganze Spuk verschwand wie durch Zauberei, wenn er auf nüchternen Magen ein paar steife Whiskeys zu sich nahm. Die Gemeinde war sich einig, daß ihr Pfarrer am besten war, wenn er mit einer leichten Schlagseite antrat und ihnen die Worte der Schrift auslegte.

Sie hätten noch lange so weitermachen können, hätte nicht ein Wagenrasseln hinter ihnen sie Hals über Kopf zwischen die Bäume fliehen lassen. Von dort aus sahen sie aus südlicher Richtung einen großen, überdachten Wagen mit zwei Pferden auftauchen. Auf dem Bock saß ein Mann mit Zylinder und rotem Mantel und ließ die Peitsche knallen. – Sieht nicht nach Tageswagen aus, sagte Tinker. – Sieht nicht nach Militärtransport aus, sagte Larky. – Oder nach einem herrschaftlichen Wagen, sagte Ebenezer. – Wonach sieht es denn dann aus? fragte Thomas Alexander.

Ein kitzelnder Schauer der Erwartung durchströmte sie, als sie maskiert und mit den Gewehren im Anschlag auf die Straße hinaustraten. Der Kutscher zog die Zügel an und wurde grau im

* Calvinistischer schottischer Reformator, 1515–1575.

Gesicht wie der Himmel bei einem Regenschauer. Wie immer war es der Herr von Dolphin Castle, der den Inhalt des Wagens inspizierte, doch als er den Wagenschlag aufriß, um das zu tun, purzelte ein weibliches Wesen heraus und ihm fast in die Arme. Mehrere folgten ihr, acht, um genau zu sein. Thomas Alexander verlor seine Pistole und taumelte zurück.

– Was ist dies für eine Versammlung von Damen? fragte Palmer schließlich.

– Damen! Der Kutscher feixte. – Also meinetwegen, nennen wir sie Damen. Sie wird es freuen. Also die Damen sind auf dem Weg zur Garnison von Carrbridge, um dort für die Herren Offiziere zu singen und zu tanzen. Unter anderem, Sie verstehen. Sie spielen nicht nur auf einer Saite, wie es im Fachjargon heißt.

– Ich hab es geahnt, sagte Larky, – diese Art Venusse kriegt man das Bündel für einen Schilling in jedem Lager. Es mag schon sein, daß sie singen und tanzen, aber höchstens in der Waagerechten und nur jeweils eine Viertelstunde. Abgebrühte Luder.

– Hört euch den Furzarsch an, gurrte eine der Damen, – laßt mich den eine Viertelstunde lang bearbeiten, dann erkennt ihn nicht mal seine Mutter wieder.

– Du meine Güte, die spielen wohl Faßnacht, zwitscherte eine Mitschwester. – oder sehen sie wirklich so furchterregend aus, daß sie sich nicht öffentlich zu zeigen wagen. Der kleine Schiefbeinige da hinten, den sollte man zurückschicken und neu machen lassen.

– Vielleicht sind sie nur schüchtern, sang eine dritte, – wir können nicht sehen, ob sie rot werden. Unversehens raffte sie ihre Röcke hoch und ließ sie etwas sehen, das an das Gesicht von Klein Martin erinnerte.

Die Freunde waren etwas aus der Fassung geraten, sie sahen sich an, und sie sahen diesen Stoßtrupp Amors an und wußten weder ein noch aus. Eine der Damen lüpfte Thomas Alexanders Maske und bekam einen Klatsch über die Finger. Sie trat ihn gegen das Schienbein, daß er aufbrüllte.

Schön im ästhetischen Sinn waren sie nicht, wenngleich Röcke und Halstücher in morgenländischer Vielfalt erstrahlten und auf ihren Gesichtern mehr Farbe aufgetragen war als auf einem

Gemälde von Hogarth*. Aber durch Schlitze und Ausschnitte zeigten sie freigebig, was sich unter den Stoffen verbarg, und das waren beileibe keine Kleinigkeiten; vernachlässigte Offiziere und angeheiterte Lebemänner konnten einigen Wonnen entgegensehen.

– Ein Mißverständnis, murmelte Palmer. – Was sollen wir bloß tun mit dieser zügellosen Unsittlichkeit? Er wollte sich gerade an den Kutscher wenden, als dieser den Mangel an Aufmerksamkeit auf seine Person ausnutzte, den Pferden die Peitsche gab und in Richtung Carrbridge davonbrauste. Die Freunde und die leichte Kavallerie riefen aufgeregt durcheinander.

– Was zum Teufel wollt ihr jetzt machen? rief eine reifere Maid mit dem Busen einer Gallionsfigur. – Wenn ihr glaubt, daß wir uns hier Plattfüße holen, nur weil es euch in den Kopf kommt, Räuber und Gendarm zu spielen, dann habt ihr euch verfluchtnochmal in den Finger geschnitten. Wir sollen heute abend in Carrbridge auftreten, und bei der Unschuld meiner Großmutter, ihr sorgt dafür, daß wir dahin kommen, und wenn ihr uns tragen müßt.

– Wenn sie uns nun vergewaltigen, piepste eine andere, – ich könnte mir gut vorstellen, es zu versuchen, obwohl man ja seine Tugend verliert.

– Und wenn ich das zehnte Jahr auf einer verlassenen Insel säße und Nägel kaute, würde ich zu den Haien ins Wasser springen, wenn du an Land gewatet kämst, erklärte Ebenezer. – Mit so einer wie dir macht man Kindern Angst, wenn sie nicht ins Bett wollen. Die Dame sagte etwas Unfeines, riß ihm die Maske vom Gesicht und knallte ihm eine, daß es schallte. Ebenezer stellte sie auf den Kopf, sie hatte auch keine Hosen an.

Dies war das Signal zu einem gesammelten, frontalen Angriff. Die Frauen warfen sich heulend über unsere Freunde, die Luft hallte wider von Schreien und Kreischen, in einer Orgie aus Farben und rauschender Seide wälzten sich die Kämpfenden im Gras, wo die einen mit Nägeln, Zähnen, Schuhen und Haarnadeln angriffen, die anderen sich mit Händen und Füßen verteidigten. Thomas Alexander drückte mit seinen Riesenkräften eine Aphrodite

* Zeitgenössischer englischer Maler, 1697–1764.

zwischen seinen Armen, daß ihr fast die Augen aus dem Kopf rollten. Sie zischte. Er küßte sie, und sie hörte auf zu zappeln und seufzte hingerissen. Palmer spürte eine Nadel in den Körperteil eindringen, der am höchsten ist, wenn man Veilchen pflückt, er quietschte wie ein Spanferkel. Ebenezer hielt zwei Furien an den gestreckten Armen von sich, seine Nase blutete, die Furien hämmerten mit ihren Schuhabsätzen auf seinen Kopf ein, er glotzte scheeläugig vor sich hin. Larky lag und hatte das Gesicht in einen wogenden Busen vergraben, er war kurz vor dem Ersticken und zappelte hilflos mit den Beinen. Tinker bekam ein Knie in den Schritt und kroch schreiend unter einen Busch und schlug die Arme um den Stamm, als sei der eine tröstende Mutter.

Keiner der Freunde hatte die geringste Vorstellung, wie lange sie sich in diesem Malstrom befunden hatten, bevor sie sich auf unerfindlichen Wegen am Waldrand wieder zusammenfanden. Von dort konnten sie die Siegerinnen am Straßenrand sitzen und sich hübsch machen sehen, keine schien ernstliche Schäden davongetragen zu haben. Als letzter von allen tauchte der Herr von Dolphin Castle mit lippenstiftverschmiertem Gesicht auf.

– Herrgott, hast du sie zerfleischt? fragte Ebenezer, dessen eines Auge strahlte wie die Röcke der Frauen.

– Frauen lieben Stärke, antwortete Thomas Alexander und lächelte versonnen. – Ja, das hab ich gemerkt, verdammich, sagte Tinker. – Mir haben sie die Eier bis in die Kehle hochgerammt, habt ihr das schon mal probiert? Als hätte man zwei Melonen zwischen den Beinen baumeln, und ich krieg die Hose nicht zu.

– Ungewöhnliche Frauen, sagte Palmer und holte tief Luft; er stand auf, obwohl er erschöpft war. – Ihr Gewerbe hat sie hart gemacht, unbarmherzig, gefühlskalt und schamlos. Unter gewissen Umständen verstehe ich die Einstellung des Paulus zum anderen Geschlecht sehr gut.

– Mir ist eine Kompanie vom Cornwall-Regiment lieber, sagte Larky, – die ersticken einen nicht zwischen ihren Brüsten. Ich kam nicht mal dazu, reinzubeißen.

– Ich versteh überhaupt nichts, Ebenezer schüttelte sich. – Wie die Zerstörung von Jericho oder die Mongolen von Dschingis Khan, die sieben Landplagen Ägyptens; ich werde es nie wagen,

Albertina von der Geschichte zu erzählen. Die könnte noch auf die Idee kommen, etwas verpaßt zu haben. Was sollen wir tun?

Es bestand große Einigkeit darüber, daß sie sich aus dem Staub machten, bevor die Amazonen anfingen, sie zu vermissen. – Du hast doch wohl nicht da gelegen und dich mit einer von den Nymphen vergnügt, während wir anderen ums nackte Leben gekämpft haben? fragte Ebenezer entrüstet.

– Man kommt weit mit einer liebenden Hand, antwortete unser Held in sich gekehrt.

– Sie betrachteten ihn mit einer Mischung aus Abscheu und Bewunderung, darauf betrachteten sie die acht schönen Blüten, deren Kichern und Lachen nur allzu deutlich an ihre Ohren drang. – Die hätten die vereinigten Heere des Herzogs von Cumberland niedergewalzt, murmelte Larky. – Wenn ihr die in Culloden dabeigehabt hättet, wäre kein Gamaschenknopf an seinem Platz geblieben.

Sie suchten ihre Waffen zusammen, und bei der geringsten Bewegung verfielen sie in lautes Ächzen und Stöhnen. Im Gänsemarsch lenkten sie ihre Schritte zwischen den dunklen Fichten hindurch nach Westen zum Findhorn Fluß. Ein einziges Mal wandte Thomas Alexander sich um und warf einen triumphierenden Blick zurück.

Anmerkung: Wir haben immer ein starkes und gesundes Verhältnis zum anderen Geschlecht gehabt, wir, das heißt also: die männlichen Mitglieder des Clans. Nicht allein zu denen, mit denen wir uns verheirateten. Im Gegenteil, außereheliche Verbindungen haben für viele von uns eine nicht unwesentliche Rolle gespielt. Das Jagdrevier meines Großvaters umfaßte zum Beispiel den größten Teil von Inverness-shire, und er reffte erst die Segel, als er anfing, Namen und Adressen durcheinanderzubringen, was ihm eine Reihe unangenehmer Verwechslungen einbrachte. Als er weit in den sechzigern war, konnte seine Familie ihn gerade noch hindern, seine Erinnerungen zu schreiben. Henry Adalbert, ein Vetter meines Ururgroßvaters Thomas Marvin, verstrickte sich in ein Abenteuer mit der Frau eines Kapitänleutnants im Argyll & Sutherlands Regiment, das war 1794, gerade bevor der Ehemann in die Niederlande sollte, um gegen die Franzosen zu kämpfen.

Henry Adalbert wurde nur unzulänglich bekleidet bei der Dame überrascht und von dem Hahnrei mit gezücktem Säbel durch das nächtliche Fort Williams verfolgt. Den Rest der Nacht soll Henry Adalbert im Schornstein einer Fischräucherei zugebracht und danach immer nach Lachs gerochen haben. Mein Onkel James Aloysius behauptete, während des Burenkrieges keine einzige Nacht allein geschlafen zu haben. Das muß er aber doch getan haben, denn er fiel bei Ladysmith vom Pferd und traf dabei ein Warzenschwein, das sein eines Bein aufriß. Er lag bei den Nonnen in Waidveld im Lazarett, und die waren für sowas nicht zu haben. Thomas Alexander war also keine Ausnahme, sondern eher ein Prototyp. Er äußert sich nicht viel über seine frühe Kindheit, aber manches spricht dafür, daß er es mit fünfzehn auf eine Gastwirtin abgesehen hatte, die zwanzig Jahre älter war als er. Sie nahm ihm seinen Schmetterlingsstaub an einem Weihnachtsabend, als ihr Mann im Kirchenchor sang, und sie muß gründlich zu Werke gegangen sein. Er kam erst spät nachts nach Hause und redete wirres Zeug. Später bekam er alles in den Griff, denn auf dem Gebiet war er gelehrig.

7

Die Engländer wußten nicht, wo der junge Kronprätendent Bonnie Prince Charlie sich aufhielt, aber sie wußten, daß eine große Anzahl Schotten es wußte. Weder Belohnungen und Überredung, noch Drohungen oder Daumenschrauben vermochten die Nebel zu vertreiben. Die Schotten, wenn sie erst einmal einen Standpunkt eingenommen haben, weichen ungern davon ab, schon aus Prinzip. Spione und Verräter hatten schlechte Zeiten, die Engländer mußten oft feststellen, daß ihre Maulwürfe spurlos verschwanden oder mit durchschnittener Kehle am Straßenrand aufgefunden wurden. Das stimmte sie natürlich nicht milder, und Feuersbrunst und Verwüstung kennzeichneten weiterhin ihren Weg, doch gab es nicht mehr so viele, mit denen abgerechnet werden konnte. Die Heimsuchungen wurden in steigendem Maß von Zöllnern und Steuereintreibern übernommen, dieser Pestilenz, die alle Staaten zu allen Zeiten als eine Lebensnotwendigkeit für ihr Weiterbestehen betrachtet haben. Auch Zöllner und Steuereintreiber erlitten zuweilen einen plötzlichen Tod, nicht so sehr, weil sie Engländer waren, als weil sie waren, was sie waren.

– Eine Gott wohlgefällige Tat, erklärte Palmer, als sie mit einer Geldkiste davonzogen, während der Zöllner und sein Gehilfe gefesselt und geknebelt zur Abholung am Straßenrand lagen. – Noch wohlgefälliger freilich, könnten wir das Geld den rechtmäßigen Besitzern zurückgeben. Bedauerlicherweise kennen wir sie nicht.

– Gott sei dank nicht, sagte Ebenezer, – deshalb wird Gott uns vergeben, daß wir es nicht tun, auch wenn sie Schotten sind.

Die Freunde waren kaum noch wiederzuerkennen. Sie waren von Wind und Wetter gegerbt, geschmeidig und hellwach. Voller Stolz stellten sie fest, daß eine Belohnung von 100 Pfund auf ihre Köpfe ausgesetzt war. Jedesmal, wenn sie auf ein Plakat stießen, studierten sie es, obwohl sie es bereits auswendig konnten. Es waren keine Namen darauf genannt, sondern nur unvollständige

Beschreibungen von Größe und Körperbau. Die Masken hatten sich bewährt, und die Offiziersfrauen im Tageswagen und die gastfreien Vögelchen hatten derart widersprüchliche Beobachtungen zu Protokoll gegeben, daß sie ein ganzes Buch füllten.

– Daß man so viel wert ist, sagte Larky. – Der Pastor zu Hause hat immer gesagt, daß ich ein tüchtiger und umgänglicher Bursche sei, aber eine Leuchte wäre ich gerade nicht. Inzwischen habe ich Übung darin, den Einfaltspinsel zu spielen, und das befreit einen von vielen lästigen Pflichten. Davon kann mein Feldwebel ein Lied singen, er nahm ab, nachdem ich in seine Kompanie gekommen war.

– Vielleicht sollte man Albertina mal darauf aufmerksam machen, wie bedeutend man geworden ist, meinte Ebenezer. Ich bin ja praktisch eine wandelnde Goldgrube, sie könnte mich viele Jahre lang benutzen, um Rechnungen zu bezahlen.

Westlich des Dorfs Invermoriston am Loch Ness ragt ein ungastliches Gebirgsmassiv über dem Wald auf. Darin gibt es Höhlen, die die Schafhirten der Gegend bei schlechtem Wetter benützen. Zu den Höhlen zu gelangen, ist schwierig, und damals versuchten es nur wenige, denn es war allgemein bekannt, daß Zwerge und Trolle sich in den finsteren Tiefen aufhielten. Eines Tages im August, als die Schneehühner schon fett genug waren, um mit Schrot gefüllt zu werden, und die Ränder der Birkenblätter gelb zu werden begannen, zogen die Freunde mit dem Raubgut mehrerer Wochen heim zum Kloster Colburn. Sie hielten sich an den oberen Waldrand, und hier blies der Wind Thomas Alexander den Hut vom Kopf und sandte ihn munter tanzend zwischen die Felsen. Sie waren genau vor der Höhle, die unter dem Namen Corridoe bekannt ist. Thomas Alexander nahm die Verfolgung auf, denn es war ein ausgezeichneter Hut, der ihn, so fand er, gut kleidete. Wie ein Hirsch sprang er davon, bis plötzlich einige Gestalten hinter den Steinen auftauchten und ihre Büchsen auf ihn richteten. Daraufhin blieb er stehen.

Die Freunde spannten die Hähne ihrer Büchsen, was die Fremden bemerkten. Statt unserem Held eine Kugel durch den Kopf zu schießen, baten sie ihn und die anderen zu verschwinden, und zwar sofort.

– Sehen nicht wie gewöhnliche Gauner aus, bemerkte Palmer. – Auch nicht wie Wilderer, sagte Tinker. – Oder Deserteure. sagte Larky. Wonach sehen sie denn nun aus? fragte Ebenezer.

– Wir gehen, wenn es uns paßt, und wir bleiben, wenn es uns paßt, verkündete Thomas Alexander. Seine einfache Denkart hinderte ihn meistens daran, sich zu fürchten. Manchmal fühlte er die Angst sehr viel später, wenn er darüber nachdachte, wovor er keine Angst gehabt hatte, aber dann war es ja zu spät. – Aber wenn ihr Ärger haben wollt, stehen wir gern zu Diensten, fuhr er fort, – auch wenn wir Engländer in Uniform bevorzugen.

– Halt jetzt deine Klappe, warnte Palmer. Bei dem ganzen Geld, das wir mit uns herumschleppen, wollen wir uns nicht in irgendetwas hineinziehen lassen. Sag jetzt schön Auf Wiedersehen und laßt uns sehen, daß wir weiterkommen.

Thomas Alexander überlegte, ob er sich fügen sollte, als eine Frau zwischen den Männern dort oben hervortrat und die Ruhestörer eingehend betrachtete. Sie war in faltenreiche Gewänder gekleidet, die ihr im Wind das Aussehen einer Fregatte unter vollen Segeln verliehen. – Seid ihr Männer von schottischem Blut? rief sie auf Gälisch.

– Voll und ganz, erwiderte Thomas Alexander in der gleichen Sprache, – das heißt, er hier – er zeigte auf Larky – muß sich mit walisischem begnügen, aber es hat durchaus bemerkenswerte Eigenschaften, wenn man sich daran gewöhnt hat.

– Und ihr seid nicht verwandt mit dem Clan MacDonald von Sleat oder MacLeod von Dunvegan oder Campbell von Glenlyon*, fuhr die Frau mit ihrem Verhör fort. Offensichtlich behagte ihr nicht jedes schottische Blut. Sie schüttelten die Köpfe.

– Du hast mich vergessen, sagte Tinker. In mir ist genauso wenig schottisches Blut wie in einem Indianer. Dazu erklärte Thomas Alexander, daß Iren östlich der Irischen See nicht überall gleich gern gesehen seien, denn sie löschten Engländer und Schotten mit demselben Vergnügen aus. Tinker sei vorübergehend Schotte, und damit basta.

* Captain Robert Campbell of Glenlyon ließ in dem berüchtigten Massaker von Glencoe im Jahre 1692 auf Befehl des englischen Schottland-Ministers Sir John Dalrymple 40 Mitglieder des Clans MacDonald heimtückisch ermorden.

– Ist einer von euch Arzt? fragte die Frau nach einer längeren nachdenklichen Pause. Palmer erwiderte, er verfüge über gewisse Fertigkeiten in diesem Fach, aber wenn es sich um Operationen handele, müsse er passen. Zähneziehen betrachte er allerdings nicht als Operation.

Noch zögerte die Frau und warf einen Blick hinter sich zur Höhle, doch dann gab sie ihnen ein Zeichen, daß sie zu ihr hinaufkommen sollten, und das taten sie mit schußbereiten Gewehren. Als sie näher kamen, sahen sie, daß die Frau müde und ausgezehrt war, obwohl sie noch ziemlich jung war. Die vier Männer behandelten sie mit sichtbarem Respekt. Auch sie waren nicht in bester Verfassung, aber auf ihrer Hut wie die Raben.

– Ein Mann hat sich am Bein verletzt, sagte die Frau, – wir wissen nicht, ob es gebrochen ist, aber er kann nicht damit auftreten, und es geht um Leben ... sie unterbrach sich abrupt und ging voraus in die Höhle. Ganz am Ende der Höhle brannte ein kleines Feuer, und daran saß ein jüngerer Mann in einen Mantel gehüllt. Sein eines Bein ruhte auf einem Bündel. Beim Anblick der bewaffneten Fremden erstarrte sein Gesicht in Angst, und er griff nach einer kleinen Pistole an seiner Seite.

– Ich bringe einen Arzt, sagte die Frau schnell, – ein guter Schotte, der uns helfen will. Der Verletzte sank etwas zusammen, trotz der Erschöpfung und der Schmerzen wirkte sein Gesicht überaus kindlich. Thomas Alexander betrachtete es mit zunehmender Verwunderung, er legte seine Stirn in Falten, er kratzte sich den Kopf und kratzte sich am Schenkel. – Was starren Sie so? fragte die Frau kampfbereit.

– Sind das wirklich Sie, Sir? Bei der Musterung vor ... Thomas Alexander räusperte sich, ... – Ich wette fünf Pfund darauf, daß Sie ...

– Dann dürften Sie wohl gewinnen, antwortete der junge Mann, bevor die Frau ihn hindern konnte, und lächelte traurig. – Es freut mich zu hören, daß Sie dabei waren und mit dem Leben davongekommen sind, wenn man das als Vorteil ansehen will ... er unterdrückte einen Ausbruch, als Palmer sein verletztes Bein anhob, und der Schweiß trat ihm auf die Stirn. – Ich bedauere meinen Zustand, sagte er, – damals sah ich wohl ein bißchen besser aus.

So begegneten die Freunde dem jungen Prinzen Charles Edward Filip Kasimir aus dem Hause Stuart, dem die Engländer wie eine Meute kleffender Hunde auf den Fersen waren, und der versuchte, über das Meer nach Frankreich zu entkommen, von wo er voller Optimismus im Glauben an seine gute Sache gekommen war. Und sie trafen Flora MacDonald*, jene bemerkenswerte Frau, die alles hinter sich gelassen hatte, um dem jungen Thronprätendenten in die Schmach und die Niederlage zu folgen. Sie und die vier Männer waren alles, worüber Bonnie Prince Charlie zur Zeit gebieten konnte.

– Keiner von uns sollte Fragen stellen, sagte der Prinz. – Ich kenne nicht die Namen derer, die mir geholfen haben, ich weiß nicht, wo sie wohnen oder was sie tun, ihre Gesichter habe ich vergessen, wie ich eure vergessen werde.

– Ganz in unserem Sinn, sagte Palmer, dessen sensible Hände über den geschwollenen Knöchel des Prinzen glitten. Sollte er ihn mit Königliche Hoheit anreden? Oder Euer Gnaden? Oder nur Sir? Er entschloß sich, gar nichts zu sagen. – Eine kräftige Verstauchung, konstatierte er, – vielleicht auch ein Bänderriß. Versuchen Sie, den Fuß zu bewegen. Gut, gut, nichts gebrochen.

– Der Prinz nahm es wie ein Mann, preßte die Lippen zusammen und schwieg hartnäckig. Flora MacDonald wollte seine Stirn trocknen, wurde aber irritiert abgewiesen. Palmer ging der Gedanke durch den Kopf, daß zwischen ihnen etwas sein müßte, die beiden waren ja gleich alt, es konnte nicht nur ein Wunsch sein, zu dienen und sich bedienen zu lassen, ein Wunsch nach Vaterlandsliebe und Loyalität und gemeinsamem Kampf und dergleichen, es mußte … er schob den Gedanken beinah beschämt von sich und begann, einen Verband anzulegen.

Thomas Alexanders Sympathie für den königlichen Verlierer wuchs etwas, obgleich er nicht den Wunsch hegte, für ihn durchs Feuer zu gehen. Die erstaunlichen Siege des Prinzen im ersten Jahr waren durch eine einzige Niederlage nutzlos geworden, es ließ sich kein Heer mehr sammeln. Eine halbe Stunde hatte

* 1722–1790, saß wegen ihrer Hilfeleistung für Bonnie Prince Charlie 1746–47 im Tower, heiratete 1750, wanderte 1773 nach Amerika aus, kehrte 1779 zurück. Ihre Statue steht vor der Burg von Iverness.

ausgereicht, um das Haus Stuart mitsamt seiner Wurzel auszureißen.

– Was nun? fragte er Flora MacDonald draußen vor der Höhle.

– Wir haben Verbindungen in Frankreich, antwortete sie und massierte sich die Müdigkeit aus dem Gesicht. – Ein Schiff von dort. Wir müssen zur Küste.

– Reisen Sie mit? Sie zuckte die Schultern, soweit hatte sie noch nicht gedacht. – Dort drüben bin ich von keinem Nutzen, fuhr sie fort, – hier kenne ich Gott und die Welt. Uns fehlt es an nichts.

Er fragte, ob sie Geld benötigten, doch das taten sie nicht. Alle gaben, ohne Bezahlung zu verlangen. – Ihr seht nicht danach aus, als hättet ihr selber viel, sagte sie. – Was treibt ihr? Darauf antworteten sie nicht, und es schien sie auch nicht weiter zu interessieren. Als nun Palmer heraustrat, fragte sie, wann sie weiterziehen könnten.

– Der Prinz kann das Bein nicht belasten, antwortete er. – Am besten wäre Ruhe, viel Ruhe, auch ein junger Mensch kann sich nicht alles zumuten.

– Ruhe kann er im Tower bekommen, wenn er es will, schluchzte sie, – aber ich glaube nicht, daß er das tut. Wir müssen spätestens übermorgen weiter. In weniger als einer Woche sollte das französische Schiff draußen vor der Küste liegen. Und die Engländer wissen in groben Zügen, wo im Lande wir uns aufhalten, und es ist lebenswichtig, die ganze Zeit einen Vorsprung vor ihnen zu haben.

– Und was wird aus Ihnen? fragte Palmer.

– Machen Sie sich um mich keine Gedanken, sagte sie und wandte abweisend ihr Gesicht zur Seite.

Als ein Schauer über ihnen niederging, traten sie wieder in die Höhle ein. Der Prinz schlief. Wie er dort auf seinem Reisighaufen lag, spitznasig und mit hellen Bartstoppeln ums Kinn, fiel es schwer, ihn als historische Person zu betrachten, einen königlichen Rebellen, einen Erlöser und Befreier. Er war so jung und gewöhnlich, daß es beinah unpassend wirkte. Flora MacDonald stopfte den Mantel fester um ihn und sank neben dem Feuer nieder, sie starrte unverwandt auf den Schlafenden und schien alles um sich her vergessen zu haben. Die vier Männer in ihrem Gefolge hatten kein einziges Wort gesprochen, sie saßen am Höhleneingang und hielten Wache.

– Nun, wir müssen weiter, sagte Thomas Alexander schließlich, als das Schweigen unangenehm zu werden begann. Flora MacDonald nickte nur schwach, antwortete aber nichts.

Der eine der Männer begleitete sie hinaus und schaute verloren über das Tal und die Berggipfel um sie herum. Er war dünn und schmächtig wie ein Rassehund, an einem Finger schimmerte ein Ring mit einem großen blauen Stein. Er fragte, wie weit es bis zur Küste sei, und die Antwort ließ ihn etwas auf Französisch murmeln. Danach dankte er ihnen für ihre Hilfe.

Während die Freunde sich ins Tal hinunterarbeiteten, blieb er stehen und folgte ihnen mit den Blicken. Ebenezer winkte ihm zu, aber er bemerkte es nicht.

8

Als die Herbststürme über den Highlands einsetzten und das Laub von den Bäumen peitschten, als die Brunstschreie der Hirsche über die Täler hallten und die fallenden Bucheckern wie schwere Regentropfen den Boden trafen, wurde der Aufenthalt in der Krypta des Aselmus zu einer harschen Angelegenheit. Die Kälte drang durch die Bodenfliesen herauf, und von den Wänden sickerte das Wasser herab, die Freunde lagen mit klappernden Zähnen da und versuchten, an etwas anderes zu denken. Thomas Alexander verbrachte eine Reihe von Nächten bei der Irin Carolyn, doch als sich eines Abends ein Bootsmann mit Schultern von der Breite eines Jochs zeigte, verschwand er durchs Fenster und ließ sich vor dem nächsten Frühjahr nicht wieder blikken.

– Es gibt massenweise Frauen, tröstete Tinker ihn, der selbst von Lilly den Laufpaß bekommen hatte, ebenfalls aufgrund eines Seemanns, der die Angewohnheit hatte, in dieser Jahreszeit aufzutauchen. – Wir können wie die Bienen von Blume zu Blume fliegen und uns mit Nektar füllen.

– Wenn nicht ein zottiger Seemann schon den Schnabel darin hat, antwortete Thomas Alexander. Er beschloß, sich aus Seeleuten hinfort nichts mehr zu machen.

Sie mußten also umziehen, wenn sie in Form und bei guter Gesundheit bleiben wollten, und O'Casey im „Einarmigen Mönch" empfahl ihnen die Mühle von Bellchrist, die etwas weiter oberhalb im Glen Carron an einem Nebenarm des Flusses lag. Umgeben von Haselnußsträuchern und Linden, Ulmen, Ahorn und Eichen war sie mit ihrem morschen Wasserrad und ihren Feldsteinmauern, in deren unzähligen Rissen alle erdenklichen Ranken es sich wohlsein ließen, eine wahre Wonne für ein romantisches Gemüt. Unter den Freunden gab es kein solches.

Sie waren dort allerdings nicht die einzigen Bewohner; an einem Ende hauste Angus MacNabb, der Hirtenhunde züchtete und Wilderei betrieb und den niemand je anders nannte als Badger, der Dachs. Er hatte seine Eigenheiten, aber die Hunde waren in Ordnung.

Mit seinem zottigen Vollbart und seinem spitzen Gesicht erinnerte er tatsächlich an einen Dachs, aber er roch überwiegend nach Hund. – Na, ihr seid es, konstatierte er, während eine Meute von Kötern ihm um die Beine wuselte; – jeder kümmert sich um sich selbst, abgemacht? Bei Hunden weiß man, wo man sie hat, aber zu dem Lehm, dem der Herr Leben eingehaucht hat, habe ich nicht das rechte Zutrauen. Es fing doch mit Adam und Eva an, ihr erinnert euch, nicht wahr, und es ist nicht besser geworden. Wenn ich der Herr wäre, würde ich die gesamte Menschheit einsammeln und über einem sanften Feuer rösten, aber er muß es ja selber wissen. Hier seid ihr aber in Sicherheit, die Biester stimmen ein Konzert an, wenn die Sassenachs die Einmeilengrenze überschreiten, daß ein Tauber sich die Ohren zuhält.

Sie richteten sich am anderen Ende der Mühle ein. Das Haus war voller Leben, außer von Hunden wimmelte es von Mäusen und Wieseln, unter der Treppe wohnten ein paar Ziegen, und vor der Mühle graste eine zottelige Kuh. – Sie ist unfruchtbar, erklärte Badger, – aber trotzdem zerre ich sie ein paarmal im Jahr nach Invercarron zum Stier, damit sie auch ein wenig Vergnügen am Leben hat. Wie damals, als wir mit Holz nach Island segelten. Die Mädchen da oben waren so häßlich, daß wir die Augen zumachten, wenn wir sie enterten, aber auf sie verzichten konnten wir auch nicht. Ich glaube, mit dem Stier ist es genauso. Sie heißt Rachel, ihr erinnert euch sicher, die am Brunnen, auf die Isaak ein Auge geworfen hatte. Nicht daß die Rachel hier der anderen ähnlich wäre, nein, weiß Gott nicht, aber sie ist freundlich und sanft.

Jeden Abend lag Badger am Feuer und rezitierte uralte Gesänge auf Gälisch, während die Hunde um ihn her lagen und ihm hingebungsvoll lauschten. Es hörte sich schrecklich an, doch die Freunde gewöhnten sich langsam an die Klänge, und wenn es einmal vorkam, daß sie ausblieben, fehlten sie ihnen.

Thomas Alexander schrieb Tagebuch, denn er hatte eine vage Idee, daß seine Erlebnisse eines Tages von seiner Familie gewürdigt werden würden, die mit Verlaub gesagt, nicht viele Schreibfedern verschlissen hatte. – Einst wird man mit Ehrfurcht von mir sprechen, sagte er, – als demjenigen von den MacDolphins, der nicht nur gegen die Sassenachs kämpfte, sondern ihnen auch noch Geld klaute.

– Oder als dem MacDolphin, den die Sassenachs aufknüpften, sagte Ebenezer. – Nicht daß ich dich demoralisieren will, aber das ist doch im Augenblick eine recht gewöhnliche Todesart.

– Vielleicht sollte man sich malen lassen. Thomas Alexanders Feder kratzte übers Papier, – von diesem jungen Reynolds* in England, er soll ziemlich firm sein als Portraitmaler. Er verfiel ins Träumen.

Wenn sich Gelegenheit bot, zog Ebenezer über die Berge nach Haus in „Die Jungfrau und der Soldat", wo Albertina ihn mit großer Herzenswärme aufnahm. Seine Übergriffe gegen Soldaten Seiner Königlichen Majestät waren nicht vergessen, doch konnten die Behörden ja nicht allgegenwärtig sein, und die Denunzianten auch nicht, und neue Gäste, die den Wirt nicht kannten, verbanden seine Person nicht mit dem Gesuchten. Im Hinterzimmer spielte Ebenezer mit dem Küster und dem Posthalter und dem Wildhüter, die alle aus Errick kamen, Karten. – Gut, dich wieder unter uns zu haben, sagte der Posthalter und spielte aus. – Ja, hier fehlt ein Element, sagte der Küster und stach mit einem Trumpf. – Albertina ist in Ordnung, aber von einem Dudelsack hat sie keine blasse Ahnung.

Draußen in der Wirtsstube saßen ein paar Troßkutscher und würfelten. Albertina servierte einem Pferdehändler Hasenbraten mit Pilzen und schenkte ihm Rheinwein in seinen Krug. Wie in Gedanken legte der Pferdehändler die Hand auf ihr Hinterteil. Albertina trat ihm wie in Gedanken auf die Zehen. – Du bist richtig vom Fleisch gefallen, aber dann kommst du auch besser durch Albertinas Fenster rein oder raus, wenn es sein muß, sagte der Wildhüter und griff nach seinen Stichen. – Ich fühl mich wie ein junger Hirsch, sagte Ebenezer, – sogar fremde Mädchen sehen sich nach mir um, ein prächtiges Gefühl.

Dem Pferdehändler stieg der Wein zu Kopfe. Albertinas Formen erschienen ihm immer verlockender, er griff danach. Albertina

* Joshua Reynolds, englischer Portraitmaler, 1723–1792.

entfernte seine Hände und fragte die Troßkutscher, ob sie sich eine Kanne verdienen und ein Schwein in den See werfen wollten. Sie hatten nichts dagegen und schafften den Pferdehändler nach draußen.

– Weißt du etwas von fünf maskierten Männern, die die Sassenachs um allerlei Dinge erleichtern? fragte der Wildhüter und leerte sein Glas. – Die Kinder kennen ein Lied über sie, sagte der Küster, dessen Glas schon seit langem leer war. – Man würde sie gern kennen, sagte der Posthalter und strich seinen Gewinn ein. – Ich hol noch eine Kanne, und wenn die Troßkutscher gegangen sind, spiele ich euch „Ghillie Calum" vor, sagte Ebenezer und stand auf. – Gott segne dich, sagte der Küster. – Albertina kommt ja wohl nachher noch auf ihre Kosten, wenn sie nur drauf hält, sagte der Posthalter. – Sie blüht ja wie ein Rosengarten, sagte der Küster und dachte an seine andere Hälfte, die wie ein ausgedörrter Gerstenhalm war. – Das liegt an mir, sagte Ebenezer und stellte den Krug zwischen sie.

Palmer stattete dem alten Pastor Kelsoe in Drumnadrochit einen Besuch ab und überreichte ihm einen Geldbeutel für die Armen des Kirchspiels. – Sie haben sich verändert, Palmer, sagte der Alte, – immer noch bleichnasig, und die Perücke ist auch die alte, aber Sie haben mehr Format, die frische Luft tut Ihnen wohl gut.

Während sein früherer Vorgesetzter ein paar Rumtoddys machte und Pfeifen und Tabak brachte, sah Palmer sich um. All das hatte er hinter sich gelassen, die Bücher, das Schreibpult, die guten Lederstühle, das Feuer im Kamin, die Tage, die einander glichen wie Tropfen und klar und schön waren. Er schielte auf seine vernarbten Hände, seine geflickten Kleider und ausgetretenen Stiefel und die Pistole, die seine Weste ausbeulte. Um keinen Anfechtungen zu erliegen, wagte er nicht, die zwei Existenzen gegeneinander abzuwägen, er hatte ja seine Wahl getroffen, kein kränklicher Zweifel würde Macht über ihn gewinnen. Er war ein Gast hier, hinter diesen sicheren Mauern hatte er kein Zuhause. Wo er ein Zuhause hatte ...?

– Der Herr führt uns auf seltsame Wege, Pastor Kelsoe zündete am Kaminfeuer einen Fidibus an, – und auch mit Ihnen, Palmer, verfolgt er eine Absicht. Ich kann mir kaum denken, daß es das Wort des Herrn ist, das Sie zur Zeit verkünden, und Sie mit einer Pistole zu sehen, zeigt nur, daß die Zeit aus den Fugen ist. Ja, nehmen Sie nur eine Pfeife, holländischer Tabak ist nun einmal der beste. Und herzlich willkommen.

Sie hoben die dampfenden Gläser. – Dies und das habe ich ja über Sie gehört, fuhr der Alte fort und hüllte sich in Rauchwolken ein, – gute, doch sonderbare Nachrichten. Ich hätte geschworen, daß Sie ...

– Der Mensch ist wie ein Haus, antwortete Palmer, – die Fassade kennen alle, doch in den Hinterhof kommen nur wenige. Wieviel haben Sie gehört?

– Sie brauchen sich nicht zu beunruhigen, sogar ein Pastor kann gut den Mund halten, wenn es vonnöten ist, sagte Kelsoe lächelnd. – Ich kenne den jungen MacDolphin recht gut, ein anständiger und ehrlicher Mensch, aber keine Geistesleuchte. Ich habe ihn hier in der Kirche getauft, und er schrie wie am Spieß. Denken Sie für ihn, Palmer?

– Darüber sollten Sie nichts wissen, Herr Pastor.

– Zu wem geht man, wenn man sein Herz erleichtern will? Zum Pastor. Die alte Frau Charlotte besucht mich von Zeit zu Zeit, Kelsoe paffte an seiner Pfeife, – und die sollten Sie dabei haben. Wissen Sie, daß ich manchmal unseren Henkern predige? Sie können mir glauben, daß es nicht leicht ist. Segne ich meine eigene Herde, segne ich auch die Wölfe, die sie bedrohen. Im letzten Monat nahm ich dem Bruder von MacGregor auf Leckby Castle die Beichte ab, bevor die Engländer ihn hängten. Sie hatten in seinem Keller Waffen gefunden. Nun lebt nur noch ein MacGregor, ein Junge von 12.

– Viele Jungen sind die letzten, sagte Palmer mit zitternden Händen.

– Kämpfen Sie nicht einen aussichtslosen Kampf? fragte Kelsoe sehr viel später. – Niemand wird Ihnen je zu Hilfe kommen, selbst vermögen Sie nichts, und das Ausland hat genug damit zu tun, sich um diese Maria Theresia zu schlagen. Ein Sieg ist undenkbar, Palmer.

– Stellen Sie sich vor, Jesus hätte dasselbe gesagt, erwiderte Palmer.

– Eines Tages bekommen Sie Gicht in den Knien und Krämpfe in den Lenden, Sie verlieren die Zähne und entdecken, daß die Jugend nicht sonderlich viel mit den Namen Culloden oder Bonnie Prince Charlie verbindet. Und was dann, Palmer, was dann? Ohne Ziel zu leben ist wie ohne Gott zu leben. Und deshalb, Kelsoes Stimme wurde leise und eindringlich, – gehen Sie fort, nach Amerika, alle Briefe von dort drüben rufen nach guten Pastoren. Und Sie werden in Sicherheit sein. Ich kann Ihnen Platz auf einem Schiff verschaffen, Paß und Papiere, und wenn notwendig auch unter falschem Namen. Sie sind zu gut, um hier zu bleiben und einen Kampf zu kämpfen, der …

– Und das muß ich aus Ihrem Mund hören, Palmer lächelte, – es hat doch den Anschein, daß Sie auch nicht gerade so dasitzen und den Dingen ihren Lauf lassen.

– Nur ein Zwischenglied. Leute kommen zu mir, ich versorge sie mit dem Notwendigen und schicke sie über bestimmte Kanäle weiter in ein neues und nach Möglichkeit sinnvolles Dasein. Ich tue mein Bestes, um Menschen davor zu bewahren, in einem Kampf ihr Leben zu lassen, der nicht zu gewinnen ist. Wenn ein Haus brennt, versucht man, die Menschen zu retten, die darin wohnen, und in dem Zusammenhang kommt es weniger darauf an, was mit dem Haus geschieht. Verstehen Sie?

Palmer nickte, doch, er verstand ausgezeichnet. Wenn er versuchte, in die Zukunft zu blicken, sah auch er kein Ende oder eine Lösung, obwohl er und seine Freunde auf allen Seiten von Menschen umgeben waren, die sie nach besten Kräften unterstützten. Früher oder später würde etwas schiefgehen, und dann würde niemand helfen können, sie würden allein und, nach Meinung aller vernünftigen Menschen, sinnlos sterben. Die Lieder über sie würden weiter gesungen, und ihre Taten würden eine Zeitlang bei festlichen Anlässen erinnert werden, aber irgendeinen Feind würden sie nicht besiegt, sie würden nichts aufgebaut oder verbessert haben, die Welt würde bleiben, wie sie war.

– Denken Sie darüber nach, Palmer, fuhr Kelsoe fort. – Das Angebot gilt selbstverständlich auch für Ihre Freunde, aber in allererster Linie für Sie selbst. Sie dürfen nicht zugrundegehen.

– Ich verspreche Ihnen, darüber nachzudenken, antwortete Palmer und stand auf, wobei seine Hand instinktiv über die Pistole glitt, – eines Tages stehe ich mit zahnlosem Gaumen und knirschenden Knien vor Ihrer Tür und bitte Sie um ein Amt, dann werden wir sehen, ob Sie sich an Ihr Angebot erinnern.

Kelsoe leuchtete ihm hinaus, das Herbstlaub fegte über die Straße, und es war kalt, die Wellen des Sees schlugen hart an den Strand. Er schlug den Kragen hoch bis über die Ohren und zog den Hut tiefer ins Gesicht. – Gott sei mit Ihnen, sagte Kelsoe.

Thomas Alexander zog zur Jagdhütte auf Mor na Agich, um seine Mutter und seine Großmutter zu besuchen. Es war Anfang Dezember, und er fiel durch das neue Eis auf dem Loch Finn und mußte sich fast eine ganze Meile durch das Eis voranrudern, das ihm die ganze Zeit unter den Händen zerbarst. Bei der Ankunft in der Hütte war sein roter Bart voller funkelnder Eiszapfen, sein Gesicht war blaugefroren, und er konnte die ersten fünfzehn Minuten nicht sprechen, weil seine Zähne zu stark klapperten. Seine Großmutter sagte, sie hätte etwas in der Art erwartet.

– Du schlägst mehr und mehr nach deinem Großvater, sagte sie, während sie ihm die Füße massierte, die nie zuvor sauberer gewesen waren. – Ich erinnere mich noch gut an damals, als er durch das Dach von Monroes Stall fiel und auf seinem Stier landete. Und der raste durch die geschlossene Tür und durch Inverness und mitten durch einen Leichenzug für den alten Stadtrat Lindsay, bevor er in den Fjord sprang. Als er wieder hochkam, saß dein Großvater noch immer darauf.

– Wa-wa-warum sa-saß G-g-großva-vater a-a-auf dem Dach? klapperte Thomas Alexander.

– Weil er in mein Fenster klettern wollte, aber die Dächer verwechselt hatte, antwortete Frau Charlotte. – Bereits damals hätte ich die Schrift an der Wand erkennen müssen, so jung und naiv ich auch war.

Ein Dienstmädchen kam herein und brachte mehr warmes Wasser, sie war beim letzten Besuch noch nicht dagewesen. Und hier wie da fehlte es ihr an nichts, unser Held stellte das Klappern ein.

Seine Mutter tischte gute Dinge auf. Alte Freunde um das Loch Mullardoch versorgten sie mit Essen, und der Landmesser in Glomach, Gott segne ihn, schickte Whisky. Sie taten dies sämtlich weniger aus Liebe zum Clan MacDolphin als aus Haß auf die Engländer, die jegliche Unterstützung der früheren Oberhäupter des Landes, sowohl geistiger wie materieller Art, verboten hatten. Sämtliche Gesetze und Verordnungen zu umgehen, war für jeden anständigen Highländer zur Ehrensache geworden.

– Und deine Freunde, fragte Frau Elisabeth, – wie kommen sie zurecht? – Wenn ich an den armen Pastor denke, der wie ein gejagtes Tier in der Wildnis leben muß, und an Mr. Melville mit seinem Magen ... der Ire und der Waliser machten ja einen ordentlichen Eindruck, obwohl sie Ausländer sind. Und du, mein Sohn, denkst du immer noch nicht daran, zu heiraten?

– Nein, antwortete der Sohn, – daran denke ich noch immer nicht.

– Und der das Ganze plant, das bist wirklich du?

– Im großen und ganzen, wir haben eine fruchtbare Zusammenarbeit, wir sind wie Brüder.

– Aber Pastor Palmer ist brüderlicher als die anderen, nicht? ließ Frau Charlotte sich vernehmen.

– Brüderlicher ... naja, ein begabter Mann ist er ja. Er ist dabei, die Gedichte von Horaz ins Englische zu übersetzen, ein alter griechischer Dichter, der ...

– Römischer.

– Was? Ja, römischer natürlich, er schrieb auf Latein, eine sehr schwere Sprache. Italienisch war damals noch nicht erfunden. Das Dienstmädchen, das Cecily hieß, zeigte sich erneut. Thomas Alexander kniff sein eines Auge zu, sie tat desgleichen mit einem der ihren.

– Aber was nun. Die Mutter des Helden der Highlands strich ihrem Sprößling über die widerspenstige Mähne. – Du kannst doch nicht so weitermachen und auf diese Weise umherziehen. Früher oder später mußt du ja doch ...

– Nur bis mein Guthaben eingelöst ist, antwortete der Sprößling, – ja und das meiner Freunde natürlich auch. Das Geld liegt bei Aselmus.

– Aselmus, von dem hast du noch nie gesprochen, Mutter Elisabeth schüttelte den Kopf. – Mein jüngster Bruder wurde Achilleus getauft, nach einem General, der einmal in Iliadien lebte, er wurde erschlagen, das werden Generale ja häufig, wenn sie sich nicht vorsehen. Er war, glaub ich, verheiratet mit einem Weibsbild, das Troja hieß; ich will hoffen, daß sie einen gewöhnlicheren Rufnamen hatte. Achilleus nannte sich immer Archy, ich erinnere mich noch daran, daß er Pastor Bantyre einmal die Perücke vom Kopf riß, weil der ihn Achilleus genannt hatte. Ja, und jetzt ist er tot.

– Archy? Ich dachte, er züchtete Pferde in Perth.

– Nein, Pastor Bantyre, er wurde auf dem Heimweg von einer Hochzeit von einem Blitz erschlagen, das war die Strafe des Himmels, weil er immer so gottlos fluchte.

– Quatsch, sagte Frau Charlotte, – mich hat der Blitz auch noch nicht erschlagen.

An diesem Abend lag Thomas Alexander lange wach und lauschte dem Wind, der sich mit dem Mor na Agich unterhielt. Und den Frauen, die nach Art der Frauen hundert Kleinigkeiten zu erledigen hatten, bevor sie ins Bett krochen, die Kerze auspusteten und mit angefeuchteten Fingern den Docht ausdrückten. Dann stand er auf, er war wieder in bester Verfassung.

Er schlich sich zur Giebelkammer hinauf und öffnete leise die Tür. Dort auf dem Bett lag Cecily ohne jegliche Verhüllung ihrer Reize, eine Kerze flackerte im Wind und ließ Schatten über ihre Haut spielen. Erwartungsvoll faltete sie die Hände unter dem Nakken und lächelte. Mit einem Jauchzen sprang Thomas Alexander in die Kammer. Bevor Cecily ihn warnen konnte, krachte er mit der Stirn gegen einen Dachbalken. Es gab ein Geräusch, wie wenn man gegen einen Kürbis schlägt. Mit einem sonderbaren Lächeln sank Thomas Alexander zu Boden und blieb liegen.

9

Und es geschah gegen Weihnachten, als die Nebel wie ungewaschener Tüll in den stillen Tälern hingen, daß von Pastor Kelsoe in Drumnadrochit ein Brief ausging des Inhalts, daß der hochwohlgeborene Alistair MacCormick zu Fain Castle mitsamt seiner Ehefrau sich in großer Not befände und das Land verlassen müßte, solange dazu noch Zeit war. Und die Freunde, die der Brief auf unerklärlichen Wegen erreicht hatte, brachen auf vom Glen Carron, denn sie unterließen es nie, einem Hilfegesuch nachzukommen, und begaben sich zu dem Dorf Strathpeffer, um sich in den Dienst der guten Sache zu stellen.

– Wir müssen Weihnachten zurück sein, sagte Ebenezer unterwegs, – denn MacLeod auf Ushlaig Castle hat uns alle eingeladen, und er hat Schneehühner und Gänse und Hirsche in seinem Keller. Ich habe ihm praktisch versprochen, mit Hand anzulegen, denn mein cock-a-leekie ist die beste Suppe, die die Christenheit kennt, wenn ich es einmal sagen darf.

– Und meine Wenigkeit soll die Mitternachtsmesse in der Kapelle zelebrieren, sagte Palmer. – Ich bin bei meinen Vorbereitungen für die Predigt unterbrochen worden.

Von Invercarron nach Strathpeffer sind es an die 35 Meilen, falls man ein Vogel ist. Falls nicht, muß man noch 11 Meilen dazutun, weshalb die Freunde im Krug am Fuß des Sgurr a'Choire Ghlais übernachteten. Der Wirt war darüberhinaus Kirchensänger und handelte mit gestohlenem Vieh, hatte also alle Hände voll zu tun. Auf Palmers diskrete Nachfrage bezüglich des Herrn von Fain Castle gab er zur Antwort, der Mann schreibe Gedichte und sei ganz allgemein ein sonderbarer Kauz. Und es wurde nicht besser dadurch, daß seine Frau, Lady Gertrude, für die alten Druiden schwärmte und in einem weißen Gewand herumlief und mit Glaubensgenossen in Vollmondnächten Zusammenkünfte abhielt.

– Das klingt nicht gut, sagte Ebenezer. – Der alte Jeff Wilks in Glen Moriston glaubte auch an diese Sachen, und der Pastor klagte ihn der Ketzerei und Zauberei an und wollte ihn vor Gericht schleppen. Doch bevor es dazu kam, krabbelte Jeff eines Nachts in seinem weißen Gewand zu Hochwürden hinein und tanzte vor seinem Bett und schlug das Tamburin und las aus den heiligen Büchern der Druiden. Er tat es in der besten Absicht, aber der Pastor wurde nie wieder normal, und Jeff wurde zum Steinbruch auf Lewis verurteilt. Ich bin der Meinung, daß Religion in ungeübten Händen eine gefährliche Sache sein kann, und wenn diese Lady Gertrude nun unterwegs durchdreht, können die merkwürdigsten Dinge passieren.

– Wir bestimmen, sagte Thomas Alexander, – und wenn die Dame anfängt, Opfer oder schwarze Messen abzuhalten, soll sie sehen, wo sie bleibt. Und dasselbe gilt für den Mann, wenn er unterwegs anfängt, Verse zu machen. Ich meine das ernst, er schlug sich an die Brust.

Als sie in Strathpeffer ankamen, erzählte ihnen ein unbekannter Mann, sie würden bei der Ruine Knockfarrel am Druit Chat südlich des Dorfs erwartet, Der Mann sollte von einem Mr. Kelsoe grüßen. So verließen sie das Dorf wieder, das von englischen Soldaten wimmelte, und zogen zu dem Höhenrücken mit der Burg, deren zerfallende Reste sich wie ein verfaulter Backenzahn gegen den Himmel erhoben. Schafe trieben um sie her.

Als sie auf Rufweite herangekommen waren, wurde ein Gewehrlauf aus einer Schießscharte geschoben, er schwankte sichtlich, der Gewehrlauf, und eine brüchige Stimme forderte sie auf, stehenzubleiben, wenn sie nicht den Kopf abgeschossen haben wollten. – Falls ich überhaupt treffe, fügte die Stimme hinzu, – und das wird verdammtnochmal nicht einfach mit dieser Kanone hier.

– Wer bist du? fragte Thomas Alexander. – Wir suchen Sir Alistair MacCormick zu Fain Castle. Die Stimme antwortete, daß er das Gottseidank nicht sei, aber daß es trotzdem schlimm genug sein könne. – Kommt ihr von Pastor Kelsoe? Ich kenne den Mann zwar nicht, aber er soll es sein, der diese Sache hier eingefädelt hat. Na, heraus mit der Sprache, bevor ich die verfluchte Mordwaffe hier fallen lasse.

Als dies bejaht wurde, kam auf der Mauer ein älterer Mann zum Vorschein, musterte sie und verschwand wieder, um mit einer gewaltigen Muskete über der Schulter durch ein Portal herauszutreten. Er sah aus, als sei er hundert Jahre alt. – War auch Zeit, daß ihr kommt, wir haben den ganzen Weg die Engländer auf den Fersen gehabt, sagte er, – die Herrschaften kriegen langsam Nerven.

– Sollst du mit? fragte Palmer.

– Na klar soll ich mit, ich war es doch, der dem Offizier damals einen Balken über den Kopf gehauen hat, daß er den Geist aufgab; der Alte entblößte eine Reihe gelber Zähne, mit denen ein Pferd hätte angeben können. – Ich bin Finkel, Kammerdiener bei Sir Alistair, falls es jemanden interessiert. Er winkte sie zu sich und stakste vor ihnen her in die Ruine und eine Wendeltreppe hinunter zu einem Kellerraum, wo ein langer und magerer Mann aufsprang und die Hände gegen die Brust preßte, wie Damen es in großer Erregung tun.

– Pastor Kelsoes Freunde, präsentierte der antike Kammerdiener und entledigte sich des Gewehrs mit einem Seufzer der Erleichterung, – das behaupten sie jedenfalls, und nun werden wir ja sehen, ob ich mich geirrt habe.

Alistair MacCormick, ein Mann in mittleren Jahren mit einem vom vielen Denken gezeichneten Gesicht, betrachtete die Freunde unsicher wie jemand, der unerwartete und unbekannte Gäste bekommt. – Verzeihen Sie diesen ganzen Umstand, murmelte er, – ein bedauerliches Ereignis, das hätte vermieden werden sollen, und ...

– Vermieden Sir! Es war nicht zu umgehen, unterbrach Finkel. – Ihre Frau war drauf und dran, von einem großen, widerwärtigen Soldaten vergewaltigt zu werden, und wenn ich nicht den Balken hätte fallen lassen, wäre Ihre Frau um eine Erfahrung reicher, aber so wie ich sie kenne, würde sie die nicht genossen haben.

– Ja, es kam ein Offizier, um eins meiner Pferde abzuholen, eine etwas angetrunkene Person, und als er einen Augenblick mit meiner Frau allein war ..., MacCormick errötete.

– Nicht allein, Sir, nicht allein, ich stand oben auf der Galerie, korrigierte Finkel, – es war tiefer, als ich gedacht hatte, der Büffel sollte nur einen kleinen Denkzettel bekommen. Weniger als eine

Stunde nach Finkels kleiner Belehrung hatte der Verwalter von Fain Castle das Ehepaar MacCormick mitsamt dem Kammerdiener zu einem abgelegenen Gehöft am Beauly Fjord gebracht und anschließend Pastor Kelsoe informiert. Und während die Engländer eine Treibjagd in der Gegend veranstalteten, waren die Gesuchten von Ort zu Ort weitergereicht worden bis ... – Hier ist es wahrhaftig sehr kalt, schloß der Herr von Fain Castle und schüttelte sich. – Meine Frau ...

– Ja, wo ist sie? fragte Thomas Alexander. Sein Blick ging zu dem Buch, das MacCormick in der Hand hielt.

– Alexander Popes „Pastoralen", MacCormick winkte ein wenig mit dem Buch, – der klassische Einfluß tritt bei ihm sehr deutlich ... meine Frau? Sie betet.

– Betet? Palmer stutzte. – Eine lobenswerte Beschäftigung, doch wir wollen gern los, bevor es dunkel wird. Laut Plan sollen wir Sie nach Stromeferry begleiten, wo jemand auf Sie wartet.

Finkel verschwand ins Dunkel, kurz darauf hörten sie laute Stimmen, und MacCormick bekam einen gequälten Gesichtsausdruck. – Kein Grund zur Besorgnis, beruhigte Tinker, – es ist alles unter Kontrolle. Nicht mehr als 40 Meilen, wenn wir querfeldein gehen.

– Übernachtung am Loch Monar bei einem guten und patriotischen Mann, sagte Ebenezer.

– Wer ist das? fragte Larky. – Der einzige, den ich in Loch Monar kenne, ist der alte Quatschkopf Morton, und der ist nicht patriotischer als mein alter Hut. Wenn jemand ihm eine Pfundnote vor der Nase tanzen läßt, verrät er seine alte Mutter, wenn er überhaupt eine hat.

– Hat er nicht, aber eine Tochter hat er, sagte Thomas Alexander, – eine ganz interessante Tochter, die ich einmal ...

Er wurde von Lady Gertrudes Ankunft unterbrochen. Sie war einen Kopf kleiner als ihr Mann, aber umfangreicher. Zwischen einem Paar schwarzer Augen ragte wie ein türkischer Krummsäbel eine imposante Nase in den Raum. Ohne größeres Interesse betrachtete sie ihre Retter, und auch ihr Mann schien keine stärkeren Gefühle in ihr wachzurufen. – Ich habe Danu angerufen, verkündete sie mit lauter Stimme, – und ich habe Scathach einen

Ring geopfert. Tangu do dia tainges mot thuath! Wer sind diese Leute?

– Keine Namen, Lady Gertrude, antwortete Palmer, – wir befinden uns am sichersten unter dem Mantel der Anonymität. Was sagten Sie eben?

– Sagte? Ach so, „ich schwöre zu dem Gott, zu dem mein Stamm schwört", ihr Arm fuhr in die Luft. – Danu ist die Mutter aller Götter, und Scathach, „der Schattenreiche" genannt, ist der Beschützer der Helden. Helden werden willkommen sein; sie musterte ihren Ehemann, dessen Augen unruhig zu flackern begannen.

– Wir wollen aufbrechen, sagte Palmer schnell. Und ich bitte Sie, sich bedingungslos nach unseren Anweisungen zu richten. Eine angenehme Reise wird es sicher nicht, und wir werden Straßen und Ortschaften nach besten Kräften vermeiden; für unsere Verpflegung müssen wir selbst sorgen. Haben Sie übrigens Proviant?

– Ich kann ein brauchbares Abendessen zusammenstellen, erklärte Finkel aus dem Hintergrund. Kalter Braten, geräucherter Lachs, den Haggis mußte ich heute morgen wegwerfen, Käse und Wurst, mit Flaschen sieht es schlecht aus, aber ich kenne einen Whiskybrenner in Strath Farrar, der ...

– Wenn es der ist, den sie „Das nasse Kalb" nennen, können wir gern verzichten, sagte Ebenezer. – Sein Whisky kann die Farbe von einer Tür abbrennen.

– Eochaidh Ollathair verbietet alle starken Getränke, sagte Lady Gertrude, - mein Mann und ich nehmen nie etwas anderes als frisches Quellwasser zu uns.

– Nein, ich weiß schon, murmelte Finkel und schüttelte sich.

– Wer ist es, der das verbietet? fragte Palmer.

– Der Vornehmste von Daghdha, dem Heiligen Volk, antwortete die Lady spitz. – Sollen wir den ganzen Tag hier hängen bleiben?

Sie sandten Tinker auf Erkundung aus, und danach steckten sie zwischen dem Ben Wyvis im Norden und dem Sgurr a'Choire im Süden ihre Route ab. Schon als sie über die Moore zwischen Loch Begh und Loch Morse zogen, beobachteten sie englische Patrouillen auf beiden Seiten. Zum Glück veranstalteten diese einen solchen Lärm, daß das ganze Hochland sie hören konnte, doch ihre

Anwesenheit bewirkte, daß Tinker, der wie immer führte, den Kurs änderte und dem Talboden des Strath Conon mit seinen zahlreichen Seen und Wasserlöchern und nahezu undurchdringlichem Unterholz folgte. Lady Gertrude war bei den ersten, sie wanderte mit erhobenem Haupt und schien ohne Furcht zu sein. Ihr Mann war ganz entschieden kein Naturbursche, er kämpfte sich wie ein Ochse voran und mußte sich mehrfach aus Sumpflöchern heraus- und über Windbrüche hinweghelfen lassen.

– Ich bedaure diesen ganzen Umstand, japste er, – ein unglückliches Zusammentreffen von Umständen. Wenn ich wenigstens Politiker oder Rebell gewesen wäre, könnte ich die Situation akzeptieren, aber ... er lachte gequält.

– Erinner' mich nicht, daß der Name MacCormick bei der Musterung aufgerufen wurde, bemerkte Thomas Alexander, – aber ich kann es natürlich überhört haben.

– Musterung? MacCormick stolperte in ein Loch. – Nein, ich war nicht anwesend, für mich war es eine schwierige Entscheidung, obwohl ich mich natürlich für einen loyalen Schotten halte. Ich habe immer Probleme damit gehabt, Entscheidungen zu treffen, auf dem Schlachtfeld würde ich von keinerlei Nutzen gewesen sein, aber vielleicht eine Art von geistigem Widerstand, eine Mobilisierung intellektuellen ..., er fiel über eine Baumwurzel und mußte sich aufhelfen lassen.

– Ja, das Geistige soll man ernst nehmen, räumte Ebenezer ein.

– Bei Albert Moncrief, dem Schreiber in Invergarry, war es dasselbe. Er dachte soviel an geistige Dinge, daß er nicht sehen konnte, wo bei einem Pferd vorne und hinten war, und jeden Abend saß er und büffelte „The Spectator“ und Moulhouse's „Weltall“, so daß er darüber vergaß, daß er eine süße und gesunde Frau hatte. Am Ende nahm sie sich einen Liebhaber, und er merkte nichts vor lauter Geistigkeit. Und eines Tages, als er beim Spazierengehen „Gullivers Reisen“ las, spazierte er direktemang über eine Felsenkante hinaus und brach sich das Genick. Also ich habe großen Respekt vor dem Geistigen, man kann nicht nur davon lächerlich werden, sondern auch daran sterben.

Bei Carrigh stießen sie auf eine Patrouille, die einen Hund mitführte. Die Soldaten kamen ihnen langsam entgegen, und eine

Konfrontation war unvermeidlich, wenn sie ihren Kurs am Ufer beibehielten. Und selbst wenn sie außenherum gingen, würde der Köter, falls etwas mit ihm los war, rasch ihre Spur aufnehmen und sie aufstöbern.

– Hoch in den Wald, flüsterte Tinker, – wenn dort ein Bach ist, sofort rein da und nichts wie weg, bevor das Biest es sich überlegt hat. Ich habe gewaltigen Respekt vor Spürhunden.

– Und wenn da kein Bach ist? fragte Larky. Tinker meinte, der Hund würde ein gutes Stück vor den Soldaten ankommen, da er nicht angeleint sei. Man müßte ihm eine Kugel verpassen und zusehen, daß man wegkäme wie der Blitz und ansonsten zum Heiligen Patrick und zur heiligen Jungfrau beten, daß sie einen beschützten.

– Und zu Agrana, der Göttin des Kampfes! Lady Gertrude breitete die Arme aus, als wollte sie vom Boden abheben. – Gebt mir eine Pistole. – Gott segne Sie, Mylady, lachte Finkel, – ich hatte damit gerechnet, daß Sie sich als Mann erweisen würden. Hier ist die Reiterpistole meines Vaters, der sie 1689 in Killiecrankie* bei sich hatte, als dieser Graf von Dundee den Sassenachs eins draufgegeben hat, aber das Ding kann ein Scheunentor wegpusten, das garantiere ich Ihnen.

Sie kämpften sich durch das Unterholz hinauf in den Nadelwald. Tinker war wie ein Raubtier, geschmeidig, lautlos und mit Augen sowohl an den Fingern wie an den Zehen. Die Spannung war häufig stärker als seine Angst. In diesem Spiel gewann der Klügste, hier war er ebenbürtig, nicht der Tagelöhner aus Limerick oder der Stallknecht von Yartforth Abbey, der geschundene und unbeachtete, über dessen Kopf ein Todesurteil hing. Er war frei, so frei wie die, die er führte, und die ihm ohne Zögern folgten. Er lachte lautlos.

Sie arbeiteten sich weiter und weiter hinauf, der Wald war dicht und alt, der Boden war bedeckt mit Unterholz und Felsbrocken, aber kein Bach weit und breit. Tinker blieb einen Moment stehen, um sich zu orientieren, und dabei entdeckte er den Nebel, der wie feiner Rauch zwischen den Stämmen herabgesickert kam.

* Sieg der aufständischen Highland-Clans unter Führung des Viscount Dundee über die Truppen Williams III. unter General Mackay.

– Worauf warten Sie, junger Mann,? zischte Lady Gertrude, die als erste zu ihm aufschloß. – Ist Ihnen die Luft ausgegangen, oder müssen Sie Wasser lassen? Genieren Sie sich nicht meinetwegen, ich hab sowas schon häufiger gesehen. Tinker blickte unwillkürlich auf MacCormick, der schlingernd wie ein Schiff in Seenot herankam. Die Lady folgte seinem Blick und lachte unfein.

Sie sammelten sich am Fuß eines Felsens und sahen den Nebel dichter werden und sich auf den Boden senken. Er war grau und eisig, aber sie hießen ihn wie einen Freund willkommen. Weit unter ihnen begann ein Hund zu bellen, scharf und schnell, ein echtes Stöberbellen, für den war der Nebel kein Hindernis.

– Wir können nicht vor ihm davonlaufen, sagte Larky und rieb die Feuchtigkeit vom Flintenschloß, – unser Pastor zu Hause hat so ein Biest, und der kann einen Hirsch tagelang verfolgen, wenn es sein muß.

– Wenn wir ihn zum Schweigen bringen können, bevor die Soldaten hier heraufkommen, ist viel gewonnen, sagte Tinker. – Und dann können wir nur hoffen, daß der Nebel nicht aufsteigt. Der Vorteil ist, daß die Soldaten uns nicht sehen können, der Nachteil, daß wir keine Ahnung haben, wohin wir gehen.

– Ein Vorderteil ist von Vorteil, ein Hinterteil aber auch nicht von Nachteil, wie der Mann sagte, als er ... begann Ebenezer.
– Bitte nicht den, kam es von Lady Gertrude, – es sind Frauen anwesend.

Der Nebel war inzwischen so dicht geworden, daß die Baumstämme in eine wallende Unwirklichkeit zerflossen, und von allen Zweigen und Ästen fiel feiner Regen. Die Freunde machten ihre Waffen schußbereit und hielten sie in die Richtung, aus der mit zunehmender Lautstärke das Bellen des Hundes ertönte.

Der Hund näherte sich schnell, zwischen seinem Bellen hörten sie die Soldaten einander zurufen, während sie sich den steilen Hang hinaufarbeiteten. Sie bildeten offenbar eine Kette, in der der Hund den vorgeschobenen Mittelpunkt darstellte, und zwischen ihm und den Soldaten schien ein beträchtlicher Abstand zu sein. Die Freunde verteilten sich ein bißchen, um freies Schußfeld zu haben, falls bei dem Nebel von einem solchen überhaupt die Rede sein konnte. Palmer fuhr leicht zusammen, als Larky mit einem scharfen Knacken den Hahn spannte. – Wenn bloß das Pulver nicht zu feucht ist, flüsterte der ehemalige Yorkshire-Musketier.

Jeden Augenblick rechneten sie damit, die Bestie mit der Schnauze in ihrer Spur aus dem Nebel herausstürmen zu sehen, das Bellen erschallte plötzlich von allen Seiten in einem hundertfaltigen Echo, und unsichtbare Vögel warfen sich schreiend in die Luft. Palmer hob sein Gewehr als letzter, noch hatte er keinen Schuß auf einen Menschen abgefeuert, denn die folgten ja wohl dem Hund auf den Fersen, aber dann mußte er es tun, seine Waffe auf eine Brust oder Stirne richten und abdrücken. Er begann zu beten, als das Gebell des Hundes so abrupt verstummte, daß sie alle einander wie auf Kommando anblickten. Weit entfernt riefen noch immer die Soldaten, aber der Hund schwieg. – Unmöglich, murmelte Tinker, – so benimmt sich kein Stöberhund, bevor er die Beute sieht.

Sie standen unbeweglich mit den Büchsen im Anschlag und sahen einen Schatten im Nebel, der sich an etwas stieß und aus vollem Herzen fluchte, und der schließlich zu Finkel wurde, der sein eines Knie rieb, aber ansonsten triumphierend grinste.

– Gut daß man noch nicht ganz aus der Übung ist, sagte er und schwang einen kräftigen Ast. – Das letzte Mal habe ich ein bißchen gepatzt, aber diesmal war es verdammich die reine Galavorstellung. Ein Schlag genau zwischen die Augen, und er ging aus wie ein Licht.

– Wo zum Teufel bist du gewesen? Thomas Alexander senkte seine Büchse.

– Vorgeschobener Posten, wie man beim Militär sagt. Die Schießerei zieht die Sassenachs aus ganz Inverness-shire an, für den Rest des Wegs wird man sich vor ihnen nicht retten können, Finkel warf den Ast fort. – Naja, und ich hab schon mehr Hunde dressiert als ein Lehrer Kinder, also bin ich etwas weiter unten in Stellung gegangen, und als das Biest mit feurigen Augen und Schaum um die Schnauze angerast kam, hab ich mit der Zunge geschnalzt, er schnalzte, – und es gibt keinen einzigen verfluchten Köter, der bei dem Geräusch nicht stehenbleibt und den Kopf dreht. Das hat der hier auch getan und ganz verblüfft ausgesehen, und in dem

Moment kriegt er einen genau auf den Punkt, bevor ihm ein Licht aufging. Nun ist es ihm stattdessen ausgegangen.

– Wahnsinn, lachte Ebenezer, – und jetzt ist er im Jenseits?

– Nein, der ist nur besinnungslos, aber wenn er wieder aufwacht, interessiert er sich nicht die Bohne mehr für Spurensuche, das garantiere ich. Und ich wette einen Krug Whisky, daß ... Entschuldigung Mylady, das habe ich natürlich nicht so gemeint, er dienerte vor Lady Gertrude, die gerade hinzugetreten war; – aber in diesem Waschküchennebel finden die Sassenachs das Vieh nicht, bevor es von allein wieder zu sich kommt. Hört mal, wie sie da unten rumtoben. Tatsächlich hörten sie Durcheinanderrufen, aber die Geräusche kamen nicht mehr näher. Ein paar Schüsse wurden abgefeuert.

Thomas Alexander stand einen Augenblick mit einem Gefühl von Verlorenheit da, das passierte ihm manchmal, wenn etwas anderes eintraf, als er erwartet hatte. Lady Gertrude hingegen rief Finkel zu sich und überrumpelte ihn mit einer Umarmung, in der er beinah verschwand. – Buanann hat ihren Geist in dich versenkt, sie gab dir Stärke und Klugheit, meine Anrufungen waren nicht vergebens, rief sie und schüttelte den armen Mann wie ein Staubtuch.

– Und wer ist Buanann? fragte Palmer.

– Die Mutter der Helden, schrie Finkel, – ich weiß alles über sie, fragen Sie mich, wenn Sie Probleme haben. Gestatten, Mylady, mein Arm, könnten Sie mich loslassen?

•

Sie nahmen ihre Wanderung wieder auf, hielten sich aber oben im Wald. Der Nebel war jetzt so dicht, daß Tinker kaum einen knappen Steinwurf weit sehen konnte, und es dauerte nicht lange, bis er einräumte, daß er keine Ahnung habe, wo sie seien. Also machten sie halt und starrten gemeinsam in alle Richtungen. – Es wird bald dunkel, sagte Larky. – Und kalt, sagte Ebenezer.

– Wenn Sie erlauben, MacCormick räusperte sich, was er häufig tat, bevor er etwas sagte. – Ich habe hier und da die Natur studiert und wie man sich in ihr bewegt, Landvermessung und Kartenzeichnen. Ich habe ein Notizbuch mitgenommen, da wir ... er warf einen hastigen Blick in Richtung seiner Ehegemahlin, als rechne er mit einem plötzlichen Überfall, – ... und vielleicht, wenn die

Herren meinen ..., er stand schon mit einem zusammengerollten Buch in der Hand da.

– Nur zu, sagte Thomas Alexander, – schlimmer als es schon ist, kann es nicht mehr werden.

MacCormick blätterte ein wenig hin und her, dann sagte er eifrig, sie seien vor dem Teich bei Garrigh nach rechts in den Wald hinauf abgebogen, also nach Süden. Er habe seine Schritte gezählt, das war eine Angewohnheit, und von dem Teich bis zu der Stelle, wo sie stehengeblieben waren, hatte er eine gute Meile geschätzt. Er zeigte ihnen eine Skizze von Strath Conon und den Höhenzügen, die das Tal einrahmten. Hier war Carrigh mit dem Teich, und hier hatten sie haltgemacht. Von dort bis zum jetzigen Standort waren sie mit etwas weniger als normaler Gangart zweiundzwanzig Minuten gegangen, was in etwa anderthalb Meilen entsprach, also hier. Er zeigte.

– Woher wissen Sie, daß wir in die Richtung gegangen sind? fragte Tinker mißtrauisch. – Ich weiß es nämlich nicht.

MacCormick räusperte sich und erklärte, daß der Wind, als sie sich im Strath Conon befunden hätten, wenn auch schwach, aus Nordwesten geweht habe. Jetzt im Nebel war praktisch kein Wind, aber wenn man die Baumstämme befühlte, waren diese auf der windabgewandten Seite trockener als auf den anderen. Und das bedeutete, daß sie nicht mehr dem Verlauf des Tals, das in westsüdwestliche Richtung ging, folgten, sondern sich von diesem fort in Richtung Süd-Südwest bewegten.

Die Freunde schwiegen andächtig, und Sir Alistair MacCormick wuchs um einige Fuß, während sie ihn ansahen. Sogar Lady Gertrude hatte es für einen Moment die Sprache verschlagen, was ihren Gemahl etwas unruhig machte, jedes Jahr schien das nicht zu passieren. – Und was tun wir nun? fragte Tinker.

– Gehen in die entgegengesetzte Richtung, nämlich Nord-Nordwest, dann kommen wir hinunter zum Fluß im Strath Conon, nach meinen Berechnungen müßten wir bei etwas weniger als normalem Tempo in ungefähr vierzig Minuten auf ihn stoßen, antwortete MacCormick, ohne zu zögern.

– Warum haben Sie das nicht etwas früher gesagt? Thomas Alexander begriff nicht gerade viel von dem, was MacCormick gesagt hatte, fand es aber angebracht, seinen Senf dazuzugeben, um nicht ganz vergessen zu werden.

– Weil ich nicht wußte, wohin wir vor Einbruch der Dunkelheit wollten. Wenn ich das gewußt hätte ... MacCormick räusperte sich.

Mit ihm an der Spitze zogen sie durch die Nebelwelt hinunter zur Talsohle des Strath Conon. Es dunkelte, in den Bäumen über ihnen schrien Raben, ein schlechtes Zeichen, und Lady Gertrude rief die Feenkönigin Cliodna an, die die Sprache der Vögel beherrschte, um die schwarze Bedrohung abzuwenden. Der Frau von Fain Castle mangelte es nicht an Geistern, die Druiden hatten offensichtlich unbegrenzte Mengen davon zu ihrer Verfügung gehabt.

– Ich frage mich, ob wir es sind, die die Flüchtlinge nach Stromeferry bringen, oder umgekehrt, sagte Ebenezer. – Wenn ich es richtig sehe, haben wir bisher noch nicht viel zu sagen gehabt.

– Menschen offenbaren oft verblüffende Eigenschaften, wenn es darauf ankommt, erwiderte Palmer. – Denk nur an die ersten Christen in Rom, gewöhnliche und ungelehrte Menschen mit einer erstaunlich hohen Moral. Daß MacCormick sein Äußeres gegen sich hat, täuscht die meisten, bei Sokrates soll es genauso gewesen sein.

Sie traten am Fuß des Bergrückens aus dem Wald und kämpften sich durch Morast zum Fluß durch, der genau da floß, wo MacCormick es erwartet hatte. Nachdem sie eine weitere halbe Stunde gewandert waren, bekamen sie ein Gefühl, als seien sie nicht allein. Etwas bewegte sich um sie herum im Nebel, Hufschlag und Gemurmel und Klirren von Metall, undeutliche Gestalten wogten vorüber. Eine von ihnen stieß mit Larky zusammen und sagte: „Paß doch auf, du Breitarsch“, und Larky gab zurück: „Selber blind, du Stinktier“.

– Soldaten, flüsterte er den Freunden anschließend zu, – blaue Uniformen, Sussex. Sie hielten die Luft an und griffen zu ihren Waffen, obwohl die gerade hier und jetzt nicht sonderlich hilfreich waren. Es sei denn, um einer zu aufdringlichen Person eins damit über den Schädel zu geben, was normalerweise nicht so viel Lärm macht. Ein Reiter glitt dicht an ihnen vorüber, das Pferd zuckte erschrocken zur Seite. Der Reiter fluchte und befahl seinen elenden Kanaillen, aufzuschließen. Eine Stimme fragte, wo sie denn aufschließen sollten, und der Reiter bat ihn, die Klappe zu halten und nicht frech zu werden.

– He da, ihr lauft ja in die falsche Richtung, rief ein Schatten und ruderte mit den Armen. – Ja, Teufel auch, dank dir Kumpel, ich nehm dich in mein Abendgebet auf, rief Tinker zurück. – Gib lieber ein' aus, rief der Schatten zurück, – so ein Scheißspiel. Sie machten einen Bogen um weitere Schatten, und dann fiel Thomas Alexander in den Fluß. Sie machten sich daran, ihn zu suchen, und Ebenezer fragte Lady Gertrude, ob sie keinen Wassergott kenne, der ihm hilfreich unter die Arme greifen könne. Sie rief zurück, daß man mit heiligen Dingen keinen Spott treiben solle. – Das klang nach einem Weibsbild, habt ihr das gehört, Jungs, ließ sich einer der Schatten vernehmen, – komm her und küß mich, du Schöne. – Wünsch dir das nicht, Kamerad, du wirst fürs Leben gezeichnet sein, antwortete eine Stimme, die entfernt an die von Finkel erinnerte.

– Hallo, klang es vom anderen Ufer des Flusses herüber, – ich bin hier. – Was zum Teufel machst du da? fragte Larky. Die Stimme gab zu, daß sie das nicht wisse. Ein gewaltiges Planschen folgte, und dann hievten sie den Herrn von Dolphin Castle herauf aufs Trockene.

– Wenn bloß Lady Gertrude nicht anfängt, geistlichen Beistand herbeizurufen, sagte Palmer beunruhigt. – Könnt ihr euch nicht ihre volltönende Stimme hier mitten unter den Engländern vorstellen? – Ich bring sie zum Schweigen, versprach Larky, – gegen einen Gewehrkolben ist sogar eine göttliche erste Kraft machtlos. In unmittelbarer Nähe ertönte ein kräftiger Knall. – Au, verflucht, schrie Ebenezer, – ich hab doch überhaupt nichts gesagt. – Na, dann entschuldigen Sie, es hörte sich jedenfalls so an, bellte die Lady.

Danach liefen sie im Zickzack zwischen den Soldaten hindurch oder stießen mit ihnen zusammen, und als schließlich keine mehr kamen, brach MacCormick kurz aber heftig in Tränen aus. – Vollkommen in Ordnung, Sir, sagte Finkel und klopfte ihm auf die Schulter, – der eine weint und der andere macht sich in die Hosen, das ist menschlich und zeigt, daß man sich Gedanken macht über die Dinge und daß man sensibel ist. Und alles erleichtert, wie der Mann sagte, als man ihm den Kopf abschlug.

An diesem Abend kamen sie nicht zum Loch Monar, sondern übernachteten in einem leeren Stall. Zum Schutz gegen die Kälte krochen sie unter ein paar Pferdedecken, die lebendiger waren als die, die sie schützen sollten. Draußen in der Dunkelheit pfiff eine Perleule hitzig und erregt, und Thomas Alexander fragte beunruhigt, ob das vielleicht das Geisterpferd von Rannock Moor sein könne, auf dem der unselige Robert Campbell von Glenlyon umherritte. Lady Gertrude ließ umgehend verlauten, daß niemand etwas Schlechtes über den Clan Campbell sagen dürfe, denn sie gehöre dem Geschlecht selbst an. Und die MacDonalds hätten sich die Abreibung, die sie bei Gleann-leac-namuidhe* gekriegt hätten, selber zuzuschreiben, denn sie seien seit eh und je halsstarrige Büffel und unverschämte Viehdiebe gewesen. – Aber die in Loch Leven brennen einen herrlichen Whisky, meckerte Finkel unter seiner Decke. Lady Gertrude befahl ihm, die Klappe zu halten.

– Wohin beabsichtigen Sie zu gehen, Sir, fragte Palmer flüsternd, als er in der Nacht merkte, daß MacCormick nicht schlief.

– Wohin kann man gehen, ohne Geld, ohne Hab und Gut, wen einem alle Mittel beschlagnahmt sind? antwortete dieser und kratzte sich heftig. – Ich weiß ein wenig über Physik und Chemie, ein bißchen von Philosophie, ein bißchen über die Dichtkunst, Geschichte, Gesellschaftswesen und dergleichen, aber wo kann man mit solchen Kenntnissen auch nur das trockene Brot verdienen?

– Viele ziehen nach Amerika, sagte Palmer, – da braucht man sicher nicht besonders gelehrt zu sein. Ein junges Land.

– Soll ich etwa Wald roden, mit Indianern kämpfen, eine Blockhütte bauen und mit meiner Frau als Zugtier die Erde pflügen? Nein, nein, MacCormick schüttelte den Kopf; – Glauben Sie nicht, daß ich mir zu fein bin, ich bin einfach nur unpraktisch veranlagt. Die Wahrheit ist, daß ich ein über die Maßen unnützer Mensch

* Das bereits genannte Massaker von Glencoe.

bin, und mein Geld erlaubte es mir, das zu sein, er kratzte sich an einer anderen Stelle.

– Man kann manchmal lernen, sich nützlich zu machen.

– Das bezweifle ich nicht. Meine Frau hat entfernte Verwandte in Frankreich, denen können wir vielleicht eine Zeitlang zur Last fallen, aber dann ... MacCormick wandte sich abrupt von Palmer ab und zog sich die Decke über den Kopf.

Palmer ging nach draußen. Der Nebel war fort, und ein kalter Wind blies durchs Tal herab, der Himmel war voller Sterne. Er legte den Kopf in den Nacken und betrachtete sie, ihm wurde schwindelig bis in seine Seele, und er fühlte sich nackt und ohnmächtig wie ein Vogeljunges, das aus dem Nest gefallen ist. – Wie lange noch? fragte er in einem plötzlichen Schmerz, und die Sterne betrachteten das Menschenwürmchen dort unten und gaben keine Antwort.

Ohne Schwierigkeiten erreichten sie am nächsten Tag Stromeferry. Palmer fand das Haus, das Pastor Kelsoe in seinem Brief genannt hatte, und ein wortkarger Kleiderhändler übernahm die Flüchtlinge und bat die Freunde zu verschwinden, solange noch Zeit dazu war. Die Engländer waren an allen Ecken und Enden im Dorf und untersuchten jedes Schiff vom Mast bis zum Kiel. Zu einem Abschied kam es deshalb nicht, dazu war dem Kleiderhändler viel zu sehr daran gelegen, das Ehepaar und seinen Kammerdiener aus der Gefahrenzone zu schaffen.

Auch die Freunde entgingen nicht der Visitation durch eine Patrouille, deren Leutnant seine Sache sehr genau nahm. Die Anwesenheit von fünf gesunden und kräftigen Männern in Stromeferry weckte sein Mitrauen, wenngleich sie zum fraglichen Zeitpunkt weder Waffen trugen noch Spottlieder über den Herzog von Cumberland sangen.

– Friedliche Schafzüchter von Skye, beteuerte Ebenezer, – wir sind nur hier, um Zuchttiere zu kaufen. Zum Beispiel die Sannagh-Rasse, sie gibt die weichste Wolle, ist aber etwas kurz im Flachs.

– Jetzt ist nicht die Jahreszeit, um Schafe zu kaufen, sagte der Leutnant, der vom Land stammte, – und schon gar nicht hier im Dorf. Seht ihr hier vielleicht irgendwo Schafe?

– Wir von Skye sind bescheidene Leute, sagte Tinker, – wir schneiden den Torf noch einmal in der Mitte durch, um nicht zu prassen, und wenn wir Hunger haben, schnüffeln wir stundenlang an einem Stück Speck, bevor wir es wieder zurück in die Tonne legen. MacKinnon, der diesen verflixten Drambuie nach einem Rezept von Bonnie Prinz ... hoppla, das hätt' ich wohl besser nicht gesagt.

– Was hast du gegen Drambuie, fiel Palmer ein, der gibt einen guten Rausch. Ich erinnere mich noch an letzten Sommer, als der Hafenmeister in Armadale in weniger als einer Viertelstunde einen ganzen Krug davon leerte, und nachher krachte er mit dem Kopf gegen die Kirchentür, daß sie aus den Angeln flog. Er starb zwar daran, aber das beweist ja gerade, daß Drambuie ...

– Was zum Teufel hat denn das mit Schafen zu tun, unterbrach ihn der Leutnant.

– Gar nichts, wer redet denn von Schafen? fragte Larky. – Es ist wie bei meiner Tante; wenn die anfängt, etwas zu erzählen, endet sie immer ganz woanders. Einmal sollte sie dem Doktor von ihren Lendenschmerzen erzählen, aber bevor er sie bremsen konnte, war sie schon bei der Herstellung von Schweinskopfsülze angekommen. Und was Schafe angeht ...

– Ja, wie gesagt, die beste Rasse ist Sannagh, sagte Ebenezer, – auch geräuchert übrigens, aber da kriegt man natürlich nicht soviel Wolle, es sei denn im Mund, doch auf der anderen Seite ... Der Leutnant jagte sie aus dem Dorf und riet ihnen, ihm nie wieder unter die Augen zu kommen, und sie versprachen es. Als sie außer Hörweite gekommen waren, stimmten sie das Lied vom Herzog von Cumberland an, der seinen Hintern mit einem Waffeleisen geröstet bekommt und als Krebsköder in der Hölle ausgelegt wird. Das machte ihnen Spaß.

10

Was die Engländer und die Highländer auch voneinander hielten, und das taten sie nicht zu knapp, glaubten sie doch alle gemeinsam an den gleichen Gott und an die Erzählung, daß sein eingeborener Sohn von einer unberührten Jungfrau in einem Stall im fernen Bethlehem geboren worden sei. Und obwohl die Botschaft der Engel vom Frieden auf Erden und den Menschen ein Wohlgefallen keine der beiden Parteien milder stimmte, stellte sich doch eine Art Entspannung ein, so daß man sich auf die Verkündigung des Pfarrers konzentrieren konnte, um später mit mehr oder weniger Vehemenz über Schüsseln und Kannen die Besinnung zu verlieren und für eine Zeit die rauhe Wirklichkeit zu vergessen.

Der alte Patrick MacLeod von Ushlaig Castle im oberen Glen Carron hatte zum Weihnachtsschmaus geladen, denn er war Katholik und hielt die alten Traditionen in Ehren. Die Engländer hatten ihn nach einem kurzen Verhör wieder nach Haus geschickt, ihr Sportsgeist untersagte es ihnen, einen gelähmten Widersacher schlecht zu behandeln, und seine Schwiegersöhne hatten sie in Culloden ja sowieso erledigt. MacLeods verkümmerte Beine hinderten ihn nicht daran, ein aktiver Mann zu sein, der gern Menschen um sich sah. Die Beschließerin auf dem Gut, denn der Alte war Witwer, versüßte sein Dasein, früher noch etwas mehr als jetzt, und war ihm in allen Belangen ebenbürtig. Sie hieß Josephine Montclair und ließ sich mit Mrs. anreden, obgleich sie nie eine gewesen war.

Der Alte hatte alle, die er mochte, zu einem céilidh* eingeladen, und das bedeutete einen breiten Ausschnitt der Bevölkerung von Pachtbauern bis zu Gutsbesitzern, nicht jedoch den Clan MacRae, dem die Familie seit der Erschaffung der Welt nicht grün war. Und

* Festliche Geselligkeit mit Gesang, früher im Freundeskreis, heute Touristenattraktion in schottischen Hotels und Pubs.

die Freunde waren da, denn MacLeod verfolgte alles, was um ihn her vor sich ging, und wußte Mut und Umsicht zu schätzen, besonders, wenn es zum Nachteil der Engländer war. Draußen pfiff der Wind über die Berge und sang ein Weihnachtslied in den Wäldern und engen Tälern, doch in der Kapelle von Ushlaig Castle glühten die Kerzenlichter in den heiligen Gefäßen und dem Erlöser des Altarbildes, der in Rauch und Dampf gen Himmel fuhr. Der Raum war voll, die Leute standen bis weit hinaus in die Halle, denn nachdem sowohl der Pfarrer von Stromeferry als auch der von Kishorn den Zorn der Engländer auf sich gezogen hatten, war Palmer in geistlichen Angelegenheiten eine gefragte Person geworden.

Da stand er in seinem schwarzen Talar mit dem weißen Beffchen, beides geliehen, und ähnelte einer zerzausten Wasseramsel. Aber als er den Text auslegte, wie er bei Lucas, 2. Kapitel, Vers 1 bis 20 geschrieben steht, wurde er zu einem Adler mit Schnabel und Klauen. Palmers Auslegung würde den Evangelisten wohl in Erstaunen versetzt haben, doch die Zuhörer erfreute sie. Kaiser Augustus wurde zu König George II., Quirinius zum Herzog von Cumberland, und Joseph und Maria zur Bevölkerung der Highlands unter dem Joch der fremden Staatsmacht. Das klang gut, wahrlich, und Jesus war die Hoffnung in dunkler Zeit. Aber auch nicht mehr als eine Hoffnung, kein neuer Robert Bruce, der mit dem Schwert in der Hand die verhaßten Sassenachs züchtigte. Dieser und jener hätte den Menschensohn sicher gern in einer kriegerischeren Rolle gesehen, mußte aber zugestehen, daß die Möglichkeiten im Augenblick mehr als spärlich waren.

– Brillant, Pastor, brillant, bemerkte MacLeod und schüttelte Palmers Hand, obwohl sie nicht katholisch war, – *die* Predigt war gut für mindestens zwanzig Jahre im Tower. Würde dem Banditen von Cumberland wünschen, daß er sie gehört hätte.

Das Weihnachtsgelage in der großen Halle mit ihren Waffen und Schilden und Geweihen, die der unruhige Schein der Fackeln auf seltsame Weise zum Leben erweckte, wurde großartig. Männer und Frauen, deren Gesichter von der Wärme und den starken Getränken immer roter wurden, umlagerten die langen Tische. Wer einen Tartan besaß, war darin erschienen, und es blitzte in Spangen und Knöpfen und auf blankem Leder, so daß es in den

Augen schmerzte, nicht zuletzt, nachdem man angefangen hatte, doppelt zu sehen. MacLeods eigene Dudelsackspieler marschierten während der gesamten Mahlzeit um die Tafel und erstickten jeden Ansatz eines Gesprächs im Keim, danach spielten sie zum Tanz auf.

– Fast wie zu Hause in Dolphin Castle, stellte Thomas Alexander gut gelaunt fest, – vielleicht sollte man sich am Schwerttanz beteiligen. Er machte mit hoch erhobenen Armen ein paar Schritte, so daß der Kilt (von Nancy O'Casey genäht) wie ein Mühlrad um ihn stand.

– Ja, aber nicht zu heftig, warnte Ebenezer, – ich sehe nämlich, daß du keine Hose anhast.

Der alte MacLeod saß in seinem Stuhl und krähte sämtliche Tanzmelodien mit, während seine Josephine sich im Reel und im Walzer, in Menuett und Polka schwang. Sie fragte sich, ob sie den rothaarigen Helden vom Loch Mullardoch verführen sollte und sah sich nach ihm um. Er tanzte mit der Frau des Verwalters einen Highland Fling und bekam den Fuß in ihren Rock. Als er über den Boden schlitterte, merkte Josephine, daß er keine Hose trug, und beschloß prompt, ihn zu verführen.

– Das ist das zweite Mal, daß wir zusammen tanzen, lachte Nancy O'Casey Palmer an, – du bist besser geworden. Wer hat dir die Kunst beigebracht?

– Der Selbsterhaltungstrieb, ich wußte doch, daß du heute abend kommen würdest; Palmer schwang sie verkehrt herum und spürte selig den Druck ihrer Brüste gegen seine.

– Du bist zu gut für das hier, sagte sie und lachte nicht mehr; – du könntest es anderswo weit bringen. Alle würden dir folgen.

– Glaubst du? Er wurde blaß und blickte zur Seite.

– Ja, David, du weißt es nur selbst nicht. Ihre Finger flochten sich um seinen Nacken, und ihre Augen wurden plötzlich so dunkel und bodenlos wie die Nacht über dem Loch Carron.

– So etwas darfst du nicht sagen, sagte er und zog sie näher an sich, ihr warmer Atem glitt in heftigen Stößen über sein Gesicht.

– David, David, sieh mich an und sag mir, was du siehst.

– Verzeih mir, Nancy, aber ich bin nicht sonderlich begabt, wenn es ...

– Gewisse Dinge verstehen alle Männer, David.

– Jetzt singt Larky, sagte er, aber er ließ sie nicht los.

Und Larky sang, vom Organisten in Stromeferry auf der clarsach* begleitet, und selbst die Beduseltsten wurden still und lauschten mit offenem Mund. MacLeod vergoß Tränen, das hätte er auch ohne den Whisky und das Bier getan, die in seinem Blut brodelten, und der Höhepunkt wurde erreicht, als der lange Waliser „The last rose of summer“ sang, daß von Flotow* geflennt haben würde wie ein feines Fräulein, wenn er ihn gehört hätte. Die spitzbögigen Gewölbe waren gerade im Begriff, zum Himmel aufzusteigen, als Larky verstummte, und bevor er sich wehren konnte, wurde er ergriffen und im goldenen Stuhl durch den Saal getragen. Es fehlte nicht viel, und er wäre in Tränen ausgebrochen. – Einzigartiger Tenor, kann mich nicht erinnern, je etwas Vergleichbares gehört zu haben, platzte ein älterer Herr aufgeregt heraus. – Ganz London würde ihm schon morgen zu Füßen liegen.

– Ja, er ist gar nicht so übel, entgegnete Ebenezer, – aber sie sollten ihn erst einmal die alten cornkisters singen hören, heiliger Bimbam.

– Ich muß unbedingt mit ihm reden, beharrte der Mann, – können Sie mich präsentieren? Allan Ramsay aus Edinburgh*.

Zu diesem Zeitpunkt verspürte Thomas Alexander den Drang, Wasser zu lassen. Mit zusammengepreßten Lippen schritt er zur nächsten Tür und kam in einen langen Gang, der zu einer weiteren Tür führte, die mit Schlössern und schweren Bolzen versehen war. Er klopfte lange dagegen, bis er mit einem freudigen Ausruf konstatierte, daß sie ins Freie führte, weshalb er aufschloß, die Bolzen zurückschob und die Tür öffnete. – Du bist ja nicht auf den Kopf gefallen, sagte er in vertraulichem Ton zu sich selbst und trat in die Kälte der Nacht hinaus, die neugierig an seinen Beinen hochwallte und ihm unter den Kilt kroch. – Beim Leibhaftigen, nein! Er

* Keltische Harfe.
* Jedenfalls möglicherweise; von Flotows Oper „Martha“, in der die Arie vorkommt, wurde erst 101 Jahre später geschrieben. Aber das Lied ist ein altes Volkslied unbekannten Ursprungs, das Larky durchaus bekannt sein konnte.
* 1686–1758, schottischer Dichter; sein Hauptwerk, „The Gentle Shepherd“, erschien 1725.

schauerte und griff sich den grauweißen Umhang einer Wache von einem Haken, hüllte sich darin ein und verbarg den Kopf in der Kapuze. – Ha! stieß er daraufhin mit Grabesstimme aus und sah unheimlich aus. – Shakespeare!

Einst hatte er Hamlet gelesen, und besonders der Geist von Hamlets Vater auf den verwitternden Festungsmauern hatte auf sein damals empfindsames Gemüt einen unauslöschlichen Eindruck gemacht. In späten Abendstunden hatte er in seinem Bett gestanden und Geist gespielt, daß sich ihm selbst die Haare sträubten, und er hatte die Nachtwache zum Wahnsinn getrieben, wenn er sich auf den Treppen herumschlich, wie Geister es nun einmal an sich haben. Und nun kam der Geist also über ihn, immer noch unheimlich aussehend schritt er, mit mahnend erhobenem Arm auf den unsichtbaren Sohn zeigend, durch die Tür hinaus und rezitierte:

Ich bin deines Vaters Geist
Verdammt auf eine Zeitlang nachts zu wandern,
und tags gespannt zu tasten ... gebannt zu fasten in der Glut
bis die Versprechen meiner Zärtlichkeit ... nein, die
Verbrechen meiner Zeitlichkeit
hin und weg geläutet ... hinweggeläutert sind.

Eine Abteilung der Grenadierkompanie, die sich gerade um Ushlaig Castle zusammenzog, um herauszufinden, was dort vor sich ging, sah eine grauweiße, kuttenbekleidete Gestalt mit drohenden Armbewegungen auf sich zuschreiten und hohle Laute ausstoßen. Die schreienden Grenadiere fielen und purzelten übereinander, als sie Reißaus nehmen wollten.

Thomas Alexander schlug sich zu wiederholten Malen an die Brust und umkreiste einen Brunnen. Nach einem kurzen Rülpser hob er wieder an:

Du scheinst mir willig
auch wärst du feister als das träge ... äh ... träger
als das feinste ... feiste Kraut
das ruhig ... wächst ... also Wurzel treibt an Ledas ...

nein, Mensch wie hieß der Fluß noch
na, an des Flusses Ufer
erwartetst ... erwachtest du nicht hier ... Also
nun hör mal zu, Hamlet ...

Die aus der entgegengesetzten Richtung ankommende Abteilung blieb abrupt stehen, dann stürzte sie in völliger Auflösung davon und kam erst vor ihrem Leutnant zum Stillstand, wo ihre Kameraden schon waren. Der Leutnant hörte ihnen mit wachsender Wut zu.

Thomas Alexander schlug an einer knorrigen Eiche sein Wasser ab, schwieg aber solange und blinzelte mit den Augen. Etwas näherte sich in der Dunkelheit, Hamlet vermutlich. Der väterliche Geist schüttelte sich und schritt seinem Sohn entgegen:

Allein wie Jugend nie sich geizen ... Tugend nie sich
reizen läßt,
Buhlt Unzucht auch in jede Himmelsrichtung ... nein
warte ... um sie in Himmelsbildung
So Lust, gepaart mit einem schlichten Bengel ... lichten
Engel ...
wird dennoch eines Götterschmauses satt
und nascht ... hascht nach Bettwurst ...

Der Leutnant begann zu zittern, und mit weichen Knien verschwand er hastig zurück in die Dunkelheit, aus der er gekommen war, während er das Gebet für die Seefahrenden sprach, wie es ihn sein Vater gelehrt hatte. Im Eilmarsch verließ er die verhexte Burg und merkte nicht, daß seine Leute es unterließen, im Gleichschritt zu gehen.

– Wo bist du denn gewesen? Frau Josephine legte unserem Helden die Hand auf die Schulter, jetzt oder nie. Er sah sie an und dachte an Carolyn die Irin und an Ophelia. – Ich habe mit meinem Sohn gesprochen, erwiderte er langsam, – er ist in Dänemark in ein Kloster eingetreten.

Frau Josephine ließ ihn los, und murmelnd wandelte er hinüber zum Bierfaß, und wenn in der Musik eine Pause eintrat, konnte man von dort bruchstückhaft Rezitationen hören.

Die Sterne leuchteten noch über dem Glen Carron, als die Freunde heimwärts zur Mühle von Bellchrist zogen. Tinker hatten sie beim Kartenspiel in der Küche gefunden und Larky hinter einem Vorhang mit einem Mädchen, das keiner von ihnen je zuvor gesehen hatte. Palmer sah so verzückt aus, als hätte er ein fünftes Evangelium gefunden. Auf halbem Wege stimmten sie die Ballade von den fünf maskierten Räubern an. Weit entfernt hörten sie Badgers Köter das Heulkonzert beginnen. Die Freunde lachten einander zu.

1747

1

Anmerkung: Geben Sie nicht mir die Schuld daran, daß diese Erzählung eine Anzahl von Lücken hat. Die Schuld liegt bei meinem Urahn, und es hat den Anschein, als habe sich nicht jeden Tag etwas Interessantes ereignet. Aber es sieht danach aus, als hätten die Freunde sich mit zunehmendem Eifer darauf konzentriert, Steuereintreiber und Zöllner auszuplündern, von denen die Highlands binnen kurzem zu wimmeln begannen. (Sie tun es noch). Es war dies ein gutes und gottgefälliges Handeln und zudem ohne größeres Risiko. Wenn sie einem solchen Satan auf die Spur kamen, folgten sie ihm heimlich und erleichterten ihn um sein Bargeld, eben bevor er nach Hause kam. Die Engländer nahmen es sehr ernst, nichts bringt Behörden mehr auf, als um Steuern und Abgaben betrogen zu werden. Das ist viel gravierender, als einen Minister zu erschießen.

Das erinnert mich an einen Schwager von Thomas Alexanders Großvater, den, der bei Sherrifmuir fiel. Er, also der Schwager, bestritt seinen Lebensunterhalt zum Teil durch steuerfreies Whiskybrennen, ein einstmals sehr gewöhnliches und geachtetes Gewerbe. Eines Tages, als ein Zöllner und seine Gehilfen sich dem Betrieb näherten, schüttete der Schwager, er hieß übrigens Dinglefoot, weiß der Teufel, wie das sein konnte, die gesamte vorhandene Produktion in einen Wassertrog auf seinem Hof und saß vorm Haus und schaute lammfromm drein, als der Widerling ankam. Null Whisky, aber die Pferde waren durstig, und die wurden Zeugen eines Erlebnisses, wie es ihnen weder vorher noch nachher je geboten wurde, während die Handlanger des Gesetzes auf dem Hof herumschnüffelten. Später wurde eine Ballade über den Vorfall gedichtet, die heute noch gesungen wird. Nun, die Banditen stiegen also schließlich in die Sättel, und dem Vernehmen nach endeten sie mehr tot als lebendig draußen am Loch Monar und wurden von den Gäulen in die See befördert; die Pferde rasten bis Achnasheen, wo sie einen ganzen Markt auseinandertrieben, bevor sie auf dem Friedhof einschliefen. Dinglefoot fand sich für seinen Verlust durch den Ausgang der Geschichte reichlich entschädigt.

Es war ein bitterkalter Winter mit ständigen Stürmen, die großzügig mal Regen, mal Schnee oder Hagel über das geplagte Land schickten. Ebenezer ging in den triefenden Wäldern auf die Jagd, und Palmer quälte sich mit den Gedichten von Horaz*, während Larky und Tinker Badger beim Dressieren seiner Hunde halfen, sie zeigten sich ganz geschickt darin. Thomas Alexander wälzte Pläne für die Abfassung eines Dramas über einen Stoff, den Shakespeare noch nicht geklaut hatte. Macbeth wäre ideal gewesen. – Warum konnte dieser Shakespeare sich nicht an England halten? jammerte er. – Warum mußte er Italien und Dänemark und Schottland mit hineinziehen? Jetzt kann ein Däne nicht mehr Hamlet und ein Italiener nicht mehr Romeo und Julia schreiben, und ein Türke übrigens auch nicht die Komödie der Irrungen, wo gibt's denn sowas!

– Warum schreibst du nicht wie dieser Congreve*, schlug Ebenezer vor. – Seine Stücke kann man direkt fühlen und anfassen. Dieser Shakespeare mit seinen ganzen Monologen, die Leute haben ja schon vergessen, worum es sich dreht, bevor man nur halb durch ist. Ich wäre ein alter Mann, bevor ich sagen könnte, daß mir ein Zahn wehtut, wenn ich es in seiner Art machen müßte.

– Die Kunst besteht darin, das Einleuchtende kompliziert zu machen, erklärte das unerlöste Dichtergenie. – Shakespeare hätte „sein oder nicht sein" in zehn Zeilen schreiben können, aber das ist eben keine Kunst, verstehst du?

– Teilweise schon, gab Ebenezer zu, – aber mit Kunst kommt man im richtigen Leben nicht weit. Ich hab mal von einem Dichter gehört, der brachte es fertig, daß alle gelehrten Leute vor Hingerissenheit in Ohnmacht fielen. Aber seine Frau und seine Kinder hungerten, und das Haus fiel ihm über dem Kopf zusammen, und er hatte keinen blassen Schimmer, wie man einen Kessel Wasser zum Kochen bringt. Deshalb kann mir die Kunst gestohlen bleiben.

Thomas Alexander hätte das Wesen der Kunst gern in starken und klaren Worten erklärt, doch da er sich ein wenig auf Glatteis

* In Boston, Amerika, kam 1756 eine Auswahl von Gedichten des Horaz von D.J. Palmer heraus. Ob es sich um unseren Palmer handelt, ist ungewiß.

* William Congreve, 1670–1729, schrieb eine Reihe saftiger und unsittlicher Schauspiele.

fühlte, schwieg er. Stattdessen zog er nach Invercarron und besuchte Jessie Lancaster, deren Mann als Kapitän auf Fernostfahrt war. Jedenfalls meinten alle, daß er zur Zeit da sei. Jessie verfügte über eine gehörige Vitalität, wenn sie in Stimmung kam, und das war jedesmal, wenn Thomas Alexander auftauchte. Manchmal auch, wenn er nicht auftauchte, dann schickte sie nach ihm. Ziemlich schnell erkannte er, daß er nicht viel zu sagen hatte, es war Jessie, die die Zügel in der Hand hielt, im Bett ebenso wie außerhalb. Um der Wahrheit die Ehre zu geben, so wagte Thomas Alexander aus Furcht vor den Folgen nicht, sie an den verabredeten Tagen zu enttäuschen.

– Mein Täubchen, mein Edelstein, mein Riechsalz, sang sie und warf sich über ihn. – Was meinst du denn damit? Er versuchte, sich ihren Fangarmen zu entwinden. – Riechsalz! Erinner' ich dich an Riechsalz?

– Mach dir nichts draus, sie griff wieder nach ihm, – Männer haben eben keine Phantasie, und du schon gar nicht. Tu nun, was ich dir beigebracht habe, ... nein nein, du sollst keine Kuh entbinden, ich bin es, dein Nektarkelch.

– Nektarkelch, was ist denn das? Der Liebhaber entfernte mit Mühe ein Bein.

– Du lieber Himmel, welche Unwissenheit! Die alten Götter tranken Nektar, liest du denn nie Bücher! Nun komm her ... nicht so doll, sanft wie ein Schmetterlingsflügel, und nicht da, sondern hier, hast du denn alles vergessen, was ich dir gepredigt habe?

Wie in einem Schraubstock gefangen begriff Thomas Alexander, daß er fast zu einem wehrlosen Opfer in der Gewalt stärkerer Mächte geworden war. Sanft und spielerisch hatte es einst begonnen, aber es hatte sich weiterentwickelt, und nun blickte er der in mehr als einer Hinsicht nackten Wirklichkeit ins Auge. Dienstags und freitags, und wenn er nicht erschien, holte sie ihn. Die ersten Male waren, mit den Freunden als stummen Zuschauern, peinliche Angelegenheiten gewesen.

Jessie war stark, sehr stark, und sie hatte Formen, die das Alter vergeblich zu erobern versuchte. Was konnte das Alter ihr anhaben! Wie der arme Seemann, der von den gierigen Wellen hierhin und dorthin geworfen wird, wurde unser Held im lancasterschen

Ehebett unter Freudenschreien und barschen Kommandos, je nach den augenblicklichen Erfordernissen, hin und her geworfen. – Niemals, niemals darfst du mich verlassen, gurrte das Weib in einer der allzu knapp bemessenen Atempausen, – das Band der Leidenschaften verbindet uns auf ewig.

Thomas Alexander zog einen Krug mit Bier zu sich her und schlürfte geräuschvoll. Eine mündige Hand schloß sich um ihn, und er bekleckerte sich. – Auf ewig, wiederholte er schlapp, wurde aber plötzlich lebendig und fuhr fort: – Dein Mann kommt ja auch einmal wieder nach Hause, eine Ehe ist eine verdammt ernste Angelegenheit.

– Das überlaß nur mir, sagte sie, – hast du bald genug getrunken?

Genau in diesem Moment wurde ein Schlüssel in die Tür unter ihnen gesteckt, und die Tür öffnete sich mit einem lauten Jammern, im Hausflur wurde etwas Schweres auf die Fliesen gestellt. – Mein Mann, flüsterte die betrügerische Ehefrau, – was bildet der sich ein, jetzt nach Hause zu kommen?

Thomas Alexander reagierte gewohnheitsmäßig wie ein kampferprobter Soldat. Im Nu war er in Hose und Hemd, den Rest nahm er unter den Arm und verschwand aus dem Fenster, ohne auch nur soviel wie Adjeu zu sagen. Da er zuvor diesen Rückzug aus dem Haus des Kapitäns nie erprobt und deshalb keine Kenntnis der Lage der Fenster hatte, außer daß ihm klar war, daß das Schlafzimmer sich im ersten Stock befand, sprang er ohne zu zögern in die Nacht hinaus und beugte aus Erfahrung die Knie, um den Aufprall abzufedern. Im Hinterhof erhob sich ein höllisches Gebrüll, das die Berge rundumher erzittern ließ, und rasch mischten sich menschliche Rufe und Bitten in das Getöse. Kapitän Thomas Lancaster lief zum Fenster und erblickte in seinem Schweinekoben einen Menschen, der umhertaumelte, bald aufrecht, bald liegend, während seine beiden Säue und eine unbestimmte Anzahl Ferkel hin und her rasten, als hätten sie Pfeffer im Hintern. Jedesmal, wenn der Mensch sichtbar wurde, fuchtelte er gewaltig mit den Armen, ansonsten sah man hauptsächlich die Beine. Nach einer gewissen Zeit wälzte sich der Unbekannte über das Gatter und verschwand humpelnd und fluchend in der Dunkelheit.

Kapitän Lancaster hob den Blick. Langsam. In dem offenen Fenster im ersten Stock erblickte er seine Frau in Nachthemd und Spitzenhäubchen. Sie lächelte unsicher zu ihm hinunter.

– Du siehst etwas malträtiert aus, bemerkte Badger und musterte den Helden der Highlands von allen Seiten. – Wenn ich es nicht besser wüßte, würde ich behaupten, daß du in den Krallen der Hexen vom Beinn Eighe gewesen wärst. Darauf erwiderte der Held, daß es sich nur um eine Hexe gehandelt habe, was allerdings die Sache nicht besser mache.

– Es gibt auch Hexen im Glen Moriston, sagte Ebenezer. – Ich erinnere mich an einen Feldwebel bei den Royal Scots, der zur Nachtzeit den Paß bei Taymore überqueren wollte, um die Witwe eines Müllers zu besuchen. Und der lief einer Schar von Ungeheuern in die Arme, die ihn bis zum Loch Beneveian verfolgten und ihn den ganzen Weg traten und schlugen. Hinterher behauptete James Sinclair in Cellaigh zwar, es seien seine Rinder gewesen, die beim Anblick des Feldwebels durchgedreht seien, aber das wollte der Kerl nicht glauben. Er wurde übrigens später Prediger bei den Methodisten, aber ob das was mit den Hexen zu tun hatte, weiß ich nicht.

Palmer massierte Thomas Alexander mit heilenden Salben und wollte wissen, ob seine Beulen und Schrammen wirklich von seinem nächtlichen Besuch bei der Kapitänsgattin herrührten. Denn wenn das erotische Beisammensein von Mann und Frau derartige Spuren hinterließ, dann war das etwas, wovon ihm nichts schwante.

– Das hat nichts mit Erotik zu tun, erwiderte der Liebhaber, – eher mit einer Form von Haustierhaltung, aber Erotik führt zuweilen andere und mehr Dinge mit sich als Küsse und Liebkosungen. Palmer sagte, das sei ihm bekannt, denn er habe das „Decameron“ des Italieners Boccacio gelesen. Von dem hatte nun wiederum Thomas Alexander nichts gehört, aber die Italiener konnten ihm in der Hinsicht kaum etwas beibringen. – Frauen halten einen jung, sagte er belehrend, durch sie erhält man sich seine männliche Kraft. Guck dir den Hamlet an, er redete dauernd von Frauen, aber etwas mit ihnen anstellen, nein. Einen größeren

Schlappschwanz als den kann man lange suchen, und er ist ja auch gestorben.

– Er hat manches Bedenkenswerte gesagt, meinte Palmer, – dazu hätte er vielleicht keine Zeit gehabt, wenn er ... du verstehst.

Draußen begannen Badgers Bestien ein vielstimmiges Geheule, und Tinker kam angerannt, ein Mann sei auf dem Weg zur Mühle. Er hätte eine Pistole im Gürtel.

Sie hörten den Ankömmling draußen mit Badger sprechen, und kurz danach kam der Alte herein und meldete, daß jemand mit Thomas Alexander unter vier Augen zu sprechen wünsche. Diesem wurde etwas unbehaglich zumute, in der Erinnerung kehrte er zurück in den Schweinekoben in Invercarron. Er lud seine Pistole und setzte einen neuen Stein in den Hahn. – Wir geben dir Dekkung, versprach Tinker.

Der Mann war einen halben Kopf größer als Thomas Alexander, und es war nicht Fett, das seine Kleider bis auf den letzten Inch ausfüllte, sondern Muskeln. Wie Taue. Ein schwarzer Bart bedeckte sein massives Kinn, und unter gewaltigen Brauen hervor bohrten sich dunkle Augen in die von Thomas Alexander.

– Sind Sie Thomas Alexander MacDolphin? fragte die furchteinflößende Person. Der Träger dieses Namens nickte stumm. – Das hier hab ich in meinem Schweinekoben gefunden, fuhr der Mann fort und reichte ihm ein zerfleddertes Notizbuch. – Ihr Name steht darin.

Thomas Alexander sackte zusammen. – Wer sind Sie? fragte er benommen.

– Thomas Lancaster, Kapitän der Brigg „Morgenröte“ aus Aberdeen; die Stimme des Mannes war beunruhigend unkriegerisch, so fing es oft an. Thomas Alexander dachte an Tinker, der ihm Dekkung gab. Er nahm das Buch. – In Ihrem Schweinekoben, na sowas, wie kann es dahingekommen sein?

– Aus meinem ehelichen Schlafzimmer kam es dahin, antwortete der Kapitän, – und nicht allein.

Thomas Alexander sagte nichts, nicht weil er nicht gern etwas gesagt hätte, aber so schnell eine passende Antwort zu finden, überstieg seine Fähigkeiten. Kapitän Lancaster betrachtete ihn ohne Zorn. Ein rasches Pistolenduell oder ein hitziger Frontalangriff, damit hätte unser Held etwas anfangen können. – Nicht allein, was Sie nicht sagen, unser Held nickte und blätterte in dem Buch.

– Erlauben Sie mir eine direkte Frage, der Kapitän senkte die Stimme ein wenig, – lieben Sie meine Frau Jessie?

– Lieben! Thomas Alexanders Stimme überschlug sich. – Ich kenne sie ja überhaupt ... also naja, kennen und kennen ... aber nur weil wir uns getroffen ... zusammengewesen ... in aller Ehrbarkeit ein einziges Mal ... vielleicht ein paarmal ... Jessie ist ... ich meine, Ihre Frau ist ...

Kapitän Lancaster setzte sich und angelte einen Flachmann aus der Tasche, drehte langsam den Korken heraus und ließ einen goldenen Strahl in seinen Hals schießen. – Sie ist nämlich nach eigener Aussage sehr verliebt in Sie, fuhr er danach fort. – Sie hat es mir mit sehr vielen Worten versichert in jener Nacht, als Sie meine Schweine aufgeweckt haben. Jessie redet ziemlich viel, was Ihnen wohl nicht entgangen ist. Das ist etwas, was man mit Fug und Recht von ihr sagen kann, unter vielem anderen.

– Eine prächtige Ehefrau, sagte Thomas Alexander und setzte sich außer Reichweite nieder, – eine wahrhaft schottische Frau mit ... ja, manchmal redet sie ein bißchen viel, das stimmt. Verliebt ... Sie könnten nicht vielleicht einen klitzekleinen Schluck? Er ergriff die Flasche und setzte sie schnell an den Mund.

– Ja, es ist wirklich erstaunlich, der Kapitän hielt die Flasche gegen das Licht, als er sie zurückbekam, – daß Jessie diese Art von Gefühlen hat, finde ich, sie erinnert mich mehr an meinen ersten Steuermann. Vielleicht hat sie einmal die gleichen Gefühle für mich gehabt, aber ganz sicher bin ich nicht. Ich hätte eigentlich nicht geglaubt, daß Sie ...

– Daß ich was?

– ... ein Typ wären, für den sie was übrig hat. Nichts für ungut, aber ich hätte mir vorgestellt, daß er etwas mehr ..., der Kapitän vollführte eine ohnmächtige Handbewegung.

– Mein Typ ist ansonsten durchaus gefragt, erwiderte Thomas Alexander beleidigt. – Ohne zu prahlen, kann ich gut und gern behaupten, daß, wenn ich all die Frauen zusammenzählte, die ...

er hielt abrupt inne. – Aber ansonsten bin ich wirklich keiner, der ... bekannte er.

– Keiner, der was?

– Na, das ... ich meine ...

– Das behauptet sie aber. Die Nacht im Schweinekoben mitgezählt sind es insgesamt 12 Mal plus eins, daß Sie ... nicht richtig in Form gewesen wären, wie sie sagt.

– Weil sie mich mit Anislikör abgefüllt hat, den ich nicht ausstehen kann. Nicht in Form, daß ich nicht lache!

Kapitän Lancaster angelte eine neue Flasche hervor und reichte sie dem Rivalen. – Sie können sie gerne behalten, sagte er ruhig.

– Sie behalten! Der Mann aus dem Schweinekoben fuhr zusammen. – Du Allmächtiger, Sie meinen doch nicht im Ernst, daß ...

– Sie tun mir einen großen Gefallen, wenn Sie sie nehmen, einen wahren Freundschaftsdienst, fuhr der verschmähte Ehemann von der Brigg „Morgenröte" aus Aberdeen fort. – Seit vielen Jahren warte ich auf eine Gelegenheit, Jessie loszuwerden, aber mir fehlte immer ein guter und unumstößlicher Anlaß, nämlich der Dritte im Bunde. Den hab' ich jetzt, und jedes Gericht wird mir Recht geben ... auf frischer Tat ertappt, keine Ausflüchte möglich, sogar das Geständnis der Ehefrau. Sie sagt wirklich, daß sie Sie liebt, sie hat zwölfmal plus ein ... na gut, zwölfmal mit Ihnen Unzucht getrieben, und wenn Sie sie auch lieben ... das tun Sie doch, oder? Der Kapitän sandte Thomas Alexander einen flehenden Hundeblick. – Trotz all ihrer Schwächen und Fehler?

– Mit Jessie fröne, frönte ich der fleischlichen Liebe, erwiderte der bedrängte Liebhaber, – trotz all ihrer Schwächen und Fehler, zugegeben. Aber nicht der geistigen, ich weiß nicht, ob sie etwas von geistiger Liebe weiß, die zwei Seelen zusammenkettet, Romeo und Julia zum Beispiel ..., er blieb stecken und lieh sich die Flasche.

– Sie kocht gut, und das ganze Haus blitzt, Lancaster wurde eifrig - und sie ist eine Wucht, was das Fleischliche ... ich meine das Praktische angeht. Ihre Klöße in Currysoße ...

– Serviert sie die mit gekochtem Reis oder mit buttergedünsteten Pfifferlingen? fragte eine Stimme aus dem Innern des Hauses. Der Kapitän blickt verwirrt um sich.

– Wenn sie so prachtvoll ist, sollten Sie sie aber doch behalten, sagte Thomas Alexander, – eine gute und arbeitsame Ehefrau ist nicht mit Gold aufzuwiegen. Und Fleischklöße in Reis ... – Also Pfifferlinge sind auch nicht zu verachten, feingehackt, mit einer Prise Salz, leicht in Butter angebraten, klang es aus dem Haus.

– Ich will nicht mehr, die Stimme des Kapitäns begann zu beben, – ich bin wie ein räudiger Hund herumgestoßen worden, ich hab mich mit ihrem Reinlichkeitsfimmel abgefunden und mir ständige Vorwürfe wegen meiner Manieren und meiner Sprache gefallen lassen ... ich habe bei ihren Seitensprüngen beide Augen zugedrückt und mir die Ohren volljamern lassen, daß ich im Bett nichts tauge, ich hab Geld rangeschleppt, das sie in alle Himmelsrichtungen ausgestreut hat ... ich will nicht mehr, will nicht ... er zerbrach einen armdicken Ast, ohne sich dessen bewußt zu sein und warf sich vor dem Bock der Highlands auf die Knie. – Nehmen Sie sie um Himmels willen, bettelte er. – Sie kriegen noch Geld dazu, und das Haus kann sie behalten, und die Schweine auch. Sie können zusammen glücklich bis ans Ende Ihrer Tage leben, wie das auch gehen mag, und ich kann verschwinden und brauche nie wieder zurückzukommen. Er ließ die Stirn auf Thomas Alexanders Knie sinken und heulte wie ein Wolf.

– Aber ich habe mit Jessie gebrochen, verkündete Thomas Alexander, – und zwar in jener Nacht bei den Schweinen. Man weiß nie, was als nächstes kommt, vielleicht eine Herde Hochlandrinder. Und Jessie verdirbt unsere wahre Natur, von manchem anderen ganz abgesehen, sie verschlingt einen mit Haut und Haar wie eine richtige Hexe. Sie ist unserer unwürdig, also laß sie uns dem Krabbenfischer Justus Reeves aus Loch Alsh geben.

– Von dem hab ich noch nie was gehört, der Kapitän hörte auf zu flennen.

– Aber ich. Justus Reeves ist gebildet wie ein Gentleman, ausdauernd wie ein Holzochse, erfindungsreich wie ein Dichter, schön wie Adonis, wer das auch sein mag, großzügig wie ein Herzog und mutig wie Richard Löwenherz, Thomas Alexander schnaubte. – Ich weiß alles über den verdammten Krabbenfischer, von morgens bis abends hat sie mir damit in den Ohren gelegen, ob es nun wegen der Länge war ... und das kriegt man satt, bis oben hin. Justus Reeves ist der Mann für Jessie, er erfüllt ihre heißesten Träume, ich bin sicher, daß er ihr auch eine Tracht Prügel verpassen kann. Junggeselle.

Lancaster dachte lange nach, und nach und nach wurde sein Gesichtsausdruck immer erleichterter. Er trank und bot auch seinem früheren Rivalen die Flasche an. – Ich werde ihn besuchen, erklärte er schließlich. – Ich werde ihm erzählen, was Jessie von seinen guten Eigenschaften hält und ihm die Wahl lassen, sie zu übernehmen, wie sie ist, oder wegen Ehebruchs verklagt zu werden. Weißt du, welche Strafe in Schottland auf Ehebruch steht? Fünf Jahre hinter Schloß und Riegel und dein Name wird von der Kanzel verlesen.

– Stell Jessie vor die gleiche Wahl, klang es aus dem Innern des Hauses. Diesmal war es eine andere Stimme.

– Es würde ihr recht geschehen, sagte Thomas Alexander, – man soll nicht ungestraft auf deinen Gefühlen herumtrampeln. Du bist zu gut, um so mit dir umspringen zu lassen, ein guter Mensch, wenn ich ehrlich sein soll. Und dann kannst du auf der Brücke der „Morgenröte" stehend und in die Morgenröte starrend ... naja, oder so in etwa, also du kannst davonziehen und dein Herz ist frei wie ein Vogel.

– Das tu ich, Lancasters Bart wehte, er knurrte wohlig wie ein Tiger, der sich der sicheren Beute nähert. – Was meinst du, was schlimmer ist, Jessie oder fünf Jahre hinter Gittern?

– Hinter Gittern, da erlebt man trotz allem nicht, was man zuweilen mit Jessie erlebt, erwiderte Thomas Alexander.

Die zwei Männer standen einen Augenblick schweigend da und erinnerten sich, dann verabschiedete sich Kapitän Lancaster und wanderte mit zielbewußten Schritten nach Süden. Bis Loch Alsh waren es nicht mehr als zwölf Meilen.

2

Einmal im Monat legten die Freunde einen Besuch bei Aselmus ab und zogen Bilanz. Palmer führte Buch, und es wurde abgesprochen, welchen Anteil jeder bekommen sollte.

– Dieser Allan Ramsay, mit dem ich Weihnachten gesprochen habe, will, daß ich nach London gehe und mich ausbilden lasse, sagte Larky. – Dort kenne ich niemand, und ich habe bald genug, um mir eine annehmbare Wohnung kaufen zu können. Ramsay sagte, ein Komponist, der Pluck heißt und Opern für das Theater in Haymarket schreiben soll …

– Gluck*, verbesserte Palmer.

– Ich meine, er hätte Pluck gesagt, kann ein Engländer Gluck heißen?

– Nein, aber ein Deutscher kann es. Christoph Willibald von Gluck.

– Das klingt genauso kompliziert wie Walisisch, sagte Ebenezer. Aber mit irgendetwas müssen wir uns ja alle rumschlagen. Ich hab bald Geld genug, um in die Lowlands zu ziehen und mir eine neue Kneipe zu kaufen. Da unten kennt mich keiner.

– Nein, aber alle kennen Albertina, sagte Larky. – Sogar der Herzog von Cumberland kennt sie, darauf wette ich.

Ebenezer gab zu, daß seine Frau ihre Eigenheiten hatte, aber das sei kein Beinbruch, solange nur das häusliche Glück nicht in Mitleidenschaft gezogen würde. – Ich bin allerdings der Meinung, daß mit den irischen Frauen am wenigsten gut Kirschen essen ist, sagte Tinker, – aber Albertina hat sich in der Hinsicht auch nichts vorzuwerfen. Und apropos Frauen, so werde ich mich verheiraten und in London als Kaufmann niederlassen, und niemand wird im

* Der deutsche Komponist (1714–1787) bekam 1745 den Auftrag, Opern für das Haymarket Theatre zu schreiben. „La Caduta dei Giganti“ und „Artamene“ wurden Fiaskos.

Traum daran denken, daß ich der Tagelöhner aus Limerick bin, der einmal einen englischen Gendarm erschossen hat.

– Überleg dir gut, was du tust, wenn es um Frauen geht, riet Thomas Alexander. – Ohne anzugeben darf ich wohl behaupten, daß ich mehr über Frauen weiß als die meisten Leute in den Highlands. Auch Typen wie Jessie Lancaster, die ihr doch ... ja ja, ich wußte es. Frauen sind ein wonniger und lehrreicher Zeitvertreib, wenn man sie als Novellen genießt, nicht als große Romane ..., er schüttelte den Kopf. – Nichtsdestoweniger werde ich mich verheiraten, das Fortbestehen des Geschlechts ruht auf meinen Schultern.

– Meinst du nicht, daß das schon hier und da weiterbesteht? fragte Ebenezer. – Ich meine, bei all dem Feuereifer, den du an den Tag legst, mußt du das Feld reichlich bestellt haben.

Thomas Alexander erklärte, diese Art Nachkommen zählten nicht mit, auch wenn die Früchte sich als ebenso schön wie begabt erweisen sollten. Nur die, die nach der Segnung des Priesters vor dem Traualtar das Licht der Welt erblickten, seien als richtige MacDolphins zu betrachten. – Es gibt wohl niemanden, der ahnt, wieviele hier oben mit MacDolphin-Blut in den Adern herumlaufen, erklärte er stolz lächelnd und fügte hinzu: – Und auf dem Kontinent.

– Wie der Sand des Meeres und die Sterne am Himmel, schlug Palmer vor. Er hatte zusammengezählt, was er besaß, und hatte keine Ahnung, was er mit dem Geld anfangen sollte. Es als wohlhabender Lebemann durchzubringen, sich mit klassischen Beschäftigungen die Zeit zu vertreiben, seinen Garten pflegen, sich verheiraten? Er dachte an Nancy O'Casey und unterdrückte ein Seufzen. Nancy, Nancy, bereust du? Nun, es führte doch kein Weg daran vorbei, irgendwo muß es geschrieben stehen, daß wir uns begegnen und wieder trennen sollten, und daß nichts mehr so sein würde wie vorher. Ich glaube, daß Gott uns schon vergeben hat, denn er kennt uns besser als wir selbst. Aber er macht es uns nicht leicht, Nancy, und vielleicht soll es nicht leicht sein. Ich bin dumm in diesen Dingen, nur nicht zusammen mit dir. Verzeih mir ... Palmer schlug sich ohnmächtig an die Stirn und verschwand hinauf in die Berge. Das tat er nun zuweilen, und die Freunde stellten keine Fragen. Er war ja ein gelehrter Mann, sie konnten ihn nicht mit ihrem

Maß messen. Er dachte mehr als sie alle zusammen, und sie wußten nicht immer, was er dachte. Sie fanden auch nicht, daß sie darauf einen Anspruch hätten.

3

Dies war der Winter, in dem im Glen Affric und in Cannich der Whisky ausging.

Niemand konnte sich erinnern, daß es schon einmal vorgekommen war, nicht einmal die alten Käuze, deren Gedächtnisse wie gut geölte Uhrwerke funktionierten, konnten einen Parallelfall nennen. Es war natürlich die Schuld der Engländer. Ein übereifriger Oberst, der nicht das gleiche Verhältnis zu dem göttlichen Getränk hatte wie normale und gesunde Menschen, durchkämmte das Tal und das Dorf auf der Suche nach Whiskybrennereien, assistiert von einem Enthaltsamkeitsapostel aus der Gegend, der glaubte, der Menschheit damit einen guten Dienst zu erweisen, und postierte an allen Wegen und Pässen Wachen. Nur bei Erlegung der gesetzpflichtigen Abgabe konnte das Lebenswasser eingeführt werden, und natürlich kam nicht ein einziger Tropfen.

Anmerkung: Whisky ist für die Highländer, was für das Neugeborene die Muttermilch ist, versiegen die Quellen, stirbt man. Kurz vor der Schlacht von Sherrifmuir hatten wir einen Zusammenstoß mit dem Clan Fraser, und wir hatten fast Mussburgh Castle erobert, als die Frasers um Waffenstillstand baten, der Whisky war ihnen ausgegangen. Gegen einen Antrag aus solcher Notlage kann man sich ja nicht taub stellen, also bekamen die Frasers ihren Whisky und wir von ihnen anschließend eine gehörige Abreibung. Aber wenn wir die Bitte nicht befolgt hätten, wäre unser Ruf auf unabsehbare Zeiten ruiniert gewesen.

Als ich mich 1918 als frischgebackener Leutnant zum Dienst bei den Seaforth Highlanders in Nordfrankreich meldete, war der Versorgungswagen des Bataillons mit hundert Flaschen Black Label für die Offiziersmesse während eines Artilleriebeschusses in den hinteren Linien gestrandet. Der Oberstleutnant suchte Freiwillige, die den Wagen ausfindig machen und seine Last in unversehrtem Zustand heranschaffen sollten. Es meldeten sich vierzehn Offiziere vom Major bis

zum Leutnant, so daß das Los entscheiden mußte. Die Ausgelosten fanden den Wagen und mußten unter fortdauerndem Artilleriebeschuß die Kisten mehr als zehn Meilen weit tragen, aber nicht eine Flasche ging verloren. Das Bataillon begeht den Tag noch heute jedes Jahr mit einem Festessen, bei dem die Namen der Expeditionsteilnehmer vorgelesen werden und die Anwesenden sich erheben.
Nur ein MacDolphin ist bekannt, der keinen Whisky trank. Das war der Missionar, und dem erging es ja auch danach.

Die Freunde zogen eines Tages durch den Glen Affric, nachdem sie einen englischen Pferdehändler um seine liquiden Mittel erleichtert hatten. Sie trafen einen Katecheten, der in großer Erregung berichtete, was geschehen war, und später nahmen sie die Tragödie selbst in Augenschein. – Es ist Christenpflicht, diesen Menschen zu Hilfe zu kommen, sagte Ebenezer. – Man kann einen Mann bis aufs Hemd ausplündern und sich mit seiner einzigen Kuh davonmachen, aber ihm den Zugang zur Stillung seines natürlichen Durstes zu verweigern, ist mehr als ein Verbrechen, das ist Frevel.

Auch Palmer war der Ansicht, daß man die Situation nicht sich selbst überlassen sollte, auch wenn sie ein wenig außerhalb ihres gewohnten Tätigkeitsbereichs lag. – Auf der anderen Seite wird man sich bis in alle Ewigkeit in Liebe und Dankbarkeit unserer erinnern, und das ist wahrhaftig nichts Geringes.

– Vielleicht werden unsere Kinder eines Tages vor einem Gedenkstein mit unseren Namen stehen, der Sockel ist mit frischen Blumen bekränzt, und die Vögel singen zu unserem ruhmreichen Gedenken, sagte Larky träumend.

– Willst du jetzt auch Kinder haben? Thomas Alexander runzelte die Stirn. – Ich sehe sie schon wie die Orgelpfeifen im Theater in Haymarket sitzen, während du aus voller Brust singst. Ich weiß zwar, daß man sagt, Kinder seien ein Segen, aber am besten ist es doch, wenn zwischen ihnen und uns eine Wand ist.

Ebenezer gab ihm Recht. Seine eigenen drei Jungen, die seit langem aus dem Nest geflogen waren, hatten ihm und Albertina von der Geburt bis zu dem Moment, wo sie sich selbst helfen konnten, keinen ruhigen Augenblick gelassen. Ich hab' sie öfter aus dem

Loch Ness gefischt, als ich Haare auf dem Kopf habe, ganz zu schweigen von all den Trachten Prügel, die sie gekriegt haben, weil sie Äpfel geklaut, die Pferde des Nachbarn geritten, andre Jungs verhauen und auf herrschaftlichem Grund Hasen gefangen haben. Und das sind nur die Dinge, die mir so auf Anhieb einfallen, fügte er hinzu.

Palmer hatte in der Zwischenzeit darüber nachgedacht, wo die nächsten Whiskybrennereien lagen. Nach einer längeren Diskussion einigte man sich schließlich darauf, daß es im Glen Moriston sein müsse. Ebenezer kannte aus eigener Trinkerfahrung drei und Thomas Alexander zwei, doch es gab noch mehr, die vielleicht nicht den besten Ruf genossen, aber bedürftige Seelen sicher für eine gewisse Zeit zufriedenstellen konnten. – Dann melden wir uns bei ihnen allen an, sagte Palmer, – morgen abend kommen wir und holen das Wasser des Lebens.

– Wir? Larky blickte um sich. – Wir können doch verfluchtnochmal den ganzen Fusel nicht allein herschleppen.

– Wir können ja unterwegs etwas trinken, schlug Tinker vor. – Wenn wir das getan haben, merken wir überhaupt nicht mehr, wieviel wir schleppen.

– Und unterwegs singen, sagte Ebenezer. – Ich erinnere mich an Peter Cartwright, er war Küster in Fasnakyle, und einmal ging er im Schneesturm über den Paß bei Tellfar. Er hatte sich durch zwei Drittel des Gesangbuchs gesungen, bevor er das Licht seines Hauses sah, aber er behauptete, das hätte ihm das Leben gerettet. Daß er die nächsten vierzehn Tage keine Stimme mehr hatte, ist eine andere Sache, aber die Gemeinde war nur froh darüber.

Palmer winkte sie zu sich, und wie immer lauschten sie schweigend seinen Worten, die nie auf unfruchtbaren Boden fielen. Darauf nickten sie und schubsten sich ausgelassen an. Noch am selben Tag wanderten Ebenezer und Tinker über die Berge ins Glen Moriston, während die übrigen unter Palmers Führung die Richtung nach Cannich einschlugen, das am Schnittpunkt von Glen Affric und Strath Glass liegt und für absolut nichts bekannt ist.

Die Stimmung im Ort war gedrückt. Die Kneipenwirte saßen hinter ihren Schanktischen und und starrten ins Leere, in den Gassen schlichen die Menschen einher, als seien sie auf der Suche nach ihrer verlorenen Kindheit, und betrachteten einander mit stummen Gebeten auf den Lippen. Mehrere Kaufleute hatten Schilder ausgehängt, die bekanntgaben, daß man Whisky als Zahlungsmittel annahm. Niemand kaufte etwas. Selbst die Pferde und die Hunde begegneten einem mit jenem schweren, fatalistischen Blick, wie ihn nur Tiere beherrschen, bevor sie sich zurückziehen, um in Einsamkeit zu sterben. Allein die englischen Soldaten schienen in guter Verfassung zu sein, aber die zählten sozusagen nicht.

– Hier kannte ich einmal ein Mädchen, sagte Thomas Alexander, während sie durch die schlammigen Gassen der Trauer und Entsagung wanderten, – sie war süß und willig, aber jedesmal, wenn wir zusammengewesen waren, fiel sie auf die Knie und betete um Vergebung für ihr sündiges Treiben. Es war schwer, sich daran zu gewöhnen, das könnt ihr mir glauben.

– Mit meiner Mutter war es ungefähr dasgleiche, sagte Larky. – Jedesmal, wenn sie mich gezüchtigt hatte, und das kam ziemlich häufig vor, mußte sie zum Pfarrer und beichten. Der hatte ganz schön was zu tun, der Seelenhirte, Gott weiß, vielleicht ist er deshalb weggegangen. Der nach ihm kam, war ein erklärter Anhänger des Handauflegens, so daß meine Mutter keinen Bedarf mehr sah für Reue und Ermahnungen. Sie hörte erst auf, als ich alt genug war, um ihr wegzulaufen.

– Hier, sagte Palmer, und blieb vor einem Haus stehen.

Der Stadtrat Caleb Biffith war ein kleiner und runder Mann mit einem Paar großer Augen, die ihm die ganze Zeit aus dem Kopf zu fallen drohten. Als drei ihm unbekannte Männer sich vor seiner Tür einfanden, pflanzte er die Hände in die Seiten und fragte, was in Dreiteufelsnamen sie von ihm wollten.

– Ich weiß, Sie sind ein guter und christlicher Mann, erwiderte Palmer. – Erinnern Sie sich, daß Sie vor einem halben Dutzend Jahren den Kapellan in Drumnadrochit abholten und ihn in einem Schneesturm hierherbrachten? Er nahm bei Ihrem Erstgeborenen eine Nottaufe vor und dokterte danach ein wenig herum, weil er ein bißchen davon verstand; ich glaube, er war erfolgreich. Danach brachten Sie den Kapellan wieder zurück und verehrten ihm Ihre Golduhr. Diese hier …

– Palmer! Der Stadtrat breitete die Arme aus, – und ob ich mich daran erinnere! Kein Pfarrer wollte in der Nacht aus dem Haus, aber Sie haben sofort ja gesagt. Gottlob, Sie leben! Aber mit Verlaub gesagt, Sie sehen etwas verändert aus. Sind Sie krank gewesen?

– Ich bin nicht mehr der, der ich einmal war, antwortete Palmer lächelnd. Wir kommen in einer etwas ungewöhnlichen Angelegenheit zu Ihnen. Haben Sie Zeit?

Eine gute Weile später zeigten Stadtrat Biffith und seine drei Gäste sich wieder und wanderten zielstrebig durch den Ort. Biffith grüßte nach allen Seiten, er war ja eine bekannte Person. Einer seiner Gäste, ein schlaksiger Bursche in großen Stiefeln, verschwand jedesmal, wenn sich vor ihnen englische Soldaten zeigten,in Eingänge oder Höfe. – Ausgerechnet das Yorkshire-Regiment, stöhnte er, – warum mußten die gerade hier Quartier nehmen. – Wenn ich meinem Feldwebel in die Arme laufe, gibt's nur eins: er oder ich. Kleiner gedrungener Kerl, o-beinig und mit einem glühenden Bierzinken. Helft mir, Freunde!

– Wir zerren ihn in den nächsten Hauseingang und rammen ihm seinen Kopf in den Magen, versprach Thomas Alexander. – Dein Feldwebel wird nur einer von vielen. Aber wenn du ein wohlgeformtes Mädchen mit schwellenden Attributen und blauen Augen in einem runden Gesicht und mit flachsgelbem Haar siehst, dann ist es sicher die, mit der ich zusammen gekniet habe. Gib mir einen Wink.

Der Stadtrat kicherte, denn er war ein derber Mann. Unter einem Schild, das verkündete, daß hier Clemens Daffodil, Kutscher und Hufschmied wohnte, blieb er stehen und rief, während er mit seinem Stock gegen das Tor hämmerte:: – He, Erbse, komm raus, ich will mit dir reden. So nennen wir ihn, erklärte er, – keine Ahnung, warum, er sieht überhaupt nicht wie eine Erbse aus.

Mr. Daffodil kam vor die Tür. Er glich allerdings keiner Erbse, eher dem Troll vom Mellburn-Wald, Haut und Haare waren rußgeschwärzt, und er schwang einen Vorhammer in der Hand, der mit einem einzigen Schlag ein Haus zerstören konnte. – Bester Biffith, ich hab dir den Wagen für morgen versprochen, er hob den Hammer, als sei er aus Papier, – ich kann beim glühenden Schwanz des Leibhaftigen nicht …

– Sei schon still, Biffith schob den Hammer zur Seite. – Wer redet denn vom Wagen, nun wo sich unsere Qualen und Entbehrungen ihrem Ende nähern und die Sonne des Glücks wieder auf die Stadt und Umgebung scheinen wird.

– Whisky? Der Schmied leuchtete unter dem Ruß auf. – Gott segne dich heute und in alle Ewigkeit. Hast du die vermaledeiten Sassenachs überzeugt?

– Eigentlich nicht, aber diese guten Leute hier, der Stadtrat machte eine Handbewegung, haben uns einen Ausweg gezeigt, wo verbale Ergüsse ohne jedes Interesse sind. Dafür brauche ich deinen Wagenschuppen.

– Was willst du mit dem, der fällt ja in sich zusammen, wenn nur ein Spatz drauf scheißt. Der Schmied kratzte sich mit dem Hammer am Kopf.

– Ich will ihn abbrennen.

Am folgenden Abend, als das winterliche Dunkel seine klammen Hände über die Stadt Cannich und das Glen Affric legte und ein einziger Stern neugierig zwischen stillstehenden Wolken hindurchblinkte, konnte man eine Reihe von Gestalten sehen, die sich aus der Stadt hinaus zum Loch Beneveian hin bewegten. Es waren viele, Hunderte, und alle trugen sie Eimer oder Krüge in den Händen oder auf den Rücken geschnallt. Sie kamen, weil der Stadtrat Caleb Biffith es ihnen befohlen hatte, aber sie wären liebend gern und unter Einsatz von Leib und Leben auch gekommen, wenn der gute Biffith nicht eine Silbe gesagt hätte. Hier kam der Männerchor, dort die Freiwillige Feuerwehr, das zur Zeit verbotene Dudelsackorchester, der Club der Athleten, die Zimmermannsgilde, die Schreinergilde, die Maurergilde, der Gemeindevorstand, die Kaufmannsgilde und alle Weber aus MacLarens Kleiderfabrik. An der Spitze gingen alle Stadträte.

Und aus dem Tal kamen Bauern und Tagelöhner, Wilderer und Förster, Landstreicher, Dorfhandwerker, Hühnerfarmer, Kutscher und Schäfer. Auch ein Geistlicher fehlte nicht, der ehrwürdige Pastor MacKenzie von St. Brendan in Cannich; er trug das Butterfaß seiner Frau so vorsichtig, als sei es ein Täufling. – Erhebend, erklärte Thomas Alexander am Ufer des Sees, wo der Fluß einmündet, – ich fühle mich wie ein Heerführer am Vorabend der entscheidenden Schlacht. Wie fühlt ihr euch?

– Wie ein Beerenpflücker im September auf Rannoch Moor, antwortete Ebenezer und schielte nach all den Kannen und Eimern; die Luft war von einem spröden Klirren erfüllt.

– Wie Moses vor dem Zug über das Rote Meer, sagte Palmer.

– Wie ein Freiwilliger bei einer Überschwemmung, sagte Larky. – Was sie wohl drüben im Glen Moriston sagen?

Sie hatten die Teilnehmer in drei Gruppen aufgeteilt, die jede auf einer anderen Route durch den Wald von Guisachan aufsteigen und die Berge zwischen dem Bein ant-Sithein und Meall Cuileig überqueren und dann ins Glen Moriston absteigen sollten. Zwar würden sie beim Übergang über den Fluß Allt Riabhach eine von General Wades Militärstraßen kreuzen, doch hatten Kundschafter schon im Voraus eine Stelle ausgesucht, wo es keine Soldaten gab.

– Vielleicht sollten wir uns zu einem Gebet versammeln, bevor wir aufzubrechen gedenken, schlug Pastor MacKenzie vor, – ich wette eine Flasche Abendmahlswein, daß Gott unser Handeln billigt. Ihm müssen ja früher schon Schotten begegnet sein.

– Der Himmel ist voll von Schotten, halleluja! sang der Leichenbestatter der Stadt.

Danach setzten sich Thomas Alexander, Palmer und Larky an die Spitze je einer Abteilung und wanderten durch die großen Birken- und Fichtenwälder, die sanft im Wind summten, nach Südosten. Sie wateten durch Bäche und schlichen sich durch Sümpfe wie Füchse auf der Jagd. Jeder war sich seiner Verantwortung bewußt; wer sich verriet, verriet sie alle, und ihm würde es hinterher nicht gut ergehen.

Mühsam bewegten sich die Menschenschlangen aufwärts durch Gebiete, die noch keines oder zumindest kaum eines weißen Mannes Fuß betreten hatte. Eulen riefen, Hirsche brachen durchs Dickicht, Raben schrien und aufgescheuchte Eichhörnchen schimpften, die Lautlosigkeit konnte die Kinder der Natur nicht täuschen. Im hinteren Teil fing jemand an zu singen „Vorwärts, christliche Streiter“, es war der Männerchor, aber er wurde schnell zum Schweigen gebracht. Den leuchtenden Aussichten, die ihnen winkten, zum Trotz, war die Situation bedrückend, nicht wegen der Engländer, die hätte man ja nach Strich und Faden verprügeln können. Aber wenn ihr Anliegen nicht so lebenswichtig gewesen wäre, hätte sich kein einziger von ihnen da befunden, wo sie waren. Sie liebten ihre Heimat und hätten für deren Bestehen, Ehre und Würde (die Lowlands ausgenommen) alles aufs Spiel gesetzt, aber die ewigen Gespenster, Dämonen und sonstigen nicht ganz geheuren Gestalten, die auf, unter und über der Erde ihr Unwesen trieben, waren wirklich eine Qual. Genau hier in den Bergen hatte der Feuervogel sein Revier, dessen Blick Menschen zu Asche verbrannte, hier zog der Bergtroll Lhubass mit seinem Hund Tok umher, hier trafen sich die Hexen Brod, Lamia, Hellborn und Kvass und kochten in der Gehirnschale des Bären Budu das Fleisch christlicher Menschen, hier ... in der Tat, es gab allen Grund, in den Gesang „Vorwärts, christliche Streiter“ einzustimmen, hätte nicht am Ende des Wegs der Gedanke an den Whisky eine so unwiderstehliche Anziehungskraft gehabt.

– Großvater sitzt zu Hause und wartet, sagte einer, – in voller Nationaltracht. Er macht es nicht mehr lange, wenn ich mit leeren Händen zurückkomme.

– Ich hatte alle Hände voll zu tun, Mary Ball davon abzuhalten mitzukommen, sagte ein anderer. – Sie half ihrem Vater schon 1689 beim Whiskybrennen und verkaufte ihn während der Schlacht von Killiecrankie. Jemand hat behauptet, daß sie schuld daran sei, daß wir verloren. Alle, die ihr Feuerwasser tranken, sahen doppelt.

– Wenn ich mit vollem Eimer nach Hause komme, ist mit Colwynn wieder zu reden, die letzten Tage war sie kratzbürstig wie ein Igel, sagte ein dritter. – Bei ihr klappt es am besten, wenn sie eine Stunde vor dem Insbettgehn eine Tasse voll nimmt.

– Gib mir zwei, und das Bettzeug fängt Feuer, sagte ein vierter. – Lucie ist jederzeit willig, aber ich brauch' einen kleinen Anheizer, na, ihr wißt schon.

Gegen Mitternacht überschritten sie den höchsten Punkt bei Carn a'Chaorachain und tauchten hinab ins Glen Moriston mit seinen finsteren Wäldern und dem Fluß, der im Stockdunkel der Talsohle dahinschäumte. Bei den Ruinen eines Hauses am

Berghang blieb Pastor MacKenzie stehen und verkündete mit lauter Stimme, daß dieses Haus seinem Neffen Roderick MacKenzie* gehört habe. Er bat darum, an Ort und Stelle ein Gebet sprechen zu dürfen. Die Männer drängten sich um ihn und lauschten seinen Worten, die mehr die Form einer gepfefferten Verfluchung alles Englischen hatten als eines demütigen Gebets zum Herrn in der Höhe. Indessen waren sich alle einig, daß dies die rechten Worte am rechten Platz waren, und zogen gestärkt weiter.

Auf halber Höhe trafen sie Tinker, der sie zur nächstgelegenen Brennerei führte. Der Besitzer, ein weißbärtiger Greis vom Clan MacLelland, musterte Thomas Alexander mit ausgesprochenem Widerwillen. – Ein MacDolphin, keifte er, – wenn ich das gewußt hätte, verflucht; ich habe ansonsten ein sanftes und umgängliches Wesen, aber irgendwo muß eine Grenze sein. Sieh zu, daß du weiterkommst zur nächsten Brennerei, da sitzt ein MacDonell, der ist auch ein Scheißkerl.

– Sein Whisky ist mir auch zehnmal lieber als deine Labberplörre, entgegnete das Oberhaupt des Clans MacDolphin. – Sonderbar, daß deine Kunden dich nicht schon lange aufgeknüpft haben.

Anmerkung: Mit dem Clan MacLelland westlich vom Loch Mullardoch sind wir fast ebenso lange verfeindet, wie es uns selbst als Clan gibt. Es kam wahrscheinlich daher, daß Wilfred George (ein Bruder von dem mit dem Pfandbrief 1625) einem MacLelland ein Pferd verkaufte. Es zeigte sich, daß das Pferd Würmer hatte, und dieser MacLelland-Heini tauchte in Dolphin Castle auf und zerschmetterte einen Tonkrug auf dem Kopf von Wilfred George. Das war damals nichts Ungewöhnliches, aber es machte nichtsdestoweniger einen schlechten Eindruck. Um das Gleichgewicht wiederherzustellen, verführte Wilfred George kurz darauf in einem Heuhaufen außerhalb von Morwich die Tochter des Oberhaupts des Clans MacLelland. Der alte MacLelland nannte es Vergewaltigung, doch nichts deutet daraufhin, daß die Kleine sich direkt mit Händen und Füßen verteidigt hätte. Jedenfalls

* Beteiligte sich am Aufstand gegen die Engländer und gab sich als Bonnie Prince Charlie aus. Er wurde enthauptet und sein Kopf zum Herzog von Cumberland nach Fort Augustus gebracht.

wurde Wilfred George etwas später in ihrem Bett überrascht und mußte mit ihren zwei Brüdern auf den Fersen über die Berge flüchten. Die Strecke ist in der Luftlinie zehn Meilen, und Wilfred George legte sie der Überlieferung zufolge in einer Stunde und acht Minuten zurück, was darauf schließen läßt, daß er in guter Kondition war.

Danach ging es Schlag auf Schlag. Wenn es sonst niemanden gab, mit dem man sich prügeln konnte, die vom Clan MacLelland sagten nie nein. Während der Napoleonischen Kriege diente ein MacLelland im gleichen Regiment wie mein Urgroßvater Thomas Henry (ich erwähnte ihn bereits), und sie machten die Belagerung von Bayonne mit, wo Marschall Jourdan 1813 saß und lauerte. Und da passierte es, daß zwei Kompanien den Befehl erhielten, ein Dorf zu besetzen, und die beiden Chefs waren Thomas Henry und der MacLelland-Sprößling. Als erstes stritten sie darum, wer als erster ankam, sie legten den schnellsten Eilmarsch hin, den englische Truppen bis dahin geschafft hatten, und als sie vor dem Dorf aufeinanderprallten, begannen die zwei Kompaniechefs sich mit allem, was ihnen in die Finger kam, zu bombardieren, während die Soldaten dabeistanden und sie anfeuerten. Sie hörten erst auf, als ein Oberst mit seinem gesamten Stab auftauchte. Während des Sturms fiel Thomas Henry in einen Feuerlöschteich, wo der MacLelland als erster ankam, und davon zehrte der Clan lange.

Jetzt sind ruhigere Zeiten eingekehrt, obwohl wir natürlich immer noch nicht den gleichen Clubs angehören oder denselben Fußballverein unterstützen können. Wir MacDolphins z.B. halten seit eh und je mit Celtic, weil die MacLellands für die Rangers sind.

In dieser Nacht wurden die Brennereien im Glen Moriston unter die Lupe genommen, aber sie lebten das ganze Jahr davon und wurden sogar noch einige Bestände los, die eigentlich niemals im Dienst der Menschheit zur Anwendung hätten kommen dürfen. Unsere Freunde hatten alle Hände voll damit zu tun, ihre Scharen zur Ordnung anzuhalten und sie auf sicherem Weg durch die Wälder und über die Berge zu geleiten. Als Fachmann hatte Ebenezer die schlimmsten Exemplare ausgesondert, worüber diese sich lauthals beschwerten. Wie einer von ihnen bemerkte, erkannte man einen echten Highländer daran, daß er eine Tasse Pfeifentabaksaft austrinken konnte, ohne zu Boden zu gehen, und sogar seine

Nächsten nachher noch wiedererkannte. Doch Ebenezer hatte seine Ehre zu verteidigen und sagte nein.

– Ich habe überall probiert, teilte er den Freunden mit und betrachtete sie mit etwas verschwommenem Blick, – paßt auf, daß ich euch nicht anhauche. Ich habe den Kopf zwar in sämtliche Wassertröge getaucht, an denen wir vorübergekommen sind, aber ein bißchen komisch fühle ich mich doch. Stellt euch vor, ich hätte Lust, die Offenbarung des Johannes zu zitieren.

– Dann sieht es wirklich schlecht aus, meinte Palmer. – Kannst du zurückgehen?

– Ja ja, ich bin aus einem heroischen und zähen Geschlecht, Ebenezer schlug sich an die Brust, – ich kann mich erinnern, daß mein Großvater unten in Argyllshire immer ... immer ...

– Er ist eingeschlafen, sagte Larky, nachdem sie eine Zeitlang gewartet hatten. Sie gingen um den Kneipenwirt herum, ohne ihn anzurühren. – Laßt ihn nur stehen, sagte Palmer schließlich. – Wir wecken ihn, wenn wir aufbrechen.

Die drei Gruppen wanderten um einiges schwerer dem Glen Affric zu, als sie es verlassen hatten. Der Wind seufzte in den Fichten, die Wasserläufe murmelten dunkel, absonderliche Gegenstände tauchten auf und verschwanden wieder im Nebel, doch nach und nach gewöhnten sie sich an das Teufelswerk und nahmen es gelassener auf. Auf dem Hinweg hatten die Gruppen nichts von einander gehört, doch schon bevor sie das Glen Moriston wieder verlassen hatten, drangen ferne Laute durch die Luft. Irgendwo lachte jemand ein rohes Männerlachen, an einer anderen Stelle fing jemand an, „Nancy Whisky" zu singen, und von einer dritten Seite her ertönte ein gewaltiges Platschen und anschließend ein herzzerreißendes Geheul.

– Auf den König, sagte jemand hinter Thomas Alexander. – Was für'n König? fragte ein anderer. – Egal, auf irgendein' König, ein Korken wurde quietschend herausgedreht. – Genaaau, wenn's bloß kein Sassenach is, ein gluckernder Laut folgte.

– Trinkt nicht jetzt schon alles auf, ermahnte Thomas Alexander, – denkt doch an eure Lieben daheim in Haus und Hof.

– Genaaau, das tun wir nämlich, kam es zurück, – wir kennen sie.

Der Männerchor aus Cannich stimmte lauthals die Ballade von den fünf maskierten Räubern an. Aus der Ferne wurde mit „Ein feste Burg ist unser Gott" geantwortet, und aus einer dritten Himmelsrichtung erklang ein dreifaches Hurra auf dies oder jenes. Thomas Alexander fühlte, daß die Situation langsam aber sicher seiner Kontrolle zu entgleiten drohte, er straffte sich, schob die Brust vor, stieß barsche Befehle aus und beschleunigte das Tempo, mit dem Resultat, daß hinter ihm die Männer fluchend und Verwünschungen ausstoßend zurückfielen. Als sie die Ruine des Hauses von Roderick MacKenzie wieder erreichten, stießen sie auf die Abteilung von Larky, die einem Wäscher aus Cannich zuhörten, der ein Gedicht vortrug, das freilich den Nachteil hatte, von ihm selbst geschrieben zu sein. Bei der neunten Strophe hielt ein beherzter Mann ihm zu ihrer aller Erleichterung die Hand vor den Mund.

– Lieber würde ich auf eine Schafherde aufpassen, sagte Larky. – Als nächstes kommt wahrscheinlich ein Fackelzug mit Trommeln und Trompeten. Sogar ein bewußtloser Sassenach zuckt bei diesem Spektakel zusammen.

Thomas Alexander dachte lange nach. Er hatte seinen Flachmann in MacDonells Brennerei gefüllt, und ganz voll war der nicht mehr. – Wir Highländer sind wie der Lufthauch im Wind ... ich meine wie ..., er dachte noch einmal nach, – wie das Kind im Mutterschoß, mal froh, mal traurig. Wie sagt doch Paulus ...

– Was sagt er denn? fragte Larky schließlich.

– Ja, genau, was sagt er denn? Zu den Korinthern zum Beispiel, Seite auf Seite. Thomas Alexander ließ die Arme kreisen wie Windmühlenflügel. – Wo ist Palmer?

– Irgendwo da unten bei den Kindern im Mutterschoß, erwiderte Larky. – Laß uns weiterkommen, bevor sie anfangen, Haggis zu machen.

Vermittels einer jener Launen des Schicksals, die indessen immer auch eine Portion Logik enthalten, gelangten die Gruppen unbehelligt über die Berge hinunter ins heimatliche Tal, wo die Herzen in sehnsüchtiger Erwartung pochten. Die Logik bestand darin, daß genau um drei Uhr in der Nacht im Wagenschuppen des Kutschers und Hufschmieds Clemens Daffodil in Cannich ein

Feuer ausbrach und alle waffenfähigen Männer, darunter auch die Soldaten von den Zufahrtwegen und Pässen vom Kommandanten der Stadt zusammengetrommelt wurden. Es war ein gewaltiges Feuer, die Engländer hatten gar keine Zeit, sich über das enorm hohe Durchschnittsalter der städtischen Feuerwehr zu wundern, und darüber, daß deren Mitglieder sich gegenseitig im Weg standen und noch nie eine Feuerspritze oder einen Eimer gesehen zu haben schienen. Und während die Stadt vom Flammenschein erleuchtet wurde und die Hunde heulten und die Hühner gackerten und die Frauen aus den Fenstern hingen und einander zugrinsten, schlichen der Männerchor und die Feuerwehr und der Club der Athleten und Pastor MacKenzie und alle übrigen in ihre Häuser und lieferten ihre kostbare Last ab. Danach beteiligten sie sich unsicher, aber voller Enthusiasmus an den Löscharbeiten, einen besseren Brand hatte man lange nicht erlebt.

Die Freunde zogen zum Loch Carron. Von einem Hügel betrachteten sie den roten Himmel. – Heute nacht wird in vielen Häusern von uns die Rede sein, sagte Ebenezer. – Kleine Kinder hören zum erstenmal von unseren Taten. Mit unseren Namen auf den Lippen werden sie einst dem Feind entgegenstürmen.

– Ich kann merken, daß du noch nicht wieder ganz der alte bist, sagte Palmer, – aber es hört sich schön an.

– Ich verstehe es selbst nicht, sagte Ebenezer. – Weiß der Kukkuck, was passiert, wenn ich den Kopf schüttle. Im selben Augenblick tat er es.

Sie brachten ihn wieder auf die Beine und machten sich unter den ewigen Sternen auf den Weg. – Sing ein Lied, sagte Thomas Alexander, – ich bin gerade in der Stimmung, mich rühren zu lassen.

Larky sang „Amazing Grace", die Wellen im Loch Beneveian hörten auf, an den Strand zu schlagen, und Tinker sah zum Himmel auf und merkte, daß die Wolken stillstanden.

– Jetzt geht's mir besser, sagte Ebenezer, – gerade habe ich den Kopf geschüttelt.

4

Im März mischte sich ein neuer Ton in den Wind, der vom Meer wehte, wie ein befreites Lied bei einem Menschen, der sich vom Krankenlager erhebt und seine Freude zeigt. Auf den Heiden entfaltete die Anemone ihre leuchtende, weiße Blüte, und an den Rändern der brausenden Bäche stand das blaue Veilchen und zitterte jüngferlich. In den Gesang des Windes mischte sich der der Lerche, sie war die erste, die sich zurückwagte, und eines Tages zogen die Keile der Wildgänse auf ihrem Weg nach Norden zu den Tundren und den noch eisbedeckten Seen in ultima Thule über den Himmel. Es war, als schluchzten die Berge unruhig, tief unter ihnen toste das Wasser in den Schluchten und tummelte sich mit Steinen und Bäumen, wollte hinaus zu den schwarzen Felsenklippen, dem Dröhnen der Brandungswellen und dem Geschrei der Möwen. Die Trompete des Frühlings schallte, und ihr Echo schlug an die Berghänge und hallte über die Hochmoore, und die Menschenameisen dort unten blieben stehen und lauschten mit weit geöffneten Ohren.

An einem solchen unruhigen Tag kamen die Freunde an der Ortschaft Balmacara am Loch Alsh vorüber und sahen draußen eine große Fregatte vor Anker liegen. Der Strand wimmelte von roten Uniformen und ein steter Strom von Booten ging zwischen dem Schiff und dem Strand hin und her; auf dem Weg hinaus waren sie voller Menschen, auf dem Rückweg saßen nur die Ruderer an den Riemen. – Deportationsschiff, sagte Thomas Alexander und fühlte die Galle hochkommen.

Sie versteckten ihre Waffen im Heidekraut und wagten sich hinunter in den Ort. Auf einem freien Rasenplatz zwischen den Häusern standen mehrere hundert Menschen, viele hatten Kisten und Bündel bei sich, andere nichts. Männer, Frauen und Kinder, vor allem Männer, einige von ihnen in Eisen. Um sie herum warteten die Soldaten mit aufgepflanzten Bajonetten, und jedesmal, wenn ein Offizier erschien und ein Zeichen gab, griffen die Soldaten zehn Personen heraus und trieben sie vor sich her. Die Schar wartete in einer Art Apathie, hier und da wurden ein paar Worte gewechselt, aber es gab gleichsam nichts mehr zu sagen und keine Tränen mehr zu weinen, sogar die Kinder starrten mit greisenhaftem Ausdruck vor sich hin, ohne etwas zu sehen.

In gebührendem Abstand hatten sich die Bürger des Ortes versammelt, auch sie wurden von Soldaten bewacht. Sie waren nicht so ruhig wie die Menschen auf dem Rasenplatz und riefen Fragen zu ihnen hinüber. – Ist Francis Monroe aus Glomach unter euch? Kennt jemand den Landmesser Bob Feinton aus Nethy Bridge? Hat jemand etwas von Robert Kelwin und seiner Frau Joy aus Nairn gehört? Haben sie Harry Locke aus Fort William gehängt? Ich bin seine Frau, um Gottes Willen ... Manchmal reagierte der eine oder andere bei den Deportierten und gab eine Antwort, ein großer Junge versuchte, die Absperrung zu durchbrechen, wurde aber zurückgehalten.

Palmer betrachtete die Szenerie, sein Gesicht war fahl, und er atmete schwer und hastig. Seine Blicke glitten über die jämmerliche Schar, die jenseits des Meeres einem Dasein als Sklaven ohne jede Hoffnung entgegenging. Wie der Abschaum der Erde würden sie nur eine niedrige Stufe über den Tieren rangieren, ein unsichtbares, aber doch unabwaschbares Schandmal würde sie begleiten, wo sie gingen und standen, und ihre Kinder, wenn sie lange genug lebten, würden es erben und weitertragen.

– Selig sind die, die um der Gerechtigkeit willen verfolgt werden, denn ihrer ist das Himmelreich, murmelte er. – Selig sind die, die nach Gerechtigkeit hungern und dürsten, denn sie sollen gesättigt werden. Selig seid ihr, wenn man euch verhöhnt und verfolgt und ...

– Sind Sie Pastor? rief eine Frau neben ihm. – Geben Sie den Ärmsten dort den Trost des Himmels, wenn Sie können, hier haben wir nämlich keinen Pastor, und die Engländer sind gleichgültig. Sie sollen ja auch nicht übers Meer. Helfen Sie ihnen, Hochwürden.

– Ja, das wäre schön, sagte ein Mann. – Meine Tochter steht dort drüben in der Schar, weil sie ihren Mann nicht verlassen wollte, den Schulmeister Arthur Livingstone aus Kilcumein, und das beweist, daß sie eine gute Frau ist. Arthur weigerte sich, eine Ergebenheitserklärung an den englischen König zu unterschreiben, und jetzt schicken sie ihn wie einen gemeinen Verbrecher fort. Und meine Millie... die Stimme des Mannes wurde zu einem Flüstern, und er weinte bitterlich.

Palmer erwachte wie aus einem Traum und blickte verwundert um sich, dann schubste er die Umstehenden zur Seite und trat nach vorn. – Ich bin Pfarrer, sagte er mit lauter Stimme zu dem Soldaten, der ihm den Weg versperren wollte, – wagst du es, mir zu verweigern, den Schmachtenden den Trost des Evangeliums zu bringen? Er schob den Soldaten zur Seite und ging ohne Zögern zu den Deportierten. Andere Soldaten traten ihm in den Weg, ließen ihn jedoch durch, nachdem er mit ihnen gesprochen hatte.

Die Freunde sahen, wie er sich mitten in die Schar stellte und die Arme erhob, und aller Blicke wandten sich ihm zu. Als er zu sprechen begann, kamen sie näher und hörten zu, zunächst ungläubig, danach mit wachsender Aufmerksamkeit. Die Stimme Palmers drang nicht über den Kreis der Verdammten hinaus, denn der Wind trug sie fort, aber auf den vielen Gesichtern war deutlich zu lesen, daß seine Worte gut aufgenommen wurden. Manche weinten. Er drehte sich die ganze Zeit, so daß alle ihn sehen konnten, und er sie. Die Soldaten standen da und wußten nicht recht, was sie mit sich anfangen sollten, sie lauschten und lauschten doch wieder nicht und und wogen die Musketen in den Händen, als seien ihnen die Waffen plötzlich zu einer quälenden Last geworden. Ein Offizier war hinzugekommen, stand mit den Händen auf dem Rücken da und ließ den einen Fuß auf einem Stein vor und zurück rollen. Er wandte der Szene den Rücken zu.

Schließlich faltete Palmer die Hände vor dem Gesicht und alle knieten nieder, als sänken sie in den Boden. Er erhob das Gesicht, aber er betete nicht mit geschlossenen Augen, wie es üblich war, ohne Demut im Blick starrte er hinauf zu dem grauen Himmel, als wolle er den, an den seine Worte gerichtet waren, sehen und ihn daran erinnern, was er den Menschenkindern einst versprochen hatte. Es schien ein langes und eindringliches Gebet zu sein. Als er den Segen gesprochen hatte, wollten sie ihn nicht von sich gehen lassen, er verschwand vollständig zwischen Armen und Körpern, und der Offizier beendete sein Spiel mit dem Stein und befahl den Soldaten, die Menge zu zerstreuen und den Theologen zu entfernen. Palmer sah etwas derangiert aus und rückte seine Perücke zurecht, als er wieder zu den Freunden zurückgedrängt wurde.

Der Offizier rief ein paar Soldaten zu sich und nahm Kurs auf die Stelle, wo die Freunde standen. Er wirkte wütend, was Offiziere häufig tun, wenn sie meinen, daß Zivilpersonen ihnen auf die Füße treten. Aber wie eine Flutwelle schluckte die Menge den Pastor und die Freunde; wo sie sich eben noch befunden hatten, war nun eine Mauer von guten Bürgern, die nicht vorhatten, aus dem Weg zu gehen. Es roch nach reiner Obstruktion, und nicht einmal ein Käfer wäre hindurchgekommen, wenn er englischer Herkunft gewesen wäre. Der Offizier blieb stehen, als sei ihm etwas ganz Dringendes in den Kopf gekommen; wenn sein Verstand auch einfach war, so begriff er doch, daß dieser Widerstand um ein Vielfaches gefährlicher war als von Männern in Uniform. Als ein Kollege sich zeigte und das erlösende Zeichen gab, machte er auf dem Absatz kehrt und brüllte, daß die nächste Gruppe dran sei.

Die Deportierten begannen zu singen, anfangs zögernd, aber danach mit einer plötzlichen Kraft, weil die Bürger von Balmacara sich ihnen anschlossen. Die Freunde hörten den Gesang, als sie bereits ein gutes Stück von der Ortschaft entfernt waren; sie hatten es ziemlich eilig, um ehrlich zu sein.

– Du spielst mit dem Feuer, sagte Thomas Alexander, – du hast dich edel, christlich und heldenhaft aufgeführt, aber mit dem Feuer gespielt hast du auf jeden Fall.

– Ich weiß, gab Palmer zu, – aber manchmal muß man abwägen, was am meisten zählt, die eigene mickrige Seele, oder die anderer Menschen. Und fast immer ist es die anderer, solange es sich nicht um Engländer handelt. Aber jetzt, nachdem ich die Aufmerksamkeit unserer englischen Gegner geweckt habe, sollten wir uns vielleicht trennen. Ich kann euch viel Verdruß bereiten.

Sie blickten ihn verständnislos an. – Trennen! Wahnsinn! rief Tinker. – Ohne dich wären wir wie ein Wagen mit drei Rädern.

– Wie ein Boxer mit einem Arm, sagte Larky.

– Eine Nadel ohne Öhr, sagte Thomas Alexander und runzelte schnell die Stirn, um danach zufrieden zu nicken.

– Wie eine Schale Scotch Broth ohne Erbsen, sagte Ebenezer. – Und nun reden wir nicht mehr darüber. Daß ein studierter Mann so einfältig sein kann. Dabei fällt mir der Magister Leadfounder in Aviemore ein, der wußte alles über Sterne und Planeten und den Abstand zum Mond und er redete Latein wie ein Dompropst. Aber er bekam einen Schock, als ihm aufging, daß seine Frau die Kinder nicht durch den Nabel, sondern durch eine ganz andere Öffnung zur Welt brachte. Er glaubte, es läge an seiner Frau, die verkehrt zusammengesetzt wäre, und es mußte ein Professor aus Edinburgh her, um ihn zu überzeugen. Studierte Leute sind in vieler Hinsicht wie Kinder.

– Dann bin ich bald ein altes Kind, sagte Palmer und lachte.

Sie saßen in einer verlassenen Hütte am Fuße des Loch Mor und brieten Forellen, die sie im Bach davor gefangen hatten. Larky hielt sich in regelmäßigen Abständen draußen auf, denn sie hatten das eindeutige Gefühl, daß sie verfolgt wurden, und zwar bereits seit Balmacara. Und jetzt trat der Waliser in die Tür und meldete, daß sie kämen. Eine halbe Kompanie Musketiere unter Führung ihres alten Freundes, des Offiziers. – Wollen wir es wieder so machen wie damals am Loch Fannich*?, fragte er.

– Ja, aber Palmer muß weg, denn hinter ihm sind sie her, sagte Thomas Alexander. – Er verschwindet hoch in die Wälder, und wenn die Luft rein ist, kollern wir wie ein Birkhuhn, nicht Larky, du kollerst so schön.

Palmer warf die Büchse über die Schulter und machte sich unsichtbar, während die übrigen ein paar Minuten lang die Köpfe zusammensteckten. Darauf verstreuten sie sich im Gelände und warteten.

Hauptmann Metcalf von der 4. Kompanie des 8. Infanterieregiments erblickte einen schmächtigen, schwarzhaarigen Mann, der am Bach saß und angelte. Der Mann sah auf, sein Unterkiefer fiel herunter. Hauptmann Metcalf ließ ihn umringen und pflanzte sich mit den Händen auf dem Rücken vor ihm auf. Er liebte diese Positur. – Hast du einen kleinen Mann mit Perücke hier vorbeigehen sehen? fragte er und beschrieb Palmer im Detail. – Er nennt sich Pfarrer.

* Muß sich auf eine Episode beziehen, die im Tagebuch nicht erwähnt ist.

– Ja, doch, der Angler nickte, – Pastor Whitby, prächtiger Gottesmann, gut und sanftmütig den lieben langen Tag, wenn er nur die Finger von der Frau des Totengräbers gelassen hätte. Hat man sowas schon ge ... ja, also er hat ihr unter die Röcke geschnudelt ... geschnudelt? Also, wenn man ... ja aber Sie haben doch selbst gefragt, und da hat er sein Amt verloren. Was er tut? Seelen retten, ja so nennt er es jedenfalls, bei ihm klickert's nämlich, ja klickert, glaubt er sei Johannes der Täufer in der Wüste Judäa. Völlig plemplem.

Hauptmann Metcalf wechselte vielsagende Blicke mit seinem Leutnant, er liebte vielsagende Blicke. – Und wo ist Johannes der Täufer jetzt hin? fragte er.

– Nach Haus, naja, Haus und Haus, er haust mit einem Frauenzimmer im Glen Shiel, gefallene Frau, ganz tief gefallen, der Angler zeigte nach unten. – Die Perücke hat er übrigens vom Bürgermeister in Tomdoun, also, als er noch Hochwürden war, Whitby mein ich. Der Bürgermeister sollte damit begraben werden, aber Whitby hat sie sich unter den Nagel gerissen. Völlig plemplem, wie gesagt. Einmal hat er ... na dann nicht, es ist ansonsten eine gute Geschichte.

– Und hat Hochwürden erzählt, wo er heute herkam?

– Allerdings und nicht zu knapp, Whitby kann jeden Sünder aus der Hölle losreden, falls der Teufel ihn läßt, natürlich. Also er hätte in Balmacara verlorene Seelen gerettet und ihnen die Pforten des Himmelreichs geöffnet. So ist er, niemand nimmt ihn ernst außer der Alten, aber die hat ja auch eine Schraube locker. Sie ist so häßlich, daß in den Häusern, wo sie bettelt, die Bilder von den Wänden fallen.

Hauptmann Metcalf beschloß, dem Weg nach Glen Shiel zu folgen, und als er und die Soldaten eine Weile marschiert waren, sahen sie einen rothaarigen Mann, der auf allen Vieren lag und unter einem Steinwall grub. Er lächelte freundlich und erklärte, er fange Mäuse. Die brauchte er als Köder für Eulen, und Eulen waren gut als Köder für Krähen und die Krähen schoß er und verkaufte das Fleisch an den Wildhüter, der es als Köder für Füchse brauchte, und das Fleisch der Füchse brauchte er als Kö ...

– Hast du heute Pastor Whitby gesehen? unterbrach ihn der Hauptmann, den eine leichte Ungeduld ankam.

– Wen? Ach so, den alten Whitty, der Mäusefänger nickte eifrig – doch, den hab ich gesehen.

– Hat er was gesagt?

– Er sagt immer was, Pfarrer ist Pfarrer, oder?

– Er ist wohl nicht mehr Pfarrer.

– Nein, das ist er allerdings nicht mehr, er hat nämlich der Frau des Totengräbers unter die ... wissen Sie das schon?

– Was hat er gesagt?

– Warten Sie, warten Sie, doch, er hat gesagt, daß er in Balmacara gewesen wäre und Seelen gerettet hätte. Glaubt er wäre Johannes der ... das wissen Sie auch schon? Warum zum Teufel fragen Sie denn ...

– Es heißt, er wäre nicht ganz dicht.

– Stimmt. Totaler Dachschaden.

– Und er lebt mit einer Dame zusammen?

– Ja, der Königin von Saba, so heißt sie zwar nicht, ich glaub auch nicht, daß sie ihr ähnlich ist, wenn doch, dann muß mit diesem König Salomo was nicht gestimmt haben.

– Du meinst also nicht, daß Pastor Whitby genügend Verstand hat, um aufrührerische Tendenzen zu zeigen?

– Was sind Tendenzen?

Der Diensteifer des Hauptmanns nahm rapide ab. Leider hatte er nicht viel von den Ergüssen des ehemaligen Pfarrers gehört, weil er mit seinen Gedanken bei Susan in Bodmin gewesen war, aber besonders verrückt hatte er nicht gewirkt. Doch das konnte man nie so schnell entscheiden, wenn man zum Beispiel Oberst Leeds nahm ...

Vielleicht wäre der Hauptmann trotzdem weitergezogen, denn er war ein pflichtbewußter Offizier mit einem ausgesprochenen Widerwillen gegen alles, was schottisch war, wenn nicht eine freundliche Mannsperson in Begleitung einer dünnen Bohnenstange, die zudem schreiend falsch sang, aufgetaucht wäre. Der Hauptmann hielt sie an und stellte die üblichen Fragen. Doch, an dem waren die beiden Männer vor ein paar Stunden vorbeigekommen. – Der gute alte Whitty, lachte der Dicke. – Hat den Kopf voll mit kaltem Haggis, Kumpel; der Fettsack hob mahnend den Finger. – Ohne Haggis würden wir Schotten unsere Eigenart verlieren. Beim Namen Haggis erbebt der ganze Kontinent.

– Ihr meint also, daß er geistesgestört ist? Der Hauptmann begann, die Sache eintönig zu finden.

– Kein Zweifel. Als er anfing, der Frau des Totengräbers unter die ... ach, davon haben Sie schon gehört, der Dicke schüttelte bewundernd den Kopf, – aber zwischendurch wirkt er ziemlich normal. – Das ist nämlich das Gefährliche, belehrte die Bohnenstange, – er rettet Seelen wie Joha ..., naja, entschuldigen Sie, ich kann ja nicht wissen, daß ... kennen Sie auch die Königin von Saba? Na, auch schon, allein ihr Anblick kann einen nämlich zum Trapistenmönch im nächsten Kloster machen.

– Also eine ziemlich harmlose Person?

– Doch, ganz bestimmt, bei meiner Ehre als Korsettmacher, erwiderte der Dicke.

– Korsettmacher?

– Meine beste Empfehlung an die Frau Gemahlin, der Mann machte einen etwas unbeholfenen Kratzfuß, – auch für Herren, wenn ich so frei sein darf. Mit meinen Korsetten wird jeder zum Adonis. Angezogen natürlich. Ich habe einmal eins für den Earl of Mumforth angefertigt, und damit konnte er in ein Kanonenrohr kriechen und sich vergewissern, daß es ordentlich gereinigt war. Leider tat er es auch einmal, ohne daß der Kanonier etwas bemerkte, er wurde über das Loch Maree geschossen und brachte einen Hausgiebel zum Einsturz, aber das Korsett hielt. Jetzt hängt es im Regimentsmuseum in Edinburgh.

– Whitty hat schon dreimal im Gefängnis gesessen, sagte die Bohnenstange, – aber sie mußten ihn jedesmal wieder freilassen, weil er die Wachen und den Kommandanten bekehren wollte. Er goß ihnen die Suppe über den Kopf und erklärte, nun würde er sie Kruzitürken nochmal ... er flucht nämlich so schrecklich, durch das Perlentor zu den anderen Gotteslämmern führen. Wenn Sie ihm also begegnen, und er hat eine Suppenschale in der Hand, dann sehen Sie zu, daß Sie fortkommen, bevor er Sie entdeckt. Hauptmann Metcalf gab seinen Männern ein Zeichen und marschierte den gleichen Weg zurück, den sie gekommen waren. Seine Meinung über die Schotten hatte sich gefestigt. Heute abend in der Messe würde er von dem Idioten Whitby erzählen, darauf freute er sich schon. Königin von Saba! Er lachte schallend.

Als er und die Soldaten zu klitzekleinen roten Blumen in der Ferne geworden waren, erscholl das Kollern eines Birkhuhns oben am Berghang, und kurz darauf kam Palmer zwischen den Bäumen zum Vorschein. – Wir haben einen Idioten aus dir gemacht, sagte Ebenezer, – sobald du dich als Pastor Whitby präsentierst, werden die Engländer dich bitten, zu verduften. Wir haben haarsträubende Dinge von dir erzählt.

Palmer wurde blaß, als er die Einzelheiten der Biographie erfuhr, die die Freunde ihm zurechtgeschustert hatten. Er sagte, er würde lieber als vogelfreier Pastor weitermachen, aber dafür seine fünf Sinne beisammen haben.

– Seine fünf Sinne beisammen haben, ist gegenwärtig in Schottland mit einem hohen Risiko verbunden, belehrte ihn Thomas Alexander. Ich muß tagtäglich aufpassen, was ich sage und tue, um nicht Verdacht zu erregen.

Die Freunde schwiegen dazu.

5

Der Frühling in den Highlands ist weder mild noch lieblich, wenn auch die Blumen sprießen und die Knospen der Bäume schwellen und die Vögel zurückkehren. Meistens besteht er aus Regen und Sturm und einer Klammheit, die frösteln macht und einem durch Mark und Bein geht. Aber die Freunde meinten trotzdem, daß es an der Zeit sei, die Geschäfte wieder aufzunehmen, und zogen wie ausgehungerte Füchse auf Beute in die Täler.

Von neuem kamen wütende Steuereintreiber bis aufs Hemd ausgezogen und mit leeren Kisten nach Hause, wieder meldeten sich ebenso unbekleidete Soldaten ohne die Güter, die sie transportieren sollten, zurück, wieder gingen Meldungen über Einbrüche in einsam gelegenen Unterkünften und Soldatenbordellen ein. Die fünf maskierten Männer waren tatsächlich im Begriff, unerträglich zu werden, das Hauptquartier erhöhte die Summe, die auf ihre Köpfe, tot oder lebendig, ausgesetzt war und sandte Spione in alle Himmelsrichtungen.

Es fiel den Freunden immer schwerer, der Beobachtung Ovids nachzuleben, daß der am besten lebt, der unbemerkt lebt, denn mehr und mehr Menschen bekamen Kenntnis von ihren Verdiensten. Deshalb erstaunte es sie eigentlich nicht, daß Badger ihnen eines späten Abends, als sie nach Hause kamen, erzählte, eine englische Patrouille habe das Tal nach ihnen abgesucht und sei sicher nicht weit entfernt.

– Ich hab ihnen einen Bären aufgebunden, ihr wärt schon vor ein paar Wochen abgehauen, und daß ihr nur ein paar verpimpelte Schäfer wärt, die jetzt nach Sutherland hochgezogen sind, um Arbeit zu suchen, sagte der Alte. – Ich hab mit der Hand auf der Bibel geschworen, aber das hat die Teufel nicht überzeugt, widerliche Satansknilche, pfui Teufel was für Giftpilze.

Früh am nächsten Morgen wagte Palmer sich hinunter in den „Einarmigen Mönch“, trotz allem war er ja der total verrückte

Pastor Whitby, also konnte es nicht völlig schiefgehen. – Doch, das ist richtig, sagte O'Casey, – sie sind hier in der letzten Zeit ziemlich viel rumgelaufen, sie haben alle Häuser und Boote durchsucht und waren sogar ganz drin im Tal bei MacLeod. Zum Glück für euch haben sie wenig Anhaltspunkte, keine Namen und Beschreibungen, nur daß fünf verdächtige Männer sich im Glen Carron aufhalten, aber das reicht ja auch schon aus.

– Und irgendjemand muß es ja wohl erzählt haben? meinte Palmer.

– Drüben in Kishorn wohnt ein Mann, O'Casey senkte die Stimme, – Rob Lammkeule nennen sie ihn, er geht von Tür zu Tür und verkauft Geräuchertes. Wenn er einen drin hat, und das kommt vor, dann kann er den Mund nicht halten. Und er hat also getönt und sich darüber ausgebreitet, daß er die fünf maskierten Räuber kennt und weiß, wo sie sich aufhalten und so weiter und so fort, und das haben ein paar englische Soldaten mitgekriegt. Rob Lammkeule ist kein Verräter, das kannst du mir glauben, aber seine Rednergabe nimmt zuweilen überhand, verstehst du. Und er kommt ja überall herum und hört und sieht mehr, als gut ist. Wir haben ihn schon mehrmals gewarnt, aber er vergißt es auf der Stelle wieder. Eine Plage, kurz gesagt. Was wollt ihr mit ihm machen?

– Ihn zum Schweigen bringen, erwiderte Palmer.

– Du meinst ...? O'Casey zwinkerte.

– Nein, meine ich nicht, es gibt andere Methoden, von denen man nicht unbedingt stirbt, schmunzelte Palmer. – Ist Klein Martin zur Zeit zu Hause?

Als der Wirt dies bejahte, verabschiedete Palmer sich. Er nahm die Hintertür, und hier stand Nancy in der Tür des Torfschuppens und wartete auf ihn. – Was ist los, David? fragte sie und berührte seine Hand.

– Nichts Schlimmes, gaube ich, tröstete er sie. – Du bist schön wie immer, Nancy.

– David, daß dir nur nichts passiert, fuhr sie fort und nun drückte sie seine Hand.

– Es passiert schon nichts, du siehst mich heute nicht zum letzten Mal, ist dir das ein Trost? fragte er sanft.

Sie nickte stumm und hielt seinen Blick fest. Ihre breiten Lippen öffneten sich leicht, und er beugte sich vor, als wolle er sie küssen. Stattdessen zog er rasch die Hand an sich und ging, ohne sich umzusehen.

– Rob Lammkeule ist einer der Irrtümer des Herrn, sagte Badger. – Das bleibt ja nicht aus bei all den Geschöpfen, die rumlaufen, es kann ja nicht jedesmal gelingen. Vielleicht war schon Eva ein Irrtum. Wenn sie sich nicht mit dieser ekligen Schlange abgegeben hätte, sondern sich an das gehalten hätte, was eigentlich ... könnt ihr mir folgen?

Die Freunde saßen ums Feuer, es wimmelte von Hunden. Ebenezer hatte einen vierzehn Tage alten Welpen im Schoß, der fruchtlose Versuche unternahm, seine Finger anzuknabbern. – Und er ist in Kishorn? fragte er.

– So sicher wie das Amen in der Kirche, und jeden Abend könnt ihr ihn im „Androkles und der Löwe" finden, wo er sitzt und große Töne spuckt. Rob Lammkeule ist nicht schlimmer als die meisten, was verdammich schon schlimm genug ist, aber wenn er seinen Gaumen angefeuchtet hat, kappt er alle Vertäuungen und schert sich den Teufel um Wind und Strömung, ein solches Gefasel kannst du lange suchen. Ich meine, so einen kann der Herr doch nicht in vollem Ernst erfunden haben?

– Und die Sassenachs verkehren viel im „Androkles und der Löwe"? fragte Thomas Alexander.

Badger erwiderte, daß die Sassenachs wie die Läuse seien, die überall hinkämen, wo ein wenig Wärme zu finden sei. Und nicht zuletzt im „Androkles und der Löwe", weil die Mädchen dort nicht mehr als einen Schilling dafür nähmen, mit den Gästen nach oben zu gehen. Es läge eine Kompanie Infanterie im Dorf, und die ließen kein Vergnügen aus, das ihnen in die Finger kam, nicht einmal in einer Pesthöhle wie dem „Androkles und der Löwe". – Wenn ihr den Wicht nicht einen Kopf kürzer macht, bat Badger, – dann schneidet ihm wenigstens die Zunge raus. Das würde Schottlands internationales Ansehen mehren. Am gleichen Abend, während Badger mit seiner gräßlichen Greisenstimme gälische Gesänge vortrug, so daß die Natur der Jammer überkam, losten sie. Und am folgenden Nachmittag zogen Tinker und Larky nach Kishorn, während die anderen weitergingen nach Andrisaig, einem Dorf an einer der Militärstraßen von General Wade in der Nähe des Gebirges Meall Loch Airigh Alasdair am Rand von Loch Kishorn.

Tinker und Larky tranken im „Androkles und der Löwe“ einen Krug Bier und gaben Badger Recht darin, daß es eine Pesthöhle war, die nach Fusel und dem jahrealten Schweiß und Schmutz unzähliger Gäste stank. Die Ein-Shilling-Mädchen waren nicht die Hälfte wert, und Larky meinte, daß sie nicht einmal in einer Troßkompanie zugelassen würden. Dann suchten sie den Keller auf, wo Rob Lammkeule residierte, trafen ihn jedoch nicht an. Sie unterließen es, nach ihm zu fragen, um keine unnötige Aufmerksamkeit zu wecken, doch gegen Abend, als die Laterne vor dem Wirtshaus an ihren Platz gehängt worden war, sahen sie ihn, und sein Mundwerk war schon gut in Gang gekommen. Er hatte einen struppigen Hund bei sich, der ihm verblüffend ähnlich war, wenn man davon absah, daß er nichts sagte.

Als die Freunde die Schankstube betraten, war Rob Lammkeule erst halbvoll und unterhielt die Umhersitzenden mit Geschichten über all die vielen Male, als er seine Kunden übers Ohr gehauen hatte.

– Halliallo, da seid ihr flotten Kerls ja wieder, zwitscherte eine von den Amorinen und wogte mit dem Busen. – Zu flott für dich. Püppchen, erwiderte Larky. – Hier hast du zwei Pence für ein Stück Seife, hast du sicher schon mal was von gehört, nicht, Lämmchen? Er duckte sich blitzschnell und entging so der Faust, die wie ein Dreschflegel an seinem Haarschopf vorüberschoß.

– Keine Belästigung unserer ehrbaren Gäste, Millie, donnerte der Wirt, und Millie entgegnete, daß so ein schlapper Bleichfurz hier nicht ankommen und frech werden sollte gegenüber einem anständigen Mädchen aus gutem Hause, und der Wirt gab zurück, das sei der beste Witz, den er seit Neujahr gehört habe, worauf Millie erwiderte, daß der allergrößte Witz in ganz Inverness-shire er selber sei.

Alle Gäste gaben ihren Senf dazu, und Rob Lammkeule, seiner Gewohnheit treu, natürlich auch, bis er die zwei Fremden, die sich nun seinem Tisch näherten, genauer betrachtete. Hatte er die nicht schon einmal gesehen? Bei der alten Mühle in Glen Carron?

Zusammen mit drei anderen? Durch sein benebeltes Gehirn fuhr die Erinnerung an einen Abend, an dem er zwei englischen Unteroffizieren von den berühmten maskierten Räubern erzählt hatte, die sich im Nachbartal aufhielten. Hatte er nicht damit geprahlt, sie zu kennen? Das hatte er offensichtlich, denn die Engländer waren nachher bei ihm gewesen und hatten ihm alle erdenklichen Widerlichkeiten versprochen, falls er nicht plauderte. Und kamen jetzt nicht zwei von ihnen und steuerten geradewegs auf seinen Tisch zu? Und hatte der kleine Schwarzhaarige nicht eine Pistole im Gürtel stecken? Rob Lammkeule wurde beinahe nüchtern und sprang mit einem Brüllen auf, warf sich gegen die nächstbeste Tür und verschwand hinaus in den regnerischen Abend. Er lief und lief, und hinter sich hörte er Schritte, die nicht langsamer liefen. Wieder brüllte er wie in großer Qual, denn ihm schwante, daß sein letztes Stündchen geschlagen hatte. Die Schritte kamen näher, er umrundete eine Hausecke und polterte mit riesigem Getöse in eine Wassertonne. Alles wurde noch schwärzer als vorher.

Rob Lammkeule erwachte, denn sonderbarerweise lebte er noch, und stellte fest, daß er gefesselt und geknebelt auf einem Karren lag. Zwei Männer saßen vor ihm und wandten ihm den Rücken zu, und es waren tatsächlich sie, und sie fuhren in voller Fahrt am Meer entlang. Er sollte also ertränkt werden! Der Knebel hinderte ihn daran, laut zu heulen, also tat er es lautlos, und die Tränen strömten über seinen Bart, während er sich selbst verfluchte, sein Dasein, seinen Durst und was ihm sonst noch einfiel, Anklagepunkte gab es genug. Anschließend fing er an, sich zu verteidigen, denn er war doch im Grunde nicht schlimmer als andere, ein patriotischer und braver Schotte, der nur durch Krankheit verhindert gewesen war, in Culloden dabei zu sein. Aber er hatte in entsetzlichen Qualen gelegen und fromme und patriotische Lieder gesungen, während die Schlacht wütete, dafür gab es beinah Zeugen.

Rob Lammkeule ahnte Häuser zu beiden Seiten des Wagens, der über eine steinerne Brücke polterte, und es konnte nichts anderes sein als Adrisaig, hierher kam er ja auch. Mußten sie ihn hierher schleppen, um ihn zu ertränken? Ein salzignasser Wind traf ihn, die Masten eines Schiffs ragten in seinem Gesichtsfeld auf, Hände ergriffen ihn, hoben ihn vom Wagen, stellten ihn auf den Boden und nahmen ihm die Fesseln ab.

Und da, um ihn herum, standen sie alle fünf mit ihren Masken, die Räuber, ein erschreckender Anblick. Er schrumpfte zusammen zu einem reinen Nichts, und nun fing er an, mit den Zähnen zu klappern, der Rob Lammkeule, obwohl er kaum mehr welche hatte. – Rob Lammkeule, sagte der größte von ihnen, – du wirst auf eine Reise gehen.

– Wa ... warum soll ich das? fragte der Angesprochene.

– Weil du deine Schnauze nicht halten kannst, antwortete ein Fettkloß, – du bringst deine Umgebung in Unglück und Gefahr.

– Ich bin ein ehrlicher Mann, jammerte Rob Lammkeule, – ein guter Schotte, der mit dem Schwert in der Hand ...

– Deshalb schicken wir dich an einen Ort, wo du von morgens bis abends reden kannst, ohne daß jemand Schaden nimmt, unterbrach ihn ein kleiner Mann mit einer Perücke.

– Eine einsame Insel! Ihr wollt mich auf eine einsame Insel schicken und mich langsam vor Hunger und Durst krepieren lassen, schrie der arme Mann. – Das könnt ihr doch nicht tun, hört ihr, das dürft ihr ... das ist ungesetzlich.

– Ganz einsam ist sie nicht direkt, sagte der Lange, – und es gibt genug flüssige und feste Nahrung, damit du überleben kannst. – Du darfst dich nicht mit Robinson Crusoe vergleichen, das wird ihm nicht gefallen.

– Es soll dort im Sommer sogar ganz schön sein, sagte die Bohnenstange, einer von denen, die ihn entführt hatten.

– Vielleicht kannst du Blumen pflücken, sagte sein Kamerad.

– Wo ... wohin bringt ihr mich, piepste der Verurteilte und starrte wild um sich.

– Das wird dir der Schipper dort erzählen, wenn es soweit ist, sagte der Große und zeigte auf einen bärtigen Riesen an der Reling eines Schiffes, das an der Brücke lag. – Komm jetzt!

Rob Lammkeule heulte und rief Jesus und alle seine Apostel zu Zeugen auf, daß er mißverstanden, verleumdet und betrogen worden sei seit dem Tag, als er den Schoß seiner Mutter verlassen habe.

Aber es half alles nichts, er endete in den Armen des Riesen, der ihn an seine Leute weiterreichte. In dem Moment sprang ein

Ungetüm von Hund mit einem glücklichen Bellen an Bord zu seinem Herrn und Meister.

– Die Wege der Liebe sind unergründlich, sagte Palmer. – Nun hat er immerhin einen geduldigen Zuhörer. Er nickte Klein Martin zu, der den Hund festhielt, und der Schmuggler ließ ihn mit dem Verbannten unter Deck gehen. Klein Martin winkte, und die Freunde winkten zurück und blieben stehen, bis die Brigg Fahrt aufgenommen hatte und aufs Meer hinausglitt. Dann drängten sie sich auf dem Karren zusammen und zogen nach Glen Carron.

Klein Martin brachte Rob Lammkeule nach Copinsay, einer der kleinen Orkney-Inseln. Sie besteht aus struppigem Gras und steilen Klippen und hatte damals eine Handvoll Torfhütten, eine Ruine aus der Wikingerzeit und große Schafherden. Die Bevölkerung hatte nicht viel Kontakt mit der Außenwelt und widmete sich dem Kult heidnischer Götter und der Herstellung eines Whiskys, der mit wildem Honig und geschlagener Schafsmilch vermischt war. Er galt als probates Mittel gegen vielerlei Krankheiten und Melancholie. Im Sommer kann es auf Copinsay sehr schön sein.

6

Thomas Alexander hatte Charlotte aus Fasnakyle wiedergetroffen, einen Schwarm seiner frühen Jahre. Zwar war sie inzwischen verheiratet, doch da ihr Mann, Trommler in The Black Watch*, mit seinem Regiment auf dem Kontinent war, wo die Engländer ihre Kriege auszutragen beliebten, war Charlotte alles andere als abgeneigt gegen eine Neuauflage der süßen Zeit mit dem Herrn von Dolphin Castle. Sie wohnte in Stromeferry, und wenn Thomas Alexander sie besuchte, stand das Haus auf glühenden Pfählen, wie man zu sagen pflegt.

Eines Apriltages ging das übliche Spiel in der zur Straße gelegenen Wohnstube vor sich, oder es hatte mit einleitenden Lockerungsübungen angefangen vor sich zu gehen.

Gurren und Flüstern und kokettes Gelächter schwirrten unter der Zimmerdecke, Thomas Alexander war schon leicht ins Schwitzen gekommen, als am Glockenstrang gezogen wurde und Charlotte mit einem erschreckten Wimmern aufsprang, Gott sei Dank waren sie noch nicht beim Korsett angekommen. – Mein Gott, Mrs. Tarkinson zu Besuch, sie bringt Pralinen mit. Resolut zog sie ihren Liebhaber hinaus in die Küche und bugsierte ihn in einen Schrank, den sie hinter ihm verschloß. Unser Held war mit derartigen Szenen nicht unvertraut, viele Erinnerungen bereicherten seine Gedanken. Der Schrank war klein, er klemmte sich auf ein Regalbord und zog die Beine an. Hinter ihm war eine Öffnung hinaus ins Freie, stickig wurde es nicht.

Er hörte lautes Reden und Lachen, eine jedenfalls redete viel, klang nicht nach Charlotte, aber die hatte ja auch anderes im Kopf. Thomas Alexander griff nach einem Stück Sülze, denn Charlotte war eine ausgezeichnete Köchin. Als er das Stück Nummer zwei aussuchte, kam eine weiße Katze durch das Loch in der Mauer herein. Beim Anblick eines Menschen machte sie einen Buckel und

* Von General Wade im Jahre 1729 gegründet.

fauchte unliebenswürdig, und vom anderen Ende des Bords nagelte sie das fremde Element mit einem giftiggelben Blick fest. Thomas Alexander verspeiste seine Sülze und sagte kis-kis-kis, die Katze drehte angewidert den Kopf weg. Dummes Vieh, stellte er fest.

Es hörte sich an, als ob Mrs. Tarkinton eine lustige Geschichte erzählte, Gläser klirrten, und der Liebhaber in Warteposition sah sich nach etwas um, mit dem auch er anstoßen konnte. Da er nichts anderes fand als eine Flasche Maisöl, nahm er das dritte Stück Sülze und strich diesmal Senf darauf, um es noch appetitlicher zu machen. Noch eine Katze zeigte sich im Loch, rostrot und mager wie ein Holzspan. Als sie die weiße Katze erblickte, ging der Schwanz senkrecht in die Höhe und nahm den doppelten Umfang an, ihr Rücken wurde krummer als die alte Brücke über den Dee, und eine Reihe von nagelspitzen Zähnen kam zischend zum Vorschein. – Nur ruhig, sagte Thomas Alexander undeutlich, – kein Aufstand hier, ich esse Sülze.

Die weiße Katze stemmte die Hinterbeine gegen das Bord und sank auf die vorderen, ihre Ohren lagen flach am Kopf. Die rostrote vollführte fast die gleichen Bewegungen, Thomas Alexander öffnete den Mund für den letzten Bissen Sülze, als beide Katzen gleichzeitig absprangen. Sie trafen über seinem Kopf aufeinander.

– Aber meine Beste, kennen Sie sie nicht, Mrs. Tarkinton wandte den Blick zur Decke, – ich sage Ihnen, sie ist eine wahre Anfechtung, und ... ein wahnsinniges Jaulen übertönte ihre Worte, und es klang, als ob ein Bündel nasser Feuerwerksraketen zischend und sprühend draußen in der Küche umherführe, Babygejammer und Kreischen mischten sich, etwas Schweres fiel zu Boden.

– Nur die Katzen, Charlotte erbleichte, – die Frühjahrsbrunst, Sie wissen, kümmern Sie sich nicht darum. Wir haben sie wegen der Ratten. Sie sagten gerade ...

– Ja, also, was glauben Sie, und sie empfängt Herrenbesuch, ja, also ganz unter uns gesagt, Beste, aber ... Mrs. Tarkinton fuhr zusammen, als der Hexensabbat draußen mit erneuerter Wildheit losbrach. Charlotte leerte hastig ihr Glas und füllte es wieder auf. Sie zwang sich zu einem Lächeln.

– Wenn sie nur nicht das ganze Haus in Trümmer legen, rief Mrs. Tarkinton. – Nein, nein, nur Lebensfreude, daran bin ich gewohnt, die reine Lebensfreude. Zum Wohl alle ... ich meine Mrs. ... rief Charlotte und krallte alle zehn Zehen zusammen, ihr Blick flakkerte hin und her.

Es entstand eine plötzliche Stille, beide Damen senkten die Schultern, und Mrs. Tarkinton setzte zum drittenmal an, und zum dritten Mal explodierten die Küchenregionen in einem Kehraus des Wahnsinns, in dem der Himmel zersprang und die Hölle zu Eis gefror. Mrs. Tarkinton zog ihr Riechsalz hervor, Charlotte griff zur Flasche. – Sonderbar, Mrs. Tarkinton erstarrte, – es hörte sich genau so an, als hätte eine Ihrer süßen Katzen gesagt „au, verdammte Scheiße“.

– Das muß die hergelaufene sein, meine eigene benutzt ganz sicher nicht ... Charlotte stieß einen klagenden Seufzer aus und blickte flehentlich ihre Freundin an. Dann faßte sie sich ein Herz und schlug einen Rundgang im Garten vor, dort gäbe es Krokus und Osterglocken und knospende Tulpen und ... – Kein Krokus, meine Beste, Mrs. Tarkinton fegte an ihr vorüber, – aber lassen Sie uns die anderen betrachten, bevor das Dach herunterkommt.

Als die Tür zuschlug, wurde an einer anderen gerüttelt, bis ein Tritt sie krachend auffliegen ließ und Thomas Alexander über den Boden rutschte. Einen Augenblick blieb er liegen und starrte mit glasigem Blick zur Decke; seine Haare glichen einem zertrampelten Schilfwald, sein Gesicht und die Hände waren mit roten Striemen bedeckt, seine Kleidung war voller Katzendreck. Er verstand sein Schicksal nicht, er verstand möglicherweise auch Frauen nicht, aber in diesem Augenblick interessierten sie ihn auch nicht. Schwankend kam er schließlich auf die Beine und steckte den Kopf in die Wassertonne. In dem Moment marschierte die weiße Katze an ihm vorbei, und das bewahrte sie vor einer grausamen Behandlung.

Er wollte nicht mehr in diesem Haus sein, er wollte nach Hause in die Fürsorge guter Freunde und den Glauben an seine Mission wiederfinden. Mit verbissenem Gesicht schlich er durch die Stube, bis er die Damen vom Garten her kommen hörte, dann verkniff er sich nichts mehr, sondern stürzte zur Haustür und riß sie auf, lief hoch erhobenen Hauptes auf die Straße und pflügte durch eine Abteilung Musketiere hindurch, die gerade vorübermarschierten. Zusammen mit Thomas Alexander verloren mehrere von ihnen den Boden unter den Füßen und verteilten sich über die Straße. Leute schrien.

7

Ach du heiliger Bimbam! Ebenezer fiel die Gans aus der Hand, die er gerade rupfte, – man könnte meinen, du hättest dich mit einer Katze geschlagen. Wenn diese Charlotte dich in ihrer blinden Leidenschaft derartig zurichtet, sollte sie gefesselt werden, bevor ihre Gefühle sie überwältigen. Wie zum Beispiel bei der Frau des Notars in Nairn, wenn die ihre ehelichen Pflichten erfüllte, sang sie Kirchenlieder. Die ganze Straße konnte es hören und mitzählen, wie pflichtergeben sie war. Der Rekord soll bei acht in einer Nacht gelegen haben, darunter „Be praised oh God in every heart" mit zwölf Strophen. Der Notar bekam es schließlich auch satt und zog hinaus aufs Land, wo die Nachbarn weiter weg wohnten. Mit Leidenschaft ist wahrhaftig nicht zu spaßen.

– Es waren zwei Katzen, verkündete Thomas Alexander, – und danach eine Abteilung Musketiere. Das Werk der ersteren kannst du sehen, das der letzteren macht, daß ich mich im Augenblick nicht setzen kann. Während er erzählte, kamen die anderen herein und betrachteten ihn voller Bewunderung. Palmer holte seine Salben.

– Es sind vier Wagen unterwegs nach Kilcumein, sagte Tinker später, als sie bei Scotch Broth und frischgebackenem Weißbrot saßen. – Sie nehmen die Straße über Rannoch Moor und übernachten in Fort William. Morgen fahren sie über Spean Bridge und Invergarry weiter nach Kilcumein. Eine gemischte Gesellschaft von Sassenachs, und sie haben keine Eskorte.

– Ausgezeichnet, ich hab auch ein bißchen Ablenkung nötig, meinte Thomas Alexander. – Was sind es für Leute? Es seien möglicherweise irgendeine Sorte Schauspieler, denn einer der Wagen enthalte Kulissen und anderen Bühnenkram, verriet Tinker, der sein Wissen von dem Fußposten in Spean Bridge hatte.

– Vielleicht haben sie das Kostüm von dem Geist von Hamlets Vaters, das hab ich mir immer gewünscht, mit Phosphor bestrichen, damit es von selbst leuchtet. Soll ich euch die Szene mit dem Geist vorspielen? Er wollte auf einen Schemel steigen, doch sie erklärten wie aus einem Munde, daß es gerade im Moment nicht drängte.

Zwischen Fort William und Kilcumein lagen bei den damaligen Straßenverhältnissen an die 30 Meilen. Man fuhr nach Norden und hatte als erstes den Ben Nevis unten im Südosten, Schottlands höchsten Berg, den aufgrund von Regen und niedrighängenden Wolken nur die wenigsten gesehen haben, danach geht es durch das grüne Tal nach Spean Bridge und von dort am Ostufer des Loch Lochy entlang, das später ins Loch Oich übergeht, bis nach Invergarry. Die Gegend um das Loch Lochy war damals ziemlich menschenleer; Berge mit dichten Kiefernwäldern stiegen direkt von seinen Ufern auf, außerdem spukte es. Die Gefallenen aus der Schlacht zischen den Clans Fraser und MacDonald zweihundert Jahre vorhertrieben da ihr Unwesen, halbnackte Wiedergänger schwebten als nebelhafte Gestalten umher und suchten ihre Tartans*. Nicht zuletzt ehrbare Frauenzimmer mieden den Ort.

– Schmaler Weg, See auf der einen, Wald auf der anderen Seite, Entkommen schwierig, sagte Palmer.

– Die Sassenachs benutzen die Route häufig, sagte Tinker.

– Wir machen die Straße mit einer Steinlawine dicht, eine vorn, eine hinten, sagte Larky.

– Ich beschaff' ein paar Burschen, die Ausschau halten, sagte Ebenezer.

– Wir sollten uns beeilen, sagte Thomas Alexander und zupfte sich ein paar lose Haarsträhnen vom Kopf. Davon hatte er noch viele.

* Es soll während der Schlacht so heiß gewesen sein, daß die Kämpfenden den größten Teil ihrer Kleidung abwarfen.

8

Der Frühlingstag ruhte über dem Loch Lochy, was besagen will, daß es leicht regnete und klamm war. Die Freunde standen am Waldrand, ein Schäfer und sein Knecht waren ein Stück voraus und ein Stück zurück an der Straße postiert, sie waren voll Eifer bei der Sache. Nach reiflicher Überlegung hatten die Freunde die Uniformen verworfen. Die sich nähernden Sassenachs konnten von der Kutsche mit den Offiziersfrauen gehört haben, die Geschichte schien in weiten Kreisen bekannt zu sein. Nein, es sollten Masken sein, schlicht und einfach.

– Sind Schauspieler besonders wohlhabend? fragte Larky.

– Nicht die, die ich getroffen habe, erwiderte Palmer. – Sie rangierten auf der gleichen Ebene wie Gaukler und Akrobaten. Aber in London sind sie vielleicht besser angesehen.

– Warum vergeuden wir dann Zeit und Kraft für die? Ebenezer schüttelte sich. – Ich meine, sollen wir sie uns nur ansehen und dann Danke und Auf Wiedersehen sagen?

– Sie reisen nicht den ganzen Weg von England hier herauf, um Theater zu spielen, sagte Palmer, – du kannst mir glauben, daß sie unterwegs Vorstellungen gegeben haben, und die Einnahmen haben sie bestimmt bei sich für Verpflegung und Unterkunft und für den Lohn. Viel Geld vielleicht. Kapierst du?

– Doch, mir geht ein Licht auf, lachte Ebenezer, – und wenn mich meine Ohren nicht täuschen, höre ich im Süden jemand pfeifen.

Es war keine Täuschung, und es dauerte nur ein paar Minuten, bis ein Wagen in Sicht kam, gefolgt von einem zweiten und einem dritten. Der vierte und letzte war mit Sachen und Dingen beladen und enthielt keine menschlichen Wesen außer einem einsamen Kutscher.

– Als die berühmten fünf maskierten Räuber, über die Lieder gedichtet worden waren, auf die Straße traten und die Büchsen in

Anschlag brachten, blieben die Wagen einer nach dem anderen stehen, und die Kutscher wurden bleich wie gekalkte Wände, wie man es oft lesen kann. Seiner Gewohnheit treu, war Thomas Alexander schon auf dem Weg zum vordersten Wagen, als dessen Tür aufsprang und eine ziemlich kleine Mannsperson auf die Straße hinaustrat. Ihm folgten eine schön gekleidete Dame und noch ein Mann. Auch die anderen Wagen entleerten sich fast gleichzeitig, es waren Personen ganz verschiedenen Geschlechts, und gar nicht so wenige.

– Nein, was seh ich denn da, Räuber! Der kleine Mann wandte sich munter an seine Reisegenossen. – Erinnert euch das nicht an etwas, ist es die Szene in Heinrich der Vierte oder ...

– Schon möglich, aber keiner von uns ist Falstaff, sagte die Dame, – und ich glaube auch nicht, daß die Räuber derart schaurige Masken tragen. Gott wie interessant! Sie schlug die Hände zusammen. – Ob das die sind, von denen Oberst Bramble in Fort William erzählt hat?

Die fünf maskierten Räuber kamen langsam näher.

– Seid mir gegrüßt, ihr edlen Männer Schottlands, der kleine Mann vollführte mit der Hand eine königliche Geste, – was nähert ihr verhüllten Haupts euch uns, als brenne bittrer Schande Stachel euch im Herzen. Hier steh ich waffenlos und frei von schlecht' Gewissen ... nein, jetzt hab ich doch vergessen, wie es weitergeht; Quin, Sie spielen doch den Banquo, bis ich Sie erschlagen lasse, wie geht es weiter?

Die fünf berühmten Räuber hielten inne.

– ... bereit zu wehren schnöder Niedertracht, nein, hol's der Teufel, ich mag nicht, sagte Mr. Quin. – Worauf sind die Strolche aus, Geld? Hah, hah, hah, ich hab seit Wochen kein Geld gesehen. Sie vielleicht, Mr. Garrick?

– Erlauben Sie, daß ich unterbreche, ein kleiner Räuber räusperte sich, – es hat den Anschein, als beschäftige sich die Gesellschaft mit der Schauspielkunst, im Augenblick Shakespeare, um genau zu sein, Macbeth. Mit wem haben wir die Ehre?

– David Garrick, Schauspieler und Theaterdirektor aus London, der Sprechende verbeugte sich mit übertriebener Höflichkeit, – die Dame zu meiner Linken ist Mrs. Hannah Pritchard, meine erste Kraft und ... – Sind Sie da so sicher, Mr. Garrick? Eine andere Dame drängte sich nach vorn, – ich ziehe es vor, mich selbst zu präsentieren, Susannah Maria Cibber*, habe die meisten Hauptrollen gespielt, bis ...

– Geht das schon wieder los, jammerte ein Herr und faßte sich an den Kopf.

– Schauspieler sind eine Gattung für sich, man muß ihnen viel nachsehen, sagte einer der anderen lachend. – Ich selbst stehe außerhalb, Gott sei Dank. Samuel Johnson*, Schriftsteller und Literat, zu Ihren Diensten. Der ein wenig vorderlastige Mann mochte Ende dreißig sein und hatte ein offenes, neugieriges und fröhliches Gesicht. – Der Herr, der gerade jammerte, ist der Schauspieler Delane, und der dort drüben Maclin, Sie finden sie alle im Drury Lane Theater in London, sollte Ihr Weg Sie einmal dorthin führen. Ich vermute, daß Sie keinen größeren Drang verspüren, sich vorzustellen? Er blickte fragend von einem der Räuber zum anderen.

– War es Absicht, daß Sie mich übergangen haben, Mr. Johnson? fragte eine Dame und musterte ihn wütend. – Kitty Clive, unsere edlen Herren Räuber haben vermutlich von mir gehört.

– Nein wirklich, Mrs. Pritchard lachte ausgelassen.

– Also, wir übergehen die Namen, sagte die höchste Maske, – sie würden Ihnen hoffentlich auch nicht viel sagen. Es heißt, daß Sie auf dem Weg nach Kilcumein seien, ist das richtig?

– Auf dem Weg wohin? Mr. Garrick zog die Augenbrauen hoch. – Ah, Fort Augustus, ja natürlich, General Wade hält anläßlich des Geburtstags unseres Königs George II. ein Fest für die Regimentsstäbe, und man hat sich die Aufführung eines Schauspiels durch, na ja, sagen wir bewährte Kräfte gewünscht. „Romeo und Julia", der General soll das Stück sehr schätzen, was man einem General

* 1711–1779, englischer Schauspieler und Theaterdirektor; Hannah Pritchard (1711–1768) und Susannah Maria Cibber (1714–1766), bekannte Schauspielerinnen; auch die übrigen Genannten traten zeitweilig im Drury Lane Theatre auf.

* Samuel Johnson, 1709–1784, wurde durch das Buch seines Freundes Boswell über ihn berühmt. Verfaßte ein großes Wörterbuch der englischen Sprache sowie zahlreiche Schriften über die Gesellschaft seiner Zeit.

kaum zutrauen sollte. Für das gemeine Volk spielen wir am Tag danach Congreves „Alten Junggesellen“, der kaum irgendwelche Berührungspunkte mit Shakespeare hat. Aber vielleicht kommt es gar nicht zu einer Vorstellung?

– Oh, doch, der Hannoveraner soll wirklich gebührend gefeiert werden, antwortete die kleine Maske. – Wieviele Vorstellungen hat Ihre Gesellschaft auf dem Weg hierher gegeben?

– Wieviel? Keine ... ah, Sie denken an die Einnahmen, Mr. Garrick nickte verstehend. – Nein, wir sind direkt aus London angereist, und wir sind sehr gespannt darauf, was der General uns zugedacht hat. Aber das ist für Sie ja ein wenig spät, meine Herren. Die berühmten fünf Räuber wanderten zu den Wagen und untersuchten sie mit geübten Blicken. – Sollen wir uns nicht das Gepäck ansehen? fragte eine dicke Maske. – Verflucht viel Krimskrams, den die Leute mit sich rumschleppen.

– Wir müssen doch sehr bitten! gackerte Mrs. Pritchard.

– Allein meine Kostüme für die Rolle der Julia füllen ... begann Miss Cibber.

– Wer um alles in der Welt sagt denn, daß Sie sie spielen werden? unterbrach Mrs. Pritchard sie. – Wenn man bedenkt, wie Sie beim letzten Mal in der Balkonszene gepatzt haben, kann man doch beim besten Willen ...

– Außerdem sind Sie ein bißchen zu alt, ja Sie übrigens auch, Miss Kitty Clive lächelte süß. – Julia ist ja nicht gerade in mittleren Jahren ..., schrille Stimmen versuchten, einander zu übertönen.

– Nein, laßt bloß die Finger von dem Krempel, rief die höchste der Masken durch den Lärm, – wir werden sonst vor Weihnachten nicht fertig.

– Ein richtig trauriges Resultat, sagte Mr. Johnson zu der kleinen Maske. – Wenn ich zurückkomme nach London, werde ich Ihnen mein Gedicht „London“ schicken, man sagt, es sei lesenswert. Und wenn Sie oder Ihre Miträuber nach London kommen, können Sie mich immer im „Turk's Head“ in Gerrard Street oder im „The Mitre“ in Fleet Street finden. Ich bin Ihnen wirklich dankbar für dieses Erlebnis, bei uns unten sind die Straßenräuber nicht mehr, was sie einmal waren.

– Wir stehen immer zu Ihren Diensten, die kleine Maske verbeugte sich, – aber normalerweise nur gegen Honorar. Werden Sie über uns schreiben?

– Ich schreibe über alles, sogar über die Parlamentssitzungen, mir ist kein Gebiet fremd, lachte Mr. Johnson. – Aber am liebsten in kleinen Portionen, ich spreche lieber.

– „Alter Junggeselle" kenne ich gut, verriet die dicke Maske Mr. Delane. – Ich würde meine Frau nicht mitnehmen, um das zu sehen.

– Es ist ein Scheißstück, sagte Mr. Delane.

Die Freunde wußten praktisch nicht, was sie jetzt tun sollten. Sie waren kurze und effektive Begegnungen mit einem schnellen Abgang und ohne Austausch von Höflichkeiten gewöhnt. Doch im vorliegenden Fall kam ihnen ein unkomplizierter Rückzug unbefriedigend vor. Durch die Sehschlitze ihrer Masken blickten sie sich gegenseitig hilfesuchend an, während die englischen Akteure den Aufenthalt zu genießen schienen. Es fehlte nur ein Picknick-Korb von Fortnum & Mason*. Unten am Seeufer stellte Mr. Garrick sich in Positur und preßte die Hand gegen die Herzgegend:

„Der Liebe leichte Schwingen trugen mich. Kein steinern Bollwerk kann der Liebe wehren; und Liebe wagt, was Liebe irgend kann: drum hielten deine Vettern mich nicht auf".

Bevor die Rivalinnen eingreifen konnten, sprach Miss Clive: „Wenn sie dich sehn, sie werden dich ermorden".

„Ach, deine Augen drohn mir mehr Gefahr als zwanzig ihrer Schwerter; blick du freundlich, so bin ich gegen ihren Haß gestählt", Romeo vollführte eine ausladende Geste mit der freien Hand.

– Bemerkenswert unbekümmert, sagte die kleine Maske.

– Keineswegs, entgegnete Mr. Johnson. – Ein Engländer kann sich erlauben, sein Geld zu verlieren, seinen Einfluß, seine Freunde und seine Arbeit, ja sogar seinen Stammtisch, ohne als minderwertige Person betrachtet zu werden. Verliert er aber seine Selbstbeherrschung, ist er verloren, und alle kehren sich von ihm

* Noch heute bestehendes Delikatessengeschäft in Piccadilly, gegründet 1707.

ab. Wir wären nie eine Weltmacht geworden, wenn wir uns von unseren Gefühlen hätten leiten lassen. Wenn Tatsachen unangenehm sind, leugnen oder übersehen wir sie. Wie diese zum Beispiel.

– Ich werde es nie lernen, Sie zu verstehen, sagte die kleine Maske.

– Das tut niemand, und das ist unsere Stärke, lachte Mr. Johnson.

Die Zeit hätte recht enervierend werden können, für die Freunde jedenfalls, wenn nicht der Schäfer, der unten an der Straße postiert war, einen gellenden Pfiff von sich gegeben hätte. Die größte Maske machte einen Satz und rief die Truppen zu den Fahnen. – Es war uns ein Vergnügen, sagte er, – ich hätte gern die Szene mit dem Geist von Hamlets Vater gespielt, aber die Umstände ...

– Sie können doch mit uns fahren bis ... wie war noch dieser malebarische Name, Mr. Garrick schlug sich an die Stirn. – ... Kilcumein, das muß ich mir merken. Freikarten für Congreves Junggesellen, schließlich trifft man nicht alle Tage waschechte Räuber.

– Nehmt nur die Masken ab, zwitscherte Mrs. Pritchard, – wir kümmern uns sowieso nicht um Politik; ich persönlich habe nie ein Wort von diesem Zeugs begriffen. Ophelias Wahnsinnsszene bekomme ich auf die Reihe, aber mich in diesem ganzen Unfug mit Torys und Whigs zurechtzufinden, das übersteigt meinen Verstand. Mr. Johnson kann sicher den Unterschied erklären, falls es einen geben sollte.Als ein englischer Transportwagen mit Weinfässern in Sicht kam, saßen die fünf berühmten Räuber demaskiert auf den Requisiten, ihre Waffen waren zwischen Kostümen und Julias Sarg versteckt. Die Kutscher sahen einen großen, rothaarigen Mann wild gestikulieren und viel sprechen, während die anderen mit leeren Gesichtern auf dem Wagen saßen. Aufgrund des Abstands blieb es den Kutschern erspart, den Geist von Hamlets Vater mit anhören zu müssen. Der Schäfer und sein Knecht standen etwas abseits und begriffen gar nichts.

Als Congreves derbe Späße über die Bühne gingen, saßen die Freunde in der ersten Reihe und brüllten vor Lachen. Mrs.

Pritchard und Miss Cibber winkten zu ihnen hinab, und Mr. Garrick improvisierte einen Witz über die Gefahr, unter die Räuber zu geraten. Er traf genau ins Schwarze.

– Die Herren scheinen die dort oben recht gut zu kennen, bemerkte ein Offizier vom 12. Infanterieregiment.

– Ja, wir verkehren ein wenig in den Kreisen, erwiderte Ebenezer. – Und Mr. Samuel Johnson, Londons literarischer Löwe, sitzt dort drüben und trinkt Portwein, ich werde Sie nach der Vorstellung mit ihm bekanntmachen. Ebenezer winkte dem Löwen zu, und der erhob sein Glas zum Gruß und zwinkerte mit einem Auge. Wenn er nach Hause käme, würde er ein Gedicht über diese Begegnung schreiben.

Anmerkung: Wir MacDolphins haben durchaus ein Verhältnis zum Theater, auch wenn keiner von uns sich professionalisiert oder Drury Lane im Sturm erobert hat. Aber gegen Weihnachten unter der Queen Victoria, es muß kurz nach dem Afghanerkrieg gewesen sein, trat Albert James, ein jüngerer Bruder von Thomas Peter als einer der heiligen drei Könige aus dem Morgenland auf, es war Balthasar. Und als er im knöchellangen Gewand voranschreitet und sich über die Krippe mit dem Jesuskind beugt, und zwar ein lebendes, die Mutter spielte die Jungfrau Maria, so daß es in der Familie blieb, da verliert Albert James den Deckel eines Weihrauchgefäßes, und der trifft das Kleine genau zwischen die Augen, und es gibt ein höllisches Geschrei, und die Mutter knallt dem weisen Mann eine, und das paßt ihm nicht, also hämmert er ihr seinen Turban auf den Kopf, so daß sie beinah erstickt wäre. Es soll das beste Weihnachtsspiel für viele Jahre gewesen sein.

Und nach dem Entsatz von Mafeking während des Burenkriegs trat Tante Jeanette (die auf dem Trafalgar Square einen Kopfsprung gemacht hat) bei einer nationalen Feierlichkeit auf, wo sie, in die englische Flagge drapiert, „Rule Britannia" singen sollte, ein Anblick, für den ich viel gegeben hätte. Als sie sich halbwegs durch das Meisterwerk hindurchgearbeitet hat, verliert sie den Faden und stand da und flatterte auf Halbmast. Aber Tante Jeanette war nicht so leicht in Verlegenheit zu bringen, also begann sie von vorn mit „I've never seen a straight banana", das konnte sie nämlich, auch wenn es nicht gerade als national angesehen werden kann. Nichtsdestoweniger sang das Publikum den Refrain mit, und so wurde es kein Fiasko im eigentlichen Sinn, obwohl Tante Jeanette nie wieder aufgefordert wurde, in der Kirche von St. Mary aufzutreten.

9

Es wäre ihnen nie in den Sinn gekommen, zu den Crowlin Islands zu fahren, sie hatten nicht die geringste Lust dazu. Sie machten sich weder etwas aus Schiffen, noch aus Wasser in größeren Mengen als dem der Seen, und die Crowlin Islands, die mit ihrer weißen Brandung und den ewig schreienden Möwenschwärmen draußen im Sund lagen, hatten auf sie nie einen einladenden Eindruck gemacht. Doch als die Freunde sich eines Tages in Toscaig aufhielten, nachdem sie einen Gerichtsvollzieher um die Bußzahlungen und Abgaben erleichtert hatten, mit denen er eben zurückkehrte, führten die Engländer im Ort unerwartet eine Razzia nach Deserteuren und Personen ohne Papiere durch, und die Freunde fanden sich unversehens von einem Halbkreis von Soldaten umschlossen, dessen äußere Flügel sich rasch aufeinander zubewegten, um beim Hafen zusammenzutreffen. Hätte nicht der Lotse von Crowlin Islands gerade in diesem Augenblick Vorbereitungen getroffen, in See zu stechen, hätte es unangenehm werden können. Jeder der Freunde trug ein Fünftel der Beute.

– Wollt ihr mit? Ich will nämlich auch den Arsch nicht in die Klemme kriegen, sagte der Lotse, der ein vernünftiger Mann war, – kommt nur an Bord. Nach Crowlin Islands kommt kein Sassenach außer mit einer Pistole im Rücken. Er setzte Segel und hielt aus dem schmalen Sund hinaus, während er über die Rotjacken fluchte, daß es weithin an der Küste zu hören war. Als sie Caolas Mor, das offene Wasser zwischen dem Festland und den Inseln erreichten, klammerten sich die Freunde an alles, das Halt versprach und starrten bleichnasig auf das reißende Wasser, das das Boot umtoste.

– Feines Segelwetter, rief der Lotse, – es kann ziemlich ruppig sein, wenn der Wind auffrischt. Er saß an der Ruderpinne und wirkte frisch und munter.

– Man kann alles ganz verschieden auffassen, wie der Mann sagte, als er aus den Umarmungen seiner Frau floh, hustete Ebenezer.

Mein Ältester ist Vollmatrose, der war auch als Kind schon komisch.

Die Crowlin Islands sind nicht viel mehr als drei Steine im Wasser, deren größter Eilan Mor heißt. Auch damals war es einen Besuch nicht wert. Der Lotse und seine Frau sowie zwei Fischerfamilien repräsentierten das Leben auf den Inseln, wenn man von einer Schafherde und den Seevögeln absah, die in den Felsen ihre Nester hatten. Aber nachdem die Freunde lebend an Land gekommen waren und festen Boden unter den Füßen spürten, fanden sie, daß sie noch nie an einem schöneren Ort gewesen seien und stampften auf die Erde, um sich zu vergewissern, daß sie gut und fest lag.

Die Frau des Lotsen war eine gastfreundliche und reelle Person, die vom Besten auftischte, was das Haus zu bieten hatte, und als der Lotse, der Robert hieß, ein Fäßchen Whisky hervorrollte, das er vom Festland herübergeschmuggelt hatte, wurde der Abend stimmungsvoll, warm und freundschaftlich. Thomas Alexander tanzte den Schwerttanz ohne Schwert, während Larky dazu sang, und Ebenezer erzählte Märchen: das vom Schwarzen John von Lewis, der die Prinzessin bekam, vom Wasserpferd von Pollna Craobhan, das mit der jungen Sheena Vane im See verschwand, vom Schmied in Edinburgh und vom Katzenkönig, und das Haus war erfüllt von Gelächter und allerlei Späßen.

In der Nacht frischte der Wind auf, und der Lotse war ein paarmal draußen, um nach dem Rechten zu sehen. Bei Tagesanbruch kam er zurück und erzählte, daß ein kleiner Schoner genau nördlich der Insel beigedreht liege. Der Wind kam aus Süd-Südwest, und der nordgehende Strom war zu stark, als daß das Schiff durch den Sund hätte laufen können, was ansonsten wohl beabsichtigt war. Die Freunde sahen das Schiff mit gerefften Segeln in der See stampfen. Die Leute an Bord winkten aufgeregt zum Land herüber, und Robert erklärte, er könne bei dem Wind und Strom kein Schiff durch den Sund führen, und wenn man ihn von Kopf bis Fuß vergoldete.

Aber anderseits war er auch nicht umsonst Lotse. Und als die Leute nicht aufhörten zu winken, kletterte er seufzend in seine Jolle. – Er ertrinkt, flüsterte Tinker, – heilige Mutter Gottes, der ist ja nicht ganz bei Trost! Die Jolle verschwand in den Wellen und tauchte wieder auf, und jedesmal war sie dem Schoner ein wenig nähergekommen. – Vielleicht kann er auf dem Wasser gehen, wenn er kentert, sagte Ebenezer. – Ich kannte mal einen Mann, der sich Schwimmhäute zwischen die Zehen spannte, wie sie die Gänse haben, und dann wettete er mit einem Aalfischer am Loch Luichart, daß er quer über den See gehen könnte. Er verlor die Wette, klar, aber erst als er bis zum Hals im Wasser stand, sah er selbst ein, daß er mit solchem Unsinn besser aufhören sollte.

Sie sahen den Lotsen bei dem Schoner ankommen und an Bord klettern. Nach geraumer Zeit zeigte er sich wieder, und zwar mit zwei Personen, von denen eine eine Frau war. – Das geht nie gut, erklärte Thomas Alexander erregt, – man kann doch nicht auf diese Weise eine Frau dem Toben der Elemente aussetzen; die Frau ist von Natur aus ein wehrloses Wesen, naja, es gibt natürlich Ausnahmen. Es endet noch damit, daß wir alle hinaus müssen, um sie zu retten.

– Und wie hast du dir das gedacht? fragte Larky. Thomas Alexander wußte es nicht genau, wollte aber darüber nachdenken. – Wenn wir auf dem Festland Ehre errungen haben, können wir es wohl auch auf dem schäumenden Meer, meinte er ein wenig zögernd.

Die Jolle mit den drei Menschen an Bord legte vom Schoner ab, und mit angehaltenem Atem beobachteten die Freunde, wie die kleine Nußschale im Strom tanzte. Dem Mann wurde der Hut vom Kopf geweht, daran war nichts zu ändern, die Bänder an der Kapuze und am Mantel der Frau peitschten im Wind, sie selbst lag mehr in dem Armen des Mannes und schien von dem, was um sie her vorging, kaum etwas mitzubekommen.

Die Frau des Lotsen war hinzugekommen. Daß ihr Mann sich draußen auf dem schäumenden Meer befand, schien sie kaum sonderlich zu berühren. Sie meinte, daß er wohl eine Kranke mitbrächte, das geschah zuweilen. Einmal hatte es sich um einen Steuermann gehandelt, der die Colera hatte und ihr beinah gestorben war. – Cholera, Palmer stutzte, – kannst du Krankheiten kurieren?

– Man kann soviel, wenn man muß, erwiderte sie. Meine Mutter war die Heilkundige in Applecross, sie hat mir manches beigebracht. Sie beschattete die Augen mit der Hand und beobachtete eine Zeitlang die Jolle, dann sagte sie, es wäre vielleicht besser, sie zögen sich etwas zurück, bis sie die Fremden genauer betrachtet hätte. In diesen Zeiten seien nicht alle so, wie sie sein sollten.

Sie befolgten ihren Rat und beobachteten durch einen Einschnitt zwischen den Felsen, wie die Jolle anlegte und der Lotse und der Mann die Frau zum Haus hinauf halb führten, halb trugen. Sie und der Mann waren wie Standespersonen gekleidet, er trug einen Degen an der Seite.

– Kein Highländer, er darf keine Waffen tragen, sagte Thomas Alexander. – Kein Offizier, er muß in den Highlands Uniform tragen, sagte Larky. – Auch nicht irgendjemand, seht euch nur den ganzen Goldkrimskrams an, sagte Ebenezer. – Seht ihren Rock an, alles Seide, sagte Tinker. – Mir schwant etwas, sagte Palmer, er war blaß geworden.

Es dauerte fast eine Stunde, bis die Frau des Lotsen zu ihnen herauskam und sagte, ihrer Ansicht nach hätten sie nichts zu befürchten. Der Herr war mit seiner Tochter an Land gekommen, sie sei recht schwach, und an Bord sei es ihr plötzlich sehr schlecht gegangen. Die Frau war der Meinung, daß es nicht mehr lange dauern könnte, bis ein neuer Erdenbürger sich anmeldete. – Aber irgendetwas stimmt nicht mit dem Mädchen, vielleicht geht es nicht glatt, fuhr sie fort. – Weil der Herr meint, ich hätte schmutzige Hände, will er nicht zulassen, daß ich sie anrühre.

Als sie den einzigen Raum, aus dem die Hütte bestand, betraten, lag das Mädchen auf dem Bett, und der Herr, der sich als ihr Vater ausgab, saß an ihrer Seite und wischte ihr den Schweiß von der Stirn. Sie wimmerte leise, aber kläglich. Beim Geräusch von Schritten blickte er auf, und die Störung schien ihn zu irritieren, bis sein Blick auf Palmer fiel; er richtete sich erstaunt auf und rief: – Pastor Palmer, Sie hier?

– Nicht weniger merkwürdig, als Sie hier anzutreffen, Richter Blake, erwiderte Palmer, – die Crowlin Islands sind kaum der Ort für Sie oder mich, doch die Umstände ... er zuckte mit den Schultern.

Der Mann ließ den Blick weitergehen und hielt bei Thomas Alexander ein. – Der junge MacDolphin von Dolphin Castle, bemerkte er ungläubig, – Sie waren in Culloden dabei, jetzt begreife ich, warum man nie Ihre Leiche fand.

– Interessante Begegnung, sagte Thomas Alexander, – Sir Anthony Blake, der ehrwürdige Richter in Inverness und ein bekannter Name in den Highlands. Ich habe gehört, wie viele meiner Landsleute Sie an den Galgen gebracht haben, aber ich erinnere mich nicht an die Zahl. Könnten Sie mir Auskunft geben, nur so, eine runde Zahl?

Das herrische, von einer leicht gepuderten Perücke eingerahmte Gesicht wurde rot, doch bevor die Lippen eine Antwort formten, erklang von dem Mädchen ein verstärktes Jammern, das Sir Anthony sogleich das Interesse an den Freunden verlieren ließ. Mit einer Unsicherheit, die in krassem Gegensatz zu seiner gerade noch an den Tag gelegten Selbstsicherheit stand, fing er an, die Tochter zu beruhigen und ihr ungeschickt über das Haar zu streichen. – Laßt uns hinausgehen, sagte Thomas Alexander, – da ist die Luft besser.

– Was ist das für ein hohes Tier, fragte Larky, – ihr scheint ihn nicht gerade zu lieben.

– Richter Blake begann als Richter beim Gericht in Invermoriston vor zehn Jahren, erzählte Palmer. – Ein tüchtiger und gerechter Mann, daran führt kein Weg vorbei. Er ist entfernt mit der verstorbenen Frau von Pastor Kelsoe verwandt und kam häufig zum Pfarrhof, daher kenne ich ihn.

– Und er urteilte in einem Rechtsstreit zwischen den Frasers und uns, daher kenne ich ihn, sagte Thomas Alexander. – Er entschied zu unseren Gunsten, aber es war auch kaum zu vermeiden; mein famoses Aussehen hat er also nicht vergessen.

– Vor einigen Jahren reiste er nach Manchester und ließ sich dort als Anwalt nieder, fuhr Palmer fort. – Seine Sympathien lagen immer auf Seiten der Engländer, und das ist jedermanns gutes Recht. Aber er kam also mit dem Herzog von Cumberland zurück und wurde wieder Richter. Viele von denen, die er an den Galgen oder ins Gefängnis gebracht hat, hat er persönlich gekannt, ihre internen Verhältnisse, ihre politische Einstellung, ihre Rolle bei

Verhandlungen, Intrigen und so weiter. Sie waren ihm gegenüber wehrlos.

– Pfui Teufel, murmelte Tinker, – würden wir nicht ein gutes Werk tun, wenn ...

– Doch, sicher, viele würden uns dankbar sein, aber er ist nicht allein, antwortete Palmer, – er hat seine Tochter bei sich, und sie ist krank, sehr krank, glaube ich. Wir können uns nicht erlauben, nein nein, er schüttelte entschieden den Kopf.

– Aber habt ihr gesehen, wie es in seinem Schädel zu rumoren anfing, als er euch erkannte? sagte Ebenezer. – Wenn er mit heiler Haut hinüber aufs Festland entkommt, wird er als erstes einen Haftbefehl ausstellen und als zweites Soldaten nach uns ausschikken, denn jetzt haben sie Anhaltspunkte, daß es reicht.

– Ich würd' es schon tun, Tinkers Gesicht war hart. – Können wir uns etwa edlere Gefühle leisten, wie? Und was das Mamsellchen angeht ...

– Ja, was ist mit ihr? Palmer wandte sich abrupt zu dem Iren um. Tinker wich nicht zurück. – Vielleicht stirbt sie auch, sagte er.

– Laßt uns nichts übereilen, schlug Ebenezer unangenehm berührt vor. – Laßt uns einen Spaziergang machen und das Meer in seinem teutonischen Wüten betrachten. Das erinnnert mich übrigens an eine Geschichte ...

In der Dämmerung kam die Frau des Lotsen hinaus zu den Freunden, die sich im Schuppen niedergelassen hatten. – Ich habe allergnädigst die Erlaubnis bekommen, nach der Dame zu sehen, sagte sie. – Und soweit ich fühlen kann, liegt das Kind verkehrt. Das ist weder für es selbst noch für die Mutter gesund, es will gern raus, aber es kann nicht.

– Bedauerlich, aber halt uns da heraus, sagte Thomas Alexander. – Wir brennen nicht gerade darauf, die barmherzigen Samariter zu spielen.

– Es gibt einen Doktor in Kishorn, segelt sie doch hinüber, schlug Larky vor.

Die Frau schüttelte den Kopf. Wind und Strom standen entgegen, der Schoner würde mindestens einen ganzen Tag brauchen, um durchzukommen, wenn er nicht vorher auf einen Felsen liefe. Und Robert, ihr Mann, wagte nicht, mit einem Passagier in dem Zustand in einem offenen Boot hinauszugehen. – Oder? Sie sah ihn an.

– Lieber würde ich einem lebenden Tiger die Barthaare auszupfen, räumte er ein. – Könnt ihr mich nicht sehen, wie ich mit der einen Hand den Kurs halte und mit der anderen als Geburtshelfer zupacke, während er da drinnen auf den Knien liegt und betet und die Mutter wie ein angestochenes Ferkel heult. Es steht nichts davon in meinen Papieren, daß ich mich als Idiot aufführen muß.

– Kannst du ihr nicht helfen, sagtest du nicht, daß du dies und das von deiner heilkundigen Mutter gelernt hättest? Palmer sah die Frau des Lotsen an.

– Schon denkbar, wenn der Herr es mir erlauben würde, aber da hab ich meine Zweifel, sagte sie. Er hat auch nach dir gefragt.

– Mir? Palmer fuhr hoch, – warum ...?

– Nach wem ruft man schon, wenn es anbrennt, sagte Ebenezer, – nach so einem wie dir. Es hilft gar nichts, daß du dich Whitby nennst und eine Schraube locker hast, der Kerl hat dich doch sowieso schon durchschaut.

Palmer stand zunächst verwirrt da, dann nickte er resolut und zog die Frau mit hinaus. Hier fragte er sie nach ihrem Namen. Sie hieß Emily, die Leute nannten sie die schwarze Emily wegen des ganzen Torfrauchs, der sie geschwärzt hatte. – Aber eine Hexe bin ich nicht, lachte sie, – du hättest mich in meinen jungen Tagen auf den Bällen von Applecross sehen sollen, wie der schmuckeste Baum im Wald.

– Was geschieht mit ihr, wenn ...? Palmer duckte sich gegen den scharfen Wind.

– Sie stirbt so sicher wie das Amen in der Kirche. Ich habe von Doktoren gehört, die einer Frau den Magen aufschneiden und das Kind auf die Weise herausholen, aber da muß ich passen. Wenn ich aber eine Hand hineinbekäme, ich habe eine Salbe, die das erleichtert, verstehst du, das wäre vielleicht nicht unmöglich. Die Schwarze Emily blieb an der Tür stehen. – Ich hab gehört, daß ihr ihn Richter Blake genannt habt, ist das wahr, Richter Blake aus Inverness? Als Palmer nickte, atmete sie heftiger und trat gegen einen Stein. – Er hat meinen Bruder zu den Kolonien verurteilt, flüsterte sie.

Der Richter saß am Bett, das Licht einer Lampe fiel auf die Tochter, die sich hin und her warf und vor Schmerzen stöhnte. Obwohl sie noch voll bekleidet war, sah man deutlich, wie dick sie war, ihre Gesichtszüge waren verzerrt, sie hatte sich in die Lippe gebissen, und ein Blutstreifen zog sich zur Kinngrube hinab.

– Palmer, der Richter erhob sich, seine Züge waren von Müdigkeit, Angst und Ohnmacht halb unkenntlich, mühsam stützte er sich mit der Hand gegen die Wand; – Pastor Palmer, verzeihen Sie mir, ich habe Sie kommen lassen, weil – er versuchte, seine Stimme unter Kontrolle zu bekommen – weil ich weiß, daß Sie oft mit Erfolg als Arzt tätig gewesen sind, Pastor Kelsoe hat mir seinerzeit davon erzählt. Und nun, er wandte sich zum Bett, – wir haben es nicht geschafft, sehen Sie. Waren auf dem Weg zu Doktor Pearson in Stromeferry, der ein ausgezeichneter Geburtsarzt sein soll, aber als wir vom Strom hier festgehalten wurden, wurde Lucie, meine Tochter so krank, daß ich nicht zu warten wagte. Ich glaubte, daß man von hier aus mit einem Boot ... wir kommen von Fearnmore oben am Loch Torridon, dort wohnt Lucie, und wir dachten, mit dem Schiff ginge es am schnellsten.

Palmer trat näher und beugte sich über die junge Frau, rührte an ihre fieberheißen Wangen und erkannte stumm, daß seine Fähigkeiten hier nicht ausreichten. Ohne um Erlaubnis zu bitten, löste er ihre Kleider und betrachtete ratlos den aufgeblähten Unterleib, Herrgott, was wußte er von den Mysterien der Geburt? – Meine Tochter ist Witwe, hörte er Richter Blake hinter sich sagen, – ihr Mann ist als Offizier in Frankreich gefallen, dies ist ihr erstes Kind.

Ein grausamer Gedanke keimte in Palmer, ein gottloser und zynischer Gedanke, der ihm fremd sein sollte, den er aber nicht von sich zu weisen wagte. Er lauschte dem Wimmern, das sich immer mehr zu Schreien steigerte, die Richter Blake wie Peitschenhiebe trafen. Er liebte seine Tochter, liebte sie über alle Maßen. – Was wissen Sie über mich? fragte Palmer ruhig.

– Was ich weiß? Es dauerte eine Zeit, bis Blake die Frage verstand. – Ah, ich verstehe. Ja, ich weiß, daß Sie Ihr Amt als Kapellan in Drumnadrochit aufgegeben haben, nachdem Sie einen britischen

Offizier zum Krüppel geschlagen haben, und daß man vermutet, daß Sie in den Highlands umherziehen in Begleitung von Personen, die den britischen Behörden mit mehr oder weniger gewaltsamen Mitteln entgegenarbeiten.

– Und über den jungen MacDolphin?

– Daß er sich zusammen mit mehreren Familienmitgliedern am Aufruhr gegen König George II. beteiligt hat, daß er, wie ich jetzt weiß, bei der Schlacht von Culloden mit dem Leben davongekommen ist und als Rebell betrachtet werden muß, mit allen Konsequenzen, die sich daraus ergeben.

– Und die drei anderen Männer?

Ich kenne sie nicht, aber ich muß annehmen, daß sie in etwa die gleiche Einstellung zu den Verhältnissen in Schottland haben wie Sie und der junge MacDolphin. Worauf wollen Sie hinaus, Pastor?

– Gewißheit erlangen. Richter Blake, Sie gelten als tüchtiger und hartnäckiger Jurist, Sie setzen Ihr ganzes Können und Ihre Autorität dabei ein, jeden aufzuspüren und zu bestrafen, der sich gegen englisches Recht und Gesetz versündigt. Ihr Name ist in den gesamten Highlands verhaßt und gefürchtet, wer vor Ihrem Richterstuhl erscheint, hat keine großen Chancen.

– Ich tue meine Pflicht als königlicher Beamter, ich verwalte und interpretiere die Gesetze, die zu jedweder Zeit nach meinem besten Wissen und nach meiner Überzeugung gültig sind, was erwarten Sie anderes von einem Richter? Blake schien sich etwas zu fassen, hier war er auf sicherem Boden.

– Und wenn Sie aufs Festland zurückkommen, werden Sie, ihrer Pflicht getreu, die Behörden von Ihrer Begegnung mit mir und meinen Freunden unterrichten, nicht wahr?

– Sie halten sich doch nicht zum Vergnügen hier auf, Mr. Palmer. Sie haben hier Zuflucht gesucht, weil Sie sich bedroht gefühlt haben, und zweifellos mit Recht. Ich habe praktisch seit einiger Zeit den Verdacht gehabt, daß ein gewisser Zusammenhang besteht zwischen fünf maskierten Verbrechern und in jedem Fall Ihnen, und als ich Sie alle fünf heute morgen hier sah, bekam ich sozusagen Gewißheit. Wenn Ihre Personenbeschreibungen bisher unzureichend waren, so hat mir die heutige Konfrontation Klarheit verschafft. Pastor Palmer, Sie setzen mich in Erstaunen.

– Es geschieht soviel Erstaunliches in dieser Zeit, Palmer öffnete wie zufällig seine Jacke, ein Pistolenlauf blitzte im Lichtschein auf, – und wir Menschen, Richter Blake, sind nicht immer die, für die man uns hält. Gesetze werden immer von dem Stärkeren gemacht, aber bedeutet das zugleich, daß der Stärkere immer Recht hat? – Finden Sie, daß eine dermaßen subtile Frage jetzt und hier am Platz ist?

– Möglicherweise nicht. Gut. Sie werden sobald als möglich den Behörden mitteilen, daß Sie wissen, wer die fünf maskierten, sagten Sie Verbrecher? sind. Sie haben die Namen von zweien von ihnen und wissen, wie sie alle fünf aussehen. Folglich wird es eine Kleinigkeit sein, sie zu fangen, vor Gericht zu stellen und am nächstbesten Galgen aufzuhängen. Richtig?

– Sie könnten der Wahrheit nicht näher kommen, Pastor. Als Richter bin ich genauso an das Gesetz gebunden, wie Sie an die Heilige Schrift gebunden sind – oder sein sollten; es gibt Dinge, mit denen treibt man keinen Spaß, ohne seine Selbstachtung zu verlieren. Und ... ein Schmerzensschrei ließ Blake am Bett niedersinken und nach der Hand seiner Tochter tasten, im Nu war er wieder ein gebrochener Mann. Palmer knöpfte seine Jacke zu und ging zur Tür, bis ein Ruf ihn stoppte. – Mr. Palmer, in Gottes Namen, Sie müssen Lucie helfen, hören Sie, ich habe nur sie, meine Frau starb letzten Winter, wir haben nur einander, Blakes Stimme überschlug sich, – wenn sie stirbt ...

– Ja, genau, Richter Blake, wenn sie stirbt, was dann? Palmer legte die Hand auf die Klinke.

Der Richter sah ihn verwirrt an, seine Lippen bewegten sich, aber kein Laut kam über sie. – Ich komme gleich zurück, sagte Palmer und hatte große Mühe, das Beben zu beherrschen, das seinen Körper erfaßte.

Draußen stand die Frau des Lotsen, die alles gehört hatte. Palmer wischte sich mit der Perücke den Schweiß von der Stirn und lehnte sich schwer gegen die Wand. – Jetzt mußt du mir helfen, sagte er, – ich habe vor, dich auf grausame Art und Weise zu benutzen, und ich kann dir nur armseliges Geld dafür bieten. Es geht um Leben und Tod.

– Hoho, lachte sie, – Geld leidet nicht an Feingefühl. Leben und Tod, sagst du, denkst du an sie da drinnen?

– Nicht nur an sie, auch an uns selbst, ich verbinde das alles auf geradezu teuflische Weise. Hör zu, Palmer senkte die Stimme, und in den folgenden Minuten steckten die Schwarze Emily und er die Köpfe zusammen. – Das hört sich vernünftig an, sagte sie schließlich, – unter den gegenwärtigen Umständen sogar aus dem Mund eines Pastors. Jetzt suche ich meine Sachen zusammen, und dann in Gottes Namen.

Richter Blake erhob sich langsam, als Palmer sich wieder zeigte, sein Gesicht, das unzählige Angeklagte streng und kalt und so einfühlsam wie ein Stein vor sich gesehen hatten, war nun nackt und alt, seine Lippen, die niemand je lächeln gesehen hatte, bebten, seine Augen, die nie Leben verraten hatten, bettelten. – Sie kommen zurück, Pastor, sagte er fast unhörbar, das werde ich ihnen nie vergessen.

Palmer trat zu Lucie hin, sie schien beinahe bewußtlos zu sein, der Schweiß, der vorher ihr Gesicht gebadet hatte, war nun einer trockenen Blässe gewichen, ihr Atem ging unregelmäßig und schwer. Er sah, daß es höchste Zeit war. – Ja, darum geht es, ob Sie mir dies vergessen oder nicht. Er richtete sich auf. – Richter Blake, ich will einen Handel mit Ihnen abschließen.

– Handel, was meinen Sie, was für einen Handel? Sie meinen doch nicht allen Ernstes ...

– Ich habe es selten ernster gemeint. Man kann Ihnen viel nachsagen, Richter Blake, und Sie wissen sehr gut, was man hierzulande über Sie sagt und denkt, Palmer trat näher heran, – aber auf Ihre Weise sind Sie ein ehrlicher, um nicht zu sagen, gerechter Mann. Ich meine juristisch; Ihre Urteile sind unanfechtbar, Sie urteilen nach dem Buchstaben des Gesetzes, Sie haben sogar berüchtigte Widerstandskämpfer freigelassen, weil die Anklage formal nicht haltbar war, weil der eine oder andere Paragraph nicht erfüllt war. Wenn ich deshalb jetzt Ihr Wort verlange, bin ich überzeugt, daß Sie es halten werden, wenn nicht aus anderen, dann aus prinzipiellen Gründen.

– Was wollen Sie denn, Pastor, sehen Sie nicht, daß es eilt? Blake griff nach einem Halt, eine Feder hätte ihn umwerfen können.

– Ich werde alles tun, was in meiner Macht steht, um Ihre Tochter zu retten, antwortete der kleine Kapellan, – und dafür geben Sie mir Ihr Wort darauf, daß Sie alles, was mich und meine Freunde betrifft, vergessen, nicht nur jetzt, sondern für immer. Sie kennen uns nicht, haben nie von uns gehört oder uns gesehen, und in Ihren Papieren existieren wir einfach nicht.

– Das ist doch Wahnsinn, der Richter verzog das Gesicht. – Wie kann ein Mann wie Sie derartige Forderungen stellen? Begreifen Sie nicht, daß ich mich gegen meinen König und meine Regierung vergehe, daß ich schuldig werde vor meinem Amt, vor meinem Gewissen, ja vor dem Gesetz, das zu verwalten ich angestellt bin?

– Doch, das ist mir vollkommen klar, nickte Palmer, – aber stellen Sie das gegen das Leben Ihrer Tochter. Als Richter sind Sie doch darin geübt, das Für und Wider abzuwägen.

– Wenn ich es ablehne, auf Ihre Bedingungen einzugehen, werden Sie dann meine Tochter sterben lassen, ist es das, was Sie sagen wollen?

– Ja, das ist es kurz und bündig, eins für das andere, Leben gegen Leben.

– Sie sind ein Teufel, Palmer, ein herzloses Ungeheuer, ein ...

– Die gleichen Ausdrücke benutzt man von Ihnen, Richter Blake.

– Sie machen sich zum Mörder.

– Die Behauptung kann juristisch wohl nicht haltbar sein.

Blake richtete den Blick auf seine Tochter, er hob die Hand, um sie zu berühren, hielt aber ein paar Zentimeter über ihrem Kopf inne, als wagte er es doch nicht. - Das hätte ich nicht von Ihnen erwartet, Pastor, murmelte er ungläubig.

– Das verdenke ich Ihnen nicht, erwiderte Palmer, – aber wenn man mit dem Rücken an der Wand steht, sieht man leicht von ethischen Rücksichten ab. Ich breche die Gesetze der christlichen Nächstenliebe, Sie brechen die weltlichen, aber denken Sie an das Resultat, Richter, beide gewinnen wir das Wertvollste von allem, Leben.

Richter Blake nickte abwesend. – Lucie ist das einzige ... niemand kennt mich mehr, aber ich mache niemandem Vorwürfe, muß mich entscheiden, aber Lucie, wenn sie auch ...

– Ich glaube, Sie sollten sich beeilen, sagte Palmer.

Der Richter versuchte, die Kontrolle über sich zurückzugewinnen, aber er war am Ende seiner Kräfte. Er blickte von Palmer zu seiner Tochter und von seiner Tochter zu Palmer, und dieser begegnete seinem Blick, ohne eine Miene zu verziehen. – Gut, Blake rang heftig nach Luft, als sei er im Begriff zu ersticken, – ich gebe Ihnen mein Wort, ich lösche Sie aus meiner Erinnerung aus und verbrenne, was ich über Sie liegen habe, sind Sie nun zufrieden, Pastor?

– Ja, nun bin ich zufrieden, und nun muß ich Sie bitten, das Zimmer zu verlassen, Palmer wurde agil. – Drüben im Schuppen haben meine Freunde ein Feuer angezündet, an dem Sie sich wärmen können, und sie haben sicher auch etwas, womit Sie sich stärken können. Hier sollen Sie sich nicht zeigen, bis ich selbst Sie hole. Gehen Sie nun.

Richter Blake nickte besiegt und glitt an Palmer vorüber, ohne ihn anzusehen. Kurz nachdem er die Tür hinter sich geschlossen hatte, wurde sie wieder geöffnet, und die Schwarze Emily erschien mit einem Korb, der mit einem Tuch bedeckt war. – Ich hab Robert zu ihm gesetzt, um auf ihn aufzupassen, flüsterte sie, – er kann ziemlich handgreiflich werden, davon kann ich ein Lied singen. Du meine Güte! Sie beugte sich über das Bett, – es ist wirklich höchste Zeit. Sehen Sie nach, ob das Wasser kocht, Pastor, und reiben Sie die Hände, sonst macht sie uns schlapp.

Die Freunde saßen um das Feuer, an der Tür der Lotse, sie ließen einen Krug herumgehen, tranken aber nur sparsam von seinem Inhalt. Gegen die Wand gestützt stand Richter Blake da und starrte unverwandt in die Flammen. Er hatte keine Silbe gesprochen.

– Du kannst uns wohl morgen wieder übersetzen, sagte Ebenezer zum Lotsen. – Glatt, frischer Südwest, der Strom ist umgesprungen, antwortete Robert.

– Was meinst du mit frischem Wind? fragte Larky, der an einer gräßlich stinkenden Tonpfeife paffte.

– Was normale christliche Menschen Sturm nennen, sagte Tinker.

– Stinkpiep, schnaubte der Lotse.

Sie konnten die Brandung gegen die Felsen donnern hören und dazwischen weiches Vogelgeflöte, ein paar Schafe kamen zur offenen Tür und betrachteten das Feuer mit großen, melancholischen Augen.

– Dann kann der Schoner auch einlaufen? fragte Thomas Alexander.

– Ja, ohne Probleme, wenn er nicht auf die Felsenriffe aufläuft, die gibt's verflucht reichlich. Aber ich weiß, wo sie liegen, sagte der Lotse und nahm einen ordentlichen Schluck.

– Und dann kannst du wohl drumherum steuern, meinte Tinker.

– Zumindest kann ich's versuchen, der Lotse reichte den Krug weiter.

– Frischer Südwest, na klar, Ebenezer schüttelte sich.

– Kann man trinken, den Whisky, sagte Thomas Alexander.

– Von Wasser aus Glenelg und der besten Gerste gemacht, die der Herr seit Adam und Eva hat wachsen lassen, ist fünf Jahre gelagert, wenn man dem Brenner glauben soll, aber das sollte man vielleicht nicht, sagte der Lotse. – Jedenfalls ist er steuerfrei.

– Der steuerfreie schmeckt immer am besten, ich glaube übrigens, daß ich überhaupt noch keinen anderen probiert habe, seit ich abgestillt bin, sagte Ebenezer.

Die Schafe liefen ins Dunkel hinaus, als Palmer erschien. Er sah etwas mitgenommen aus, aber es waren auch mehr als zwei Stunden vergangen, seit sie ihn zuletzt gesehen hatten. Richter Blake hob den Kopf und sah ihn an. – Jetzt habe ich meinen Teil der Absprache erfüllt, sagte Palmer, – der Rest liegt nun bei Ihnen. Wenn Sie vorsichtig gehen, können Sie zu Ihrer Tochter und ihrem Sohn hineingehen. Erschrecken Sie nicht bei ihrem Anblick, es war schwer für sie beide.

Blake stieß einen unverständlichen Laut aus und taumelte zum Haus hinauf, und die Rockschöße flatterten hinter ihm her. – Gib mir den Krug, aber schnell, bat Palmer.

– Immer mit der Ruhe, immer mit der Ruhe, warnte Ebenezer ihn, – du wirst ja voll wie der Papst.

– Ja, laß uns das hoffen, sagte Palmer und rang nach Luft, und die Farbe kehrte zurück in sein Gesicht. – Prächtige Frau hast du da, sagte er darauf zu dem Lotsen.

– 's gibt keine bessere, erwiderte der, ohne zu zögern. – Heute abend laß' ich sie skirlies* für euch machen, das schmeckt, als ob man Gottes Engelchen im gemischten Chor singen hörte.

* Geschmolzener Nierentalg mit Zwiebeln und Hafermehl, Salz und Pfeffer.

– Gott segne sie, rief Larky.
– Ja, Gott segne sie, wiederholte Palmer.

Sie standen am Ufer und sahen das Boot an, das in der Brandung tanzte, es tanzte ihrer Ansicht nach ziemlich heftig, und draußen in Caolas Mor hatten die Wellen Schaumkronen. Der Lotse Robert war dabei, den Mast zu setzen, er sang fröhlich. Palmer ging zur Schwarzen Emily und drückte ihr einen Geldbeutel in die Hand.
– Das ist nicht gerade wenig, sagte sie und wog ihn in der Hand.
– Die anderen bestanden darauf, sich zu beteiligen, und Geld haben sie genug, lachte er. – Brauch es nun für etwas Unvernünftiges.
– Das ist meine geringste Kunst, lachte sie zurück. – Lebt wohl, ihr kommt wohl nie wieder hierher.

Als sie vom Strand ablegten und sich an den ersten besten Halt klammerten, sahen sie Richter Blake vor dem Haus stehen. Er trug seine Perücke nicht, und der Wind zerrte an seinem grauen Haar. Als das Segel den Wind fing, erhob er zur Hälfte den Arm, als wollte er winken. Sie taten, als sähen sie es nicht.

10

Eines Tages ging es schief. Früher oder später mußte das Unheil ja eintreffen, das hatten sie sich auch sehr oft selbst gesagt, ohne allerdings daran zu glauben.

Es war im Glen Torridon, nicht weit von der Ortschaft Kinlochlewe, und sie hatten es an einem Frühsommertag auf zwei Männer abgesehen, die in einer kleinen Kutsche der Stadt zurollten. Auf der Ladefläche hinter sich hatten sie zwei Ledertaschen. Ein solcher Anblick erfüllte die Freunde stets mit großer Freude, denn er konnte nichts anderes bedeuten, als daß ein königlicher Beamter von einer ergiebigen Plünderung wehrloser Menschen zurückkehrte. Die Freunde hatten an diesem Tag nur ihre Pistolen bei sich, denn sie wollten in die Stadt, um neue Kleider zu kaufen. Nancy im „Einarmigen Mönch" behauptete, man könne sie schon von weitem riechen. Pistolen waren aber auch genug für einen zivilen Beamten.

Als sie in all ihrer finsteren Pracht auf die Straße traten, blieb der Wagen stehen, wie Wagen es stets taten, und die Männer saßen starr wie Statuen, bis ein barscher Befehl sie die Hände in die Höhe strecken ließ. Alles lief routinemäßig ab, Thomas Alexander hatte bereits die eine der Taschen ergriffen, Larky die andere, als ein Ruf von Tinker, der hinter ihnen die Straße im Auge behielt, sie aufblicken ließ. Aus der Wegbiegung tauchte eine Abteilung Husaren in strammer Ordnung auf, und sie waren nicht besonders weit entfernt. Die Freunde hatten es bisher mit Bedacht vermieden, sich eine derartige Situation vorzustellen, doch da ihre Opfer im selben Moment ein Heulkonzert anstimmten und wie Schiffbrüchige in hoher See winkten, ließ sich nichts forterklären.

– In den Wald, kommandierte Tinker, denn dort hatten Pferde Schwierigkeiten, voranzukommen, und Reiter waren häufig nicht gut zu Fuß. – Wohin? rief Thomas Alexander. – In die Stadt, rief Tinker zurück, – wir mischen uns unter die Leute auf dem Markt, aber jeder für sich.

Unten auf der Straße hörten sie Rufe und Pferdegetrappel, ein paar Reiter verschwanden in vollem Galopp zur Stadt. In einer Stunde oder zweien würde die gesamte Umgebung von Soldaten wimmeln, die bereit wären, auf alles Lebendige zu schießen, alle Straßen würden gesperrt und alle Häuser auf den Kopf gestellt werden, und jeder, der auch nur im entferntesten an einen maskierten Räuber erinnerte, würde zum nächsten Posten geschleppt werden.

– Wir hätten das hier ein bißchen mehr üben sollen, japste Ebenezer, – jetzt kommt es etwas überraschend.

– Wir müssen improvisieren, antwortete Palmer hinter ihm, – in der Stadt kennen wir uns nicht, den Rest müssen wir der Vorsehung überlassen.

– Ich würde die Vorsehung gern ein wenig besser kennen, sagte Larky. – Man kann sich doch nie voll und ganz auf sie verlassen. Sie hat wohl diese oder jene Richtung, und wenn wir da nicht hineinpassen, ist der Teufel los.

Der Wald war alt und dicht, aber sie kamen sehr rasch voran. Auf dem größten Teil der Strecke drangen die Geräusche von galoppierenden Pferden und Kommandos zu ihnen, einzelne Schüsse wurden abgefeuert in der wahnwitzigen Hoffnung, daß sie irgendetwas treffen würden. Tinker lachte, wie immer lief er vorneweg, die Flucht versetzte ihn in einen Rausch, kein Hirsch konnte leichter und schneller laufen als er, diese Form von Leben gefiel ihm, und er hätte gern den ganzen Tag weitergemacht und mit seinen Verfolgern bis ans Ende der Welt Katz und Maus gespielt.

Aber als der Wald lichter wurde, und Kinlochlewe dort unten in seinem grünen Tal auftauchte, blieb er doch widerwillig stehen. Auf der Straße sah man rote Uniformen im Eilmarsch, andere hatten bei den ersten Häusern Aufstellung bezogen und hielten jede männliche Person an. Palmer verschaffte sich einen raschen Überblick und befahl darauf getrenntes Vorrücken hinter Büschen und Hecken, notfalls auf allen Vieren, und jeder mußte sich selbst durchschlagen und keinem anderen folgen. Es war notwendiger denn je, die Kleider zu wechseln, die Beamten konnten sicher eine ausführliche Beschreibung der Wegelagerer geben, zumindest was deren Kleidung anging.

– Ich schaff mir eine Schulmeistertracht an, sagte Ebenezer, – ich hab mein Lebtag etwas Respektgebietendes und Ernsthaftes an mir gehabt, und bei meinem Umfang neigt sich alle Welt vor mir in den Staub, und die Kinder laufen nach allen Seiten davon. Man sollte sich vielleicht eine lateinische Grammatik kaufen.

– Dann bete bloß darum, daß du nicht aufgefordert wirst, Tätigkeitswörter zu beugen, sagte Larky, – ich hab es nie kapiert. Dasselbe wie mit Luthers Katechismus, hab ich kein Stück von begriffen.

Palmer wies darauf hin, daß der Katechismus zwar normalerweise gute christliche Lebenslehre enthalte, daß Luther aber im Augenblick nicht die beste Stütze sei. Seine raschen Blicke untersuchten das vor ihnen liegende Terrain; die Soldaten schienen auf der Straße und in ihrer unmittelbaren Nähe zu bleiben, für das abseits gelegene Gelände interessierten sie sich vorläufig nicht. – Wenn es keine andere Möglichkeit gibt, verschwinden wir auch einzeln aus der Stadt, sagte er. Nehmt den Weg durch den Wald von Coulin und unterhalb von Beinn Liath Mhor zum Fionn-amhainn, dann sind wir beinah schon zu Hause. Gott sei mit euch.

Sie verschwanden jeder in eine andere Richtung, und auch Thomas Alexander wählte eine, die ihm als die richtige einleuchtete. Bei genauem Hinsehen erwies sich zwar, daß sie weit vom Zentrum wegführte, aber er sagte sich, daß man nicht vorsichtig genug sein konnte. – Ich darf mich nicht zu großer Belastung aussetzen, sagte er, – die Familie erwartet, daß ich unter allen Umständen meine Pflicht tue.

Er verirrte sich in ein Gelände mit kreuz und quer laufenden Steinmauern und Hecken, die kleine Stücke Land einschlossen, und diskutierte gerade mit sich selbst über verschiedene Richtungen, als er auf einen Pfad stieß. Den betrat er frohen Mutes und folgte ihm eine Weile, dann blieb er stehen, um sich einen Überblick zu verschaffen. Der Überblick umfaßte auch eine Abteilung Soldaten, die einen Steinwurf weit entfernt stand und von einem Feldwebel Befehle entgegennahm. Unser Held machte einen unkontrollierten Satz, der den Feldwebel veranlaßte, sich umzudrehen und laut zu rufen. Unser Held machte kehrt und flitzte zurück.

Es war ein wilde Jagd. Thomas Alexander war langbeinig genug, um über die meisten Zäune hinübersetzen zu können, aber hier und da mußte er natürlich auch mit der Nase in den Dreck. Hinter sich hörte er anfeuernde Rufe und Flüche, eine Kugel pfiff über seinen roten Wuschelkopf. Er neigte den Oberkörper in einem rechten Winkel nach vorn und pflügte sich durch ein Dornengestrüpp, nachher war sein Aussehen verändert. Was hatte Richard III. gesagt, als der Feind sich näherte? „Ein Pferd, ein Pferd, ein Königreich für ein Pferd!" König Richards Wunsch wurde nicht erfüllt, und er starb an Ort und Stelle. Auch Thomas Alexander rechnete nicht damit, daß ein Pferd auftauchen würde, aber sterben wollte er nicht, das war klar. Ein paar Kugeln pfiffen, er änderte die Richtung, pflügte durch ein Stück Land mit Sommerkohl, hatte vorübergehend einen wütenden Hund auf den Fersen und rollte sich schließlich über eine Hecke und kollerte abwärts, bis er am Fuß eines Baums liegenblieb. Als er wieder auf die Füße kam, bemerkte er in unmittelbarer Nähe ein Haus am Rand eines Teiches, und da er vor sich ein Stück offenes Land hatte, wählte er das Haus und sprang in die erstbeste Tür. Kein Bewohner kam ihm fragend entgegen, nach Luft japsend stürmte er durch die Räume in der Hoffnung, daß sich ihm umgehend eine Lösung bieten würde. Könnte er einer Belagerung standhalten, in Deckung gehen und den Kampf gegen gut gezielte Kugeln aufnehmen? Kugeln! Er tastete nach seiner Pistole und merkte, daß sie nicht mehr da war, Pulver- und Kugelbeutel hingen hingegen, wo sie hängen sollten. Es würde kaum eine größere Wirkung haben, die Kugeln wie in den Schneeballschlachten seiner Jungenjahre zu werfen, doch was dann, was dann?

Thomas Alexander starrte wild nach allen Seiten, draußen hörte er die Soldaten und fühlte sich dem Tod nahe. Mit einem Satz verschwand er in die Küche und erblickte eine Tonne von halber Mannshöhe unter einem Regal mit farbigen Gläsern. Der Gedanke an eine ungewisse Zukunft fegte alle anderen Gedanken beiseite, die Tonne ließ sich leicht verschieben, und als er den Deckel abhob, kam ihm ihr Inneres leer vor. Mit den Füßen voran stieg er hinein, sie sanken in etwas Flüssiges, und als er sich hinhockte und den Deckel wieder an seinen Platz rückte, reichte ihm das Nasse etwa bis zur Mitte. Er schnupperte mit großen Augen.

Draußen war der Feldwebel in übler Laune, es gehört nicht viel dazu, daß ein Feldwebel üble Laune bekommt; er schickte die Soldaten um das Haus, wo sie wie eifrige Stöberhunde die Nasen in alles steckten und Geräte umwarfen. Als dies zu nichts führte, verlegten sie die Suche ins Innere des Hauses, und es hörte sich an wie eine Steinlawine. Der Feldwebel pflanzte sich vor einem Tisch in der Küche auf, von wo er Aussicht auf ein Regal mit farbigen Gläsern hatte, zur Hälfte unter dem Regal stand eine Tonne. Er brüllte seine Leute an, daß sie das verdammte Haus Zoll um Zoll auf den Kopf stellen sollten. Dann biß er ein Stück Tabak ab und kaute verbissen.

Es vergingen zwanzig Minuten, die Soldaten kamen zurück und erklärten einhellig, daß der Flüchtende sich nicht im Haus befände. Der Feldwebel jagte sie wieder nach draußen, sie könnten seinetwegen die Bäume mitsamt den Wurzeln ausreißen und sich mit den bloßen Händen bis zum Grundwasser hinuntergraben und die Felsen beiseiteschieben, ohne den Banditen sollten sie ja nicht wagen, sich wieder blicken zu lassen. Die Soldaten fanden, daß der Feldwebel ein dummes Schwein sei, trollten sich aber nach draußen. Der Feldwebel kaute weiter, dachte an andere Dinge, Bier und Mädchen, woran sollte er sonst auch denken? Irgendwo in seiner Nähe plätscherte etwas. Er blickte sich in der Küche um.

Dann versuchte er, an seine Vorgesetzten zu denken, an seine Jungenjahre in Coventry, an die Pferderennen in Barnsley, aber es machte trotz allem mehr Spaß, an Bier und Mädchen zu denken. Das Plätschergeräusch wiederholte sich. Der Feldwebel hörte auf zu denken, er sah unter den Tisch, ging schließlich auf alle Viere nieder und horchte intensiv. Er verstand es nicht. Seine Leute meinten nicht, daß sie die Zeit noch länger ausdehnen konnten, ohne eine gehörige Abreibung zu riskieren, und tauchten unverrichteter Dinge wieder auf. Der Feldwebel erhob sich und machte ein paar schnelle Kniebeugen, er hatte vor, den Saftheinis der Ordnung halber eine gepfefferte Standpauke zu halten, als von irgendwoher ein hohles Rülpsen erscholl. – Wer in Dreiteufelsnamen rülpst hier ohne Erlaubnis? schrie er. Seine Männer überschlugen sich mit Beteuerungen, daß sie es jedenfalls nicht gewesen wären. Ein neues und kräftigeres Rülpsen zerriß die Stille, gefolgt von einem irgendwie nassen Geräusch, alle starrten nach allen Seiten und griffen zu ihren Musketen.

– Aha, der Feldwebel machte einen Schritt auf die Tonne zu, glotzte sie an, trat dagegen, sie plätscherte. – Sieh mal einer an, und was ist wohl dadrin, he, Goldfische oder vielleicht das Ungeheuer von Loch Ness, he? Er spannte den Hahn seiner Pistole. Einer der Soldaten warf ein, daß seines Wissens Goldfische nicht rülpsten, daß es ihn aber nicht wundern würde, wenn das Ungeheuer von Loch Ness es täte. Er bekam Anweisung, die Schnauze zu halten und nicht den Spaßvogel zu spielen. Mit einem raschen Griff entfernte der Feldwebel den Deckel, und alle traten mindestens einen Schritt zurück und erhoben die Waffen.

Aus der Tonne erhob sich eine klatschnasse Gestalt, und als sie beinah ihre volle Größe erreicht hatte, knallte sie mit dem Kopf an das Regal mit den Gläsern, die mit großem Geklirr durch die ganze Küche flogen. Die Gestalt saugte sich die Nässe von den Lippen und wackelte schwer mit dem Kopf, bekam schließlich den Feldwebel in den Blick und sagte langsam: – Mitnichten sind hier Jesu Freunde versammelt heut zum letztenmal. Amen!

– Whisky, einer der Soldaten beugte sich schnuppernd vor, – der Kerl planscht, ob ihr's glaubt oder nicht, in Whisky rum.

– Los, raus aus der Tonne, bellte der Feldwebel, – Sie sind verhaftet wegen versuchten räuberischen Überfalls auf einen königlichen Beamten, zusammen mit vier Komplizen. Die vier anderen sind bereits gefaßt, und ...

– Seit wann denn das? fragte einer. – Als wir losgegangen sind, hat doch überhaupt noch niemand geahnt ...

– Schnauze halten, Himmelarschundzwirn! brüllte der Feldwebel und musterte den Tonnenbewohner, der von zwei Soldaten aus der Tonne gehievt wurde. - Ich krieg Lust, den richtig abzuküssen, murmelte der eine. – Wer sind Sie? rief der Feldwebel, wie Feldwebel das häufig tun.

– Wer ich bin? Thomas Alexander zeigte fragend auf seine nasse Brust und schwankte sanft hin und her. – Gute Frage, ganz genau, ins Schwarze. Wenn ... wenn du glaubst, daß ich Di ... Dio ...

Diogenes bin, du kennst Diogenes, nicht, aber nein, der bin ich nicht, weil er nämlich tot ist. Aber wenn Sie mich zwing, Herr General, will ich ... nein will ich gerade nicht, hatten Sie schon immer die Warze da auf der Backe? Wissen Sie, meine Großmutter hat eine ... ja, die sollten Sie nur kennlern, da krieng Sie kein Bein auf die Erde ...

– Name, Himmeldonnerwetter! Der Feldwebel faßte sich an die Backe. – Soll ich Ihnen den aus den Rippen prügeln?

– Ja, da war doch ein Name ... aber erlaum Sie eine Bemerkung, diese Warze, oder sind da sogar zwei ... als ich da in der Tonne ... wo issie denn jetzt, ah da, ... was ich saang wollte, ich meine ... kenn Sie den von dem Mann ... Thomas Alexander bekam einen Lachanfall und konnte sich nur mühsam auf den Beinen halten.

– Der schlimmste Seitenwind, den ich je erlebt habe, und ich komm immerhin aus Plymouth, bemerkte ein Soldat. – Wenn ich einen Vorschlag machen darf, Sir, dann legen wir ihn eine halbe Stunde in den Teich, damit er soviel Prozente verliert, daß ihm wieder einfällt, wie er heißt. Mir ist einmal ...

– Bringt ihn zur Kompaniewache, befahl der Feldwebel bedrohlich leise, – zwei Mann, und schießt ihn über den Haufen, wenn er Sperenzchen macht. In einer Stunde will ich ihn in nüchternem Zustand vor mir sehen.

– Mit dem, was der intus hat, braucht er mindestens vierundzwanzig Stunden, um nur aus den Augen gucken zu können, und er hat mindestens zehn Liter Sprit in seinen Klamotten, sagte einer, – wenn die anfangen zu verdunsten, vergiften sie den ganzen Bau, wir kriegen alle einen Schwips.

– Haut ab! Der Feldwebel begann blaurot anzulaufen.

Thomas Alexander stimmte mit hoher Fistelstimme „A hundred pipers“ an und klatschte in die Hände, um den Takt zu markieren, der Whisky spritzte um ihn her und quoll ihm aus den Schuhen. Gestützt auf zwei Soldaten bewegte er sich vorwärts.

– Wenn er jetzt krepiert, kann er sich hundert Jahre halten, sagte der eine.

– Wenn du ihn jetzt anzündest, spekulierte sein Kamerad, – können sie ihn bis nach Edinburgh sehen. Hoppla, Kurs halten, Kumpel, und genieß deinen Rausch, morgen hast du verdammich nicht mehr viel zu lachen. – Jetzt ... jetzt werd ich euch mal was erzähln, Thomas Alexander blieb stehen, – also das mit meiner Großmutter, die ... die macht nämlich euren General sch ... schneller fertig als ... also da denk ich nochmal drüber nach ... in der Zwischenzeit schpiel ich die Szene aus Hamlet, den Geist, ihr wißt schon ... muno ... mono ... monumental, dunkle und stürmische Nacht, uhuu ... unser Held heulte.

– Scheißgestank, hustete der eine Soldat, – bevor wir ankommen, hängen uns sämtliche Trunkenbolde der Stadt an den Fersen, so billig sind die noch nie blau geworden. Wenn wir ihn hier auswringen, kriegen wir jeder mindestens eine Kanne.

– Ich mag lieber Bier und Rum und Genever, sagte sein Kamerad. Ein Whiskyrausch ist, wie wenn man mit verbundenen Augen auf einem durchgegangenen Gaul sitzt und nicht die leiseste Ahnung hat, wo's langgeht. Das letztemal hab ich angefangen, den Unteroffizier zu küssen und mußte drei Tage in' Bau.

– Jetzt ... jetzt fang wir an, rief Thomas Alexander ohrenbetäubend, – der Geist des Vaters zschwischen verfallenen Mauern, Hamlet pißt sich vor Schreck in die Hose ... könnt ihr es vor euch sehn ... ehrlich, meine Großmutter macht euren General fixer ff ... fixer fertig als ... na, da schwipshicktes wieder ... also des Vaters Geist ... apropos pissen, ich muß ... er schlenkerte plötzlich gewaltig mit den Armen und beschrieb einen weiten Bogen zur Seite und verschwand mit großem Getöse durch einen Busch.

– Sauerei, verdammte! schrie der eine Soldat, – er hat sich aufgelöst. Kannst du ihn vielleicht sehen, zu Spritdämpfen geworden, ich seh es schon vor mir, wie wir eine Flasche mit Dampf vor den Leutnant stellen. Bitt'schön Herr Leutnant, hier ist der Arrestant. Sie liefen um den Busch herum und standen an einem Steilhang. Am Fuße des Steilhangs lag der Arrestant auf allen Vieren und vollführte Fechtbewegungen gegen den größten Highland-Stier, den sie je gesehen hatten, wozu er drohend brüllte. Der Stier sah aus, als wüßte er nicht, ob er lachen oder weinen sollte, aber um des guten Eindrucks willen senkte er die Hörner und scharrte mit dem linken Vorderbein in der Erde. Die Soldaten erhoben ein mehrstimmiges Geschrei und liefen den Steilhang hinunter. Der Stier schielte aufwärts und sah zwei Gestalten in leuchtend roten Jacken auf sich zu kommen, und das war mehr, als er ertragen konnte. Mit einem Schnauben spannte er alle seine Muskeln und donnerte vorwärts, so daß die Erde unter ihm bebte. Die Soldaten liefen mit unvermindertem Tempo weiter, jetzt freilich in eine andere Richtung, und sie schrien immer noch, während der Stier immer näher kam.

Thomas Alexander kam langsam hoch und sah sich gründlich um, er murmelte unzusammenhängendes Zeug. Darauf wanderte er relativ zielbewußt zu einem Eichenhain und verschwand zwischen den Stämmen.

– Im Kompaniequartier ist er nicht angekommen, die Soldaten rennen herum und suchen überall, sagte Tinker atemlos, als er von einer Orientierungsrunde zurückkehrte. Die Freunde standen vor dem Haus, bei dem der Herr von Dolphin Castle zuletzt gesehen worden war. Denn natürlich hatten viele Augenpaare den Hergang des Geschehens verfolgt; wo die Sassenachs auftauchten, blieb keine ihrer Bewegungen unbeobachtet.

– Zwei Soldaten sind mit ihm losgezogen, sagte Ebenezer, – und er schwankte und redete wirres Zeug. Wenn die Schufte ihn mißhandelt haben ..., er hob bedrohlich die Stimme.

– Sie sind dorthin gegangen, zeigte Palmer, – während der Feldwebel mit dem Rest der Gruppe in die Richtung ging, das haben wir ja selbst gesehen. Was ist mit den beiden Soldaten?

– Niemand weiß, wo sie sind, antwortete Tinker.

In ihren neuen Kleidern und Hüten, die sie mit viel Sorgfalt ausgesucht hatten, um von ihrem alten Aussehen so verschieden wie möglich zu sein, waren die Freunde kaum wiederzuerkennen. In einem Anfall von Panik hatte Ebenezer sich sogar eine rotblonde Perücke aufgesetzt, die ihm ein Aussehen verlieh, als sei er der Propst von Inverness. Sie wagten nur nicht, es ihm zu sagen.

– Sie sitzen doch wohl nicht irgendwo und spielen Karten, sagte Larky, dem sein neuer federgeschmückter Hut zu groß war. – Man kann Soldaten immer überreden, Karten zu spielen, auch wenn der Feind ihnen schon in den Nacken pustet.

– Das ist nichts für Thomas Alexander, sagte Ebenezer, – er kann sich doch nie merken, was Trumpf ist, und er verwechselt

Herzen mit Karos. Aber davon abgesehen hat er ja manche guten Seiten.

– Zum Würfeln taugt er auch nicht, sagte Tinker, jedesmal muß ich ihm die Regeln wieder von vorn erklären. Aber im großen und ganzen ...

– Aber für Frauen taugt er, seufzte Palmer.

Eine Zeitlang standen sie unentschlossen, aber schließlich folgten sie dem Weg, auf dem die genannte Person und ihre beiden Wächter verschwunden waren. Langsam wanderten sie zwischen Hecken und Gebüsch dahin und sahen sich genau um. Wo es sich um den Erben von Dolphin Castle handelte, mußten sie auf alles gefaßt sein.

– Meine Güte, was für ein Brocken, Larky zeigte auf den Highland-Stier, der schwer atmend am Fuß eines Steilhangs stand. Der kann ja das Kastell von York dem Erdboden gleich machen.

– Die sind sehr friedlich, sagte Ebenezer. – MacKleeve in Tomnacross hatte so einen, und der folgte ihm wie ein Hund. Ein Biest mit Hörnern so dick wie die Schenkel eines Mannes, und mit einem Fell, das auf dem Erdboden schleifte. Wenn MacKleeve seinen Hofplatz für den Sonntag fegen wollte, ließ er einfach den Stier ein Dutzend mal auf und ab gehen, während er selbst sich hinsetzte und Bier trank. Er hat es selbst gebraut, der MacKleeve, er war fast kahl, bevor er dreißig war, er glaubte, daß es am Bier läge.

Kurz danach blieb Tinker stehen, natürlich war er es, und blickte intensiv auf eine Eiche mit breit ausladender Krone im Gelände. – Könnt ihr auch ein Paar Beine sehen? fragte er. Bei genauem Hinsehen konnten sie das gut. – Sieht aus wie seine Hosen, sagte Larky, – Und seine Strümpfe, sagte Palmer. – Und seine Schuhe, sagte Tinker.

Als sie unter der Eiche standen, hoben sie den Blick zu einem der unteren Äste auf. – Gott sei gelobt und gepriesen, sagte Ebenezer, - ich dachte schon, sie hätten ihn aufgehängt. Seht nur, er schläft wie ein Kind im Schoß seiner Mutter.

11

Sie übernachteten am Ortsrand von Kinlochlewe in der Scheune des „Gestiefelten Katers“. Ebenezer kannte den Wirt, der schon dreimal wegen Schmuggels gesessen hatte, mit anderen Worten: vertrauenswürdig war. Er hieß Stuart, und als er Thomas Alexanders Zustand sah, mischte er ein Gebräu zusammen, das den Helden mit wild gesträubten Haaren wie ein Pferd wiehern ließ.

– Ich hab das Rezept von der alten Mathilda in Loch Crann, vertraute er den Freunden an, – die kann mehr als ihr Vaterunser. Diese Mixtur probierte sie zuerst an ihrem Esel aus, und als der den Stall zu Kleinholz gemacht hatte und anschließend versuchte, den Hühnern die Köpfe abzubeißen, machte sie sie etwas schwächer. Sie heißt „Nonnenschweiß”, aber fragt mich nicht warum.

Thomas Alexanders Erinnerung an seine Taten hörte an dem Punkt auf, wo er in die Tonne stieg und den Deckel auflegte. Er sagte, es sei schwierig gewesen, keinen Whisky in den Mund zu bekommen, und nachdem eine Zeit verstrichen war, hatte er auch nicht weiter ernstlich versucht, es zu vermeiden. An den Highland-Stier erinnerte er sich nicht.

– Gott weiß, was passiert wäre, wenn die Engländer dich nicht gefunden hätten, sagte Palmer grübelnd, – wenn du nun eingeschlafen und ertrunken wärst?

– Dann wäre er in ein paar Menschenaltern noch genauso gut erhalten gewesen, wie in dem Moment, wo er eingeschlafen wäre, sagte Ebenezer. – Man könnte ihn als Statue in Dolphin Castle aufstellen, und die Leute würden hinströmen. Ich kann mich erinnern, daß mein Vater einmal einen Frosch am Boden eines Fäßchens mit Whisky fand, der fünf Jahre gelagert war. Den Frosch brauchte er als Briefbeschwerer, er schielte zwar ein bißchen, aber er hielt sich gut, bis ein Iltis ihn auffraß.

Thomas Alexander dachte gründlich über ein solches Ende nach, erklärte aber schließlich, daß er keine Lust dazu hätte, auch wenn es mehr Nachruhm in seinem Geschlecht bedeutete, als die meisten erreichen würden. – Es würde wohl damit enden, daß ein Whisky nach mir benannt würde, sagte er.

– Ja, und damit könntet ihr eine Masse Geld verdienen, meinte Larky, – einen Ausschank am Fuß deiner Statue bauen und die Leute an dir riechen lassen, bevor sie kaufen. Auf den Sockel könnte man schreiben, daß du für eine gute Sache gestorben wärst.

Thomas Alexander betrachtete ihn unsicher, schüttelte aber dann energisch den Kopf. Alle Vögel würden auf mich kacken, sagte er, – nein, da macht es doch mehr Spaß weiterzuleben.

Es sah so aus, als hätten die Engländer die Jagd auf die fünf maskierten Räuber abgeblasen, nachdem zwei Soldaten gemeldet hatten, daß ihr Gefangener von einem wütenden Stier in den Fluß geschleudert worden und ertrunken sei und sicher schon weit draußen auf dem Loch Maree treibe. Es war Sonntag, aus der Kirche klang der Lobgesang der Gemeinde auf ihren Herrn und Schöpfer, und in den Straßen spazierten die Bürger in ihrem feinsten Putz einher. Man sah den meisten männlichen Spaziergängern an, daß sämtliche Wirtshäuser geschlossen waren, und daß es Sünde war, sich mit anderem zu befassen als mit geistlichen Dingen. Die Freunde brachen zu einem Zeitpunkt auf, als Feldmesse gehalten wurde und keine Soldaten auf den Straßen waren. Thomas Alexander trug als einziger noch seine alten Klamotten, die darüberhinaus noch einen starken Duft von sich gaben, der dazu führte, daß viele Männer verwirrt stehenblieben und nach allen Seiten schnupperten.

Als sie Kinlochlewe hinter sich gelassen hatten, kamen sie am Galgen der Stadt vorüber, der auf seinem Hügel weithin sichtbar war. Niemand würde sagen können, daß man ihn nicht gesehen oder nicht gewußt habe, wozu er benutzt wurde.

Sechs Körper schwangen still im Wind, und auf den Querbalken des Galgens saßen fette Raben und hackten auf Haut- oder Zeugfetzen ein, während sie schrien wie Waschweiber am Fluß. Als die Freunde vorübergingen, erhob sich ein Mann aus dem Farn am Fuß des Hügels, er war in einen verblichenen Soldatenrock und Waschlederhosen gekleidet, die Strümpfe hingen ihm auf den Knöcheln, und auf dem Kopf trug er einen Dreispitz mit einer selbstgemachten Kokarde, vor seinem Bauch hing eine mit farbigen Bändern besetzte Trommel. Es war Fusel-Harry, der berühmte Trommler von Kinlochlewe, der Ausrufer von Stadtneuigkeiten, Marktpreisen, Begrabungen und Gemeinderatssitzungen. Er war voll, aber er machte eine stramme Ehrenbezeigung, die er gelernt hatte, als er im Tambourkorps der Royal Scots marschiert und ihm noch nicht das eine Auge ausgeschossen worden war.

– Ihr edlen Herren, grölte er, – wisst Ihr nicht, daß auf das Tragen von Waffen eine Strafe von fünfzehn Pfund steht, im Wiederholungsfall sogar Deportation in unsere überseeischen Kolonien, wo unser großes und edles Mutterland fürderhin ein Auge auf Euch haben wird. Die verhärteten Gemüter der Widerspenstigen, die dort oben hängen, Gottes Himmel näher als wir, sind die Ernte dieser Woche, eingesammelt im Namen der Gerechtigkeit und mit einem Gebet auf den Lippen. Schottische Rebellen und Unwissende, die die Größe und Weisheit in der Fürsorge unseres gnädigen Monarchen König George des Zweiten nicht erkennen wollten.

Er schlug einen Trommelwirbel, wandte sich schwankend dem Galgen zu, zeigte und fuhr fort: – Ganz links in der ersten Reihe der Goldschmied Anthony Jones aus Kinlochlewe, er versteckte seinen Sohn, der von einem der Schiffe seiner Majestät geflohen war. Der Sohn als Deserteur hingerichtet, die Mutter wird als Mitwisserin in die Kolonien geschickt, der Vater hängt dort. Nummer zwei ist Benjamin Morton aus Loch Fannich, er wollte die Soldaten daran hindern, mit seiner einzigen Kuh davonzuziehen, brach einem pflichtgetreuen Offizier den Arm. Nummer drei, der große Mann, den die Raben schon so arg zugerichtet haben, ist Jonathan Talbot, Schulmeister hier in der Stadt; er brachte den Kindern schottische Lieder bei und erzählte ihnen von den weisen Taten der Engländer, nannte den Herzog von Cumberland in aller Öffentlichkeit „den Schlächter“, obwohl man das nur unter der Bettdecke flüstern soll.

Ein neuer Wirbel mit den Stöcken. – Nummer eins in der hinteren Reihe, der kleine glatzköpfige Herr, von dem die Raben nicht viel Nestfüllung bekommen, ist John William Mortimer aus Corrieshalloch Gorge, er legte Feuer an eine Kompanieunterkunft, nachdem die Engländer seine Tochter geschändet hatten. Der Pastor, Gott segne ihn, hat sich seiner Frau angenommen. Nummer zwei ist Bolfin March, weigerte sich zu verraten, wo sein gesuchter Bruder sich aufhielt, sein Rücken und seine Finger sahen etwas anders aus, bevor er hier landete. Und als letzter, ehrenwerte Herren, Arthur Player, fünfzehn Jahre, stahl Brot von einem Militärfahrzeug.

Fusel-Harry trommelte einen neuen Wirbel und wandte sich den Freunden zu. – Beweint die Toten nicht, denn sie sind jenseits von irdischer Angst und Pein, predigte er, – aber verflucht die, die sie dorthin sandten, denn die leben noch. Nach einem neuen Akkord, dieses Mal langsam und dumpf, stimmte er mit bebender Stimme „Never more Lochaber"* an, bis er hintenüber in den Farn purzelte und einschlief.

– Der endet selber da oben am Galgen, sagte Ebenezer, – Fusel-Harry ist nicht so dumm, wie er aussieht, er kann lesen und schreiben und Noten schreiben auch. Aber er hat einen Knacks gekriegt, als er vom Kontinent zurückkam und entdeckte, daß seine Frau mit einem irischen Steuermann durchgebrannt war.

Sie wanderten durch das sommerliche Land, folgten zunächst dem Fluß A'Gairbhe zum Loch Clair, dann an diesem und am Loch Coulin und dem gleichnamigen Fluß entlang am Rande des Walds von Coulin, im Osten erhob sich der Carn Breac mit seinen nadelbaumbewachsenen Hängen. Es war ein herrlicher Tag voller Vogelgesang und Blumen im Gras, und wenn man von Dingen wie dem Galgen von Kinlochlewe absehen konnte, hätte man gut glauben können, daß der liebe Gott die Erde angehaucht hätte. Aber das glaubten nicht viele, auch wenn der Herzog von Cumberland zu seinem Vater zurückgekehrt war und die Verwaltung der schottischen Gebiete Männern von niedrigerem Rang, doch mit der gleichen Einstellung wie seiner überlassen hatte. Bonnie Prince Charlie war seit langem in Frankreich, und aus Liedern und Märchen, die zwar nur wenig mit der Wirklichkeit zu tun hatten, aber prächtig anzuhören waren, wurde so nach und nach seine Legende

* „Never more Lochaber" wurde häufig gesungen, wenn Deportationsschiffe sich von der Küste Schottlands entfernten.

geschaffen. So blieb der kleine Prince in den Highlands, und seine Fehler verblaßten im dem Maß, in dem seine Tugenden verstärkt wurden. Er endete als eine zerbrochene Hoffnung, ein kurzer und flüchtiger Traum, aber die Highländer flickten ihn geduldig wieder zusammen und putzten ihn ab und schlossen ihn bedingungslos in ihre Herzen. Etwas eigensinnigeres als Highländer gibt es nicht.

Für denjenigen, der seinen Mund hielt und seine Arbeit tat, den Idealmenschen aller Machthaber, gestaltete sich das Dasein nicht minder gut als unter der Herrschaft der Clans, im Gegenteil, man lief nicht ständig Gefahr, in rätselhafte Familienstreitigkeiten verwickelt zu werden, die einen nicht die Bohne interessierten, aber für die man sein Leben einzusetzen bereit sein sollte, ohne ihren Sinn einzusehen. Für denjenigen, der nicht seinen Mund halten konnte und die Highlands, ja vielleicht sogar die Lowlands als eine selbständige Nation auffaßte, ebenso verschieden von England wie England von Frankreich, für den hatte der liebe Gott die Erde nicht angehaucht. Menschen der letzteren Art hingen an den Galgen zum Fraß für die Vögel oder verrotteten in den Gefängnissen, litten an den Qualen der Seekrankheit auf dem Weg nach Amerika oder lebten Tag und Nacht unter dem Damoklesschwert der drohenden Verhaftung und Verurteilung. Sie wurden weniger und weniger, entweder weil sie freiwillig in ihrer Ohnmacht schwiegen, oder weil andere ihnen den Mund verschlossen. Den Freunden hatte noch niemand den Mund verschlossen, und es selbst zu tun, hatten sie nicht vor.

12

Sie setzten ihre Raubzüge fort, doch die Episode bei Kinlochlewe hatte sie vorsichtiger gemacht, manchen Leckerbissen ließen sie sich durch die Lappen gehen. Immer häufiger, wenn sie ihre Beute in der Gesellschaft von Aselmus verteilten, redeten sie von der Zukunft, wenn sie abgemustert haben würden. Besonders Larky, Tinker und Ebenezer fanden, daß sie nicht mehr brauchten, um ein angenehmes Dasein zu führen. Palmer merkte die Veränderung bei ihnen. Nicht daß ihre Energie nachließ oder daß sie ihre Meinung änderten, aber ihre Gedanken schweiften so leicht in andere Richtungen ab, sie waren saturiert und hatten Lust auf ein normales Leben. Er verstand sie, ohne es zu sagen, viel anders ging es ihm auch nicht, es kam vor, daß er ernsthaft daran dachte, seinen Anteil zu nehmen und seines Weges zu gehen. Hätte er nur gewußt wohin, denn er war ja ein Heimatloser geworden; seine Vergangenheit hier oben konnte er niemals mit einer Zukunft am selben Ort zusammenknüpfen. Was ihm an jenem Aprilmorgen vor über einem Jahr so einfach vorgekommen war, war nun zu einer Mauer geworden, die ihm unüberwindlich schien. Und auf der anderen Seite, was erwartete ihn da? Ein Aufbruch mußte kommen, unbewußt arbeitete er bereits daraufhin, es bedurfte nur eines Zeichens, eines Anlasses, eine Entschuldigung wollte er es nicht nennen. In seinen Gebeten betete er um einen göttlichen Anstoß.

– Du wirkst müde, David, sagte Nancy. Sie und der kleine Kapellan hatten die Angewohnheit, sich auf einer Wiese am Fjord zu treffen, immer zufällig, jedesmal klangen Sie gleich überrascht.

– Ich bin nicht mehr der Jüngste, verteidigte er sich. Er sah sie an und wünschte sich, es zu sein.

– Eines schönen Tages wirst du reisen, nicht wahr? Sie hatte die Hand voller Blumen, mit der anderen berührte sie Palmers Hand. Er nickte, doch, eines Tages würde er reisen. Sie schauten zu den Booten hinüber, die draußen auf dem Fjord lagen und fischten, und zu den Möwen, die wie Schneegestöber um die Boote wirbelten. – Und was dann? fragte sie.

– Ich weiß nicht, er umschloß ihre Hand mit der seinen, – du darfst nicht so schwierige Fragen stellen, Nancy. Du darfst überhaupt keine Fragen stellen.

– Hast du Angst vor ihnen? sie lachte kurz auf.

– Ich habe eine Riesenangst, vielleicht, weil ich nicht weiß, was ich antworten soll.

– Vielleicht sind sie so einfach, daß du es weißt.

- Ja, aber davon werden sie nicht leichter, im Gegenteil, er hob ihre Hand und küßte sie leicht.

Unten am Strand liefen ein paar Jungen und spielten mit einem Hund, er bellte hingerissen und lief hinter den Stöcken her, die sie ins Wasser warfen. – Ich muß jetzt gehen, sagte er.

Nancy wandte sich ihm zu und küßte ihn, und er konnte es nicht verhindern. Als er ihre Lippen auf seinen fühlte, dankte er der Vorsehung dafür, daß er es nicht hatte verhindern können. Einen Augenblick lang hielten sie sich umschlungen, dann schob er sie sanft von sich. – Geh jetzt, bat er.

Er blieb stehen und sah ihr nach und wünschte sich tausend Meilen fort.

Thomas Alexander wurde von keinerlei Bedenken geplagt, sein Ziel war zu greifen und zu fühlen, und es bedurfte keiner Revision. Die allmähliche Veränderung der Freunde entging ihm, Psychologie und die feineren Signale der Seele erreichten ihn selten, nicht einmal, wenn sie von Frauen gesendet wurden. Und genügend Mittel, um seine selbstgestellte Aufgabe zu lösen, hatte er noch nicht. Seine Pläne umfaßten auch Dinge wie Möbel, Gemälde, Gobelins und dergleichen, und am liebsten in einem Format, daß die Grants, Frasers, Chisholms und MacLellands vor Neid in den Boden sinken würden.

Als er seine Mutter und seine Großmutter in der Jagdhütte am Mor na Agich besuchte, entwarf er so wilde Pläne, daß seine Mutter Elisabeth entgeistert die Hände zusammenschlug und erklärte, daß es ja nicht unbedingt ein Schloß sein müsse, das Holyrood Castle in Edinburgh in den Schatten stelle. Großmutter Charlotte äußerte ebenfalls Bedenken, denn der Clan MacDolphin war, um der Wahrheit die Ehre zu geben, noch nie im Geld geschwommen, und nicht zuletzt die Engländer würden sich wohl wundern, woher der plötzliche Reichtum stammte.

Das hatte unser Held nicht bedacht, und er verfiel in tiefes Grübeln, das ihn vorübergehend sogar das Dienstmädchen Cecily vergessen ließ. Sie hatte ihm im übrigen seinen Fehltritt in jener Nacht verziehen, in Mor na Agich gab es nicht gerade eine große Auswahl an Männern. Aber als er sie wieder zur Kenntnis nahm, wobei sie kräftig nachgeholfen hatte, und sich gesenkten Hauptes zu ihrer Kammer schlich, war alles so, wie es sich gehörte, und es war auch fast im ganzen Haus zu hören.

– Jetzt tut er es schon wieder, der schreckliche Junge, seufzte seine Mutter unter der Decke. – Es war dasselbe bei seinem Vater, dem trat die Wildheit in die Augen, wenn er mich nur ansah. Zuerst begriff ich nicht, was es bedeutete, aber später schon.

– Dann hättest du deinen Großvater kennen sollen, von der Seite, meine ich, kam es vom Bett der Großmutter Charlotte. – Ich verstand genau seinen Blick, er hatte selten einen anderen. Aber ein wunderbarer Mann, das war er, ich konnte gut verstehen, daß sie weich wurden bei ihm, die Damen, ich wäre selbst weich geworden, auch wenn ich mit einem anderen verheiratet gewesen wäre.

– Sag doch so etwas nicht, Mutter Elisabeth schauderte, – ich würde nie ...

– Nein, was das betrifft, bist du immer ein wenig rückständig gewesen, schnaubte die Großmutter, – mit achtzehn Witwe, und danach von Erinnerungen gelebt. Gott weiß, ob du überhaupt normal veranlagt bist?

– Aber es ist wirklich nicht leicht, einen neuen Ehemann zu wählen, jammerte die Witwe.

– Ehemann, wer zum Teufel redet von einem Ehemann, die Großmutter schlug auf die Bettdecke. Ich rede von einem kräftigen und ausdauernden Burschen, bei dem alles ist, wo es hingehört. Mit diesem sechsten Gebot habe ich mich nie anfreunden können. Ich erinnere mich an Pastor Lister in Fort William, den fand der Küster mit seiner neuen Haushälterin im Bett, und da sagte er, Lister also, daß es eine große Sünde wäre, dem, was Gott geschaffen habe, den Rücken zuzukehren, man sollte es statt dessen mit Leib und Seele lieben und pflegen. Das war gut gesagt in einer heiklen Situation.

– Hör doch nur, Mutter Elisabeth faßte sich an den Kopf, – wenn sie nur nicht durch die Decke brechen.

– Dann ziehen wir eine neue ein, erwiderte die Großmutter knapp.

13

Es war auch unser Held, der niemals ermüdende, der den Vorschlag machte, probeweise neue Jagdgründe aufzusuchen. Bisher hatten die Freunde weite Teile von Invernessshire und Ross and Cromarty beackert, in der letztgenannten Region lag auch ihr Hauptquartier im Glen Carron, und sie waren wahrhaftig so bekannt geworden bei den Engländern, daß diese angefangen hatten, alle Beamten, die auch nur im geringsten mit öffentlichen Mitteln in Berührung kamen, zu eskortieren. In den Augen der Freunde eine niederträchtige Spielverderberei.

– Geht doch rauf nach Sutherland, da haben sie noch nie was von fünf maskierten Räubern läuten hören, sagte Badger eines Tages. – Nicht daß ich sonst irgendetwas Gutes von Sutherland sagen könnte, es sind ruchlose Menschen, die da oben wohnen, und es ist verdammt weit von einem Haus zum nächsten. Ich habe einen Sommer dort gearbeitet, und bis zur nächsten Kneipe waren es zwölf Meilen, aber das kann Gott nicht gewollt haben, als er Schottland schuf. Die Leute in Sutherland sind die besten Menschen der Welt, wenn es nach ihnen selbst geht, und gebt ihnen bloß Recht, sonst geschehen schreckliche Dinge.

– Ja, warum eigentlich nicht, wir haben die Zeit auf unserer Seite, wie die Alte sagte, als sie die Suppe mit der Heugabel aß, – meinte Ebenezer. – Und ich hab gehört, daß sie dort oben einen ausgezeichneten gefüllten Finnan haddie* machen, was interessiert es uns dann, daß die Eingeborenen eine Schraube locker haben.

– Alle Highländer haben eine Schraube locker, ich selbst inbegriffen, belehrte Badger ihn. – Damals, als ich von Liverpool nach Island segelte, hatten wir einen Kapitän aus Perth. Er haßte Katzen und verdrehte sofort die Augen, wenn man nur das Wort Katze erwähnte. Und dann war also in Liverpool eine an Bord gekommen,

* Geräucherter Schellfisch.

der Kapitän entdeckte sie, als wir auf der Höhe von Islay waren, und für den Rest der Fahrt mußte der erste Steuermann das Kommando übernehmen. Vier Tage und Nächte aß und schlief der Kapitän nicht, sondern sauste mit einer Handspake vom Kiel bis zum Masttop hinter der armen Katze her. Schließlich trieb er sie auf den Bugspriet, und weil die Katze nicht weiter kommen konnte, aber ums Verrecken nicht ins Wasser wollte, sprang sie dem Kapitän auf den Rücken, und er konnte nicht zurück wegen der Klüvertrosse, in der er sich mit den Beinen verheddert hatte. Der ganze Nordatlantik konnte ihn hören, die beste Sammlung von Flüchen, die ich je an ein und demselben Ort gehört habe. Schließlich fing er an zu beten, aber da holten wir ihn rein und packten ihn in seine Koje. Die Katze verschwand in Stadur, ich glaube nicht, daß sie je wieder eine normale Katze wurde.

– Ihr könnt von Glück sagen, daß der Kapitän kein Ire war, sagte Tinker.

Die Freunde rüsteten sich aufs Beste und zogen durch das Glen Carron nach Norden, kamen aber nicht weiter als bis Dingwall. Denn als sie sich der Stadt näherten und die Sonne im Wasser des Fjords glitzern sahen, überholten sie einen Jagdwagen, den zwei Männer aus einem Graben zu hieven versuchten, in dem sie gelandet waren. Die Freunde hielten sich nach Möglichkeit von unbekannten Personen fern, aber zu helfen, einen Wagen aus dem Dreck zu ziehen, sollte eigentlich nur Dankbarkeit einbringen. Deshalb legten sie mit Hand an.

– Außerordentlich freundlich von Ihnen, meine Herren, sagte der ältere der beiden. Er und sein Gefährte waren wie Gentlemen gekleidet. – Das Pferd scheute wegen eines Vogels und brach zur Seite aus, wir hätten den ganzen Tag hier festsitzen können. Ein Glück, daß Ihr Jagdausflug Sie hier vorbeiführte.

– Jagd ... Thomas Alexander blinzelte fragend, – nun ja, Jagd, Sie denken an unsere Büchsen, ja wir sind tatsächlich auf der Jagd.

– Hier gibt es reichlich Wild, sagte Ebenezer, hätte beinah vorhin einen Zwölfender vor die Flinte bekommen, aber der Wind drehte plötzlich. Sonst hätte er perfekt für einen Blattschuß gestanden.

– Die Herren sind wohl aus der Gegend? Der Jüngere ließ seinen Blick diskret über die Freunde und ihre Ausrüstung gleiten, aber Palmer war sogleich auf der Hut. – Eigentlich nicht, antwortete er schnell, – wir haben uns von einem guten Bekannten oben bei Mountgerald ein Haus gemietet. Nein, ansonsten sind wir aus Glasgow. Geschäftsleute.

Die Freunde vermieden es, ihn anzusehen, aber alle nickten. – Ja, der Glasgow-Dialekt ist unverkennbar, lächelte der Ältere. – Aber Sie, er blickte auf Ebenezer, – Sie sprechen Highland-Dialekt so gut wie ein Eingeborener. Ja, ich interessiere mich für Dialekte, und ich möchte wetten, daß Sie aus der Gegend zwischen Loch Ness und der Westküste kommen, am ehesten Loch Ness.

– Seiner Vergangenheit läuft man nicht davon, gab Ebenezer zu. – Sehen Sie, ich bin in der Gegend geboren und aufgewachsen, das stimmt, und die Sprache ist hängengeblieben, obwohl ich schon seit mehr als fünfundzwanzig Jahren in ... in Glasgow lebe. Bei meiner Mutter war es ebenso, die kam von Mull, und das konnte man bis an ihr Lebensende hören.

– Und Sie würde ich irgendwo in der gleichen Gegend ansiedeln, fuhr der Ältere angeregt fort und zeigte auf Thomas Alexander. – Aber Ihre Vorzungenvokale sind stärker ausgeprägt, sagen wir, gleicher Breitengrad, aber näher zum Meer hin.

Unser Held nickte stumm, er wagte nicht zu fragen, was Vorzungenvokale seien. Benutzte der Clan MacDolphin Vorzungenvokale?

– Darf ich Sie bitten, mich auf der Weltkarte zu plazieren, bat Larky, – Längen- und Breitengrad und nach Möglichkeit den Namen des Ortes. Er sprach nicht nur Walisisch-Gaelisch, sondern dazu noch so, wie man es in Llanfyllin aussprach, was gleichbedeutend damit war, daß fast niemand ihn verstand.

– Ja aber, der andere versank in Nachdenken.

– Ja, das ist schon nicht einfach, grinste Larky und hängte einen Fluch von ansehnlicher Länge an, den niemand verstand.

– Aha, das bringt mich auf die Spur, ein Ort im zentralen Wales, warten Sie ... und die Kehllaute sind ziemlich charakteristisch ... ich würde Sie in einer ländlichen Umgebung in der Grafschaft Montgomery ansiedeln.

– Himmelarschunddo ... Verzeihung, dem Waliser aus der Grafschaft Montgomery blieb der Mund offenstehen.

– Sir Henry lebt davon, erklärte der jüngere Mann, – er ist nämlich Professor am New College in Oxford, Sprachgeschichte, er tut praktisch nichts anderes, als uns mit Nadeln festzupieken und kleine Etiketten darunter zu setzen.

Der Professor ließ seinen Blick munter zu Tinker weiterwandern, und der Ire erstarrte. Gegenüber einem Sassenach etwas von sich selbst preiszugeben, hatte er sich ein für alle mal abgewöhnt, und ein Professor machte keine Ausnahme. Deshalb sprach er so, wie er es bei Sir Boswell in Yartforth Abbey getan hatte, und war zufrieden, als Sir Henry ihn dem nördlichen Teil von Ross and Cromarty zuordnete.

– Jetzt hast du die Chance, heute Abend einen Hasen auf den Tisch zu bekommen, sagte der Oxford-Mann zu seinem Begleiter. – Fünf passionierte Jäger, die tun dir sicher den Gefallen. Sie müssen wissen, sagte er, – mein Schwager Mr. Charles Bantyre hält heute abend ein Gartenfest aus Anlaß seines fünfundzwanzigjährigen Jubiläums als Verwaltungsbeamter. Daß Whitehall ihn hier herauf geschickt hat, ist nur der Ungunst der Zeiten zuzuschreiben.

– Brillante Lösung, und noch dazu von einem Professor entworfen, lachte Mr. Bantyre, – darf ich mit Ihrem Beistand rechnen? Und die Herren sind selbstverständlich hiermit eingeladen, es kommen Massen von Leuten, die Sie sicher nur dieses eine Mal sehen werden, also vergeuden Sie nicht die Zeit damit, herauszufinden, wer wer ist. Sie werden gebeten, sich um acht Uhr in Carlton House einzufinden, fragen Sie danach. Abgemacht?

– Es wird sich kaum machen lassen, wandte Palmer ein, – wir haben keine andere Kleidung als die, in der Sie uns vor sich sehen, ich meine natürlich hier oben.

Sein Einwand wurde freundlich beiseite gewischt; es kämen Menschen aus allen Schichten, außerdem sei die Beleuchtung hinlänglich dunkel, daß niemand einen Flecken oder ein paar bemerken würde. Palmer öffnete noch einmal den Mund, doch Mr. Bantyre hob abwehrend die Hand und sprang in den Wagen. – Mein Schwager ist gewohnt zu bestimmen, sagte Sir Henry entschuldigend, – er sitzt in der Verwaltung von ganz Ross and Cromarty und duldet keinen Widerspruch.

– Was zum Teufel sollen wir tun? fragte Ebenezer, als der Wagen verschwunden war. – Ich geh' einer Herausforderung nicht unbedingt aus dem Weg, aber man soll sie auch nicht direkt suchen, wie der Mann sagte, als er aus der Hochzeitskutsche sprang.

– Es wird nichts passieren, antwortete Palmer, – dagegen schon eher, wenn wir kneifen. Mr. Bantyre hat mit Sicherheit von uns gehört, unser Ausbleiben könnte ihm gewisse Vermutungen nahelegen. Vielleicht wird es ja ganz interessant, sagte er lächelnd.

– Die kleinen Vögelchen von damals in Carrbridge kommen ja wohl nicht, sagte Tinker, – die, die beinah meine Eier zermalmt hätte, zum Beispiel.

– Oder die mit den Melonentitten, ich dachte ich wäre abgehimmelt, Larky schauderte bei der Erinnerung.

– Wißt ihr noch, der Hauptmann, als wir Palmer zum ollen Whitty gemacht hatten, der... ja genau, sagte Thomas Alexander. – Wenn der auftaucht, wird es spannend. Ich glaube, der vergißt uns nie.

– Niemand vergißt uns, versicherte Ebenezer, – die Lieder über uns werden ewig leben.

Sie machten sich auf, Hasen zu schießen.

Der Garten hinter Carlton House in Dingwall war übersät mit farbigen Lampions, die wie afrikanische Feuerfliegen im dunklen Laub hingen und einen künstlerischen Bogen über einem Podium bildeten, auf dem ein Quartet musizierte. Niemand hörte ihm zu. Auf der Rasenfläche vor der Treppe, die zum Haus hinaufführte, stand ein langer, mit weißen Tischtüchern gedeckter Tisch, und darauf prangte eine so reichhaltige Auswahl an Essen, daß ein mittelgroßes Dorf ein knappes Jahr davon hätte leben können. Zwischen den Gerichten erhoben sich verschiedene Sorten von Flaschen wie die Masten in einem überfüllten Hafen. Fröhlich konversierende Gäste versorgten sich ungehemmt, denn zu Hause bekam man dergleichen nicht jeden Tag, zudem war es umsonst, und außerdem konnte man ja nicht wissen, ob man je wieder eine solche Chance bekäme. Verschiedene Gäste waren schon etwas lauter geworden. Der Gastgeber, Mr. Bantyre, war mit seiner Gemahlin hier und da und überall und trieb unbeschwert Konversation.

Niemand beherrscht so wie gebildete Engländer die Kunst, Allgemeinplätzen den Schimmer des Geistreichen zu verleihen. Die Freunde hatten abwartend begonnen, doch es schienen sich keine unangenehmen Erinnerungen aus der Vergangenheit zu personifizieren, so daß sie nach und nach die Bremsen lösten und sich unter die Leute mischten, wo die Tafelfreuden rasch ansteckende Wirkung zeigten. – Ausgezeichnetes Schinkengratin, bemerkte Ebenezer zu einer molligen Dame an seiner Seite – ein Ei mehr hätte wahrscheinlich Wunder gewirkt. Die Dame bekam einen Bissen von seinem Teller. – Nein, bestimmt nicht, meine Liebe, aber ein wenig mehr Gewürze nach meinem Geschmack, ich bin vollkommen verrückt nach ostindischem Pfeffer, stellen Sie sich vor, ich esse ihn zu Yorkshirepudding. Sind Sie auch bei der Verwaltung? – Ja, aber weiter im Süden, habe vorwiegend mit Steuern und Abgaben zu tun, Ebenezer angelte sich ein Stück Aal mit Rührei und vergaß, daß er Geschäftsmann aus Glasgow war. – Huch, die Dame schnitt ein Gesicht, – Sie sehen doch sonst so nett aus.

– Geschäftsmann, ein blaß aussehender Herr betrachtete eine Wurst, als sei sie von Milben befallen, – glauben Sie wirklich, daß hier oben etwas zu machen ist, ha ha, sein Lachen war über alle Maßen traurig. - Nein, hier ist nichts zu verdienen, wir haben genügend Schwierigkeiten, um die Steuern und Abgaben einzutreiben, die das Gesetz vorschreibt ... wie ist der Hummersalat, mein Magen, Sie verstehen ... doch eine teuflische Arbeit, die Schotten halten es für eine Christenpflicht, nicht zu bezahlen. Lächerlich, wie sollen wir sie in Schach halten können, wenn wir nicht die erforderlichen Mittel bekommen? Und wenn dann noch unsere pflichttreuen Beamten von Banditen überfallen und ausgeplündert werden ...

– Kommt das tatsächlich vor? Larky leckte sich die Finger ab und spülte mit einem Glas Wein nach. Er hatte sein langes Haar mit einer blauen Schleife im Nacken zusammengebunden, die Freunde hatten Schwierigkeiten, ihn wiederzuerkennen.

– In dieser barbarischen Wildnis ist alles möglich, der andere bekleckerte seine Weste, – die Schotten leben noch im Mittelalter, es wird ein Kreuz, sie zu zivilisierten Menschen zu erziehen. Doch, es gibt eine Bande, die sich geradezu darauf spezialisiert hat. Sie ahnen ja nicht, wieviel Pfund der Staatskasse verlorengegangen sind ... nein danke, ich trinke lieber Bier, und am besten in größeren Mengen ... mitnichten, Gesetzesübertreter sind nun einmal ein Teil der Gesellschaft, schon im alten Athen, aber öffentliche Mittel zu rauben, darüber sollte selbst ein abgebrühter Bandit sich erhaben fühlen, wovon sollen wir Gefängnisse und Galgen bauen, wenn die erforderlichen Mittel verschwinden?

– Diese Banditen scheinen über dem Durchschnitt zu liegen, Larky suchte sich ein Stück Hirschrücken aus, schnappte sich aber vorher ein Glas Genever, um den Weingeschmack hinunterzuspülen. – Ich bin sicher, daß sie ... was sagten Sie, Kalb in Gelee, ja hier ... daß sie mit einer blühenden Phantasie und einem guten Verstand ausgerüstet sind, sonst würden sie auf dieser Ebene gar nicht operieren. Genial, muß ich sagen.

– Meinen Sie, naja, so kann man es natürlich auch sehen, der Mann aus dem öffentlichen Dienst schlürfte sein Bier. Und dann tragen sie Masken, reinstes Robin Hood, beinah zum Lachen. Das heißt, es ist verdammt irritierend, wir ahnen nicht, wer sie sind. Schlechter Sportsgeist, endet noch damit, daß auch wir in Masken rumlaufen müssen. Ich weiß, daß sie in Inverness Leute angesetzt haben, die nichts anderes tun sollen als rausfinden, wer diese verfluchten Halunken ... nein, der Gelee ist mir zu wabbelig, würden Sie mir einen Bierkrug reichen, Sie haben längere Arme ... der Kommandant dort unten soll schon vor lauter Spekulationen seinen Magen ruiniert haben, sagt man. Quatsch, das ist Rum, ich kenn' die Plattfußindianer.

Palmer wanderte mit Sir Henry umher, der sich über die Belesenheit des Geschäftsmannes und seine Kenntnisse von Dingen, mit denen Krämerseelen sich im allgemeinen nicht abgeben, nicht wenig wunderte, aber gerade deshalb Gefallen an seiner Gesellschaft fand. Die Stimmung im Garten wurde ausgelassener, der Gastgeber hatte es nicht mehr nötig zu konversieren, die Gäste unterhielten sich von allein, etliche waren nicht mehr ganz sicher auf den Beinen, nicht alle Damen wiesen Komplimente noch mit kleidsamer Entrüstung von sich.

– Interessantes Land, Sir Henry balancierte ein Weinglas zwischen zwei Fingern, – ansprechend unberührt, als wenn man ein paar Jahrhunderte zurückversetzt wäre, es würde einen im Grunde nicht überraschen, wenn einem ein Ritter in voller Rüstung begegnete.

– Können Sie sich nicht mit maskierten Räubern begnügen, die sollen ja auch mancherorts ein schlimmes Unwesen treiben? fragte Palmer. – Davon abgesehen waren ja die Ritter früherer Zeiten oft nichts anderes als Räuber und Gewalttäter.

– Sagen Sie das bloß nicht laut, warnte Sir Henry, – die Ritterzeit war verteufelt glorreich, die Damen bekommen noch immer feuchte Augen, wenn sie von König Artus und den Rittern der runden Tafel lesen. Eines schönen Tages geschieht das vielleicht auch, wenn von den maskierten Räubern die Rede ist. Sie machen meinem Schwager übrigens Sorgen.

– Jede Unregelmäßigkeit macht Beamten Sorgen, sie sind eine Störung der naturgegebenen Ordnung, ein Hohn auf Gesetze und Regeln. Wenn Beamte die Welt regierten, würde es keine Geschichte geben, nur einen riesigen Stapel Akten und Anlagen. Palmer leerte sein Glas.

– Es hört sich an, als wollten Sie die Räuber in Schutz nehmen, Sir Henry lächelte, – aber natürlich, sie schreiben ja auch eine Art von Geschichte. Ich habe ein Lied über sie gehört, kennen Sie es?

– Glasgow ist weit weg, erwiderte Palmer, – für die Highländer zählen wir nicht richtig. Nein, das Lied kenne ich nicht, aber wenn ... Mr. Bantyres Frau trat zu ihnen und hakte sich bei Sir Henry ein, er streichelte ihr linkisch die Wange und ließ sich von ihr zum Haus hinaufziehen. – Man verhätschelt mich auf das grausamste, rief er zurück.

Palmer ging zur Tafel und schenkte sich noch ein Glas Wein ein, er erinnerte sich nicht, wann er zuletzt Wein getrunken hatte, vor hundert Jahren? Eigentlich war er immer eine Art Epikuräer gewesen, und die weltlichen Freuden hatte er nie verschmäht, im Gegenteil. Jesus hatte weder Essen noch Trinken verworfen, stand nicht geschrieben, daß er ein Prasser und Weintrinker gewesen war? War nur der ein wahrer Christ, der sich in Sack und Asche kleidete und seinen Körper mit allerlei Entsagungen peinigte, die zudem in der Bibel mit keinem Wort erwähnt wurden? Palmer trank. Er sah, wie Ebenezer zwei Fräuleins eine Geschichte erzählte und diese sich kichernd abwandten. Er sah Tinker mit einem vornehm gekleideten Gentleman mit gepuderter Perücke und einem Degen an der Seite Würfel spielen. Er sah Larky stehen und der Musik lauschen, am Arm hatte er ein junges Mädchen, Gott weiß, ob sie nicht sogar sangen ...

– Sie scheinen über die Sünden und Torheiten der Welt nachzugrübeln, sagte eine Stimme neben Palmer, – wenn ich Ihnen einen guten Rat geben darf, lassen Sie es sein, die Welt ist viel lustiger, wie sie ist, als wenn wir alle die zehn Gebote einhielten und unsere Sünden bereuten. Die Stimme gehörte einem Mann in den Vierzigern, dessen Perücke ein wenig schief saß; er hatte ein ansehnliches Bäuchlein und war gerade dabei, es mit einem Krug Bier zu festigen. Er kaute auf einem Stück Spanferkel.

– Sie reden wie ein Mann mit Erfahrung, antwortete Palmer, – um ehrlich zu sein, ist es auch schwierig zu existieren, ohne am laufenden Band zu sündigen. Ein Pastor würde Sie vermutlich als Sünder ansehen, weil Sie gerade Ihre Taschen mit Schokolade und kandierten Früchten füllen.

– Da sehen Sie's, der Mann zerrte an seinem Stück Fleisch, – der Tugend Lohn wird nie der meine. Ich bin nun mal ein Liebhaber süßer Sachen, aber zugleich starker und gern auch unsittlicher, kurz gesagt, eine zweifelhafte Person, wie mein Kollege Richardson gesagt haben würde. Sie haben natürlich seine „Pamela" gelesen, der andere fuchtelte mit dem Spanferkel, – alle haben es gelesen und Rotz und Wasser geheult über diesem schauderhaftesten aller Machwerke, das die englische Literatur hervorgebracht hat. So viel Tugend an einem Ort versammelt ist pervers ... hier legte er den Kopf in den Nacken und leerte seinen Krug, danach aß er weiter und schien den angefangenen Satz vergessen zu haben.

– Jede Mutter wünscht sich, daß ihre Töchter Pamelas wären, aber ich gebe zu, daß Tugend im Übermaß einschläfernd wirkt, Palmer griff nach einer Weinflasche, - offen gestanden habe ich es nach der Hälfte aufgegeben.

– Das gereicht Ihnen nur zur Ehre, noch gibt es also klardenkende Menschen diesseits des Kanals, sagte der Mann. – Sie dürfen mir gern ein großes Glas von dem Wein dort anbieten, wenn Sie ihn empfehlen können ... Richardson kann mich nicht ausstehen, weil ich herabsetzend über die Ungeheuerlichkeit geschrieben habe, aber da ich ihn für einen Heuchler und Scheinmoralist halte, ... also Cheers, mein Herr.

– Sie schreiben also auch selbst, darf man fragen, ob Sie auch berühmt sind? Palmer begann der Wein zu Kopf zu steigen.

– Nicht im gleichen Maß wie Mr. Samuel Richardson*, aber mein „Joseph Andrews“ wurde freundlich aufgenommen, wenngleich die Moralisten murrten. Habe ich meinen Namen schon genannt? Nein, ich hab' vermutlich einen Kleinen sitzen, also: Henry Fielding*, Tintenkleckser und Jurist, in London wollen sie mich praktisch zum Richter machen. Weiß der Kuckuck, ob „Joseph Andrews“ zu den Barbaren hier oben vorgedrungen ist.

– Das ist er, ich habe ihn in meiner Sammlung, antwortete Palmer, – auch Barbaren lesen Bücher.

– Nicht zu fassen, und ich dachte, sie schlügen sich gegenseitig tot und bliesen Dudelsack, Fielding kratzte seine Perücke. – Ich bin übrigens von Charles, also Bantyre, hier herauf eingeladen worden, wir sind zusammen in Eton gewesen, und ich muß irgendwie Eindruck auf ihn gemacht haben. Naja, vielleicht kann man ja ein paar Ideen für das nächste Opus sammeln, ein whiskyduftender Gentleman mit Backenbart und Kilt ... ja apropos Whisky, sehen Sie das wunderbare Gebräu irgendwo?

– Das nächste Opus, das Sie schreiben, also? Palmer reichte ihm eine Flasche.

– Nun ja, man pusselt rum, die Hälfte ist geschafft, es wird ein verflixt kräftiger Bursche, Fielding schnupperte und setzte die Flasche an den Mund. – Nicht gerade Champagner, was. Ja, es soll eine Art Sittenschilderung werden, die englische Gesellschaft im Guten wie insbesondere im Schlechten. Ein Findling namens Tom Jones erlebt eine unglaubliche Masse Dinge ... es gibt bald keine Gänse mehr in London und Umgebung, soviele Federn verschleiße ich. Aber Richardson wird wütend sein, es ist wunderbar.

– Das muß ich mir merken, wie wird der Titel sein? Palmer grüßte einen Offizier, den er noch nie zuvor gesehen hatte. Der

* 1689–1761; sein Hauptwerk ist der Briefroman „Pamela“.
* 1707–1754; seine wichtigen Werke sind „Joseph Andrews“ und „Tom Jones“.

Offizier brach plötzlich lauthals in Gesang aus und verschwand zwischen den Büschen.

– Noch keine Ahnung, Titel sind immer das Schwerste ... wie wär's mit einem Stück Apple Pie mit Sahne, oh ich liebe Apple Pie ... aber wenn mir nichts einfällt, das wie ein Fanfarenstoß klingt, wird es wahrscheinlich phantasielos aber zutreffend „Tom Jones". Ich ... eine Dame mit tiefem Dekolleté beugte sich über den Tisch, und Fielding verlor sogleich das Interesse an Palmer und warf sich in ein angeregtes Zwiegespräch mit der Unbekannten. Sie girrte.

Thomas Alexander schnappte sich eine Gänsekeule und öffnete den Mund, als ein junges Mädchen mit einem Ruck vor ihm stehenblieb. Er warf ihr einen schiefen Blick zu, schloß den Mund und lächelte. – Thomas Alexander, bist du es wirklich? hauchte die Schöne. Unserem Helden fiel die Gänsekeule aus der Hand. – Ich? flüsterte er zurück, – nein, das bin nicht ich, bestimmt nicht.

– Kennst du mich nicht mehr? Sie trat näher. – Iris MacGillivroy vom Loch Shin, wir waren vor drei Jahren zusammen auf einem Ball bei Ross Hamilton in Wolseley House. Ich habe geglaubt, daß du ... sie blickte sich unsicher um.

– Du hast dich wirklich verändert, Thomas Alexanders Stimme war voll ehrlicher Bewunderung. – Doch, jetzt erinnere ich mich, wir haben ziemlich viel zusammen getanzt, und ich habe mich in deinem Rock verheddert und bin hingefallen. Was hast du übrigens geglaubt? Er nahm sich eine neue Gänsekeule. – Das weißt du doch genau, Iris MacGillivroy lächelte, und als sie das tat, bildeten sich zwei Grübchen in ihren rundlichen Wangen, eins in jeder, und ihre braunen Augen waren wie das Lungard Moor in der Frühlingssonne. – Glaubst du, daß wir oben in Sutherland hinter dem Mond leben? Die berühmten fünf maskierten Räuber, sag mal, sie tippte mit dem Zeigefinger an seine Brust, – könnt ihr nicht noch einen brauchen?

Der Duft ihres Haares machte ihn trunkener als alles, was er getrunken hatte, und das war nicht gerade wenig. – Brauchen ... nein, bist du verrückt, ein Mädchen, es ist ein verdammt gefährliches Leben, Angesicht in Angesicht mit dem Tod, naja, nicht ständig, aber ... er schwieg und schlug die Zähne in die Gänsekeule. Sie sahen sich lange an, aber da die Zeit stillstand, machte es nichts aus. Es war ein schicksalsschwangerer Augenblick für sie beide, nur wußten sie es noch nicht. – Reitest du immer noch auf ungesattelten Pferden? fragte er schließlich mit belegter Stimme.

– Ja, jeden Tag, auch ihre Stimme klang anders.

– Das muß schön aussehen.

– Du könntest ja hochkommen zum Loch Shin und es dir ansehen.

– Ich könnte ja mit dir zusammen reiten, aber mit Sattel, sagte er.

– Ja, das könntest du, das wäre schön, sagte sie. – Aber du hast wohl keine Zeit.

– Zeit! Doch natürlich, ich habe massenhaft Zeit, zwischendurch, verstehst du, massenhaft, sagte er beflissen. Dann wurde er unsicher und fragte, was sie hier mache.

– Meine Schwester Rose ist mit einem Stadtrat hier im Ort verlobt, und er konnte die Einladung nicht ausschlagen, aber als Trostpflaster nahm er Rose mit. Ich bin die Anstandsdame, sie knickste, – aber ich glaube, es ist alles zu spät. Rose und ihr Stadtrat sind seit Stunden unsichtbar. Was tun sie, meinst du?

– Es ist ja nicht sicher, daß sie es tun, lachte Thomas Alexander listig, – aber auf der anderen Seite, es kommt ja manchmal über die Leute, paarweise meine ich, Beispiele gibt es ja genug.

– Ja, das hab ich auch schon gehört; auch sie lachte mit kräftigen weißen Zähnen. – Aber Thomas Alexander, was um Himmels willen tust du hier mitten in der Höhle des Löwen? Sie lachte von neuem, als unser Held ihr den Grund erzählt hatte, und er war drauf und dran, in die Knie zu sinken. – Hast du deine Maske mit? Sie kam näher, ihr langes Haar, braun wie Kastanien im Herbst, streifte seine Backe. – Ma ... nein bist du verrückt, die ... er warf die abgenagte Gänsekeule fort und griff Iris MacGillivroy resolut am Arm und zog sie mit sich unter die dunklen Bäume, die niemandem erzählten, was sie sahen und hörten.

Palmer sah sie verschwinden und seufzte. Dann mischte er sich unter die Gäste; die Musik war zum Tanz übergegangen, auf der Tanzfläche schwangen sich die Paare und bildeten ein farbenfrohes, ständig wechselndes Muster. Larky und Tinker tanzten eifrig mit, Ebenezer wanderte zwischen zwei Offizieren umher, und alle Augenblick brüllten sie alle vor Lachen.

Sir Henry kam mit zwei Champagnergläsern auf Palmer zu und stieß mit ihm an. – Wie ein lebendig gewordenes Gemälde von Hogarth, sagte der Professor. Zwischen den Büschen erklangen Gelächter und ausgelassenes Kreischen, Gestalten verschiedenen Geschlechts tummelten sich im Dunkeln, andere lagen im Gras und schliefen. Unter ihnen erkannte Palmer Mr. Fielding. Er hatte die Perücke verloren, ein Mädchen saß neben ihm und kitzelte ihm mit einem Grashalm die Nase.

– Die Engländer sind ein sonderbares Volk, sagte Palmer. Für gewöhnlich sind sie kühl aber freundlich, unerschütterlich und doch empfindsam, von Konventionen beherrscht und Meister im Improvisieren, aber wenn sie sich vergnügen, sind sie trunksüchtig, lärmend und grob wie Soldaten. Was sind sie in Wahrheit, Herr Professor?

– Das Ganze ist die Wahrheit. Das erstere betrachten wir als eine Tugend, in der wir uns mit Fleiß ausbilden, das letztere ist immer noch das Natürlichste. Denken Sie daran, daß das Mittelalter nirgendwo blutiger und entsetzlicher war als in England, und daß wir groß darin sind, uns auf den Schachtfeldern Europas zu schlagen, uns zu schlagen, das liegt uns im Blut. Tief in jedem Engländer steckt ein roher und rücksichtsloser Grobian. Ach ja, trahit sua quemque voluptas*, seufzte Sir Henry.

– Compesce mentem*, auch Palmer seufzte.

– Und Sie wollen immer noch behaupten, daß Sie ein nüchterner Geschäftsmann sind, sagte Sir Henry, – in dem Falle glaube ich, daß Sie ein sehr schlechter sind.

– Es ist jedem Menschen unbenommen, was er hört, zu bezweifeln, Palmer erhob sein Glas, der Champagner prikkelte in seiner Nase wie Eisnadeln.

– Gott sei Dank, daß man sich nicht aufs Ränkespiel versteht noch sich dafür interessiert, lachte der Professor. – Ich habe ein Gefühl, als könnte ich heute abend bei gewissen meiner Landsleute viel Ehre und Ruhm ernten, wenn ich es täte.

* Jeder hat seine Leidenschaft.
* Zähme deine Leidenschaft.

– Ihr Mangel an Einsicht und Interesse kann nicht hoch genug gewürdigt werden, auch Palmer lachte. Sie stießen an.

Die Freunde übernachteten im „Blume und Schwert", dessen Wirt ein höllisches Gezeter vom Stapel ließ, als er mitten in der Nacht aus dem Bett geklopft wurde. Ein paar Pfundnoten stopften ihm den Mund, er holte sogar noch fünf Krüge Bier und wünschte eine gute, ruhige Nacht.

– Hab mit einem der Geldlecker geredet, sagte Tinker, – die Eintreiber oben im Norden haben gerade eine Runde abgeschlossen und gehen erst in drei Monaten wieder auf eine neue Tour. Wie sollen wir da oben in Sutherland bloß die Zeit rumkriegen?

– Iris wohnt in Sutherland an den Ufern des blauen Loch Shin, sie reitet auf ungesattelten Pferden, und ihr Haar ist wie ... Thomas Alexander sah etwas hilflos drein.

– Nicht schon wieder! klagte Ebenezer. – Zuerst Schweine, dann Katzen, und jetzt ungesattelte Pferde, du kommst mit dem Kopf unterm Arm und zerschmettertem Brustkorb wieder zurück. Das erinnert mich an einen Mann, den ich kenne ...

– Ich habe heute abend gehört, daß das Cornwall-Regiment diesen Sommer in Sutherland für Ordnung sorgen soll, sagte Larky. – Wenn ihr die halb so gut kenntet wie ich, würdet ihr nicht im Traum daran denken, nach Sutherland zu gehen. Ihr würdet bitten und betteln, es nicht tun zu müssen.

– Also mit ihrem Haar, es ist wie ... Thomas Alexander räusperte sich.

– Wessen Haar, fragte Tinker.

– Das von dem ungesattelten Pferd, sagte Ebenezer, – hast du alles schon wieder vergessen? Schweine und Katzen sind dagegen das pure Wasser. Gut, daß es in Schottland keine Elefanten gibt. Was ich sagen wollte, dieser Mann da, der ...

– Ich kenne das Cornwall-Regiment gut, sagte Palmer. – Deswegen bin ich hier.

– Ich rede von Iris MacGillivroy, nicht von ungesattelten Pferden, rief Thomas Alexander. – Was in Dreiteufelsnamen gehen mich ungesattelte ...

– Halt jetzt die Klappe, bat Larky.

– Die wunderbare Welt der Liebe ist euch verschlossen, elende Ignoranten, unser Held schlug auf den Tisch.

– Was sind Ignoranten? fragte Larky.

– Bestimmt was Unanständiges, meinte Tinker. – Gut, dann ziehen wir wieder nach Hause, entschied Palmer und warf sich aufs Bett. Die anderen nickten zustimmend, Thomas Alexander freilich erst nach einiger Bedenkzeit. Lange blieb er am Fenster stehen und fühlte, daß etwas mit ihm geschehen war. Das Schicksal hatte ihn mit seinem Finger angerührt. Hiernach würde nichts mehr sein, was es gewesen war. Nicht was Frauen anging zumindest. Er lenkte den Blick zum Sternenhimmel, wie man es in solchen schicksalsträchtigen Augenblicken tun soll. Es waren keine Sterne da. Also ging er ins Bett.

Anmerkung: Die Liebe, ich meine die tiefere, die in Damenromanen so hemmungslos beschrieben wird, hat meines Wissens unser Geschlecht nur im Vorübergehen geplagt. Wir haben immer beide Beine fest auf dem Boden gehabt und Vorteile und Nachteile gegeneinander aufgewogen. Tante Jeanette, ich nehme an, Sie erinnern sich, war allerdings in einen Lehrer in Stirling verschossen, weil er ihr Gedichte à la Tennyson schrieb und sie mitnahm in Kirchenkonzerte, und dem konnte sie nicht widerstehen. Sie war praktisch marschklar Richtung Brautaltar, als sie entdeckte, daß der Kerl Frau und Kinder in Edinburgh hatte. Bei Tante Jeanette war es nie weit vom Denken zum Handeln, und also besuchte sie den Pädagogen in der Schule; am nächsten Tag erzählte er den Kollegen, er sei die Treppe hinuntergefallen, und so sah er wohl auch aus. Tante Jeanette ließ sich nie wieder auf derartige Fragwürdigkeiten ein, daß sie meinen Onkel Charles William heiratete, war eine rein praktische Maßnahme.

Schlimmer war es mit meinem Großvater Thomas Arthur, der in seinen jungen Tagen in Indien Dienst tat. Während er in Lahore stationiert war, fing er Feuer für eine Art Fürstentochter und belagerte buchstäblich den Palast, wo sie wohnte. Jede Nacht standen er und das Mädchen auf dem Balkon (sie) bzw. im Garten (er) und riefen sich etwas zu wie Romeo und Julia. Und eines Tages konnte er seine Leidenschaft nicht mehr zügeln und enterte in voller Uniform, doch ohne Pferd zu ihr hinauf und wollte gerade zu den ernsten Dingen übergehen, als der Vater des Mädchens mitsamt einem Regiment Leibwächter mit gezückten Säbeln das Gemach stürmte. Mein Großvater vollführte einen perfekten Kopfsprung über das Balkongeländer, aber die ganze Nacht waren ihm die Säbeltänzer auf den Fersen, und er rettete sich nur durch die Flucht in einen Sikh-Tempel, wohin die Verfolger, die Hindus waren, ihm nicht folgen durften. Er verbarg sich hinter einem großen Gong, auf den die Priester bei Tagesanbruch mit Holzkeulen loshämmerten. Den folgenden Monat war er vom Dienst befreit. Er konnte nicht ertragen, wie in fünf Metern Entfernung eine Kanone abgefeuert wurde.

Es verlautet auch, daß Thomas Marvin, Thomas Alexanders ältester Sohn, im Begriff war, mit einer Tochter des Domorganisten in Edinburgh zu flüchten, wo er sie nun getroffen haben mag, denn das Religiöse machte ihm selten zu schaffen. Weder Thomas Alexander noch der Domorganist waren von der Verbindung sonderlich angetan, so daß es also einer Entführung im besten romantischen Stil bedurfte. In der Nacht kommt der Liebhaber, draußen auf der Straße wartet der Wagen, der Liebhaber schleicht hinauf in die jungfräuliche Kammer des Mädchens, glaubt er. Und wer liegt da im Ehebett, wenn nicht der Orgelspieler mit Nachtmütze und Bartbinde Seite an Seite mit seiner Frau im Spitzenhäubchen, und nun ist der Teufel los. Währenddessen stand die Geliebte unten im Garten und fror gottserbärmlich. Die weiteren Einzelheiten kenne ich nicht, aber Thomas Marvin bekam jedenfalls den Domorganisten nie zum Schwiegervater, und die Familie hat keinen Grund, das zu bedauern. Der Mann endete als Vorsitzender einer Enthaltsamkeitsloge und komponierte dazu noch Kirchenlieder.

14

Und so erging es dem Herrn zu Dolphin Castle, wie es den Freunden bereits seit längerem ging; er begann an anderes zu denken, er war abwesend, er redete nicht mehr soviel von seinen hohen Zielen, sondern wanderte einsam durch die Natur und lauschte dem Gesang der Vögel und roch an den Blumen des Feldes. Die Freunde beobachteten ihn diskret und mit großem Interesse und fragten ihn nicht, was ihn quälte.

– Ich habe mir gedacht, daß ich einmal ein paar Freunde besuche, ließ er sie eines Tages wissen, – man braucht ja nicht vollkommen den Kontakt mit der Umwelt zu verlieren, nur weil ... oder?

– Nein, du hast wirklich Recht, stimmte Larky ihm zu, – es kommt noch soweit, daß du völlig verlernst, dich unter friedlichen und anständigen Menschen zu bewegen. Ich verspüre auch manchmal Lust, mit einer Dame am Arm umherzuspazieren und das Leben zu genießen.- Wasfürne Dame? fragte Tinker. – Du hast noch nie von ihr gesprochen.

– Nur so ganz allgemein, es gibt sie in Massen, zum Beispiel in London. Wenn ich anfangen soll, Opern von diesem Pluck zu singen ...

– Gluck, herrjeh, nicht Pluck. Was meinst du, was er sagt, wenn du ihn Pluck nennst? Du darfst nicht einmal als Statist mitmachen, sagte Ebenezer. – Nein, wenn ich mir einen schönen Landgasthof in den Lowlands kaufe, werde ich mir ein gutes Leben machen. Albertina macht auch mit, ich finde, daß sie auch nicht mehr so gewalttätig ist.

– Denkt ihr öfter an so etwas? fragte Thomas Alexander und blickte in die Runde. Die Runde schlug die Augen nieder und scharrte mit den Füßen. – Der Gedanke kommt einem schon hier und da, bekannte Tinker endlich, – ich habe Schwierigkeiten, mir mich selbst als Räuber mit Brille und Rauschebart vorzustellen.

– Eines schönen Tages sind selbst Beamte zu stark für uns, sagte Ebenezer. – Nicht nur, daß sie uns weglaufen können, sie können uns vielleicht den Arsch versohlen und uns ermahnen, hübsch artig zu sein. Der Gedanke daran schmeckt bitter.

– Vielleicht kommt es gar nicht soweit, sagte Palmer. – Früher bestraften die Götter denjenigen, der Glück hatte und sogar noch damit prahlte, man nennt das Nemesis. Es gibt Massen von Galgen, die auf uns warten.

– So hab ich nie gedacht, sagte Thomas Alexander, und die Freunde erwiderten wie aus einem Munde, daß sie das wohl wüßten.

– Aber zieh du nur hinauf zum Loch Shin und mach's dir schön mit der kleinen Iris MacGillivroy, fuhr Ebenezer fort, – aber du mußt versprechen, dich vor den Pferden in acht zu nehmen.

– Du redest im Schlaf von ihr, sagte Tinker, – das hast du bei den anderen nie getan.

– Du wirkst auch verändert, fügte Larky hinzu.

– Wie ein reifer Mann, schloß Palmer.

Thomas Alexander wurde rot und verschwand nach draußen.

Und er zog hinauf zum Loch Shin ins rauhe Sutherland, zur Mündung des Flusses Strath an Loin, wo die uralte Burg der MacGillivroys am Ufer lag und langsam in sich zusammenfiel. Die MacGillivroys hatten sich nie nennenswert hervorgetan, hauptsächlich deshalb, weil es nicht viele andere Clans in der Umgebung gab, mit denen sie in Streit geraten konnten, aber ihre Frauen standen im Ruf besonderer Schönheit, und bessere Pferde, als sich auf dem Land der Familie tummelten, gab es nirdendwo in den Highlands. Fast alle waffenfähigen Männer des Clans waren in Culloden gefallen, aber ein paar waren wegen eines über die Ufer getretenen Flusses, der einen Weg fortgespült hatte, zu spät gekommen. Damals hatten sie über ihr Pech geflucht, nun dachten sie anders darüber.

– So, du bist also Thomas Alexander MacDolphin, sagte Ian MacGillivroy, gegenwärtiges Oberhaupt des Clans und Onkel von Iris, – das eine und andere haben wir ja schon von dir gehört. Gut gemacht, junger Mann, gut gemacht, aber steck die Nase nicht zu weit vor, dein Vater hat ja außer dir keinen anderen Sprößling mehr zeugen können.

Unser Held wurde gut aufgenommen. Scravie Castle beherbergte eine große Anzahl Familienmitglieder unterschiedlichster Verwandtschaftsgrade, zwischen denen sich zurechtzufinden er schnell aufgab. Zwei von Iris' Brüdern taten in der Black Watch Dienst, sie waren mit ihrem Regiment auf dem Kontinent gewesen, als die Schlacht von Culloden stattfand, und sie waren noch immer dort; aber es gab Onkels und Tanten väterlicher- und mütterlicherseits, Cousins und Cousinen und Neffen und Schwäger und so weiter, die ein und aus schwärmten und es alle mit irgend etwas eilig zu haben schienen.

– Kümmer dich nicht um sie, sagte Iris und zog Thomas Alexander mit sich fort. – Jetzt suche ich dir ein Pferd aus.

Nun brach eine Zeit an, an die sich Thomas Alexander bis ins hohe Alter eine lebendige Erinnerung bewahren sollte. Zusammen mit Iris durchstreifte er die Umgebung des großen Sees bis hin zu den nackten Bergen, ohne sich um Weg oder Steg zu kümmern. Iris war wie ein Wind, mit waagerecht wie eine Fahne hinter ihr herwehenden Haaren und einem festen Schenkeldruck um die Flanken des Pferdes flogen Pferd und Reiterin wie eine sonderbare Einheit dahin. Es gab kein Hindernis, das sie zurückhielt, und sie schienen ebenso oft in der Luft zu schweben wie auf dem Boden zu laufen. Ein Stück hinter ihnen kam Thomas Alexander, der sein Bestes gab und einen Mut und eine Ausdauer bewies, die eines wahren Helden würdig waren. Es gibt an die zehn orthodoxe Methoden, von einem Pferd zu fallen und eine ungewisse Anzahl unorthodoxer; unser Held praktizierte sie alle und fügte ihnen noch ein paar selbsterfundene hinzu. Die ersten drei Tage setzte er sich nicht hin, und seine Glieder und sein Gesicht wurden liebevoll mit Salben und Absud gepflegt. Er biß den Schmerz in sich hinein wie ein echter MacDolphin. – Sie sind stark und ausdauernd, bemerkte ein alterndes Familienmitglied, das eine Vergangenheit bei der Kavallerie hatte. – Zum jetzigen Zeitpunkt sollten Sie entweder das Pferd oder sich selbst erschossen haben. Mit ein wenig Übung würden Sie sich ausgezeichnet bei einem Lanzenangriff machen, wenn Sie es nur unterlassen, die Arme um den Hals des Tieres zu legen und ihm ins Ohr zu blasen. Tiere hassen so etwas.

An einem sonnenüberfluteten und goldenen Septembertag, der in den Highlands ungefähr so selten ist wie ein Schneesturm in Birma, hielt Iris am Ufer des Loch Shin an. – Ist es hier nicht wunderbar? rief sie Thomas Alexander entgegen, als er etwas später zu ihr aufschloß. – Was hältst du davon, wenn wir zu der Insel dort hinüberschwimmen?

Er nickte und ließ sich vom Pferd gleiten, das den Kopf drehte und ihn mit einem Ausdruck großer Erleichterung ansah. Mit wachsender Unruhe sah er, wie Iris ihre Sachen von sich warf, und als sie in ihrer lähmenden Nacktheit ans Ufer trat und die Brüste der Sonne entgegenstreckte und sich vor lauter Lebensfreude auf den Bauch klatschte, wandte er sich rot wie eine Tomate ab. Mehr als irgendetwas anderes zeigte dies, was er für Iris MacGillivroy empfand, denn entkleidete Weiblichkeit war ihm keineswegs unbekannt geblieben. Aber jetzt und hier Angesicht in Angesicht damit zu stehen war, als erlebe er es zum ersten Mal. Hätte er in den Boden sinken können, er hätte es getan.

– Komm schon, Thomas Alexander, rief sie draußen im Wasser stehend und wandte sich zu ihm um. Das Wasser küßte vorsichtig ihr schwarzes Geschlecht, und die Sonne schien glückselig auf ihre runden Glieder. Sie streckte die Arme vor, und der eine der fünf berühmten Räuber begann, mit zitternden Händen seine Kleider auszuziehen, während ihm der Schweiß nur so herunterrann.

Wasser war nie sein liebstes Element gewesen, er konnte sich darin fortbewegen, ohne direkt zu ertrinken. Es war wie mit Pferden, nur ein bißchen anders. Die Hände keusch zwischen den Beinen gefaltet trat er in die Wellen hinaus und gab einen unkontrollierten Ausruf von sich, als sie seine Haut umspülten.

– Wer ist erster! jubelte Iris und warf sich nach vorn. Sie war wie Eva vor dem Sündenfall, Moral und Sünde waren ihr unbekannt, sie wußte nicht, was Scham war. Thomas Alexander schwamm langsam hinter ihr her, er war meilenweit zu hören, denn er schluckte mehr Wasser als während des gesamten letzten Jahres. Als er auf allen Vieren die Insel betrat, lag Iris im Gras und lachte ihn mit ihren weißen Zähnen an, die ihn an Schneeglöckchen erinnerten. – Gut, daß ihr weder reiten noch schwimmen müßt, sagte sie.

Darin gab er ihr Recht, während er neben ihr saß und nach Luft schnappte und auf sein hämmerndes Herz hörte. Gleichzeitig versuchte er, überall dahin zu sehen, wo sie nicht war.

– Du bist gut gebaut, sagte sie und ließ einen Finger prüfend über seinen Brustkasten gleiten.

– Ich? Naja, das ist ja nichts besonderes ... dir fehlt aber auch nichts ... seine Finger unternahmen nichts.

– Meinst du ehrlich? Sieh mich richtig an, nein, nun sieh mich an. Ich bin wohl nicht die erste, ich meine, die du ohne Zeug gesehen hast?

– Die erste? Doch, es ... also nein, wenn ich nachdenke, dann ... einmal vielleicht oder ...

– Und du hast sie aufs Kreuz gelegt?

– Aufs Kreuz gelegt! Er fuhr zusammen, – was meinst du mit aufs Kreuz gelegt?

– Das ist ein Ausdruck, den ich gehört habe, wenn keine Frauen in der Nähe sind, ihre Finger fuhren in ihrer kreisenden Bewegung auf seiner Brust fort. – Männer legen Frauen aufs Kreuz, ich weiß nicht, was Frauen tun.

– Sie tun nichts, also das heißt, tun und tun, sie tun was, das ist notwendig, sonst ... wieso?

Iris drängte sich näher an ihn, ihre Schulter stieß an Thomas Alexanders, er wagte nicht, sich zu bewegen. – Ich habe noch nie ... senkte die Stimme, – ich bin ... du weißt, was ich meine, nicht?

– Nein, überhaupt nicht, ... wenn du nicht meinst, daß du immer noch ... meinst du das?

– Genau, vierundzwanzig und noch nie aufs Kreuz gelegt, ist da nicht irgendwas falsch gelaufen?

– Nein, nein, im Gegenteil, ein nettes und anständiges Mädchen soll sich nicht wegwerfen ..., er fühlte sich auf etwas festerem Boden, der Moralist kam zum Vorschein, er sah sie ermahnend an, sah sie ganz an.

Sie dachte lange nach und legte den Kopf an seine Schulter. Die Sonne schien, milde Brisen kühlten ihre Haut, Möwen glitten auf breiten Flügeln über ihre Köpfe.

– Warum bist du den ganzen weiten Weg hergekommen, um mich zu besuchen? fragte sie nach einem längeren Stillschweigen.

– Es hätte doch in der Nähe auch Mädchen gegeben. Und wo du soviel zu tun hast. – Wir machen eine kleine Pause, wir planen und sammeln neue Kräfte, und da dachte ich ..., er zögerte.

– Was dachtest du, Thomas Alexander? Ihr Kopf rührte sich nicht von der Stelle.

– Daß ich genauso gut... nein nicht genauso gut, aber daß ich...

– Weiter kam er nicht, obwohl sie geduldig wartete. Dann sagte sie: - Das mit dem Sich wegwerfen, gilt das auch, wenn man verliebt ist?

Darüber dachte er gründlich nach. – Nein, das glaube ich nicht. Die Liebe ist ..., er dachte an Shakespeare, aber ihm fiel kein passendes Zitat ein, obwohl es genug gab. – Nein, bestimmt nicht, ein Kopfschütteln folgte.

– Wenn ich mich zum Beispiel an dich wegwerfe?

Er sprang mehrere Zoll hoch in die Luft, und sie fiel hintenüber, dort blieb sie liegen und betrachtete ihn ernst. – Ja, aber warum solltest du? fragte er.

– Thomas Alexander, ich bin in dich verliebt, aber es ist ja unmöglich, es dir zu erzählen, ohne es dir zu erzählen, kapierst du?

Er wiederholte schnell ihre Worte, dann nickte er, und das Herz hüpfte trillernd in seiner Brust.

– Jetzt hab' ich es dir also erzählt, sagte sie, – es mußte ja einmal ein Ende haben. Ich hatte allerdings geglaubt, daß ein berühmter Räuber etwas weniger schwer von Begriff wäre.

Da lag sie, das herrlichste Geschöpf, das Thomas Alexanders Augen je erblickt hatten, und es waren ja doch einige gewesen im Lauf der Zeit. Seine Hand hob sich, ohne um Erlaubnis zu fragen, und strich über dies und jenes, es war, als wanderten sie im Paradies. – Warum, glaubst du, bin ich auf meinen platten Füßen den ganzen Weg hier herauf gelatscht? fragte er schließlich.

– Herrgott, das wußte ich doch schon, als du am Glockenstrang gezogen hast, entgegnete sie, – ich hatte dich eigentlich etwas früher erwartet.

Er nickte besiegt, Frauen waren und blieben unbegreiflich, und Gott sei Lob und Dank, daß es so war. Er beugte sich nieder und küßte sie, sie hielt ihn fest und wollte ihn nicht wieder loslassen.

– Die Sache mit dem Sich Werfen, hauchte sie, – wenn ich jetzt werfe, fängst du mich auf?

Er lachte befreit und strich ihr das Haar aus dem Gesicht, ihre Augen waren wie zwei Sternschnuppen. – Ich will auch ganz, ganz vorsichtig sein, versprach er. – Ich danke dir, Thomas Alexander, sie hob sich ihm entgegen, – aber du brauchst ja auch nicht gleich übertreiben.

15

Daheim im Glen Carron erwarteten die Freunde die Rückkehr des Helden ohne größere Ungeduld. Ebenezer war eine Weile zu Hause bei Albertina gewesen und hatte sich erst aus dem Staub gemacht, als eine Gesellschaft von Offizieren sich in der „Jungfrau und dem Soldaten" einquartierte, um in der Umgebung auf Jagd zu gehen. Palmer hatte Pastor Kelsoe einen Besuch abgestattet und eine friedliche Woche mit Gesprächen und viel Ruhe verbracht. Tinker und Larky, die in den Highlands fremd waren und niemanden zu besuchen hatten, waren mit Klein Martin auf eine Schmuggelfahrt gegangen, er konnte ja immer ein wenig Hilfe brauchen.

Von diesem und dem folgenden erhielt Thomas Alexander Kenntnis, als er zurückkehrte, sonst hätte er ja nicht darüber geschrieben, und wir könnten es nicht lesen.

Der Sommer hatte sich noch nicht ganz aus den großen Tälern zurückgezogen, wenngleich die Nächte kalt geworden waren und die Hirsche anfingen, die erste Unruhe zu zeigen, das Anzeichen der bevorstehenden Brunftzeit. Eines Tages erschien Klein Martin und bat die Freunde um Hilfe. Drei seiner Leute waren einem Trupp Gendarme in die Arme gelaufen, der an einer Stelle aufgetaucht war, wo Gendarme nach Klein Martins Meinung nichts zu suchen hatten. Und nun sollte er eine Partie Schmuggelware an der Nordküste von Donegal in Irland abholen, wohin sie aus Frankreich geliefert worden war. Die Waren wollte er am Ende des Loch Linnhé westlich der Ortschaft Ballachulish anlanden, und von dort sollten sie über Land an einen Mann in Glasgow geliefert werden.

Das Problem war, die Ladung von Ballachulish zum Wirtshaus in Kingshouse zu transportieren, wo eine Mannschaft bereitstand, den weiteren Transport zu übernehmen. Es ging um eine Strecke von 15 Meilen. Und gerade im Augenblick fehlten Klein Martin die Leute für diese Tour.

– Es hört sich nicht besonders kompliziert an, meinte Ebenezer, – ich kenne die Gegend von früher, und es gibt einen guten Weg durchs Glen Coe. Das kriegen wir hin.

– Aber es muß nachts sein, sagte der Schmuggler, – und es kann sein, daß ihr nicht die ganze Zeit den gewöhnlichen Weg benutzen könnt, Zollfahnder und dergleichen Gesindel, ihr wißt ja. Aber wenn die Ware nicht eine Stunde vor dem Morgengrauen bei der Kneipe in Kingshouse ist, dann ist mein Verdienst zum Teufel. Er warf ihnen allen der Reihe nach einen flehenden Blick zu.

– Glen Coe ist nachts ein grausiger Ort, sagte Ebenezer weniger angetan als vorher, – man hat ja schon dies und das gehört.

– Was? fragte Larky. – Es kann wohl nicht schlimmer sein als zu Hause, da treiben sich alle möglichen Wesen rum und machen den Leuten das Leben schwer. Aber soweit ich weiß, schlagen sie keinen tot.

– Ihr solltet euch schämen, rief Palmer, – erwachsene und angeblich christliche Menschen, und ihr glaubt solche Ammenmärchen. Wie mit dem Ungeheuer von Loch Ness, daß ihr doch nie klüger werdet! Wer von euch mir im Glen Coe einen Dämon oder einen Poltergeist oder eine waschechte Hexe zeigen kann, bekommt meinen Anteil zu Hause bei Aselmus.

– Dann könnt ihr also auf mich rechnen, versprach Tinker.

– Ihr kriegt's auch gut bezahlt, sagte Klein Martin.

– Wir können singen und beten, schlug Ebenezer vor, – nicht weil ich in einem von beiden firm bin, aber es hat ja angeblich einen positiven Einfluß auf ..., er schielte zum Pastor hin und schwieg.

Kurz nach Sonnenuntergang erreichten die Freunde mit einem von zwei kräftigen Pferden gezogenen Wagen die Küste westlich von Ballachulish. Ein kalter und stiller Abend, später würde der Mond aufgehen, die Sterne waren bereits da und winkten zu ihnen hinunter. – Was wohl Thomas Alexander gerade tut? fragte Tinker und schüttelte sich, es war kalt, wie gesagt.

– Dreimal darfst du raten, sagte Larky, – du hast gute Chancen.

– Diesmal meint er es ernst, sagte Palmer, – nach dem Abend in Dingwall war er überhaupt nicht wiederzuerkennen. Eigentümliche Veränderung.

– Dann verliert er vielleicht das Interesse, sagte Ebenezer, – an anderen Frauen, meine ich, und an maskierten Räubern. Albertina hat auch gemeint, daß wir mal daran denken sollten, ins normale Dasein zurückzukehren.

Sie nickten alle, denn sie waren der gleichen Meinung und hofften, daß das Mädchen vom Loch Shin den Herrn von Dolphin Castle dazu überreden könnte, den Kurs zu ändern. Sie hätten morgen aufhören, ihren Anteil verlangen und aufhören können, aber das wäre ihnen würdelos vorgekommen. Aus eigenem freien Willen hatten sie sich Thomas Alexander angeschlossen, als er am Tag nach Culloden wehrlos dastand und nicht aus noch ein wußte; er hatte sich immer wie selbstverständlich auf sie verlassen und Gutes und Schlechtes mit ihnen geteilt. Sich von ihm zu trennen, bevor er sein Ziel erreicht hatte, wäre ihnen wie ein Verrat erschienen. Ja, es würde wahrhaftig eine Wohltat sein, wenn er eines Tages käme und ihnen mitteilte, daß er die Waffen und die Masken ablegen wolle. Iris MacGillivroy konnte vielleicht die Ursache dafür werden, und sie dachten viel an sie.

Klein Martin hatte ein Stück flachen Strand ausgewählt, wo ein Boot ohne Risiko an Land kommen konnte, und die Freunde brauchten nicht lange zu warten, bevor ein wohlbekanntes Schiff aus der Dunkelheit auftauchte und auf Höhe mit ihnen die Segel niederholte. Kurz danach hörten sie Ruderschläge, und ein Boot lief auf den Strand. Klein Martin sprang als erster an Land und begrüßte sie mit sichtlicher Erleichterung. Die beiden anderen im Boot begannen sofort, es zu leeren und die Waren zum Wagen hinauf zu tragen, hier war keine Zeit für Geschwätz. Der Schmuggler fragte, ob sie in der Umgebung etwas Beunruhigendes wahrgenommen hätten, aber das hatten sie nicht. Wenn sie selbst sich äußern durften, waren sie ziemlich gut im Beobachten.

– Was haben wir denn an Bord, fragte Ebenezer und musterte den Wageninhalt. Klein Martin erklärte, daß es sich um einige Fässer Rum, zwei Kisten mit Seidenstoffen, getrocknete Gewürze, einen Ballen Tabak, Tüten mit indischem Farbpulver und einige Säcke Tee handelte. – Scheißmond, der wird fast während der ganzen Fahrt scheinen, sagte er und wandte den Blick nach oben. – Haltet euch soweit wie möglich im Schatten.

Dann instruierte er sie für das Treffen bei der Kneipe in Kingshouse und nannte ihnen das Losungswort, das sie dem Mann sagen sollten, der ein Stück davor auf sie wartete. – Hoffentlich sind es umgängliche Leute, sagte Larky, – wir sind nicht sonderlich vertraut mit dem Auftreten von Schmugglern.

– Sei ganz beruhigt, grinste Klein Martin, – der, den ihr zuerst trefft, ist Schafzüchter in Aonach Mor, und die zwei anderen sind Vater und Sohn, die eine Schmiede haben und nur Ruhe und Frieden wollen. Sie bringen die Ware weiter über Rannoch Mor, mehr weiß ich nicht.

Der Schmuggler drückte ihnen einzeln die Hand und sprang wieder ins Boot, er hatte es eilig. Die Freunde sahen ihn im Dunkel verschwinden und zogen selbst in die entgegengesetzte Richtung. Tinker ging ein Stück voraus, die anderen hatten Platz auf dem Wagen und machten es sich bequem. Sie konnten nicht sehen, was sie auf beiden Seiten umgab, aber Ebenezer wußte es und erzählte mit düsterer Stimme von den Bergen, die sich auftürmten, von den Schluchten und den bodenlosen Höhlen, von den reißenden Wasserläufen und den öden Mooren, von den ermordeten Mitgliedern des Clans MacDonald mit dem Häuptling MacIan an der Spitze, die hier spukten und Verwünschungen gegen den Clan Campbell* ausstießen, von Ossians Höhle, wo der alte Seher saß und seine stumme Harfe schlug, von …

– Wenn du nicht bald aufhörst, geh ich nach Hause, rief Larky, – die ganze letzte halbe Stunde bin ich drauf und dran, mir in die Hosen zu machen. Willst du uns um den Verstand bringen?

– Ich öffne deine Sinne und mache sie empfänglich, entgegnete Ebenezer. – Wenn wir mitten durch die MacDonalds fahren, während sie wie aus einem Munde heulen, dann ist es gut, vorbereitet zu sein, und dann brauchst du auch nicht in die Hosen machen. Das erinnert mich an Amos Feinn, der war Geigenbauer in Kinlochleven, und eines nachts ging er durchs Tal und traf den Bergtroll von Meall Mhor und seine Alte. Und die spielten Ball mit ihm über den Berg hinweg und bliesen ihm in seinen nackten Arsch, daß er glühte wie Tabak in der Pfeife. Naja, man mußte nicht alles

* Siehe Fußnote S. 80.

glauben, was Amos erzählte, zwischendurch war er eben auch eine Art Dichter. Der konnte Geschichten erzählen, daß sich einem Totenschädel die Haare sträubten. Er hatte eine von ...

Ein weiches Flöten von vorn unterbrach Ebenezer, und einen Moment später kam Tinker an den Wagen und erzählte, er könne weit vor sich auf dem Weg Hufschlag hören. Sie horchten und meinten, wenn auch zögernd, daß sie den dumpfen Laut von Hufen hören könnten ... waren es wirklich Hufe? Tinker fragte, was es denn sonst sein sollte, Rinder hörten sich ganz anders an.

– Dann laßt uns hier vom Weg runterkommen, sagte Palmer.
– Wenn mich meine Augen nicht täuschen, geht dort ein Pfad nach rechts hinauf, der kann immer noch besser sein als ein Regiment Gendarme auf dem Kriegspfad.

Sie bogen eilends vom Weg ab, der Pfad war ungefähr so eben wie die Haut einer Kröte, das Poltern des Karrens war meilenweit zu hören und mußte das Blut jeder Obrigkeitsperson heftiger zirkulieren lassen. Es wurde auch dadurch nicht besser, daß das eine Rumfaß von der Ladefläche fiel und in einen Bach kullerte. Als sie es wieder hochwuchteten, fiel es auf Tinkers Fuß, und er brüllte wie ein Stier. Sie zischten wie wild auf ihn ein und starrten nach allen Seiten. Der Mond bewegte sich gerade über die Kante des Aonach Eagach auf der gegenüberliegenden Talseite, die gezackten Zinnen schienen sich schwarz und drohend auf sie hinabzuneigen. Ebenezer flüsterte, daß man am Fuß der Zinnen einst ein Skelett ohne Kopf und Arme gefunden habe. Sie zischten wie wild auf ihn ein.

Der Pfad schlängelte sich leicht aufwärts, anscheinend einigermaßen parallel mit dem Weg, den sie verlassen hatten. Mit kurzen Zwischenräumen blieben sie stehen, um zu lauschen, und schließlich sahen sie unten auf dem Weg vier Reiter herankommen, vom Mondlicht übergossen. Sie ritten langsam und sahen sich gründlich um, einer von ihnen stieg vom Pferd und untersuchte die Spuren auf dem Weg. Er ging zu den anderen und zeigte auf den Weg, dann den Pfad hinauf. Die Freunde sanken in die Knie, eins ihrer Pferde furzte friedlich. Die Reiter redeten miteinander, dann ritten sie in dem gleichen, gemächlichen Tempo weiter. Die Freunde erhoben sich.

– Es gibt Augenblicke im Leben, sagte Ebenezer, – die einen vor der Zeit alt werden lassen. Ich habe ein paarmal Geburtstag gehabt, während die da unten die Köpfe zusammensteckten. Was hätten wir gemacht, wenn sie dem Gebot der Pflicht gehorcht hätten?

– Sie in die Seidenstoffe gewickelt und ihnen das indische Farbenpulver über den Kopf gehauen und sie anschließend in den Rumtonnen versteckt, schlug Larky vor, – in unserer Branche muß man sich immer etwas einfallen lassen.

Sie zogen langsam und knirschend weiter und fuhren häufig zusammen, wenn ihre Blicke auf alleinstehende Felsen fielen, die wie verkrüppelte Wesen im Heidekraut standen. Tinker bekreuzigte sich des öfteren und rief murmelnd seinen Schutzheiligen an, der St. Colman hieß. Und sie waren so geübt darin, die Laute der Natur aufzunehmen, daß sie kurz danach etwas hörten, das da nicht hingehörte. Wieder standen sie still, ihre Ohren standen ab, wie sie nie zuvor abgestanden hatten. – Jetzt bitte nichts von deinen Wiedergängern und Skeletten ohne Kopf, flüsterte Palmer Ebenezer zu, sonst nehmen wir dich beim nächsten Mal nicht mehr mit.

– Warte bloß, bis der Werwolf vom Beinn Bheag dir an den Lenden hängt, flüsterte der Kneipenwirt zurück. – Ich erzähl dir von ihm, also die tierischste Bestie ...

– Gleich bist du verdammtnochmal auch ohne Kopf, zischelte Larky, – und dann kannst du mit deinen Geistern bis in alle Ewigkeit hier herumrennen und Geschichten erzählen. Der Kneipenwirt vom Glen Coe, dann können diese vermaledeiten MacDonalds aber einpacken.

Der Pfad bog nach rechts ab und wurde steiler, um sie herum tauchten Bäume auf, uralte Kiefern mit breiten Kronen, zwischen deren verwachsenen Stämmen das Mondlicht wie bleiche Nebel zur Erde hinuntersickerte. Die Freunde hatten ihre Büchsen ergriffen und die Hähne gespannt, über ihnen schrie ein Vogel, der Hahn von Tinkers Büchse schnappte ein, als er zusammenzuckte, er traf seinen Daumen, Tinker heulte auf.

– Maria und Joseph, ich glaubte, es wäre ..., Ebenezers Augen waren so groß wie Spiegeleier.

– Halt die Schnauze, zischte Palmer.

Vor ihnen im Dunkeln bewegte sich etwas, Zweige schlugen aneinander, die Mondstrahlen brachen sich an eher festen Körpern, der Waldboden zitterte schwach unter einem flüchtigen Gewicht. Die Freunde warfen sich rechts vom Wagen zu Boden und richteten ihre Büchsen auf Ziele, die aber gar nicht da waren; sie atmeten schwer, unsere Freunde.

Und dann hatten sie das Gefühl, daß das Ziel nicht vor ihnen wäre, sondern hinter ihnen, und sie stürzten auf die andere Seite des Pfads in ein Farngestrüpp. Gleichzeitig sprang etwas aus diesem Gestrüpp auf und wehte, oder was es nun tat, hinüber auf die entgegengesetzte Seite. Etwas Hartes schlug gegen einen Stamm und stieß einen Laut aus, Nadeln rieselten herab.

– Habt ihr das gehört? flüsterte Palmer.

– Ich soll ja meine Schnauze halten, flüsterte Ebenezer, – also erwartet bloß nichts von mir.

– Irgendjemand ist gegen irgendwas gestoßen, flüsterte Tinker.

– Dann ist es kein Gespenst, denn die gehen durch alles hindurch, flüsterte Larky. – Wir hatten bei uns in Llanfyllin eine Dame, die jede Nacht quer durch die Kirche lief, weil ... Palmer hielt ihm den Mund zu, Ebenezer flüsterte, daß ihm das recht geschähe. Sie lauschten und starrten sich an den Mondstrahlen und Baumstämmen kurzsichtig. Tinker warf einen Stein hinüber in den Wald auf der anderen Seite, sofort hob dort ein unruhiges Geraschel an und ein Wesen schwebte wie ein Schatten über den Pfad, der Schatten traf auf Larky und drückte ihn tief ins Farnkraut, beide schrien auf. Tinkers Hand fuhr hoch und bekam einen Knöchel zu fassen, der Schatten fiel unter großem Lärm ins Farnkraut, eine Büchse ging los wie eine Kanone und schickte eine Kugel pfeifend über ihre Köpfe hinweg. Bevor sie den Boden erreichte, saß Tinker rittlings über einem Mann und fuchtelte mit einem Messer vor seiner Kehle herum. Der Mann glich einem Gespenst so wenig wie die meisten anderen Männer.

– Kein Gendarm, sagte Larky. – Kein Zöllner, die rasieren sich jeden Tag, sagte Palmer. – Kein Sassenach, der rennt nicht mit St. Columba um den Hals herum, sagte Tinker. – Das ist der älteste Sohn von Laffy Cameron aus Altnafeadh, grüß dich, Josafat, sagte Ebenezer.

– Josafat war König in Judäa, sagte Palmer, – das steht im Buch der Chronik.

– Aber doch wohl nicht der Josafat hier? Ebenezer half dem Mann auf die Beine. – Du kommst garantiert nicht in der heiligen Schrift vor. Was tust du hier mitten in der Nacht?

– Nun ja, was tut man, Josafat massierte sich den Nacken, während er nachdachte, – was … ein Ruf von jenseits des Pfads half ihm über das Problem hinweg. – Hände hoch da drüben, und keine Bewegung, sonst blasen wir euch die Klöten ab, kommandierte eine Stimme, – drei Büchsen mit grobem Schrot sind nämlich auf eure edleren Teile gerichtet, falls ihr welche habt, heißt das.

– Na, du hast die ganze Sippschaft mit, Laffy, rief Ebenezer zurück, ja, man muß klarkommen mit dem, was man hat. – Aber komm etwas näher, wenn du ein gutes Resultat willst.

Eine Gestalt löste sich aus dem Dunkel, sie hatte eine gestrickte Mütze bis zu den Augen herabgezogen, was ihr einen verschlossenen Ausdruck verlieh, ein dicker Bart bedeckte ihre Brust. Hinter ihr tauchten noch zwei weitere mit schußbereiten Büchsen auf. Die Gestalt war zweifellos ein Mann, in sicherem Abstand blieb er stehen und starrte Ebenezer intensiv an. – Es bleibt einem aber auch nichts erspart, sagte er schließlich, – was in Dreiteufelsnamen tust du hier, Wirt?

– Das ist Laffy Cameron, stellte der Angesprochene vor, – und die zwei Bengels dahinter, das sind Zacharias und Sefatja, seine Söhne; tja, Laffy hat mich nicht um Rat gefragt, als sie getauft werden sollten, sonst sähe das Ergebnis sicher anders aus. Aber sie sind alle vollkommen in Ordnung. Die bekanntesten Wilddiebe vom Glen Coe.

Die Spannung nahm spürbar ab. Laffy angelte eine Feldflasche hervor und ließ sie herumgehen, nachdem er selbst zuerst einen Schluck genommen hatte. – Wir glaubten, uns wären sämtliche Trolle im Tal auf den Fersen, sagte er, – die Nummer dürft ihr mit uns nicht nochmal machen. Zacharias war dabei, einen Baum umzustoßen. Laß mal sehen, wie du aussiehst, Sohnemann, schön warst du ja noch nie, aber jetzt wird dich nicht einmal deine Mutter mehr erkennen. Zacharias trat vor. – Nein, darin hast du verdammtnochmal Recht, stimmte Ebenezer ein, – er kann ja das

Wild zu Tode erschrecken. Zacharias befühlte vorsichtig sein Gesicht und erklärte, daß er heute nacht sowieso nicht mehr auf Jagd gehe, und es sei die Frage, ob er überhaupt je wieder gehe. Dann setzte er sich gegen einen Baumstamm und schlief ein.

Laffy Cameron war zum Wagen hinübergagangen, um ihn zu inspizieren. Er hatte den höchsten Respekt vor Schmugglern, die dem gemeinen Mann zu Waren verhalfen, die ansonsten unbezahlbar waren. Schmuggler waren beinah genauso nützlich und menschenfreundlich wie Wilddiebe, wenn er genau darüber nachdachte. – Und ihr wollt durch das Tal zum Krug in Kingshouse, fuhr er fort. – Tja, mich geht es ja nichts an, aber es ist fast so sicher wie der Furz nach dem Grünkohl, daß ihr den Zöllnern in die Arme lauft. Sie sind bei Mondschein immer draußen, weil die Schmuggler es sind, so blöd sind die nämlich auch nicht, und die Route hier durchs Tal lieben sie wie die Spielplätze ihrer Kindheit.

– Und was sollen wir tun? Palmer blickte auf seine Uhr. – Haltet euch hier an den Pfad, nicht einmal die Sassenachs sind bekloppt genug zu glauben, daß irgendwer hier oben Leib und Leben aufs Spiel setzt, riet Laffy. – Also, ich meine nicht, daß eure letzte Stunde geschlagen hat, aber ihr werdet andererseits auch nicht die Hände in den Schoß legen brauchen.

– Ich renn lieber gegen einen Baum, sagte Josafat.

– Warum hast du deinen Söhnen diese Namen gegeben, fragte Palmer aus rein fachlichem Interesse. Laffy antwortete, daß man ihm, als er in seinen jungen Jahren einmal im Gefängnis in Fort William gesessen habe, die Bibel zu lesen gegeben hätte, um einen besseren Menschen aus ihm zu machen. – Ich kann nämlich lesen, verkündete er. – Der Pastor hat es mir beigebracht, und ich mußte dafür seine Speisekammer mit Wild versorgen. Na, und da bin ich über diesen König Josafat und seine Söhne gestolpert, er hatte sogar noch mehr, und das sind Namen, die man nicht verwechselt. Wenn man sie hört, weiß man gleich, von wem die Rede ist. Das kann ziemlich praktisch sein.

Sie leerten gemeinsam Laffys Feldflasche und tauschten Erfahrungen auf dem Gebiet der Gesetzlosigkeit aus. Der Wilddieb und seine Söhne operierten im größten Teil des Tals und hatten manchen Wildhüter über viele Jahre hinweg an den Rand des

Wahnsinns getrieben. Laffys biblische Söhne wirkten ansonsten eher etwas zurückgeblieben und machten den Mund nicht auf, bevor sie lange das Für und Wider abgewogen hatten. Aber von den fünf maskierten Räubern hatten sie tatsächlich schon gehört. – Den MacDolphin, den kenn' ich, sagte Josafat. – Er hätte uns beinah mal zu Krüppeln geschossen, als wir zur Abwechslung drüben am Loch Mullardoch jagten. Wenn er nicht direkt in eine von unseren Fallen marschiert wäre, hätte er die ganze Familie ausgerottet. So mußten wir stattdessen ihn befreien, sonst wär er erdrosselt worden.

– Was hat er denn dazu gesagt? fragte Tinker. – Er wollte gleich weitermachen, wo er aufgehört hatte, da mußte der Alte ihm eins auf den Kopf geben, antwortete Josafat. – Ist er immer so?

– Er ist dabei, sich zu ändern, erwiderte Tinker.

Laffy erklärte den Freunden, wie sie weiterkämen, ohne die Sassenachs in Rage zu bringen. Es hörte sich ziemlich einfach an, und sie würden kurz vor dem Krug in Kingshouse wieder auf die Straße stoßen, wenn unterwegs nichts passierte. – Aber ihr scheint ja gut in Form zu sein, tröstete der Wildieb, – man soll die hellen Seiten sehen, besonders nachts.

Kurz darauf trennten sie sich, und die Freunde zogen auf dem Pfad weiter, der gewisse Herausforderungen zu beinhalten schien. Der Mond stand nun hoch am Himmel und hatte die Farbe, die der Mond haben soll, sein kaltes Licht badete die Dinge entweder in einem bläulichen Schein oder belegte sie mit schwarzen Schatten. Alles war Unwirklichkeit. Oben zwischen den Felsen erklang das Gemurmel des Windes, als werde dort eine Zusammenkunft vieler und großer Wesen abgehalten. Zu ihrer Linken fiel der Hang zur Talsohle immer steiler ab, sie ahnten tiefe, zerklüftete Einschnitte mehr als sie sie sahen und hörten strömendes Wasser über Steine rauschen.

– Wir sind einfach zu gutmütig, japste Ebenezer, – wir müssen die besten Menschen auf der Welt sein, weil wir uns auf das hier eingelassen haben, nur um Klein Martin zu helfen. Albertina würde mit Recht behaupten, daß ich nicht ganz bei Trost bin.

– Ich hab' geglaubt, es wäre die reine Faulenzerei, das Schmuggeln, hustete Tinker und riß an den Halftern der Pferde, als wollte er ihnen die Köpfe abreißen. – Seht mal nach, ob die Rumfässer hinten runterrollen. Wir finden sie nie wieder.

– Ich halt sie fest, keuchte Palmer. – Wenn sie runterfallen, könnt ihr mich auf der Stelle begraben, ein kleines Loch reicht aus. Er ging hinter dem Wagen und hielt mit je einer Hand eine Tonne fest, sie schaukelten wild und gluckerten um die Wette.

Der Pfad war von Schafen und Rindern durch Jahrhunderte hindurch ausgetreten worden, doch keines dieser Tiere hatte vier Räder gehabt und eine Last von mehr als 500 Pfund Gewicht getragen, der Wagen ächzte und krachte in allen Verbindungen. – Jetzt könnten wir Thomas Alexander gut gebrauchen, röchelte Larky, – stattdessen räkelt der sich da oben am Loch Shin mit dieser Dame auf dem Lotterbett; vom Heldentum des Alltags hat er noch nie was gehört.

Der Wagen rutschte ab, das eine Vorderrad hing frei im Leeren, ein Haufen Steine verschwand krachend in die Tiefe. – Ob wir uns auch so anhören werden, jammerte Tinker; er klammerte sich an das rechte Pferd, das versuchte, ihm den Arm abzubeißen.

– Sie werden uns nie wiederfinden, rief Ebenezer laut, – in hundert Jahren liegen wir da unten als zerbröckelnde Skelette und starren mit leeren Augenhöhlen zu Gottes blauem Himmel auf. Fuchs und Hase werden auf uns pissen.

– Du kommst ja richtig ins dramatische Fahrwasser, bellte Palmer, du solltest dich zu Ossian setzen und Wechselgesänge mit dem Kerl aufführen, wenn man dich hört, könnte man glauben, daß du die Offenbarung des Johannes geschrieben hättest.

– Die hab ich mal auswendig gekonnt, gab der Wirt zurück, - aber nur, wenn ich einen Kleinen sitzen hatte. Es lief nur so wie die Kacke bei einem Kälbchen. Haben wir übrigens Whisky?

Sie bekamen den Wagen schließlich wieder auf festen Grund und lärmten weiter, keiner von ihnen ahnte, wo sie waren. Die Schinderei, den Wagen und die Pferde und sich selbst aufrecht zu halten, hinderte sie daran, dem Problem lange Grübeleien zu widmen. Als sie an einen Abhang mit hartem Gras kamen, blieben die Pferde stehen und schnaubten unruhig.

– Was ist denn jetzt los? rief Palmer hinten von seinen Fässern. – Wenn es ein Höllenpferd ist, dann spannt es bloß vor.

– Rinder, verkündete Tinker, – Viecher in Massen, sie liegen quer über den Pfad und genießen die Nachtluft. Er ging zu einem der Tiere und klatschte drohend in die Hände, die Kuh sah ihn mit sanften Augen an, sie käute wieder.

– Das einzige, wovor sie Angst haben, ist ein Hund, sagte Larky, – hat vielleicht jemand von euch irgendwo einen Hund?

Los, hoch mit dir, du elende Kanaille, sonst reiß ich dir die Hörner ab. Er tanzte um eines der ruhenden Tiere; es sah an ihm vorbei.

Die Freunde betrachteten die Kühe, einige der Kühe betrachteten die Freunde, letztere rechneten sich aus, daß zehn der Rinder fortgescheucht werden wüßten, damit der Wagen sich vorbeiquetschen konnte. – Wir können sie wegtragen, meinte Tinker, – das tut man zuweilen mit Schafen, aber die hier sind ja etwas schwerer.

Sie sammelten sich um eine Kuh und betrachteten sie von allen Seiten. – Jetzt müßten wir Lady Gertrude bei uns haben, sagte Larky, sie würde die meisten dazu bringen, aufzustehn. Eine denkwürdige Frau. Er gab der Kuh einen Tritt ans Hinterteil, sie vergaß wiederzukäuen und erhob sich in der Art der Kühe. – Aha, lachte Palmer. Die Kuh blieb stehen, also richtig zum Lachen war es auch nicht. – Wir schieben sie zur Seite, schlug Tinker vor. Palmer und er versuchten es. Der eine schob, der andere zog, die Kuh bewegte nur ein Bein zur Zeit, offenbar verstand sie kein Wort von dem Ganzen.

Larky und Ebenezer warfen sich über die nächste in der Reihe, mit der gleichen Methode. – Es ist wie mit der Frau des Müllers in Meiklie zu tanzen, bemerkte Ebenezer, – wenn die einem auf die Zehen tritt, kann man nachher herumlaufen und sie zusammensuchen. Riechen tun sie übrigens auch ungefähr gleich.

Mit jeder Kuh, die entfernt wurde, rückte der Wagen ein Stück vor. Die Pferde begriffen schnell, daß die zottigen Riesen keine Gefahr für sie waren. Sie waren überhaupt keine Gefahr, sondern die Friedfertigkeit selbst, ihre Blicke glichen denen von Hundewelpen, ihre Mäuler waren wie überreife Blumen, aber sie begriffen nicht, warum um alles in der Welt sie woanders hin sollten.

Als die letzte Kuh den Pfad verlassen hatte, setzten sich die Freunde ins Gras und atmeten schwer, alle stanken nach Kuh.

– Wie wär' s mit einem kleinen Muntermacher? schlug Ebenezer vor und ließ die Augen über die Fässer gleiten. – Whisky wäre zwar besser, aber ich bin bereit, so gut wie alles zu trinken.

– In Anbetracht der Umstände finde ich den Vorschlag angemessen, antwortete Palmer; er hatte seine Perücke abgenommen und ließ den Wind seine heiße Stirn kühlen. – Wir können ja immer noch mit Quellwasser wieder auffüllen, sagte Tinker und war schon bei den Fässern.

Der Himmel rötete sich schwach im Osten hinter Rannoch Mor, als der Schafzüchter von Aonach Mor das Poltern eines Wagens hörte und kurz darauf den Wagen kommen sah. Er ging ihm entgegen und fragte: – Was kosten die Kühe heute auf dem Markt von Invermoriston?

– Kühe! Hast du Kühe gesagt? Der Mann, der vornweg ging, erstarrte. – Wenn du noch einmal das Wort Kuh in den Mund nimmst, reiß ich dir bei lebendigem Leib die Därme raus, ehrlich! Er packte den Schafzüchter bei der Brust. Ich bin fertig mit Kühen, verstehst du, fertig!

Drei andere Männer tauchten auf, gut bewaffnet. – Habt ihr gehört, was dieser elende Trottel uns fragt? schrie der erste. – Ob wir den Preis für Kühe kennen! Er verbarg sein Gesicht in den Händen.

– Hast du Kühe gesagt? Ein kleiner Mann mit Perücke drängte sich nach vorn, – und in Invermoriston? Laß mich mal nachdenken, er duftete ziemlich stark nach Rum. – Ja, sie kosten einen Golddukaten und einen Dachsschwanz.

– Dachse haben keine Schwänze, protestierte einer der anderen Männer. – Nur einen kleinen Stummel, der zu nichts zu gebrauchen ist. Da solltest du einen Eichhörnchenschwanz sehen, Himmelarschundzwirn, damit kannst du ein Kanonenrohr reinigen.

– Nimmt man dafür Eichhörnchenschwänze? fragte ein langer Lulatsch. – Jedenfalls garantiert nicht im Yorkshire-Regiment. Ich mußte einmal einen Zwölfpfünder reinigen, und ... na, jetzt kapier ich, er lachte verstehend, – also der Schwanz eines Dachses, klar Kamerad!

Es dauerte einige Zeit, bis die Freunde die Geschichte der Fahrt von Ballachulish zum Krug in Kingshouse zu Ende erzählt hatten.

Im Gegensatz zu vorher waren sie bester Laune und brachen sogar einen Moment in Gesang aus. Der Schafzüchter und die beiden Schmiede wechselten Blicke. – Aber warum in Dreiteufelsnamen habt ihr euch da oben auf diesem Pfad abgequält, den nur das Vieh und die Schafhirten benutzen? fragte der Schafzüchter schließlich.

– Sprich nicht von Vieh, bat Ebenezer. – Wie du vielleicht verstehen kannst, haben wir eine gewisse Abneigung gegen Rinder entwickelt. Ja, wir hörten Hufschlag und sind auf den Pfad ausgewichen, und kurz danach tauchten vier Reiter auf, es war also höchste Zeit.

– Nur unsere Geistesgegenwart und unser Mut haben die Last gerettet, sagte Larky.

– Das muß Malcolm mit seinen Männern gewesen sein, sagte der ältere Schmied, – wir haben mit ihnen geredet, als sie hier durchgeritten sind. Sie wollten nach Carnach und ... er beendete den Satz nicht.

– Sag's nur, grinste sein Sohn, – sie wollten nach Carnach und eine Schafherde holen, für die die Engländer schon bezahlt hatten, also daß sie nach Kinlochlewe geliefert werden sollte. Malcolm meinte, daß er mehr Freude daran haben würde, wenn er sie umsonst bekäme.

– Ja, aber sie untersuchten die Spuren auf dem Weg und zeigten zu uns hinauf, sagte Tinker, – Gott sei Dank, daß sie uns nicht sehen konnten.

– Sie haben sicher euren Wagen gehört, er ist ja nicht gerade lautlos, meinte der Schafzüchter. Und sie wollten wohl herausfinden, was aus ihm geworden war. Nein, es waren heute Nacht keine Beamten im Tal. Das hatten wir vorher untersucht. Wir haben nämlich eine gewisse Erfahrung.

Die Freunde sahen sie in die Richtung von Rannoch Mor losziehen, wo noch mehr Hexen und Wiedergänger waren als im Glen Coe. – Jetzt will ich schlafen, erklärte Ebenezer. Sie gingen zur Scheune hinüber, auf dem Grasplatz davor lagen drei Kühe. Ihre Kiefer mahlten von Seite zu Seite. Die Freunde blieben stehen. – Laßt uns woanders hin gehen, sagte Palmer.

16

Als die Wälder der Highlands sich in bunte Farben kleideten und die Keile der Vogelzüge die Luft über den stillen Tälern durchschnitten, richteten die Freunde ihre Blicke nach Norden, wo Thomas Alexander sich aufhielt.

– Die Alte hat ihn schon unterm Pantoffel, meinte Badger, – man soll sich nie zu weit vorwagen, davon kann ich ein Lied singen. Einmal bin ich drüben auf Skye so einer auf den Leim gegangen, ich hab mir nichts Schlimmes dabei gedacht, aber sie war gut in dem Einen und von sanftem Gemüt, wie es ein Mann eben schätzt. Und eines Tages kommt der Pastor zu Besuch, und die Mutter des Mädchens taucht auf mit Kirschlikör und Gebäck, und das Mädchen selbst kommt mit kleinen aufmunternden Anspielungen, und da begriff ich natürlich, daß die Kanonen in Stellung gebracht waren. In der gleichen Nacht bin ich quer über die ganze Insel gerannt und kam mit einem Hummerboot nach Glenelg. Seitdem habe ich nie wieder einen Fuß auf die Insel gesetzt.

Sie waren alle einig darin, daß die Ehe ein ernsthaftes Unterfangen war, in das man sich nicht mit verbundenen Augen hineinbegeben durfte, aber Ebenezer, der als einziger Erfahrung auf dem Gebiet hatte, fand trotzdem, daß die Vorteile die Nachteile überwogen. – Wenn man sich nicht satt bekommen hat, nachdem das ganze Getändel und der Knutschkram überstanden ist, dann gibt es nichts besseres, als verheiratet zu sein, sagte er. – Dann ist man sozusagen ein Wesen mit zwei Köpfen, wenn ihr versteht, was ich meine.

Larky gestand, daß es ihm schwerfiele, sich das vorzustellen, wenn es sich um Albertina handelte, aber die Symbolik ganz allgemein leuchtete ihm ein. – Was meinst du denn, Pastor? fragte er Palmer.

– Es ist der Wille des Herrn, daß Mann und Frau zusammenleben und fruchtbar sein und sich mehren sollen, antwortete dieser.

Aber andererseits sagt er auch nicht, daß alle Männer und Frauen es sollen. Eigentlich bin ich nicht der Richtige, um hier zu raten, denn mir fällt es sehr schwer, mich als Familienvater von spielenden Kindern umgeben zu sehen und von einer Frau, die auf meinem Schreibtisch aufräumt.

Das stellte er sich auch nicht vor, wenn Nancy O'Casey und er sich trafen. Nach jeder dieser Begegnungen, die nie sehr lange dauerten, sagte er sich selbst, das dies das letzte Mal gewesen sei, daß es ein unmögliches Verhältnis sei, daß es eine Schuftigkeit gegenüber Nancys Mann sei, daß er, David Josuah Palmer, es besser wissen müßte. Er, ein kleiner Junggeselle mit einer Halbglatze, der über das beste Alter hinaus war, der eine Brille brauchte; worauf hatte er sich da nur eingelassen? Aber Nancy brachte jedesmal wieder den Boden unter seinen Füßen ins Gleiten; wenn sie auftauchte, wußte er weder aus noch ein.

– Du denkst zuviel, David, sagte sie zu ihm, – du glaubst, daß du durch Lesen auf alles eine Antwort findest, aber das kannst du nicht. Und ich bin kein Rechenexempel, das du dazu bringen mußt, koste es was es wolle, aufzugehen.

– Nein, das bist du nicht, gab er zu, – ich weiß im Grunde nicht, was du bist. Aber ich dürfte mit dir nichts zu tun haben.

– Natürlich nicht, es ist sündig und unmoralisch und unwürdig, na und? Was willst du daran machen? Sie kam näher. – Und was will ich daran machen? Wir beide haben den Verstand verloren, David, du ahnst nicht, wie vielen das täglich passiert.

Er gestand sich stillschweigend ein, daß sie Recht hatte. Aber es war ein Wahnwitz, den er auf ganz sonderbare Weise sinnvoll fand, und der ihm über alle gewöhnlichen Normen erhaben schien. – Eines schönen Tages bin ich fort, und du siehst mich nie mehr wieder, sagte er.

– Ich weiß, aber ich zähle die Tage nicht, erwiderte sie, – und es wird dir erspart bleiben, mich dastehen und heulen zu sehen. Versprich mir, daß du nicht kommst, um dich zu verabschieden, einen Moment lang drückte sie sich an ihn, dann lief sie über die Wiese davon.

Palmer wanderte herum, um den Fjord oder ins Tal hinein und trat in ohnmächtiger Wut gegen alle kleinen Steine, die auf seinem

Weg lagen. Die Freunde sagten nichts, wenn er in der Mühle auftauchte.

Aber natürlich dachten sie sich ihr Teil. – Sonderbar, daß er und Nancy in einander verknallt sind, sagte Tinker. – Palmer ist ein großartiger Mensch, er ist klug, belesen, ein treuer Freund, und ohne ihn wären wir nicht viel wert, aber daß eine Frau seinetwegen geradezu den Kopf verliert, begreife ich trotzdem nicht.

– Liebe ist sehr undurchsichtig, sagte Ebenezer. – Zum Beispiel, als ich Albertina traf. Es war in „Die zehn Gebote" drüben in Beauly, ich kam mit einem Fäßchen Whisky, und Albertina wischte den Tisch ab, sie war das neue Schankmädchen. Und als ich hereinspaziert kam, hat sie mich zur Minna gemacht wie nichts Gutes, weil ich den Fußboden versaute, *ihren* Fußboden, und ich hab ihr erzählt, daß sie eine dumme Nuß wäre, die sich nichts einbilden sollte. Für gewöhnlich ist das ja nicht gerade die Art, wie es anfängt, aber bevor ich mich auf den Heimweg machte, hatten wir abgesprochen, daß sie kommen und bei mir bedienen könnte, wenn sie eines Tages in Beauly keine Lust mehr hätte. Und drei Tage später kam sie an mit ihrer Kiste. Ich verstehe es heute noch nicht.

– William O'Casey sollte wohl lieber nichts davon erfahren, sagte Larky. – Bei uns in Llanfyllin war ein Mann, der entdeckte, daß er zum Hahnrei gemacht worden war, und der ging hin und hat sich aufgehängt. Ich glaube nicht, daß William sich aufhängt, aber wenn er nun Palmer aufhängt.

– Nein, pfui Teufel, Ebenezer schüttelte sich, – wir können ihn doch warnen.

– Wen, fragte Larky, – William?

– Unsinn, Palmer, er muß lernen, seine Leidenschaften zu beherrschen. Wir müssen mit Thomas Alexander darüber reden, wenn er wiederkommt.

– Ja, der ist mir gerade der Richtige, Tinker lachte schallend, – das ist ja ungefähr dasselbe, wie den Bock zum Gärtner zu machen. Wann kommt er übrigens zurück? Die anderen zuckten mit den Schultern und wandten ihre Blicke nach Norden.

Doch eines Tages kam der Herr von Dolphin Castle. Er saß auf einem Pferd.

Die Freunde starrten ihn ungläubig an. Thomas Alexander blieb auf dem Hofplatz vor der Mühle stehen, er schien keine Strapazen durchlitten zu haben, aber irgendwie verändert war er trotzdem. – Was ist los? fragte er, – habt ihr noch nie ein Pferd gesehen?

– Doch, massenhaft, aber noch keins mit dir drauf, antwortete Ebenezer. – Ehrlich gesagt habe ich nicht geglaubt, daß du für Pferde viel übrig hättest. Darauf antwortete unser Held nichts, obwohl er über einen Kommentar nachdachte, das war deutlich zu sehen. Dann stieg er ab und gab ihnen allen die Hand, es war richtig feierlich, und die Freunde verspürten den Drang, sich zu verbeugen. Badger erschien in der Tür und stieß einen Fluch der Verwunderung aus.

Sie halfen dem Heimgekehrten ins Haus und bereiteten eine Mahlzeit, während er von Loch Shin und Scravie Castle und den unzähligen Familienmitgliedern erzählte. Über Iris MacGillivroy berichtete er nichts. Als das Essen auf den Tisch kam, aß und trank er mit gutem Appetit, und die anderen leisteten ihm Gesellschaft. Dann erzählten sie von ihren Erlebnissen, es war rundum gemütlich, obgleich trotz allem etwas zu fehlen schien. – Prost, sagte Palmer und hob seinen Krug, – und es ging allen gut da oben in Sutherland?

– Ja, Männern und Frauen, Jungen und Alten? Ebenezer prostete. – Sie reiten wohl nicht alle auf ungesattelten Pferden? Er stimmte „Ridin' my horse to my lassie" an, und die anderen fielen unaufgefordert ein.

Thomas Alexander verzehrte ein Stück vom kalten Schneehuhn und spülte mit Whisky nach. – Es ging ihnen allen ausgezeichnet da oben, sagte er, – sie haben eine ältliche Tante, die ihren Whisky brennt. Ihr müßtet sie übrigens Enten schießen sehen, die kriegten kein Bein auf die Erde, also das heißt, genau das taten sie, ha ha! Ungesattelte Pferde, warum redet ihr von ungesattelten Pferden?

– Rein zufällig, wir haben wenig Ahnung von ungesattelten Pferden, beteuerte Larky, – aber es muß verflucht schwer sein, sich auf ihrem Rücken zu halten, besonders für eine Frau. Aber weibliche MacGillivroys reiten vielleicht nicht auf ungesattelten Pferden, nicht alle, meine ich?

Thomas Alexander wählte eine halbe Blutwurst und nahm ein Stück Brot. – Ich habe mich entschlossen, zu heiraten, sagte er und wedelte mit der Wurst, – wir haben uns entschlossen zu heiraten.

Sie hörten alle auf zu kauen, aber alle griffen zu den Krügen. – Du Allmächtiger, murmelte Palmer wie vor den Kopf geschlagen.

– Ich habe bestimmt, daß meine Hochzeit mit Iris MacGillivroy am 15. März nächstes Jahr auf Scravie Castle stattfinden soll, fuhr der Ehemann in spe fort, – wir haben es bestimmt. Das ist nämlich unser Geburtstag, das ist Iris' Geburtstag, meine ich.

– Gott steh uns bei, murmelte Ebenezer.

– Ist es nicht üblich, bei derartigen Neuigkeiten in Hurra- und Freudenrufe auszubrechen? Thomas Alexander biß ein Wurstende ab. – Nicht daß ich es verlange, aber wir sind an einem Scheideweg angelangt, einer Weggabelung, einer... Iris bittet mich übrigens, euch herzlich zu grüßen. Sie erwartet euch alle in Scravie Castle am 15. März.

– Es ist uns eine Ehre, möge es uns mit Gottes Hilfe gelingen, der Einladung Folge zu leisten, erklärte Palmer salbungsvoll.

– Ja, du sollst auf jeden Fall da sein, Thomas Alexander biß ein weiteres Stück Wurst ab, – du sollst uns nämlich trauen.

– Du Allmächtiger! Palmer wiederholte sich und tastete nach dem Krug. – Du meinst das also in vollem Ernst, es ist nicht einfach nur etwas, das du ... ich meine, du sitzt hier und stopfst dich mit Wurst voll und gleichzeitig ...

– Meine angeborene Schüchternheit hindert mich daran, meine innersten Gefühle zu zeigen, erklärte der werdende Bräutigam, – aber ich bin sehr, sehr glücklich, und Iris ist sehr ... ja, sie war es eigentlich, die die Initiative ergriffen hat. Es war übrigens meine Großmutter, die mir empfahl, mir Iris MacGillivroy einmal anzusehen, ihr Vater handelt nämlich nicht mit Klippfisch. Die beiden, also meine Großmutter und meine Mutter, werden auch sehr, sehr glücklich sein.

– Und was wird mit dem hier? Tinker lehnte sich über den Tisch und ließ die Hand einen Kreis in die Luft zeichnen. – Wenn du zu Hause sitzt und Däumchen drehst?

Thomas Alexander stopfte den Rest der Wurst in den Mund und goß mehr Whisky nach. – Noch bin ich nicht in Hymens Fesseln gefangen, erwiderte er, – bis März mach ich weiter wie bisher.

Die Freunde nickten zaghaft.

– Vielleicht nicht ganz genauso wie bisher, fuhr unser Held schnell fort, – es soll mir natürlich in der Zwischenzeit nichts zustoßen, das würde Iris mir nie verzeihen. Sie hat ziemlich feste Meinungen.

– Und wenn du in Fesseln gelegt bist? fragte Ebenezer.

– Dann ruht eine große Verantwortung auf meinen Schultern, sprach Thomas Alexander. – Mehr kann ich im Augenblick nicht sagen. Seid ihr denn nicht auch allmählich soweit, die Lust zu verlieren?

Sie wichen seinem Blick aus, scharrten mit den Füßen und leerten hastig ihre Krüge. – Möge es uns allen zum Segen gereichen, sagte Palmer.

– Amen! sagte Ebenezer.

1748

1

Anmerkung: Hier kommt ein gewaltiger Sprung in Thomas Alexanders Aufzeichnungen. Nun ja, der Bursche hatte auch an anderes zu denken. Sich zu verheiraten kommt einen Mann hart an, ich war nur ein halber Mensch die letzten Tage, bevor sie mich vor den Altar in St. Winifred schleiften. Nicht daß ich es auch nur einen einzigen Tag bereut hätte. Wenn ich einmal einen Tag verhindert bin, zum Friedhof hinauszugehen und ein wenig mit Ann Mary zu plaudern, geht es mir richtig elend. Aber es ist schon der Gedanke, der einen ein wenig aus dem Gleichgewicht bringt, man weiß ja nicht, was er mit sich führt.

Aber nun zur Sache: vom Herbst 1747 bis zum 10. März 1748 findet sich im Tagebuch keine einzige Silbe. Ich kann nicht glauben, daß die Freunde nur herumgetüddelt und Bagders Hunde hinter den Ohren gekrault und die Tage gezählt haben, bis Thomas Alexanders Stunde schlagen würde, aber das Schweigen ist undurchdringlich. Das ist das Folgende indessen nicht, wovon meine Feder beredt Zeugnis ablegen wird.

Auf einer von General Wades ausgezeichneten Militärstraße rollte eine Kutsche durchs Glen Farrar nach Struy Bridge und von dort weiter zum Beauly Fjord und nach Dingwall. Die Freunde hätten wohl eine kürzere Route vorgezogen, doch die Kutsche machte das unmöglich; darin saßen Mutter Elizabeth und Großmutter Charlotte in ihrem prächtigsten Staat. Vorneweg ritt unser Held, standesgemäß gekleidet, versteht sich. Auf dem Bock thronte Ebenezer als Kutscher, an seiner Seite saß Palmer als Lakai, hintendrauf Tinker und Larky als Unteroffiziere des ehrenbekränzten Yorkshire-Regiments. Auf beide Wagentüren waren das Monogramm George II. und die Buchstaben HMP (His Majesty's Property) gemalt, wenn man sowieso schon übertrieb, konnte man auch gleich aufs Ganze gehen. Das Frühjahr kündete seine Ankunft an, zwischen den Wolken hindurch kokettierte die Sonne mit den Wasserpfützen, fleckige Stare flöteten in den Büschen, wollbüschelige Hasenjunge duckten sich unter dem frischen Wind.

– Es sollte nach Möglichkeit nichts passieren, Albertina hat gesagt, daß sie mich gern in heilem Zustand zurückbekommen möchte, Ebenezer klatschte mit den Zügeln. – Wir haben Papiere genug dabei, um geradewegs in den Tower hineinzufahren, erwiderte Palmer, – sämtlich vom Beauftragten Seiner Majestät in Dingwall, Mr. Charles Bantyre, gestempelt und unterschrieben. Ich hoffe, er sieht uns die Freiheit, die wir uns genommen haben, nach, falls ihm etwas davon zu Ohren kommen sollte.

– Hast du nun auch an alles gedacht? Mutter Elizabeth wühlte in ihrer Tasche.

– Großer Gott, natürlich hab ich das, fuhr Großmutter Charlotte sie an, – ich bin schon auf mehr Hochzeiten gewesen, als du jemals kommst, eine schlimmer als die andere. Bete du lieber zum himmlischen Vater, daß dein Sohn nun nicht alles verpatzt. Mutter Elizabeth begann zu schluchzen. – Schon wieder, keifte die Alte, – tut ihr MacDuffs überhaupt nichts anderes als flennen?

Sie waren darauf eingestellt, daß alles passieren konnte, wie sie es immer waren. Die von den Engländern ausgesetzte Belohnung von 100 Pfund auf den Kopf jedes der fünf Räuber galt immer noch, die Plakate sprachen eine deutliche Sprache. Aber Thomas Alexander zuliebe hatten sie beschlossen, das Risiko einzugehen, weder er noch seine engste Familie sollten es nötig haben, sich wie die Diebe zu nächtlicher Stunde durch die Wildnis anzuschleichen. Die Yorkshire-Unteroffiziere hinten auf dem Wagen waren gut bewaffnet, es hätte auch sonst merkwürdig ausgesehen, waren sie es doch, die den ersten Schlag zu parieren haben würden, wenn etwas passierte. Die Damen waren instruiert worden, daß es durchaus zu Zwischenfällen kommen könnte, und Großmutter Charlotte hatte sogleich verlangt, daß man ihr eine Pistole aushändigte. Das war abgelehnt worden. Der Herr zu Dolphin Castle verfügte über Papiere, die ihm bescheinigten, daß er der hochwohlgeborene Sir Justus Lister war und die Damen begleiten sollte, welche ihrerseits zu Mutter und Tochter eines hohen Regimentstiers in Lairg in Sutherland geworden waren. Sir Justus wiederholte in kurzen Abständen vor sich hin, was er Angesicht in Angesicht mit einer mißtrauischen Obrigkeitsperson sagen sollte. Pastor Kelsoe war ihnen beim Ausfertigen der Papiere behilflich gewesen, er gab sich beinah täglich mit dem Fälschen von Papieren ab und fühlte sich gut dabei.

Sie passierten häufig Soldaten auf dem Marsch, aber das königliche Monogramm bewahrte sie vor allen näheren Inspektionen. – Es ist beinah richtig feierlich, bemerkte Ebenezer, – als führe man zu einer Beerdigung, alle treten zur Seite. Wir hätten diesen Trick vielleicht etwas früher anwenden sollen. – Jetzt werden wir nie mehr Verwendung für ihn haben, gab Palmer zurück. Thomas Alexander hatte beschlossen, nicht zuletzt unter dem Druck der MacGillivroys, das Räuberdasein ad acta zu legen. Es war zögernd geschehen, er meinte, noch nicht genügend Mittel für Gobelins, Gemälde und Statuen von griechischen Göttern zusammen zu haben. Aber die MacGillivroys waren nicht mittellos, Iris' Mitgift hatte ihn davon überzeugt, daß es für eine standesgemäße Ausschmückung des neuen Dolphin Castle reichen würde. Das hatte er den Freunden mitgeteilt, und diese hatten nicht protestiert, sondern ganz im Gegenteil eine nachdenklich stimmende Fröhlichkeit an den Tag gelegt und ein nächtliches Festmahl arrangiert, an dem auch Badger und sämtliche Hunde teilnahmen. Das ganze Tal hatte es hören können.

– Komischer Gedanke, daß wir jetzt in Pension gehen, sagte Larky hinten auf dem Wagen. – Die Sassenachs gehen friedlichen Zeiten entgegen, die Steuereintreiber kriegen keine Nervenzusammenbrüche mehr, sagte Tinker. Ihre Uniformen leuchteten in der Sonne.

– Fühlst du nicht doch ein bißchen Wehmut? fragte Ebenezer vorn auf dem Bock. – Als ob man auf eine freundliche und glückliche Kindheit zurückblickt. Ich habe schon wieder angefangen zuzunehmen. – Richtig freundlich und glücklich würde ich die Zeit vielleicht nicht nennen, aber du hast recht, sie ist nicht ohne versöhnliche Elemente gewesen, gab Palmer zurück. – Aber vergiß nicht, daß die Engländer die Vergangenheit nicht vergessen haben.

Sie verbrachten die erste Nacht im Gasthof von Windhill und konnten nach Osten über die grünen Wiesen zum Beauly Fjord blicken. Die Dienerschaft mußte mit einem Heulager über der Wageneinfahrt Vorlieb nehmen, und für die zwei Soldaten hatte der Wirt überhaupt nichts übrig. Seiner Frau erzählte er auf Gälisch, was er von ihnen hielt, die Soldaten mußten sich beherrschen, um ruhig zu bleiben.

Am folgenden Tag reisten sie weiter nach Norden und machten einen Bogen um Dingwall, um allen Eventualitäten aus dem Weg zu gehen. Dann rollten sie lange an dem breiten Cromarty Fjord enlang und bogen kurz vor Alness nach Kincardine ab, sie wollten im Wirtshaus von Aultnamain übernachten.

Auf diesem Wegstück, das ansonsten nicht gerade von Menschen wimmelt, wurden sie von einer Abteilung Soldaten angehalten, die den Weg gesperrt hatte. – Es ist die verkehrte Welt, rief Ebenezer und zog die Zügel an, – sonst sind wir es, die die Wagen anhalten, und die anderen, die sich in die Hosen machen. – Denk an deine Würde, befahl Palmer und sprach ein hastiges Gebet. Der Leutnant, der die Abteilung befehligte, sah sehr wohl das königliche Monogramm, er hätte den Wagen anstandslos passieren lassen und sogar eine Ehrenbezeigung machen müssen, aber er konnte die vom Yorkshire-Regiment nun einmal nicht ausstehen. Ein paar Yorkshire-Offiziere hatten ihm einmal eine fürchterliche Tracht Prügel verpaßt und ihn in einem Wassertrog zurückgelassen. Gezinkte Karten! Da war er aber der einzige gewesen, der davon was wußte.

– Worum geht's denn? rief Thomas Alexander aufgeblasen. Zwar sollte er nicht den Geist von Hamlets Vater spielen, sondern einen Gentleman, doch auch ein solcher konnte grob werden, er hatte fleißig geübt. – Unerhört, einen Wagen Seiner Majestät zu stoppen, können Sie nicht lesen, Soldat?

– Kontrolle, Sir, wir sind auf der Suche nach Straßenräubern, erwiderte der Leutnant wahrheitsgemäß. – Die Papiere, wenn der Herr so freundlich sein möchte.

– Straßenräuber, was zum Teufel soll denn das heißen, sehen wir vielleicht aus wie Gesindel? ließ der Kutscher sich empört vernehmen. – Ich werde Sie dem nächsten Militärposten melden.

Der Leutnant überhörte die Bemerkung und blätterte in den Papieren des Gentlemans; sie waren beinah furchteinflößend, und er reichte sie kommentarlos zurück. – Und du da oben hältst mal die Schnauze, befahl er dem Kutscher, – seit wann darf sich ein mickriger Zivilist gegenüber Offizieren im Dienst derartige Frechheiten herausnehmen? Komm runter vom Bock.

– Da sei Gott vor! Der Kutscher warf ihm seinen Paß hinunter. – Ich heb doch nicht für Hinz und Kunz meinen Arsch an. Der Intendant von Inverness wird sich freuen, wenn er hiervon hört. Kennen Sie ihn, den „Tiger von Hambleton"?

– Von dem hab ich gehört, bemerkte einer der Soldaten, – pfui Teufel.

Der Leutnant wandte sich den Soldaten hinten auf dem Wagen zu, er haßte sie bereits. – Regiment und Kompanie, bellte er. Nehmt Haltung an, wenn ich mit euch rede.

– Viertes Yorkshire, Sir, meldete Larky.

– Kompaniechef und Zweiter Kommandierende?

– Hauptmann Pellman, Leutnant Shawcross, Sir.

– Dacht' ich mir doch, der Leutnant dachte zwar überhaupt nichts Besonderes, aber Scheißkerle waren sie ganz entschieden. – Die Soldatenwichser, jetzt mal dalli, er schnipste mit den Fingern.

– Wie lange soll denn diese Vorstellung noch dauern, junger Mann? schrie eine grelle Stimme ihm fast ins Ohr. – Möglich, daß es Ihnen Spaß macht, Soldaten sind ja anspruchslos, aber ich fange an, mich zu langweilen. Und Flecken auf der Uniform haben Sie auch, du liebe Güte, haben Sie Eier oder so etwas gegessen?

Der Leutnant starrte in ein scharfgeschnittenes Gesicht, dessen Augen unheilverkündend funkelten. – Wollen Sie bitte so freundlich sein, sich nicht einzumischen, meine Dame, bat er eisig, – und was Eier angeht, so ...

– Dame! Was bildet dieser Hampelmann sich ein, haben Sie gehört, Sir Justus, die Alte wandte sich zeternd an den Gentleman, – ich glaube wirklich, er ist so dumm wie er aussieht.

Die Soldaten kamen interessiert näher, es kam nicht jeden Tag vor, daß der Leutnant heruntergeputzt wurde, und sie lauschten gespannt. Auch der Feldwebel, nun bekam der Tag ja doch noch sein Gutes.

– Das ist ziemlich üblich in dem Gewerbe, Mylady, klang es vom Bock herab. Selbst unter Vorgesetzten finden Sie nie einen

Menschen mit einer brauchbaren Intelligenz. Dabei fällt mir ein Hauptmann ein ...

– Nun reicht's, schrie der Leutnant, – ich kann Sie alle miteinander wegen Insubordination arrestieren lassen, wenn ich auch nur noch ein Wort höre. Das ist ... ist ...

– Erhitzen Sie sich nicht, junger Mann, unterbrach ihn Mylady, – deshalb haben Sie sich vielleicht auch Ihre Uniform beschmutzt, das deutet auf eine gewisse Unreife, aber vielleicht legen Sie das ja noch ab. Ich will daran denken, Sie bei Oberst Wallace zu erwähnen, wenn ich Ihr Aussehen beschreibe, weiß er sicher sofort, wer Sie sind. Soldat, sie wandte sich an die Yorkshire-Musketiere, – welchem Regiment gehört dieser Mann an?

– Drittes leichtes Infanterieregiment, Mylady, wurde gemeldet, – 1. Kompanie, hat nie einen guten Ruf gehabt.

– Das dachte ich mir, Mylady verzog das Gesicht, – wahrscheinlich ist es deshalb hier in der Einöde stationiert. Wenn das dritte leichte Infanterieregiment sich irgendwann in London zeigen sollte, werde ich mal ein Wörtchen mit dem Lordkanzler reden. Nun, junger Mann, sind sie fertig mit Ihrem Räuber- und Gendarm-Spielen? Ihre Nasenlöcher weiteten sich bedrohlich.

Der Blick des Leutnants fiel auf die lauschende Schar hinter ihm, er erstarrte, plötzlich haßte er auch das dritte leichte Infanterie-Regiment. – Iiin Marschordnung angetreten, heulte er, – aber dalli, dalli, bevor ich euch die Klöten abreiße und sie der Artillerie verehre.

– Das klang ja ganz vorzüglich, Soldat, Mylady nickte gnädig, – die Formulierung muß ich mir für ein anderes Mal merken. Nicht wahr, meine Süße, sie wandte sich der anderen Dame im Wagen zu, – schreib es lieber auf, ich vergeß immer alles so leicht. „Die Klöten abreißen und ..."

Der Leutnant zählte langsam bis zehn, während der Wagen sich in Bewegung setzte, er zählte weiter bis zwanzig und wandte sich ab. Vom Wagen erklang volltönender Gesang, es hörte sich an wie „Come and join the British Army". Der Leutnant kratzte an einem Flecken auf seiner Uniform.

Mehr geschah nicht auf der Reise nach Scravie Castle. Alle Familienmitglieder mit Iris an der Spitze strömten herbei, als Ebenezer vor der Treppe vorfuhr. Die beiden Clans kannten einander nicht näher, aber da nie Unstimmigkeiten zwischen ihnen geherrscht hatten, gab es auch keinen Grund, in der Vergangenheit zu graben. Es war dies ansonsten eine liebgewordene Beschäftigung unter den Clans, und zahlreiche Angehörige hatten dabei ihr Leben oder ihre körperliche Unversehrtheit eingebüßt.

Clan Ross, Clan Mackay, Munroe und Oliphant hatten Vertreter entsandt, die Freunde waren die einzigen, die ihre Stammbäume nicht mehrere Jahrhunderte zurückverfolgen und die keine Ahnen aufweisen konnten, die auf Schlachtfeldern geblieben oder in die Politik verstrickt gewesen waren. Aber das wurde auf feine Weise übergangen, nicht zuletzt, als sich zeigte, daß der Pastor zum Gefolge des Bräutigams gehörte. Iris MacGillivroy führte diesen durch Scravie Castle, das an Düsterkeit und Alter alles, was er bis dahin gesehen hatte, in den Schatten stellte. Von verblichenen Gemälden starrten hingeschiedene Geschlechter finster auf ihn nieder, und zerbeulte Rüstungen, die von allerlei mittelalterlichen Waffen umrahmt waren, schienen bereit, jedem Eindringling auf den Leib zu rücken. Die lebensfrohe Iris paßte schlecht in diesen Rahmen von massiver Feierlichkeit, und das sagte Palmer ihr.

– Das ist alles Vergangenheit, lachte sie, – wir waren zwar früher einmal wilde Rohlinge, aber jetzt sind wir die Friedfertigkeit selbst. Mein Vater war nicht gerade begeistert, Bonnie Prince Charlie zu folgen, aber die Pflicht … finden Sie nicht, daß Pflicht etwas Schreckliches ist?

– Pflicht kann ein ausgezeichneter Stabilisator sein, erwiderte er ausweichend und starrte einen polierten Schädel an, der dekorativ mitten auf einer Kommode plaziert war. Er hatte schöne Zähne.

– Meine Urgroßmutter, erklärte Iris, heißt es jedenfalls. Sie soll in diesem Raum ihren Geliebten erschlagen haben, und als sie starb, spukte sie hier als Gespenst herum. Schließlich kam man auf die Idee, ihren Schädel hier aufzustellen, und das war mehr, als sie ertragen konnte. Es muß ja auch eine grausige Überraschung gewesen sein.

Palmer wagte nicht zu fragen, wie sie und Thomas Alexander ihr Leben gestalten wollten, wenn sie es von nun an gemeinsam führten. Wenn er ohne Schaden aus der Rolle als Straßenräuber herauskam, war er ja noch immer der MacDolphin, der in Culloden für Bonnie Prince Charlie gekämpft hatte, oder hatte kämpfen wollen, daran führte kein Weg vorbei. Sich in aller Öffentlichkeit zu zeigen würde gleichbedeutend sein damit, daß er binnen vierundzwanzig Stunden in einem englischen Kerker landete.

Nein, er wagte nicht zu fragen, denn Iris MacGillivroys Glück, während sie ihn durch die Räume führte, von denen einer finsterer war als der andere, war so groß, daß es ihm herzlos vorkam, die kleinste Schramme darin zu verursachen. Du bist ein Miesmacher, ein Schwarzseher und Ignorant, belehrte er sich selbst, du solltest, wie Paulus empfiehlt, jeden Tag für sich betrachten und dich nicht um das Morgen sorgen. Das tat die übrige Gesellschaft auch nicht. Wie seit alters her in Sutherland Sitte und Brauch, es gab hier oben wahrhaftig nicht viele Abwechslungen, stand den ganzen Tag ein langer, mit Essen und Trinken gedeckter Tisch in der Halle, und die Tante, die den Whisky herstellte, hatte Vorräte wie für eine längere Belagerung angelegt. Thomas Alexander, die eine Hälfte des Mittelpunkts, um den sich das Fest drehte, trat auf, wie es seiner Ansicht nach dem Oberhaupt eines großen Geschlechtes anstand. – Paß auf deine Bewegungen auf, warnte Großmutter Charlotte ihn, – es wäre schön, wenn man so wenige Bespiele für die Schwäche der MacDolphins sieht wie nur möglich. Wenn du in der Kirche über irgendetwas fällst, werde ich dir nie verzeihen.

Seine Mutter warf ihm dankbare Blicke zu, war ihr Sohn doch zuguterletzt dem Ruf der Natur, oder was es nun war, gefolgt und hatte ihren heißesten Wunsch erfüllt. – Ein vorzeigbarer Mann, aber ein gottbegnadeter Reiter wird er nie, sagte das Oberhaupt der MacGillivroys, der abgedankte Kavallerist, der nur widerwillig die Rolle als Kavalier der Bräutigam-Mutter übernommen hatte. Frauen konnte er nichts abgewinnen; wenn sie ein Pferd gewesen wäre, aber so. – Das war sein Vater auch nicht, entgegnete sie. – Bei der Jagd, auf der ich ihm begegnete, kam er immer allein über die Hindernisse, während das Pferd stehenblieb. Es sah ziemlich eigenartig aus.

Beim Fest am Vorabend der Hochzeit wurden Wachen um die ganze Burg herum aufgestellt, denn ein Dudelsackorchester mit Trommeln warf sämtliche Hemmungen über die Burgmauern. Falls innerhalb eines Umkreises von ein paar Meilen englische Soldaten waren, konnten sie kaum umhin, die Töne zu vernehmen, die ihnen häßlicher vorkamen als irgendetwas anderes. Die Freunde saßen zusammen, das gab ihnen hier unter Fremden eine gewisse Sicherheit; sich gegenüber hatten sie das zukünftige Ehepaar und dessen nächste Angehörige. Großmutter Charlotte roch am Whisky und nickte anerkennend zu Ebenezer hinüber, sie und der Kneipenwirt prosteten einander in höfischer Manier zu.

Thomas Alexander sah die Freunde an, und erst jetzt, hier in dem Lärm und der guten Stimmung, ging es ihm ernstlich auf, daß er sich von ihnen trennen würde, daß sie alle sich trennen würden. Es war, als fiele eine bemalte Fliese auf den Boden und zersplitterte. Der Gedanke erfüllte ihn wie ein großer Schmerz, er, der sich nie in nennenswertem Grad mit Gefühlen abgegeben hatte, wurde von der Gewißheit erfüllt, daß er im Begriff war, etwas Kostbares zu verlieren, das sich nie wiederfinden lassen würde. Was er in all diesen Monaten als etwas Selbstverständliches aufgefaßt hatte, kam ihm nun wie etwas Großes und Prächtiges vor, etwas Unermeßliches, das jenseits aller Erklärung lag. Selbst mit Iris an seiner Seite fühlte er sich plötzlich sehr einsam und ohnmächtig wie jemand, der an einem fremden Ort zurückgelassen wird und seine Nächsten fortziehen sieht.

– Thomas Alexander, Iris schubste ihn an, – du siehst aus, als hätte dir jemand etwas Schlimmes erzählt.

– Schlimmes? Er fuhr zusammen und lächelte sie unsicher an, – Schlimmes, nein, was redest du. Ich habe nur nachgedacht.

– Hat es etwas mit mir zu tun? Sie legte ihre Hand auf seine.

Er schüttelte den Kopf und konnte beim besten Willen kein Wort über die Lippen bringen. Aber er erhob sein Glas und winkte damit in Richtung der Freunde. Einen Augenblick sahen sie ihn verblüfft an, dann ergriffen sie wie ein Mann ihre Gläser und stießen mit ihm an. Daraufhin warfen sie sie alle fünf auf dem Boden und sahen sie zerspringen.

– Oh Gott, jetzt blamiert er sich wieder! flüsterte Mutter Elizabeth schreckensbleich.

– Nein, meine Liebe, das hat er ausnahmsweise einmal nicht getan. Großmutter Charlottes Augen funkelten.

Thomas Alexander MacDolphin wurde getraut. Vor dem Altar der Kapelle von Scravie Castle gab er der Jungfrau (?) Iris MacGillivroy seine Hand und sein Herz, und Palmer in tadelloser Amtskleidung sorgte dafür, daß es von statten ging, wie es sich gehört. In den Stuhlreihen wurde geschluchzt und Nase geputzt, die Freunde lächelten satanisch.

Die folgenden Tage waren ein einziges Durcheinander, doch dann zogen die vom Clan Ross, Clan Mackay, Munro und Oliphant heim zu ihren einsamen Burgen, müde und triefäugig, aber in der gemeinsamen Meinung, daß es eine gute Hochzeit ohne eine einzige Streiterei oder Schlägerei gewesen war. Die Freunde blieben noch einen Tag, dann brachen sie ebenfalls auf. Sie achteten darauf, daß es ohne große Worte und Gebärden geschah, und glücklicherweise waren viele MacGillivroys Zeugen des Abschieds, was alles erleichterte.

– Wir grüßen Aselmus von dir und bestellen ihm, daß du ihn bald besuchst, sagte Palmer.

– Leider konnte er nicht selber kommen, ich glaube, er hätte sich bestimmt amüsiert, sagte Ebenezer.

– Vergeßt nicht zu schreiben und Neuigkeiten zu erzählen, gute Neuigkeiten; Thomas Alexander drückte ihnen allen die Hand.

– Wenn es nur nicht in Versen sein muß, wird's schon gehen, sagte Tinker.

– Eines schönen Tages werde ich für dich singen, sagte Larky.

Die Kutsche mit dem königlichen Monogramm, mitsamt Mutter Elizabeth und Großmutter Charlotte, blieb in Scravie Castle. Die Freunde hatten ihre Kleidung gegen weniger auffällige Sachen getauscht und zogen zu Fuß zum Loch Carron. Vom letzten Hügel, von dem sie die Burg noch sehen konnten, feuerten sie jeder einen Schuß ab. Einen Augenblick später antwortete ein einzelner von einem der Türme.

2

Am vierten Tag, als sie sich in Strath Bran befanden und die Stadt Achnasheen in Reichweite vor ihnen lag, sahen sie einen einsamen Reiter auf sich zukommen. Das Pferd griff aus, so gut es vermochte, und trotzdem gab der Mann auf seinem Rücken ihm noch die Gerte, als wolle er es zum Fliegen bringen. Die Freunde hatten sich ein wenig in die Heide zurückgezogen, aber der Reiter hatte sie gesehen und zog die Zügel an, daß das Pferd fast hintenübergefallen wäre.

– O'Casey! rief Palmer und lief zu ihm hin, – was tust du hier?

Der Wirt des „Einarmigen Mönchs" war grau vom Staub, er rang nach Luft, konnte aber trotzdem lächeln und ließ sich wie ein schwerer Sack aus dem Sattel gleiten. – Ihr dürft keinen Schritt mehr ins Glen Carron tun. Gott sei Dank, daß ich euch gefunden habe; rechnete damit, daß ihr diese Route nehmen würdet. Keinen Schritt, hört ihr. Die Engländer haben rausgefunden, wer ihr seid. Plakate mit euren Namen und Personenbeschreibungen hängen in der ganzen Gegend, und es wimmelt von Soldaten. O'Casey ließ sich ins Heidekraut fallen und jammerte. – Mein Arsch, mein Arsch, ich habe seit Jahren nicht auf einem Pferd gesessen.

Die Freunde standen da wie gelähmt, und sie waren es auch. – Wa … wie ist das denn passiert? fragte Ebenezer schließlich.

– Rob Lammkeule ist zurückgekommen, O'Casey massierte sich den Hintern, – er kam mit einem Fischer herüber, der auf Copinsay angelegt hatte. Was er selbst am Anfang noch nicht rausgefunden hatte, damit habt ihr ihm geholfen, als ihr ihn mit Klein Martin losgeschickt habt. Er brauchte nur bei den Leuten hier und da ein bißchen zu fragen, ohne daß sie ahnten, was er im Sinn hatte. Und dann ging er zum Kommandanten in Stromeferry und gab einen Bericht ab. So ist es.

– Und Klein Martin? Palmer war blaß geworden.

– Der ist abgehauen, auf See raus, aber er setzt sich mit euch in Verbindung, irgendwie jedenfalls. Plötzlich blickte O'Casey sich um und stieß einen herzhaften Fluch aus. – Thomas Alexander, ist er nicht ... ist er oben am Loch Shin geblieben? Verflixt und zugenäht, dann muß ich weiter, wir hätten euch sonst ein paar Tage aus dem Weg geschafft.

– Leih mir den Gaul, sagte Tinker und war schon bei ihm. – Wo kann ich euch finden?

– Im Pfarrhaus in Shieldaig am Loch Torridon, O'Casey hatte noch nicht zuende gesprochen, als Tinker schon im Sattel saß und den Weg zurücksprengte, den sie gerade gekommen waren.

Sie machten sich sofort auf den Weg. Die helle und lockere Stimmung, die zwischen ihnen geherrscht hatte, war vollständig verschwunden. Sie waren weniger geängstigt als verwirrt, nun wo das Ganze eigentlich vorbei war, schien es erst ernsthaft beginnen zu sollen. – Ihr müßt aus dem Land, antwortete O'Casey auf eine Frage, – hier oben könnt ihr euch nicht zeigen, allzu viele kennen euch. Ich habe den Pfarrhof in Shieldaig gewählt, weil er an der Küste liegt; wir schicken euch als erstes einmal nach Irland.

– Wer sind *wir*? fragte Palmer, und O'Casey erwiderte, daß weder er noch die anderen sich darüber den Kopf zerbrechen sollten. – Im übrigen, sagte er, – solltet ihr mal eure Meinung von Jessie Lancaster ändern, vor allem Thomas Alexander, der sie ja wohl am besten kennt. Sie überhäuft mit ihrer Liebe neuerdings einen Schreiber in der Kommandantur in Stromeferry, und der erzählte ihr, daß Rob Lammkeule dagewesen wäre und ausgepackt hätte. Und was tat die kleine Jessie? Setzt den Schreiber an die frische Luft und kommt in vollem Galopp zu mir hochgelaufen. Zwar sind ihre Gefühle für ihren ehemaligen Liebhaber etwas abgekühlt, aber irgendwo hat alles seine Grenze, wie sie sich ausdrückte.

– Da kann man es mal sehen, sagte Larky, – ich werde nie wieder ein böses Wort über sie sagen, und damit bin ich bisher nicht kleinlich gewesen.

– Man soll Erotik und Politik nicht vermischen, belehrte Ebenezer. – Ich kenne einen Gemeinderat in Kilcumein, der hatte es mit einer Bäckerswitwe, wenn sich die Gelegenheit ergab. Als sie zwischendurch mal eine Verschnaufpause einlegten, da erzählte er ihr, wie er den Bürgermeister aus seinem Sessel kippen wollte, um sich selbst hineinzusetzen. Der Bursche konnte ja nicht wissen, daß auch der Bürgermeister bei der Witwe sein Eisen im Feuer hatte. Wer aus seinem Sessel gekippt wurde, war der Gemeinderat, und bis zu seinem Tod begriff er nicht, wie das zugegangen war. Bart ist Bart und Rotz ist Rotz, das ist 'ne gute Regel. Und weil der Schreiber von Stromeferry in dem einen gut ist, braucht Jessie mit dem anderen, was er sonst tut, ja nicht sympathisieren.

Sie zogen quer über die Berge wie so oft zuvor. Palmer fragte, wer im Pfarrhaus auf sie wartete, und O'Casey erklärte, es sei Pastor Rattclif, der in vieler Hinsicht ein kauziger Sonderling sei, aber die Engländer aus tiefstem Herzen hasse und häufig Flüchtlinge beherberge, die auf die Überfahrt warteten. Und sein Haß auf die Engländer hing damit zusammen, daß sie das Dudelsackspielen verboten hatten; er war nämlich ein leidenschaftlicher Spieler und komponierte Märsche und Tänze, die er jetzt zu nichts verwenden konnte. Am Abend erreichten sie Shieldaig, der Pfarrhof lag direkt bei der Kirche, und O'Casey ließ sie auf dem Friedhof warten, während er mit dem Gottesstreiter sprach. – Der gute O'Casey hat wahrhaftig in mehr Sachen die Finger drin, als ich geahnt habe, sagte Palmer und blickte sich zwischen den Grabsteinen um, – ob Nancy das wohl auch hat?

– Es ist eine Tugend, sich nie zu verplappern, erwiderte Ebenezer, – Nancy hat dir wohl viel erzählt, aber nicht alles. Palmer sah ihn hastig an und errötete. – Ach so, meinst du. Wißt ihr es schon lange?

– Lange genug, aber wir haben es nicht von Fremden zu hören bekommen, und ich finde, darüber kannst du verflucht froh sein, antwortete Larky. – Sonst wäre es vielleicht nicht so selbstverständlich, daß William sich unseretwegen soviel Mühe macht.

Palmer nickte langsam und machte eine kleine Runde zwischen den Gräbern. – Und ihr spuckt mich nicht an? fragte er, als er zurückkam.

– Nein, nein, in so etwas ist man nicht Herr seiner selbst, lächelte Ebenezer tröstend. – Aber es kann leicht ins Auge gehen, das muß man zugeben. Kannst du mir erzählen, warum Gott unsere Gefühle nicht ein bißchen praktischer reguliert? – Nein, manchmal zweifle ich daran, daß es seine Erfindung ist, sagte Palmer.

O'Casey kam wieder zum Vorschein und winkte sie heran. – Alles in Ordnung, sagte er, ihr haltet euch hier versteckt, bis ihr näheren Bescheid bekommt. Zeigt euch nicht außerhalb des Pfarrhauses und paßt auf, daß euch niemand sieht.

– Und was ist mit Aselmus? fragte Larky.

– Der liegt gut, wo er liegt, grinste der Wirt, – aber ihr müßt eine Zeitlang auf das verzichten, das er bewacht. Es würde Selbstmord sein, wenn ihr euch zu Hause im Tal zeigt, die Engländer haben rund um die Mühle Wachen aufgestellt. Um Badger braucht ihr euch keine Sorgen zu machen, der hat mit der Hand auf der Bibel geschworen, daß er nicht ahnte, wer ihr wart, und er wirkte dermaßen verstört, daß die Engländer ihn laufen gelassen haben. Wenn es sein muß, kann er den total Bekloppten spielen.

O'Casey drückte ihnen die Hände, er mußte zurück nach Invercarron. Bei der Pforte wandte er sich noch einmal um. – Nancy hat mich gebeten, euch alle zu grüßen, sagte er, – sie hätte euch gern behalten.

Pastor Rattclif ähnelte einem Asketen aus der Zeit des frühen Christentums, und sein Gesichtsausdruck ließ vermuten, daß er den größten Teil der Sorgen der ganzen Welt trug. – Seid willkommen in Gottes Namen, sagte er mit einer dünnen Stimme und streckte eine knochige Hand vor, – Erklärungen überflüssig, wird man von den Hannoveranern gesucht, kann man nur ein anständiger Mensch sein, herein, herein. Er war Junggeselle, was rasch verständlich wurde, doch eine Haushälterin, die in jeder Hinsicht der exakte Gegensatz zu ihm war, setzte Essen auf den Tisch und bat sie, zuzugreifen.

Währenddessen stellte der Pastor sich an sein Schreibpult und schrieb mit langen Abständen ein oder zwei Sätze. Zwischendurch seufzte er herzzerreißend, schließlich warf der die Feder hin und sagte laut und deutlich: Verfluchter Mist! Die Freunde fuhren zusammen.

– Ist das die Sonntagspredigt? fragte Palmer vorsichtig.

– Ganz richtig, sein Amtsbruder schnitt ein Gesicht, – der Text für Sonntag steht in Lucas 11, Vers 14 bis 28, wo Jesus einen unreinen Geist austreibt. Ich finde es ganz besonders schwierig, diesen Text vernünftig auszulegen.

– Ich habe selber einmal über die Stelle gepredigt, sagte Palmer, vielleicht kann ich Ihnen ein Stichwort geben.

Rattclifs Gesicht leuchtete auf, trister konnte es auch schlecht werden. – Ja, wenn Sie mögen. Meine Phantasie ist nämlich nicht besonders entwickelt, und Parallelen zwischen dem Leben des Menschensohns und dem der Gemeinde hier in der Stadt zu ziehen, übersteigt meine Fähigkeiten. Ich hätte dem Rat meines Vaters folgen und ins Geschäftsleben gehen sollen.

Die beiden Theologen warfen sich über den Text des kommenden Sonntags, und es dauerte nicht lange, bis er auf dem Papier stand. Rattclif zwinkerte fast heiter und zog nach einigem Suchen einen Krug mit Whisky aus seinem Bücherschrank hervor. – Mein Magen ist normalerweise kein Freund starker Getränke, ganz im Gegensatz zu dem Rest meiner irdischen Hülle, die beiden haben oft heftige Auseinandersetzungen miteinander, bemerkte er. – Doch hier und da läßt sich der Magen doch überzeugen. Laßt uns deshalb wie die alten Römer sagen: nunc est bibendum!*

– Horaz kennen Sie auch, womit soll das noch enden? lachte Palmer.

Später am Abend, als die guten Bürger von Shieldaig in ihren Betten lagen, erklang vom Pfarrhof ein Pibroch für zwei Dudelsäcke. Hätte jemand sich dem Fenster genähert, hätte er Hochwürden gemeinsam mit einem bärtigen Mann langsam auf und ab wandern sehen, beide mit roten Köpfen aus Leibeskräften blasend, während zwei andere Männer daneben saßen und mit großem Ernst den Takt schlugen.

Sie verbrachten die Nacht auf dem Dachboden der Kirche, zu dem Pastor Rattclif die Leiter versteckt hatte, so daß eine Überrumpelung ausgeschlossen war. Lange lagen sie wach und starrten ins Dunkel und lauschten den Mäusen, die um sie her raschelten. In einem der Turmfenster wohnte eine Eule, sie wandte ihnen gekränkt den Rücken zu.

– Komisch, daß es so kommen mußte, sagte Ebenezer. – Nicht daß ich mich beklage, denn ich hab' es selbst angezettelt. Aber

* Nun laßt uns trinken.

Schottland zu verlassen und vielleicht nie wieder ... er atmete schwer. – Und Albertina, was wird mit ihr?

– Du kannst sie nachkommen lassen. Niemand wird sie daran hindern, nach Amerika zu reisen, sagte Larky.

– Amerika! Palmer setzte sich mit einem Ruck auf. – Glaubst du, daß es so endet?

– Wo zum Teufel willst du denn sonst hin, kannst du Holländisch oder Französisch oder Spanisch oder irgendwas anderes Malebarisches? Nein, in Amerika reden sie trotz allem Englisch, und mit falschen Papieren von Pastor Kelsoe gehen wir als freie Männer an Land, meinte Larky. - Vielleicht gibt es drüben ja auch Opern.

So weit hatten weder Palmer noch Ebenezer gedacht, aber sie waren weder die ersten noch die letzten, die sich an den Gedanken gewöhnen mußten. Lange lagen sie da und drehten und wendeten ihn, als sei er eine Figur, in die sie keinen Sinn bringen konnten. – Armer Thomas Alexander, gerade hat er sich den Hochzeitsschweiß von der Stirn gewischt, da muß er schon Danke und Lebwohl sagen, klagte Ebenezer, – wenn er nur keine Dummheit macht.

– Der hat ein vernünftiges Mädchen an seiner Seite, sagte Larky, – sie tut mir eigentlich mehr leid.

Wieder lagen sie schweigend und dachten nach, daß man es fast hören konnte. Sie begriffen es nicht, es war ihnen, als schwebten sie irgendwo zwischen Himmel und Erde, ohne Gewalt über ihre Glieder und ihren Verstand zu haben, und Kräften ausgeliefert, die sie nicht kannten. Palmer mußte aufstehen, er stellte sich an ein Guckloch und starrte in die Frühjahrsnacht hinaus; in der Ferne konnte er die Wellen des Loch Torridon ans Ufer schlagen hören. Larky trat neben ihn, danach Ebenezer, an Schlaf war nicht zu denken. – Sich vorzustellen, murmelte Ebenezer, beinah ungläubig, – in einer Woche oder weniger gehen die Bauern und pflügen ihre Äcker, die Fischer segeln mit ihren Netzen hinaus, Wagen fahren auf den Straßen, Leute gehen auf den Wegen, und Reisende sitzen in den Wirtshäusern und trinken Bier, alles als ob nichts geschehen wäre. Aber wir sind nicht da, hört ihr, er hob die Stimme, – nirgendwo sind wir, und trotzdem bricht Schottland nicht zusammen, alles geht weiter.

– Kein Mensch ist so gut, daß er nicht entbehrlich ist, sagte Palmer. – Und eine von Gottes gnädigen Gaben an uns armes Gewürm ist das Vergessen. Und es ist nicht so schlimm, vergessen zu werden, weder wegen des Guten, noch wegen des Schlechten, das man getan hat. Die, die an einen denken wollen, müssen an anderes denken, und so soll es auch sein.

– Ich bereue nichts, sagte Larky, – mir ist es nie so gut gegangen wie in den zwei Jahren, die ich mit euch zusammengewesen bin. Was wäre aus mir geworden, wenn ich Tinker nicht getroffen hätte, und wenn Tinker nicht Thomas Alexander begegnet wäre? Glaubst du, Pastor, daß das lauter Zufälle waren?

– Ich weiß es nicht, erwiderte Palmer. Damals hätte ich es geglaubt, aber jetzt bin ich nicht mehr so sicher. Doch du hast recht, es war eine gute Zeit, die wir zusammen verbracht haben.

– Albertina behauptet, sie könnte mich jetzt besser leiden als damals, als ich hinter dem Schanktisch saß und die Zeit totschlug, sagte Ebenezer. – Sie sagt allen Ernstes, ich wäre ein Mann geworden.

Sie krochen wieder unter ihre Decken. Es war kalt, und sie froren gottserbärmlich. Palmer faltete die Hände und begann lautlos zu beten.

Es vergingen zwei Tage, dann hörte man in der Dämmerung Hufschlag draußen auf dem Weg, Pastor Rattclif fuhr wie ein Büchsenschuß aus dem Haus und stellte sich an die Pforte. Die drei Freunde waren bereits auf dem Weg durch den hinteren Garten hinüber zur Kirche, als Rattclif auf den Fingern pfiff und sie zurückrief. Viele seiner Verhaltensweisen waren in höchstem Grad unpastorenhaft. Als die Freunde zögernd auftauchten, hielten drei Reiter auf schweißgebadeten Pferden vor ihm an und redeten mit ihm. Ebenezer rupfte sich aufgeregt den Bart und rief: – Iris, bist du auch hier?

– Wo sollte ich sonst sein, antwortete sie. Da saß sie in Männerkleidern auf ihrer schwarzen Stute und war hinreißender denn je.

Sie versammelten sich in der Stube des Pastors, und die Haushälterin, die es inzwischen gewöhnt war, tischte Essen und Trinken auf, während die Freunde Neuigkeiten austauschten. Viele waren es im Grunde nicht, die Sache war fast so klar, wie sie nur sein konnte. – Iris will mit mir gemeinsam fliehen, erklärte Thomas Alexander. – Ich habe getan, was ich konnte, um sie davon abzubringen, aber wie ich erkennen mußte, ist sie eine Frau von ungewöhnlichem Charakter.

Iris lachte und schlug ihr braunes Haar zurück; alle Männer, selbst Pastor Rattclif, seufzten unhörbar. – Soll ich etwa da oben am Loch Shin sitzen und warten, bis ich alt und grau werde? fragte sie. – Jetzt hab' ich endlich den Mann bekommen, den ich haben will, und nun laß ich ihn auch nicht so mir nichts dir nichts wieder los.

– Es steht ansonsten geschrieben, daß das Weib dem Manne untertan und gehorsam sein soll, knirschte Pastor Rattclif, – und es steht auch geschrieben, wenn ich mich richtig erinnere, daß der Mann der Kopf des Weibes sei. Als Junggeselle kann ich mich sicher nicht mit größerer Autorität über derlei Dinge äußern, doch die Äußerungen dieser jungen Frau kommen mir aufrührerisch und ansprechend zur selben Zeit vor. Meine Mutter war vom gleichen Schlag, ich vergesse sie nur mit allergrößter Mühe.

– Den Typ kenn' ich auch, sagte Thomas Alexander, – meine Großmutter ... ja, ihr wißt ja Bescheid, er nickte den Freunden zu, die zurücknickten, – und wenn Frauen so sind, dann schlagen sie uns Männer um mehrere Pferdelängen.

– Hast du das gehört, Albertina? flüsterte Ebenezer in die Luft.

Sie hatten ihr Schicksal in die Hände anderer gelegt, ein ungewohnter Zustand, da es umgekehrt zu sein pflegte. Pastor Rattclif offenbarte andere verblüffende Eigenschaften als die, einen Dudelsack spielen zu können; er ging mit Karten um wie ein professioneller Spieler, und weil er offenbar zu einer Einigung mit seinem Magen gekommen war, wanderte er zur Stadt und kam mit einem Fäßchen Whisky angeschleppt, von dessen Inhalt er freigebig austeilte, ohne sich selbst zu vergessen. Alles dies trug dazu bei, die Unruhe der Freunde zu vertreiben, aber trotzdem gingen sie den ganzen Tag in einer murrenden Angespanntheit umher und verbrachten viel Zeit an den Fenstern. – Legt die Sache nur in Gottes Hand, schlug Rattclif vor, – zwar handelt er zuweilen anders, als ich es vorgezogen haben würde, das sind diese vermaledeiten unergründlichen Wege, ihr wißt schon, aber im großen und ganzen macht er seine Sache doch recht gut. Ich glaube auch nicht, daß er etwas dagegen hat, wenn man selber ein wenig nachhilft. Alle, die sich auf meinem Pfarrhof aufgehalten haben, sind ohne eine Schramme weitergekommen.

Eines Tages tauchte eine Abteilung Dragoner auf und suchte die Küsten beiderseits der Meeresenge ab. Sie schauten sich auch im Pfarrhof um, während die Freunde, die nun sechs waren, auf dem Dachboden der Kirche zusammenrückten und die Luft anhielten. Als sie wieder heruntergepfiffen wurden, erzählte Rattclif, daß er seine geistliche Maske angelegt habe. – Ich habe meine Rede mit Schriftstellen gewürzt, denn aus Erfahrung weiß ich, daß die meisten einen Dialog dieser Art sehr schnell satt bekommen. Es war mir eine Freude, festzustellen, daß die Dragoner kein Wort verstanden. Die Bibel ist doch nützlicher, als man oft glaubt.

Aber eines nachts wurde an die Tür des Pfarrhauses geklopft. Die Freunde oben auf dem Dachboden bei ihren Mäusen und Eulen hörten es nicht, aber sie fuhren sofort aus ihrem unruhigen Schlaf auf, als ein Pfiff an ihre Ohren drang. – Ich glaube, jetzt ist es soweit, sagte Palmer sonderbar heiter.

Unten auf dem Friedhof stand Klein Martin in Mantel und Schlapphut und sah aus wie ein Wiedergänger. – Ihr sollt los jetzt, sagte er ohne Einleitung, – ich liege in der Enge, und es paßt mit der Tide. Seid ihr fertig?

– Ja, wir sind fertig, antwortete Thomas Alexander. – Wohin?

– Irland, der Wind steht gut, wir laufen heute nacht rüber. Pastor Kelsoe gab mir diese Papiere, er reichte ihm ein Bündel. – Ich soll euch grüßen und bestellen, daß er für euch betet.

Sie sammelten in aller Eile ihre paar Habseligkeiten zusammen und verabschiedeten sich von Pastor Rattclif. Wenn sie sich in diesem Augenblick feierlich fühlten, ging es ihm nicht so, dazu hatte er zu viele solcher Augenblicke erlebt. – Ihr habt ja einen Pastor bei euch, sagte er, laßt ihn das Nötige sagen.

– Und das meinen Sie wirklich, Palmer lachte freudlos.

Geführt von Klein Martin schlichen sie auf Zickzack-Pfaden an schlafenden Häusern vorbei. Als sie am Strand ankamen, lag dort ein Schiff, zwei bewaffnete Männer hielten bei ihm Wache. Der

Schmuggler fand nicht, daß Zeit sei für einen umständlichen Abschied von Schottland, aber er sagte nichts, als Ebenezer eine Handvoll Erde aufhob und in die Tasche steckte. Als Thomas Alexander es sah, tat er das gleiche, dann nahm er Iris in seine Arme und hob sie ins Schiff.

Sie standen an der Reling, als die Segel gesetzt wurden, und der Wind und die Tide vereinten sich in dem Bemühen, das Schiff aufs offene Meer hinauszubefördern. Larky begann, „Never more Lochaber" zu summen, die anderen fielen ein, sie wagten nicht, laut zu singen, aber es war gut so, wie es war. Solange sie die Brandung an die Küste schlagen hören konnten, blieben sie stehen, erst als das Geräusch verschwand, bemerkten sie die Kälte und den feinen Regen, der über ihre Wangen lief.

— Kommt, wir gehen hinunter, sagte Thomas Alexander und legte den Arm um seine Frau. Und sie gingen.

In derselben Nacht verschwand Rob Lammkeule und wurde nie wieder gesehen. Der, der von seinem Schicksal hätte erzählen können, redete nicht.

3

Wie ich in der Einleitung versprochen habe, wollte ich einen abschließenden Bericht anfügen, falls ich nicht vorher zum letzten Appell gerufen würde. Noch hat die Trompete nicht geschallt, und deshalb kommt hier das, was ich noch erzählen kann. Es wird kurz, zugegeben, doch es liegt nicht an meiner Greisenhaftigkeit, sondern einzig und allein an meinem Vorfahren. Nach seiner Flucht wurde er reichlich wortkarg.

Also: Thomas Alexander schreibt, daß er und die Freunde und Iris am 9. April 1748 in Galway an Bord eines dänischen Schiffes gingen und nach Amerika segelten. Über die folgenden fünf Jahre kein Wort. Wohin sie in der Fremde zogen, was sie unternahmen, ob sie zusammenblieben oder jeder für sich ihr Glück versuchten, über all das weiß ich ebenso wenig wie Sie. Ich habe Thomas Alexander dieses Schweigen nie verziehen, denn sowohl für diese Chronik wie auch für die Familie als solche sind seine Erlebnisse nicht uninteressant. Sollte ich ihm im Jenseits begegnen, werde ich ein Wörtchen in dieser Angelegenheit fallen lassen.

Im Jahr des Herrn 1753 teilt er etwas überraschend mit, daß er am 27. Mai zusammen mit seiner Ehefrau und ihrem dreijährigen Sohn Thomas Marvin in Glasgow angekommen ist. Von da reisen sie weiter nach Scravie Castle. Danach notiert er lakonisch, daß Ebenezer und Tinker am 12. Juni und Larky am 23. Juni des gleichen Jahres zurückgekehrt seien. Kurz danach beginnt er, Dolphin Castle wieder aufzubauen.

Sollte jemand sich darüber wundern, daß ein gesuchter Verbrecher derartig öffentlich im Lager des Feindes angestiefelt kommen konnte, ohne daß ein Haar auf seinem Haupte gekrümmt wurde, so muß ich sagen, daß ich mich nicht minder gewundert habe. Aber nach einem Gespräch mit einem freundlichen Archivar in Inverness lichteten sich die Nebel. Also 1752 setzten die Engländer eine Kommission zur Überprüfung aller alten Angelegenheiten aus der Zeit um Culloden ein; sie konnten sich ja nicht immer weiter an die Vergangenheit klammern.

Die Untersuchung umfaßte sowohl jene, die am Aufruhr unter Bonnie Prince Charlie teilgenommen hatten, als auch andere, die in Angelegenheiten verwickelt waren, die nach englischer Auffassung gegen Recht und Gesetz verstießen. Und was Thomas Alexander MacDolphin angeht, steht in dem von der Kommission erarbeiteten Bericht, daß, da niemand unter Eid habe bezeugen können, daß der Angeklagte am Aufruhr oder an der abschließenden Schlacht bei Culloden teilgenommen oder späterhin gegen die englischen Behörden konspiriert habe, die juristische Grundlage für das Aufrechterhalten der Anklage entfallen sei. Und in einem anderen Protokoll wird unter vielen anderen der Fall von fünf mutmaßlichen Straßenräubern erwähnt, die im Zeitraum 1746–1747 englische Obrigkeitspersonen überfallen und ausgeplündert haben; hier sind die einzigen Informationen über sie ihre Namen und ihre Herkunft, und zwar fußend auf den Angaben einer Person, die späterhin verschwunden sei, und deren Glaubwürdigkeit berechtigterweise in Zweifel gezogen werden könne. Auch sei nicht hinreichend bewiesen, daß die fünf Räuber in allen Fällen dieselben gewesen seien. Schließlich seien von ihnen während der letzten fünf Jahre keine verbrecherischen Handlungen mehr begangen worden, weshalb zu vermuten sei, daß sie das Land verlassen oder ihr Tun eingestellt hätten. Die Anklage gegen sie und weitere Nachforschungen werden hiermit eingestellt. Nach altem Brauch wurden solche Entscheidungen von der Treppe des Rathauses verlesen, und die Neuigkeit ist entweder per Brief oder mit neuen Einwanderern nach Amerika gelangt. Beide Protokolle sind von Seiner Majestät Hauptankläger beim Gericht in Inverness, Sir Anthony Blake unterschrieben. Wenn Sie den Namen vergessen haben, denken Sie noch einmal nach.

Während der Arbeit an dieser Chronik nahm ich eine kleine Untersuchung des Klosters Colburn vor, und besonders Aselmus interessierte mich. Die Ruinen sind fort, an ihrer Stelle liegt ein Golfplatz mit achtzehn Löchern. Als die Ruinen geschleift wurden, untersuchte man die Krypta und den Steinsarg darin. Letzterer war leer, mit Ausnahme eines fast zu Staub zerfallenen Straußes Vergißmeinnicht. Da der Steinsarg ohne historische Bedeutung war, verschwand er mit all dem Übrigen.

Die einzige Person, die Thomas Alexander nicht erwähnt, ist Palmer, der kleine Pastor. Blieb er in Amerika, starb er dort drüben, zog er anderswohin? Das Tagebuch ist so verschwiegen wie Nelson auf dem Trafalgar Square.

Doch vergessen war er nicht. Am 24. September 1756 schreibt Thomas Alexander die letzte Zeile ins Tagebuch: Iris gebar heute einen Jungen. Sein Name soll David Josuah sein.

Dolphin Castle 1980.

MODERNE LITERATUR AUS SKANDINAVIEN
BEI BUTT

Øystein Lønn
Projekt Lindesnes

Lindesnes, an der Südwestspitze Norwegens gelegen, ist der Endpunkt einer Suche, die den früheren Polizeibeamten und jetzigen Amtschef Bjander zunächst nur dienstlich, doch mit zunehmender Dauer auch existentiell beschäftigt. Vergangenheit und Gegenwart brechen für Bjander auseinander; er erkennt in einem schmerzlichen Prozeß der Erfahrung mit sich selbst und seinen früheren Freunden, daß er hinter der Zeit zurückgeblieben ist. „Die ganze moderne Welt war zu einer wahnsinnigen Kriminalsache geworden."

„Hinter einem sehr knappen, lapidaren Text verbirgt sich die Vieldeutigkeit der Realität, das verschlungene Geflecht von Vergangenheit und Gegenwart, die tägliche Aktualität persönlicher Betroffenheit und privatester Gefährdung."

(H.J. Ballschmieter, ekz-Informationsdienst)

„Es ist ein Krimi moderner Art, stilistisch und von der Machart brillant, ein Tip für die Leser, die das alte Muster leid sind und neben Spannung und Unterhaltung in einem Krimi mehr suchen. Die Reflexionen Bjanders, die lakonische und doch poetische Art bieten Einsichten, die den Roman weit über das Genre "Krimi„ hinausheben."

(K. Jessen, Ausblick)

Øystein Lønn
PROJEKT LINDESNES
Roman. Aus dem Norwegischen von Alken Bruns
167 Seiten
ISBN 3-926099-01-1

Kjartan Fløgstad
Dalen Portland

Kjartan Fløgstad zählt zu den führenden norwegischen Autoren der Gegenwart und erhielt für DALEN PORTLAND, das bereits als moderner Klassiker gilt, den großen Literaturpreis des Nordischen Rates 1978. Zehn Jahre später wurde DALEN PORTLAND als bestes literarisches Werk der letzten zwölf Jahre in Norwegen mit dem ***Pegasus***-Preis ausgezeichnet.

„Fløgstads Roman ist ein Kaleidoskop, ein Karneval, halb ***Bildungsroman***, halb alternative Geschichte einer sozialdemokratischen Gesellschaft vom skandinavischen Typus; die Mischung aus ätzender Satire und Poesie ist einzigartig. Er benutzt alle Möglichkeiten volkstümlichen und dialektalen Erzählens ..."

(Aus dem Votum der Jury für den Pegasus-Preis 1988)

„In der Tat handelt es sich um eine - bei außerordentlich modulationsfähiger Sprache - harte Fügung von Heimatroman und Literatur der Arbeitswelt, von Montageroman, Liederbuch und Epos. /.../ Es müßte dieses Buch - ginge es noch nach Qualitäten - weit heftiger diskutiert werden als viele der matten Saisonfliegen, die uns bestimmt werden als Adler, die übers Ende des Jahrhunderts hinausflögen. Fløgstads Roman ist, bis in seine Form hinein, nichts weniger als die äußerste Komplexion dessen, was die industrialisierte Nordhälfte sich und dem ganzen Globus versprochen und angetan hat."

(Erhard Schütz in der Frankfurter Rundschau)

Kjartan Fløgstad
DALEN PORTLAND
Roman. Aus dem Norwegischen von Alken Bruns
231 Seiten
ISBN 3-926099-10-0

Kriminalromane von Gunnar Staalesen

Im Dunkeln sind alle Wölfe grau

Man soll schlafende Hunde nicht wecken. Und Wölfe schon gar nicht. Genau diesen Fehler macht der pensionierte Kriminalbeamte Hjalmar Nymark, als er auf eigene Faust in einem seinerzeit ungeklärten Fall neu zu ermitteln beginnt. Nachdem Nymark auf mysteriöse Weise zu Tode gekommen ist, nimmt Privatdetektiv Varg Veum die Recherchen auf.

Die Regenstadt Bergen an der norwegischen Westküste ist der Schauplatz einer melancholischen, politisch brisanten und für Veum nicht ungefährlichen Reise in die Vergangenheit.

Die Frau im Kühlschrank

Das südnorwegische Öl-Klondyke Stavanger gibt diesmal den Rahmen ab für die wenig erfreulichen Entdeckungen des Privatdetektivs ohne Furcht und Tadel aus Bergen. Die Handlung führt in Dimensionen der Kriminalität, wie sie im Land der einstmals ewig singenden Wälder erst im Kielwasser des Ölbooms vorstellbar geworden sind.

„Gunnar Staalesen ist ein Könner seines Fachs."
(Ernst-Jürgen Walberg, NDR)

Gunnar Staalesen
IM DUNKELN SIND ALLE WÖLFE GRAU
Aus dem Norwegischen von Kerstin Hartmann
224 Seiten
ISBN 3-926099-03-8
*
DIE FRAU IM KÜHLSCHRANK
Aus dem Norwegischen von Kerstin Hartmann
172 Seiten
ISBN 3-926099-13-5

Henrik Stangerup
Der Weg nach Lagoa Santa

Im November 1832 schifft sich der junge dänische Naturwissenschftler P.W. Lund in Hamburg nach Rio de Janeiro ein, um von dort ins Innere Brasilien weiterzureisen. Beseelt von romantischer Naturphilosophie und angespornt vom Glauben an die Vorsehung, die ihm u.a. in Gestalt Alexander von Humboldts, mit dem er in Paris zusammengetroffen ist, diesen Weg gewiesen hat, verfolgt Dr. Lund ein hochgestecktes Ziel. In ein paar Jahren wird er genug gesammelt, klassifiziert, systematisiert und beschrieben haben, um seine zahlreichen Abhandlungen zu einem definitiven Werk unter dem Titel „Der Schöpferplan" zusammenfassen zu können. In den Kalksteinhöhlen der Provinz Minas Gerais entdeckt Dr. Lund fossile Knochen, die ihn lange in seiner Theorie über den göttlichen Schöpferplan bestärken. Nach zehnjähriger Ausgrabungsarbeit bereitet er sich auf die Rückkehr in sein geliebtes, „kultiviertes" Europa vor. Da wirft ein rätselhafter Zusammenbruch ihn aus der Bahn. Dr. Lund sieht Europa nie wieder.

DER WEG NACH LAGOA SANTA ist ein historischer Roman von erstaunlicher Vielschichtigkeit: dokumentarisch, fundierte Gelehrtenbiographie, kultur- und geistesgeschichtliche Epochenstudie, Reisebericht von exotisch-sinnlicher Eindrucksfülle und Ideenroman von schlagender Gegenwärtigkeit.

„... ein intellektueller Abenteuerroman, der Unterhaltung garantiert".
(Tagesspiegel, Berlin)

Henrik Stangerup
DER WEG NACH LAGOA SANTA
Roman. Aus dem Dänischen von Wolfgang Butt
308 Seiten
ISBN 3-926099-08-9